FANPRO

Erik Schreiber, geboren im Februar 1959, wuchs er in Kassel auf und ging dort zur Schule. Danach wurde er abwechselnd Chemisch-Technischer-Assistent, Unteroffizier der Bundeswehr, Industriekaufmann und anderes mehr. Lebte 13 Jahre als Entwicklungshelfer im nichthessischen Ausland Karlsruhe, bevor er als Firewall-Administrator nach Darmstadt zog.

Seit frühester Jugend beschäftigte er sich mit Phantastik, gründete den Club für phantastische Literatur und veröffentlicht monatlich den ›phantastischen Bücherbrief‹. In Darmstadt ist er zudem der Veranstalter des Darmstädter Spät Lese Abends.
Günter Rensch brachte ihn in den 90er Jahren in Karlsruhe mit Battletech zusammen, und er spielte lang und ausdauernd mit. Daher kennt er nicht nur das Spiel, sondern auch alle Bücher, die bis dato erschienen. Da war es ihm eine große Ehre, einen Classic BattleTech Roman zu schreiben.

Hermann Ritter, geboren 1965, studierte erst Sozialarbeit, dann Geschichte und Politik. Nach diversen Tätigkeiten in der Spieleindustrie seit mehreren Jahren wieder als Sozialarbeiter tätig. Geboren, aufgewachsen und arbeitend in Darmstadt, lebt er heute noch immer dort. Seinen Co-Autor Erik Schreiber kennt er nun seit zwanzig Jahren.
Neben seiner Tätigkeit als Autor ist er im Science-Fiction-Fandom ausgesprochen tätig. Er ist Mit-Herausgeber des Fantasy-Jahrbuchs *Magira*, im Vorstand diverser Vereine im Fandom und Mitarbeiter bei verschiedenen Fanzines und Magazinen.
Außerdem liest er gerne (auch Krimis), fährt Fahrrad, sammelt Schlümpfe und ist ansonsten größtenteils ungefährlich.

Hermann Ritter
Erik Schreiber

Früchte voll Bitterkeit

Zehnter Roman in der Welt von
Classic BattleTech©

Originalausgabe

FanPro
Band 31011

Titelbild: Swen Papenbrock
Redaktion: Christoph Nick / Werner Fuchs
Satz und Layout: Sarah Nick
Umschlaggestaltung: Ralf Berszuck
Druck und Bindung: Nørhaven Paperback A/S,
Viborg, DK

Besuchen Sie unsere Website *http://www.fanpro.com*

Printed in the European Union.
2 3 4 5 09 08 07 06
1. Auflage

ISBN 3-89064-458-9
ISBN 978 389064 458 5

Patrik Zimmermann gewidmet.

– Hermann Ritter

An alle BattleTech-Fans.

– Erik Schreiber

Innere Sphäre AD 2575

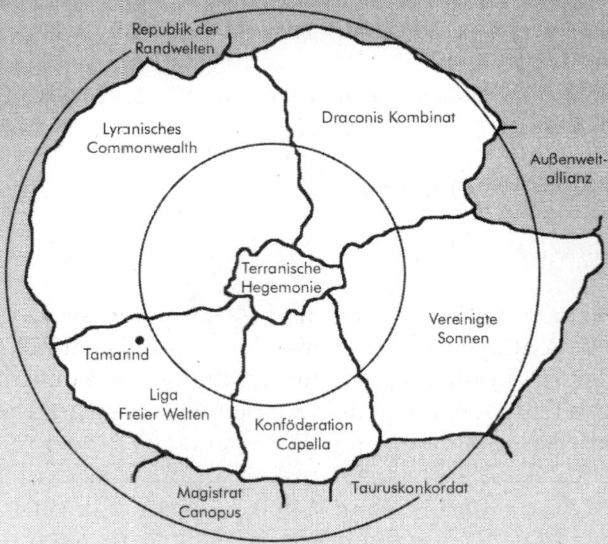

Grafschaft Tamarind

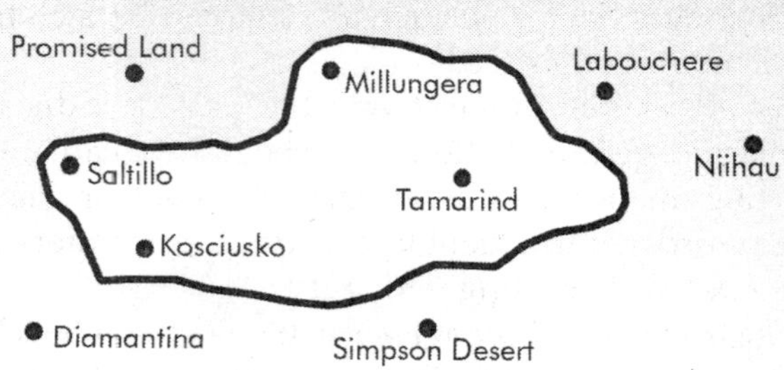

1. Vorspiel

»Ich verspreche euch Feuer, ich verspreche euch Blut!«

— Aus der Antrittsrede von Charles Marik, 2779

Tamarind, Tamrind-City

ab Mitte Februar 2605

Sie kamen mit Rucksäcken und Reisekoffern, sie kamen mit Linienflügen und auf Frachtern nach Tamarind. Sie reisten per Rohrbahn, per Hovercraft und per Kopter. Sie trugen teure Kleidung oder Lumpen. Sie waren groß oder klein, dick oder dünn, jung oder alt, männlich oder weiblich. Sie waren reich wie der Marik oder arm wie ein Außenweltler. Sie schliefen in Hotels, in Parks, in Privatwohnungen, in Ferienwohnungen, in den Rohrbahnen und den Stationen. Sie kamen als Familien, als Reisegruppen, als Gesandtschaften, als Pilger, als Touristen, als Handelsvertreter, als Militärbeobachter, als Prediger, als Journalisten, als Soldaten auf Urlaub.

Doch was immer sie auch an sich oder bei sich trugen – sie kamen als Mörder.

Sie alle hatten unterschiedliche Aufgaben, die sie nach Tamarind geführt hatten. Manche waren banal, manche wichtig, manche waren einfach, manche kompliziert. Einige würden nur Augenblicke dauern, und andere würden Tage der Vorbereitung verlangen.

Doch alle diese Aufträge, so vielfältig und unterschiedlich sie waren, waren nur Teile eines riesigen Puzzles. Diese Puzzleteile, einem riesigen Mosaik gleich, ergaben einzeln kein Bild. Nur zusammen, wenn man alle Stücke anschaute, konnte man das Muster erkennen. Doch kein Mensch auf Tamarind ahnte, dass dieses Mosaik im Entstehen war. Und kein Mensch auf Tamarind ahnte, wie das Bild aussehen würde, das sich dann aus den Mosaiksteinen ergab.

Hundertfünfzig Schläfer befanden sich als Teil eines lang angelegten Plans zu einem Stichtag in Tamarind-City. Einige lebten dort schon länger, andere waren gerade erst angereist. Sie alle hatten in den letzten Jahren Geld oder Gefälligkeiten erhalten, die sie auf diesen Tag vorbereitet hatten. Manchmal war es eine einfache finanzielle Zuwendung gewesen, manchmal ein Arbeitsvertrag, eine neue Wohnung, eine neue Identität, eine teure Operation, ein seltenes Medikament, eine verbotene Lustbarkeit, ein seltener Sammlungsgegenstand, eine schöne Frau, ein schöner Mann, eine neue Lieferung einer Droge. Immer hatten sie sich verpflichten müssen, eines Tages auf einen Befehl hin alles auszuführen, was ihnen befohlen wurde – die Möglichkeit der Verweigerung gab es nicht.

Sie alle waren Strandgut gewesen, angespült von den stellaren Meeren des Marik-Raumes. Und sie hatten alle akzeptiert, dass ihr Schicksal nun einem anderen Ziel unterworfen war. Sie waren verzweifelt gewesen und hatten nun ein Ziel, eine Aufgabe, eine Berufung.

Sie alle hatten jetzt den Auftrag erhalten, sich bis zu einem bestimmten Tag an ihren Zielort zu begeben. Dafür hatten sie alles hinter sich gelassen, was sie bis jetzt im Leben erreicht hatten. Einige wollten wieder heimkehren, wenn der Auftrag beendet war. Andere hatten ihren Besitz verkauft und warteten darauf, nach dem Auftrag ein neues Leben beginnen zu können. Einige waren einfach daheim verschwunden, andere hatten Urlaub genommen oder eine Ausrede erfunden, um verschwinden zu können. Einige waren untergetaucht, hatten eine neue Identität für die Reise angenommen oder waren einfach vor dem geflohen, was bis jetzt ihr Leben gewesen war.

Auf Tamarind mussten sie auf welchem Weg auch immer einem Kontaktmann, der ihnen per Brief mitgeteilt worden war, melden, wo sie am Morgen des Tag 0 erreichbar sein würden. Dann würden sie einen letzten Auftrag erhalten. Nach Erfüllung dieses Auftrags wären sie frei, niemand würde sie mehr für geheime Aufgaben rekrutieren. Das war ihnen versprochen worden. Ein letzter Auftrag noch, eine einzige Tat: Dann würde der Druck, der oft jahrelang auf ihnen gelastet hatte, von ihnen genommen werden.

Hundertfünfzig Schläferagenten warteten auf Tamarind auf den Tag 0 und fragten sich, welcher Auftrag ihnen bevorstehen würde – und ob der Preis, den sie zahlen würden, der Entlohnung, die sie erhalten hatten, gegenüber gleichrangig war.

Wenige Tage noch, und sie würden es wissen.

»Was soll man von einem Universum halten, dessen erste bemannte Raumschiffe nach Angst und Schrecken benannt waren – ›Deimos‹ und ›Phobos‹.
Der Anfang unserer Raumfahrt war der Anfang der großen Angst. Wir hatten Angst vor dem, was uns zwischen den Sternen erwarten würde – doch wir sind gestartet. Wir hatten Angst vor dem, was uns auf fremden Welten erwarten würde – doch wir haben sie besiedelt. Wir hatten Angst vor dem, was uns die Maschinen antun könnten – doch wir haben sie gebaut.
Jetzt müssen wir nicht mehr mit der Angst leben, nur noch mit dem Schrecken.«

— Aus ›Das Buch von Angst und Schrecken‹, anonym, Terra 2427

Tamarind, Tamarind-City

2. April 2605

Milos Hrowarth stand in einem der oberen Stockwerke am Fenster des Wolkenkratzers. Von seinem Büro aus konnte er weit unten die Menschen auf der Straße in Ameisengröße ausmachen, die Fahrzeuge entlanghuschen sehen, wie kleine Mäuse in einem Kornspeicher. Milos Hrowarth liebte es, am Fenster zu stehen. Als Bürgermeister von Tamarind-City genoss er das Gefühl, alle Fäden in der Hand zu halten und nicht nur die Stadt, sondern jeden Bürger der Stadt zu kontrollieren. Das Gefühl absoluter Macht beherrschte ihn.

Milos Hrowarth war hoch gewachsen und schlank, verfügte über einprägsame Gesichtszüge und hatte einen leicht fahlen Teint, in dem die hohen Wangenknochen hervortraten. Das dunkelbraune Haar bedeckte eine niedrige Stirn, das Gesicht wurde von einer Hakennase beherrscht, die über schmalen Lippen hervorragte und beiderseits von grauen Augen flankiert wurde.

Im Aschenbecher neben ihm qualmte eine Zigarette, denn Milos war Kettenraucher. Die Fingerspitzen seiner linken Hand waren vom Nikotin durchsetzt und hatten im Laufe der Jahre eine gelbliche Färbung angenommen.

Er sah hinab auf die Marik-Avenue, die die Stadt von Nord nach Süd wie eine breite Narbe teilte. Der Regen peitschte in heftigen Böen gegen die Fenster, blies unten auf der Straße den Menschen heftig ins Gesicht und durchnässte sie bis auf die Haut. Wer konnte, der befand sich nicht auf der Straße, sondern machte, dass er möglichst schnell ins Trockene kam. Die wenigen Menschen, die dort unten gegen die Gewalt der Natur antraten, machten dies, um Taxis zu rufen, in Busse einzusteigen oder der nahen Rohrbahnstation entgegenzustreben und den Heimweg anzutreten.

Durch die dicken Regenwolken wurde der Abend noch dunkler, der Schein der Reklametafeln, Leuchtschriften und Schaufenster, der sich in den Regenpfützen widerspiegelte, intensiver. Ab und an blitzte es am Himmel, und ein heftiges Donnergrollen erschreckte den ein oder anderen dahineilenden Passanten.

Milos Hrowarth drehte sich vom Fenster weg. Der Blick aus dem Wolkenkratzer hatte immer wieder etwas Erhebendes. Die Zigarette verqualmte langsam im Aschenbecher neben dem Fenster. Die auf dem Beistelltischchen stehende Lampe verbreitete einen milden Schein, während die Schreibtischlampe ein eher kalkiges Licht auf die leere Schreibtischplatte warf. Hrowarth zupfte seine Manschetten zurecht, bevor er sich an den Schreibtisch setzte. Dann strich er mit den Fingern über das warme Edelholz und genoss für einen Augenblick die Stille in seinem Büro. Er betätigte einen Knopf der im Schreibtisch eingebauten Gegensprechanlage und sagte nur: »Kann reinkommen.«

Die Tür öffnete sich leise. Sein Assistent Caesar B. Allard betrat den Raum und schloss die Tür ebenso leise, wie er sie geöffnet hatte. »Ich habe hier ein Schreiben, das wichtig für Sie ist«, sagte er und trat mit vorgestreckter Hand an den Schreibtisch, um den Brief zu übergeben. Abwartend blieb er vor dem großen, das Zimmer beherrschenden Möbel stehen. Die linke Hand hing locker an der Seite herab. Hosen und Jacke passten hervorragend, und im Ausschnitt der Jacke konnte man das weiße Hemd mit der roten Krawatte erkennen. Die Krawatte war auch der einzige Farbpunkt an seiner Erscheinung. Caesar B. Allard war das, was man als unscheinbar bezeichnete. Unauffällig und immer im Hintergrund stehend, aber jederzeit bereit einzugreifen. Seine fast schwarzen Haare lagen säuberlich gescheitelt am Kopf an, die Hornbrille saß gerade auf der Nase. Die etwas kurzsichtigen blaugrauen Augen zwinkerten, wenn er nervös war. Mit ihnen sah er nun erwartungsvoll auf den Bürgermeister.

Als dieser das Siegel auf der Rückseite erkannte, erbleichte er etwas, und seine Schultern fielen herab. Seine Haltung veränderte sich innerhalb weniger Sekunden von selbstbeherrscht zu ängstlich. Plötzlich erinnerte er sich nur zu genau an die Zeit vor zwölf Jahren, als er ein Angebot annahm, das mit Ankunft dieses Briefs eine Gefälligkeit einforderte.

»Es gab da eine Frau namens Laura Patschek. Mit dreißig kam sie aus der Stadt Pernek nach Tamarind-City, wo sie einige Zeit von dem Geld lebte, das sie sich in Pernek ergaunert hatte. Es muss sich um eine Summe von gut fünfundzwanzigtausend Adlern gehandelt haben. Als das Geld knapp wurde, ergänzte sie ihr Einkommen durch Erpressung und nannte sich Corinna Ebeling. Ebeling deshalb, weil es der Mädchenname ihrer Mutter war und sie ihr auf diesem Weg noch ein wenig den Namen beschmutzen wollte. Sie, die immer so, ja man könnte sagen ›klinisch reinen Herzens‹ war, wollte, dass ihre Tochter einmal gut bürgerlich heiratete, was aber nie geschah.

Nach einiger Zeit lernte sie einen jungen Mann kennen, einen Ausländer, der nicht von Tamarind stammte, der kein Recht besaß, sich auf diesem Planeten aufzuhalten, der aber wie andere Menschen hier leben und seine Bücher schreiben wollte. Corinna Ebeling bot ihm eine Identität, eine Lebensgeschichte, Eltern, eine Familie, eine Geburtsurkunde. Er sollte den Namen eines Mannes annehmen, der nie eine Sozialversicherungsnummer oder einen Ausweis benötigen würde. Aus dem einfachen Grund, weil er sein ganzes Leben in einem Heim mit betreutem Wohnen für geistig behinderte Menschen verbrachte – sie bot ihm den Namen und die Sozialversicherungsnummer ihres Vetters, Milos Hrowarth.

Der junge Mann griff zu. Das Geheimnis schweißte die beiden ungleichen Menschen zusammen, machte sie zu Freunden ganz eigener Art. Er widmete ihr sein drittes Buch über die Parteipolitik der verschiedenen Fraktionen auf Tamarind, denn ohne sie hätte das Buch tatsächlich nie geschrieben werden, geschweige denn erscheinen können.

Sie wusste, er ist schwul. Umso besser für Corinna Ebeling. Die junge Frau legte nicht viel Wert auf Sex, egal ob aus Liebe oder zur Entspannung. Nicht Liebe oder Befriedigung suchte sie, sondern einen Mann, den sie der Umwelt präsentieren konnte. Jemand, der sie kulturell begleitete – ins Theater, zu Banketten und anderen Veranstaltungen des öffentlichen Lebens. Jemand, der selbst im öffentlichem Leben stand und in dessen aufsteigendem Erfolg sie sich sonnen konnte.

Wie unangenehm mochte es für sie gewesen sein, als er eines Tages ein junges Mädchen fand, das ihm seine Manuskripte tippte und die sich allmählich in ihn verliebte. Wie unangenehm zu sehen, wie sie ihn unverhohlen anhimmelte.«

Milos Hrowarth seufzte, als er sich des Gesprächs erinnerte. Der Mann, der ihm dass alles damals erzählt hatte, wollte ihm helfen. Ihm, dem zum zweiten Mal gescheiterten Ausländer. Und er wollte, vorerst, keine Gegenleistung dafür. Diese würde, so sagte der Glatzkopf zu ihm, vielleicht nie nötig sein. Aber wenn sie angefordert würde, müsste sie, ohne Wenn und Aber, vor allem jedoch ohne Fragen, sofort ausgeführt werden.

»Du warst nicht in das junge Ding verliebt, aber du wurdest älter, du musstest an deine Zukunft denken, und die sieht für einen Homosexuellen auf Tamarind meist düster aus. Du hast also beschlossen zu heiraten, nach außen ein gutbürgerliches Leben zu führen, der Biografie auf dem Schutzumschlag deiner Bücher eine neue Zeile hinzuzufügen.

Vielleicht hattest du dir nicht überlegt, was das für die Frau, die dich im wahrsten Sinn des Wortes gemacht hatte, bedeuten würde. Nicht sie, die zehn Jahre ältere Corinna Ebeling wolltest du heiraten, sondern ein unscheinbares Mädchen, das nur halb so alt wie Corinna war. Um dich daran zu hindern, drohte sie, deine wahre Nationalität aufzudecken, deine gefälschte Identität, deine schwulen Neigungen. Es blieb dir schließlich nichts anderes übrig, als die Erpresserin zu beseitigen.«

Miles Hrowarths Haltung änderte sich, als er daran dachte und den Brief zu Ende las. Dabei sah er eigentlich nur auf das Papier; was dort stand, nahm er nicht gar nicht richtig zur Kenntnis. Die Vergangenheit hielt ihn weiter gefangen, während Caesar B. Allard geduldig vor dem Schreibtisch stand und auf eine Reaktion des Bürgermeisters wartete.

»Natürlich hättest du noch andere Möglichkeiten gehabt. Du hättest ohne Zweifel heiraten und vorläufig ruhig abwarten können. Deine politischen Weggefährten und die Leser deiner gesellschaftskritischen Bücher hätten bestimmt genug Sympathie für dich aufgebracht. Demjenigen, der Asyl gesucht und sicherlich erhalten hätte, auch wenn du dich illegaler Mittel bedient hattest, um dein Ziel zu erreichen. Es war unwahrscheinlich, dass du nach so langer Zeit auf Tamarind ausgewiesen würdest.

Was deine Homosexualität betraf: Die lebtest du nie in der Öffentlichkeit aus. Und nur ein paar unverbesserliche ultrakonservative Spießbürger würden sich daran stören, der Rest es möglicherweise gar nicht glauben, bei dieser hübschen, jungen Frau.

Und wo hätte Corinna Ebeling die Behauptungen veröffentlichen können? In Zeitschriften sicherlich nicht, vielleicht in den Boulevardblättern, doch denen glaubte man schon aus Prinzip nicht. Radio und Telev würden auch nicht mitziehen, bliebe also nur eine Seite im planetaren Internet. Und weiter?«

Die Stimme im Kopf des Bürgermeisters schien endlich zu verstummen. Aber Milos hatte sich geirrt. Seine Hände begannen ein wenig zu zittern, Schweißtropfen bildeten sich auf der niedrigen Stirn und die Stimme erzählte weiter.

»Es lief aber nicht so wie geplant. Die junge Frau, Sabine hieß sie, wollte sich mit Corinna aussöhnen, sie bitten, nicht zwischen ihr und Milos zu stehen, den sie doch über alles liebte. Aber Corinna lachte Sabine aus. Sie behandelte das Blondchen von oben herab. Sie sagte außerdem etwas Kränkendes, das berühmte Klischee von blond und blöd, etwas Grausames über sie. Dabei verlorst du die Beherrschung, Milos. Du solltest doch gar nicht da sein. Nur weil eine Veranstaltung, auf der du reden solltest, ausfiel und du früher heimkamst, konntest du alles mithören. Du hast die Beherrschung verloren, Milos. Stimmt das, Milos? Stimmt das?«

Die Stimme in seinem Kopf wurde härter, lauter, grausamer. Jedes weitere Wort stach wie ein Messer in seine Erinnerungen, teilte sie, bohrte darin herum und öffnete sorgsam verschlossene Verstecke.

Ja, er hatte Corinna umbringen wollen. Doch zuerst traf er Sabine, seine Sabine, weil sich die beiden Frauen plötzlich bewegten.

»Sabine starb in deinen Armen, und Corinna lachte dazu höhnisch. Da standest du auf, gingst auf Corinna zu und brachtest sie ebenfalls um. Du stachst wie ein Wilder auf sie ein – einmal, zweimal, zwanzig Mal. Du hattest also zwei Menschen auf dem Gewissen. Und weil du nicht wusstest, was du machen solltest, gingst du in die Kneipe, dich voll laufen lassen. Und dann saß da der Mann, der dir geduldig zuhörte.

›Wir erledigen etwas für Sie, Sie werden sich später dafür erkenntlich zeigen. Wir benötigen Menschen, die Aufträge für uns ausführen. Nicht alle sind risikolos. Die Vielzahl der Aufträge wird kaum mehr beinhalten, als verschiedene Begebenheiten weiterzuleiten, Dinge festzustellen und uns davon zu berichten. Gelegentlich wird man Sie auch auffordern, in bestimmte Abläufe einzugreifen. Normalerweise werden Sie dafür kaum selbst in Erscheinung treten müssen.‹«

Der Glatzkopf war irgendwann verschwunden; Milos hingegen, voll wie eine Haubitze, saß weiterhin auf seinem Stuhl. Irgendwann brachte ihn ein Taxi nach Hause, und alles war in Ordnung.

Milos dachte wieder an den Mann, der heute seinen Gefallen von damals einforderte. Der Mann, der damals die Leichen beseitigt hatte.

* * *

Milos Hrowarth sah seinen Assistenten an. Caesar B. Allard hatte sich nicht einen Zentimeter bewegt, seit er ihm den Brief übergeben hatte. Was der Bürgermeister allerdings nicht wusste, war, dass ein Brief mit dem gleichen Siegel in dessen Tasche steckte und sie tief nach unten zu ziehen schien.

»Ist gut, Allard, Sie können gehen«, sagte er, und seine Stimme kam ihm seltsam schwach vor. »Ich habe für heute nichts mehr für Sie, Sie können Schluss machen.«

Allard deutete eine kurze Verbeugung an, drehte sich auf dem Absatz um und verschwand genauso leise aus dem Büro des Bürgermeisters, wie er gekommen war. Im Vorzimmer bekam er nur noch mit, wie die Sekretärin in das Büro gerufen wurde. Frau Nowosny war eine hervorragende Kraft. Sie saß bereits seit dreißig oder mehr Jahren auf diesem Stuhl und hatte mehrere Bürgermeister überstanden. Auch die kurze Amtszeit der ersten Bürgermeisterin von Tamarind-City, Josephine Neumann, die ihr Amt aufgeben musste, weil sie sich von jemand anderem als ihrem Ehemann schwängern ließ.

Allard verließ das Büro, wandte sich nach links und strebte den Aufzügen zu. Er musste nicht lange warten, bis schließlich einer hielt. Er trat in die erstaunlicherweise leere Kabine und drückte den Knopf für das Erdgeschoss. Mit dem Expresslift fuhr er innerhalb weniger Sekunden hinunter.

Im großen Foyer des Wolkenkratzers, der hauptsächlich die Verwaltung der Stadt beherbergte, herrschte hingegen reger Besucherverkehr. Trotz der späten Stunde hasteten noch städtische Angestellte, Besucher und Antragsteller durch das Haus. Allard zog seinen Mantel zu, vergrub die Hände in den Manteltaschen und ließ sich von der Drehtür in die regengeschwängerte Nacht tragen.

Es mochte 17.00 Uhr sein, aber draußen hatte man den Eindruck, es sei weit nach 20.00 Uhr. Der Regen peitschte jetzt auch ihm ins Gesicht. Der Wind riss und zerrte an seinem Mantel, sodass er sich vornüberbeugen und gegen den Wind stemmen musste. Bis zur nächsten Station der innerstädtischen Rohrbahnlinie war es nicht weit.

Trotzdem war er klitschnass, als ihn die Rolltreppe in die tieferen Regionen der Stadt trug. Neonröhren flackerten, wenn sie überhaupt noch funktionierten, als er langsam an ihnen vorbeigetragen wurde. Graffiti – bunt, obszön, lustig, politisch, kriminell – auf den kalten Kacheln, an denen das Wasser hinunterlief, zeugten von der Unzufriedenheit der Jugendlichen in dieser Stadt. Am Ende der Rolltreppe erwartete ihn ein weiter Platz, von dem zusätzliche Rolltreppen nach oben und unten weiterführten. Er nahm die nächstgelegene, die abwärts auf den Bahnsteig führte. Doch selbst hier trieben sich Jugendliche herum. Penner saßen in den Ecken und bettelten, Fahrgäste standen herum, lasen Zeitung und warteten auf die nächste Rohrbahn. Quengelnde Kinder an den Händen ihrer Mütter, patrouillierende Ordnungskräfte und fliegende Kleinhändler sorgten für ein unbeschreibliches Chaos.

Allard war es normalerweise nicht gewohnt, in diesen Untergrund hinabzusteigen. Nicht mehr seit seinem zwölften Geburtstag. Da hatte er in einer Hintergasse gesessen, versteckt zwischen Mülltonnen und altem Gerümpel. Er hatte beobachtet, wie ein glatzköpfiger Mann zwei tote Frauen in einen Kleintransporter packte. Mehr durch Zufall hatte ihn der Mann entdeckt und kurzerhand ins Auto gepackt. Er hatte ihm damals gesagt, wenn er zur Polizei ginge, würde er ihn umbringen, wenn nicht, hinge er selbst mit drin. So oder so, er sei jetzt sein Komplize. Caesar war davon überzeugt gewesen, dass der Mann seine Drohung wahr machen würde, und hatte daher nicht weiter gefragt. Aber so schlimm war er gar nicht, denn er hatte ihn in ein Internat gebracht und gesagt, er würde wiederkommen, eine Schuld einfordern. Dann war er verschwunden.

Caesar B. Allard machte seinen Abschluss als einer der Besten, studierte Verwaltungswirtschaft und brachte es bis zum Assistenten des Bürgermeisters.

Er stand jetzt am Bahnsteig der Rohrbahn; die erste, die in den unterirdischen Bahnhof einfuhr, nahm er nicht, weil sie in die verkehrte Richtung fuhr, die zweite jedoch bestieg er in Begleitung von einem weiteren Dutzend Fahrgäste. Als sich die Tür hinter ihm schloss, sah er ein Plakat, vor dem er die ganze Zeit gestanden hatte. Ein Mann machte Werbung für Zigaretten, aber irgendein Sprayer hatte ihm an Hände und Füße Stigmata gemalt.

Zwei Stationen weiter, als er glaubte, die muffige Nässe und den Schweiß der Mitfahrenden nicht mehr aushalten zu können, stieg er aus. Sofort umfing ihn die abgestandene Luft einer Rohrbahnstation. Das gleiche dreckige Dutzend Fahrgäste, das ihn bei seinem Einstieg begleitet hatte, schien nun ebenfalls wieder an die Oberfläche zu wollen. Unter seinen teuren Schuhen zertrat er Plastikbecher und trat in Sachen, von denen er lieber nicht wissen wollte, was sie waren.

Kaum aus der Rohrbahnstation wieder heraus, stand er mit dem rechten Fuß in einer Pfütze und ihn traf der nasse Sturm, der weiterhin über der Metropole tobte und durch die Straßenschluchten pfiff, mit voller Wucht.

Die Straße hinunter war sein Ziel ein kleines Waffengeschäft. Als er an den beiden beleuchteten Schaufenstern vorbeiging, bemerkte er die Sicherheitsscheiben. Er trat durch die Tür, und ein altmodisches Glöckchen bimmelte bei seinem Eintreten. Erstaunt sah er sich um. Eine helle Stimme lachte.

»Erstaunlich, nicht wahr, aber jeder, der hier zum ersten Mal hereinkommt, sieht sich nach dem Glöckchen um.«

»Guten Tag«, stotterte Allard und trat auf die Verkäuferin zu, an deren Pullover ein silbernes Schildchen mit dem Namen Verena Kunzelmann prangte. »Ich hätte gern eine Schusswaffe.«

»Will das nicht jeder, der hier hereinkommt?«, fragte sie keck. »Aber so einfach geht das nicht. Ich muss Sie bitten, mir Ihren Ausweis zu zeigen.«

»Nichts einfacher als das«, meinte Allard. Er griff in die Tasche und holte den Ausweis hervor. Mit einer ausholenden Handbewegung legte er den Ausweis auf den Tresen, unter dessen Glasplatte sich die verschiedensten Waffen darstellten.

»Allard?« Sie runzelte die Stirn. »Ich kenne Sie doch. Sie sind der Assistent des Bürgermeisters?«

»Genau. Und ich benötige eine Waffe.«

* * *

Darwin Stroudt stand regen- und windgeschützt auf der der Zentralbank gegenüberliegenden Straßenseite. Er hatte einen Anruf bekommen, seine Zielperson sei unterwegs. Hier war es zwar nicht sonderlich gut auszuhalten, aber immerhin blieb er vor dem direkten Regen geschützt.

Er stand in einer Pfütze. Die blaue Hose war unter dem beigen Mantel kaum auszumachen. In der linken Manteltasche steckte eine schwere 48R Bereiter. Die Pistole hatte ein Zehner-Magazin, in dem sich Hohlmantelgeschosse befanden. Mit diesen hatte der Attentäter und Berufskiller die besten Erfahrungen gemacht. Einmal davon getroffen, blieb von einem Menschen nicht viel übrig.

Jetzt stand er hier und beobachtete über die vier Fahrspuren hinweg den hell erleuchteten Eingang der Bank. Ein ständiges Kommen und Gehen ließ ihm das Warten nicht langweilig werden. Dennoch war seine Zielperson noch nicht angekommen. Auch das war nicht wichtig. Die Zielperson wurde für Stroudt erst interessant, wenn sie die Bank verlassen würde, nicht vorher. Denn sie würde die Taschen voller Geld haben, seinem Honorar. Er wischte sich kurz über das Gesicht. Seine Hände steckten in weichen Handschuhen. Darwin Stroudt wäre dabei fast entgangen, wie seine Zielperson die Bank betrat. Doch war er Profi genug, sich darüber keine Sorgen zu machen. Jetzt ging es nur noch darum, auf die Zielperson zu warten.

Er wechselte die Seitenstraße in Richtung seines Wagens, den er dort hatte parken können. Wäre er länger im Wagen geblieben, hätte ihn bestimmt ein übereifriger Polizist gefragt, was er dort machte. Aber nun musste es schnell gehen. Er wusste nicht, wie lange sich seine Zielperson in der Bank aufhalten würde. Ein kurzer Spurt zwischen die fahrenden Autos hindurch, ein wütendes Hupkonzert und das gleiche Spiel noch einmal bei der Gegenfahrbahn. Er stieg in den schnellen Wagen, dessen kraftstrotzender Motor nur darauf wartete, angelassen zu werden. Darwin ließ die Standheizung an, entriegelte die Beifahrertür und fuhr mit dem graugrünen Wagen ein Stück rückwärts. Mit einem Blick in den Rückspiegel vergewisserte er sich, dass hinter ihm niemand stand. Sollte seine Zielperson aus der Bank kommen, müsste er nur noch die Tür öffnen. Der Motor lief inzwischen leise im Stand.

* * *

Allard betrat die Zentralbank. Im großen, hell beleuchteten Vorraum hielten sich einige Kunden auf, die entweder an Terminals oder an den Schaltern ihre Geschäfte erledigten. Doch daran war Caesar B. Allard nicht interessiert. In seiner Position stand ihm jederzeit ein Privatkundenberater zur Verfügung. Aber diesmal wollte er auf kürzestem Weg direkt zum Bankdirektor. Allerdings erkannte ihn der Wachmann nicht und wollte ihn nicht in den geheiligten Bereich des Direktorats vordringen lassen. Erst als sich die Sekretärin einschaltete, durfte er passieren. In ihrer Begleitung fuhr er im Schnelllift in die vierzigste Etage.

Der Bankdirektor Slowoda begrüßte ihn freudig und mit Handschlag. Von der großzügigen Stirn perlten Schweißtropfen, die er ständig mit einem Tuch beseitigte. Slowodas Schweißtropfen gewannen das Wettrennen aber, erschienen sie doch gleich darauf neu. Der Direktor hatte kein Jackett an, das kurzärmelige Hemd protzte mit Schweißflecken unter den Achseln. Die rote Krawatte, ein fast identisches Ebenbild der Krawatte Allards, konnte nicht genügend von diesem Problem ablenken.

»Ich freue mich, Sie zu sehen«, sagte der Bankdirektor, der anhand seines Dialekts die Herkunft von der Südseite des Planeten nicht verleugnen konnte. »Was kann ich für Sie tun?«

»Die Sache ist ganz einfach. Ich möchte etwas Geld abheben.« Allard lächelte leicht. »Allerdings benötige ich das Geld zu einem ganz besonderen Zweck und möchte Sie bitten, zu veranlassen, es auf Blankochips zu übertragen.«

Der Direktor zögerte kurz. Aber der Assistent des Bürgermeisters würde schon wissen, wofür das gut sein sollte. »Aber natürlich!« Der Direktor war die Freundlichkeit selbst. »Kommen Sie doch bitte mit.«

Die beiden verließen das Büro. Slowoda gab noch ein paar Anweisungen an seine Sekretärin, dann verschwanden die beiden Männer im Lift. Allard war so frei, den Knopf für die unterste Etage zu drücken.

»Aber Herr Allard«, wandte der Direktor ein, »das ist die falsche Etage.«

Allard sagte nichts weiter, wusste er doch, dass die Kabine überwacht wurde. Er stellte sich nur vor das Paneel, damit Direktor Slowoda nicht eingreifen konnte. Wenige Augenblicke später öffnete sich die Tür. Die beiden Wachmänner wollten schon zur Waffe greifen, weil unangemeldeter Besuch nicht erwünscht war. Der Direktor jedoch beruhigte die beiden Männer. In diesem Moment zog Allard den Revolver aus der Manteltasche. Die beiden Männer des Sicherheitspersonals konnten nur noch die Arme heben, während der Direktor große Augen machte.

»Würden Sie bitte die Freundlichkeit besitzen und mir Ihre Waffen vorsichtig mit den Füßen zuschieben, nachdem Sie diese ebenso vorsichtig auf dem Boden abgelegt haben?« Caesar behielt die Männer im Auge, während der Bankdirektor händeringend neben ihm stand und in den Lauf des Revolvers starrte, der direkt auf sein Gesicht zielte.

»Aber, aber«, stotterte er, »was machen Sie denn da?«

»Nun, wonach sieht es denn aus?«, fragte Allard. »Und jetzt, meine Herren, begeben wir uns ins Herz Ihres Rechenzentrums. Der Herr Direktor wird mir weiterhin Gesellschaft leisten, während Sie, meine Herren«, damit deutete er mit dem Revolver kurz auf die Wachleute, »vorneweg gehen. Und bitte keine Heldentaten. Ich möchte nachher wirklich gehen, ohne ein Blutvergießen verursacht zu haben.«

Die vier Männer, allen voran die in blaue Hemden und schwarze Hosen gekleideten Sicherheitsmänner, gingen den kurzen Gang hinunter, um vor einer Brandschutztür zu halten. Mit einer Code-Karte und dem Iris-Abgleich des linken Auges des Bankdirektors ging die Tür sofort auf. Zwei Türen weiter auf der rechten Seite befanden sich die Maschinen und die drei Systemprogrammierer. Ohne anzuklopfen betrat das Quartett den Raum. Bevor sich auch nur einer der Männer von dem Schreck erholen konnte, reagierte Allard. Er hielt dem Direktor weiterhin die Waffe vor das Gesicht.

»Eine falsche Bewegung, meine Herren, und Ihr Chef ist tot. Allerdings würde ich es vorziehen, wenn Sie mir ohne eine Leiche behilflich wären.«

Der Assistent des Bürgermeisters wurde nun auch leicht nervös. Er kannte sich mit dem Arbeitsgebiet der Männer nicht aus, sie könnten ihn jederzeit hereinlegen. »Ich möchte Sie bitten, mir 70 Millionen Adler auf entsprechende Blankochips zu übertragen. Wer von Ihnen ist dafür zuständig?« Er blickte von einem zum anderem. Die blassen Männer waren nicht sehr kräftig, waren Theoretiker in Sachen Systemprogrammierung, Maschinenkonfiguration und ähnlichem. Sie würden sicher nichts riskieren oder den Helden spielen, nur um den Direktor zu retten. »Sie?«, fragte er den Mann, der ihm am nächsten stand.

»Nein, nein, nein«, stotterte dieser, und seine Hände zuckten nervös. »Ich bin neu hier, das ist mein erster Arbeitstag. Ich kenne mich nicht aus.« Damit drückte er sich rückwärts von Allard fort und kam erst neben den Wachmännern an der Wand zu stehen. Mittlerweile war sein

Gesicht kalkweiß, entsprach farblich also etwa seinem neuen Kittel.

»Ich«, antwortete der Nächste, »ich werde machen, was Sie sagen. Aber bitte schießen Sie nicht auf mich, ich habe eine Frau und zwei kleine Kinder, die noch im Kindergarten sind.«

Allard nickte, und der Blonde setzte sich an sein Terminal. Er zog sich eine Speichereinheit hinzu und begann Gelder auf die erste Chipkarte zu transferieren.

»Wo haben Sie die Passwörter her?«, wollte der Direktor wissen. »Muss ich Ihnen denn nicht erst meine Passwörter nennen?«

»Das«, sagte der Blonde, dem die Haare, die nicht zum Pferdeschwanz gebunden waren, wirr ins Gesicht fielen, »ist ja wohl das kleinste Problem.« Dabei drehte er sich kurz um und warf einen abwertenden Blick auf Slowoda. »Sie sollten eben nicht das Geburtsdatum Ihrer Tochter und den Namen Ihres Hundes dafür wählen.« Dann machte er mit seiner Arbeit weiter.

Den ersten Chip gab er Allard in die Hand und ließ ihn diesen an einem anderen Terminal prüfen. »Auf diesem Chip«, gab das Terminal in grüner Schrift auf weißem Grund an, »sind eine Million M-Noten.«

Bald war es so weit. Der blonde Systemprogrammierer war die Ruhe selbst. In dem Augenblick, als sich die Tür geöffnet hatte und der Mann mit dem Revolver den Raum betrat, wusste er Bescheid. Der Direktor als Geisel in der Hand des Fremden konnte nur bedeuten, dass das, was in dem Brief beschrieben worden war, nun Realität wurde. Alles schien nach Plan zu laufen. Der neue Mitarbeiter hatte von den Systemen bisher keine Ahnung, und Pjotr würde vor Angst kaum den Mund aufmachen. Er musterte kurz den Mann im nassen Mantel. Er war anscheinend zu Fuß in die Bank gekommen, würde daher auch zu Fuß wieder fliehen. Bis dahin musste er jedoch mitspielen.

Er dachte kurz an seine Frau Johanne und die Kinder, die sicherlich gerade ins Bett sollten. Er hatte seinen Auftrag erhalten. Wenn der Mann käme, sollte er nur eine Million auf die Chips überspielen, bei den folgenden sollte er nur so tun als ob und siebzig Millionen M-Noten auf andere Konten überweisen. Nun, er würde es tun. Aber er war ja kein Anfänger. Er würde es so in die Wege leiten, dass seine Frau plötzlich zwei Millionen M-Noten erben und die Lebensversicherung seines bereits verstorbenen Großonkels in Höhe von einer Million Marik-Noten auf die Konten seiner beiden Söhne überwiesen wurde.

Er setzte sich an sein Terminal und arbeitete. Wegen seiner Kollegen musste er keine Angst haben. Die hatten ganz andere Sorgen, als zu versuchen, ihm auf die Finger zu schauen.

Der erste Chip war erstellt, das Programm für Frau und Kinder lief bereits und würde ebenfalls gleich abgeschlossen sein. Nur gut, dass die Programme schneller überweisen konnten als auf Chips schreiben. Daher würden seine zusätzlichen Manipulationen sicher nicht auffallen. Mehr mechanisch als bewusst wechselte er einen Chip nach dem anderen. Beim fünfzehnten Chip waren bereits alle Überweisungen getätigt. Er war plötzlich reich, die zusätzlichen Millionen fehlten nicht beim Auftraggeber und das nachfolgende Programm überschrieb gerade alle Daten der Festplatte mit Datenmüll. Danach würde die Platte komplett gelöscht werden. Ein Backup wurde noch nicht gefahren. Selbst Datenretter und Revisoren würden ihm nichts nachweisen können.

Weitere zehn Minuten später nahm er mit feuchten Fingern die letzten Chips aus dem Kartenschreiber. Der Revolverheld steckte die Chips achtlos in die Tasche. Während der ganzen Zeit lastete eine unheilvolle Stille über dem Raum. Nur die Maschinen waren zu hören, die Lüfter und das ›tick tick tick‹ einer Uhr, deren altertümlicher Sekundenzeiger beständig seine Kreise zog.

»Danke, meine Herren«, sagte Allard, nachdem er die Chips achtlos in die Außentasche seines Mantels gesteckt hatte. »Welche ist die Maschine, die gerade gearbeitet hat?« Der Lauf des Revolvers richtete sich auf die Brust des Programmierers. Auf der Brusttasche über dem Herzen prangte das Logo der Bank, aber vielleicht nicht mehr lange. Je nachdem, wie der Programmierer reagierte. Der blonde Mann wies auf eine Maschine.

»Zeigen Sie mir bitte die Festplatte.« Allard zog den Direktor mit sich, während die drei anderen an der Wand stehen blieben. Der Programmierer öffnete das Rack und wies auf die Festplatte. Caesar B. Allard setzte den Revolver schräg an und schoss auf die Festplatte. Von dieser Platte würde niemand mehr auch nur den kleinsten Datensatz herunterlesen oder sicherstellen können.

Allard schob den zitternden Direktor vor sich her. »Wir werden jetzt gehen«, wandte er sich an die anderen Männer. »Wenn Ihnen etwas am Leben Ihres Direktors liegt, dann sollten Sie auf einen Alarm verzichten. Bisher wurde nur ein Sachschaden angerichtet. Ich möchte, dass das so bleibt.« Dann schloss er die Tür hinter sich und schob den Direktor zum Lift. Als beide darin standen, drückte er den Knopf für das Erdgeschoss, denn er wollte so schnell wie möglich das Gebäude verlassen.

Der Lift hielt, und die Türen öffneten sich. Schnell stellte er ein Bein raus, damit sich die Fahrstuhltüren nicht gleich wieder schlossen. »Sie fahren jetzt ganz hinauf in den obersten Stock, dann gehen Sie zu Fuß die Treppen hinunter in Ihr Büro. Dann können Sie von mir aus die Polizei benachrichtigen. Aber denken Sie daran: Machen Sie keinen Fehler. Ich möchte niemanden erschießen müssen.« Mit diesen Worten verabschiedete er sich, drückte den Knopf für die oberste Etage und trat hinaus auf den Gang, während sich die Kabine in Bewegung setzte.

Bei der Information angekommen, wandte er sich an die dortige Servicemanagerin und machte sie darauf aufmerksam, dass im Haus eine Bombe versteckt sei. Sie solle langsam alle Kollegen und Besucher bitten, das Erdgeschoss zu verlassen. Der Direktor würde gerade die Polizei rufen. Dann verschwand er aus dem Gebäude, während hinter ihm hektische Betriebsamkeit ausbrach.

* * *

Seine Zielperson verließ das Gebäude. Er öffnete die Beifahrertür, beugte sich dabei etwas vor und rief: »Schnell, kommen Sie! Wir haben nicht viel Zeit.«

Allard blieb kurz stehen, musterte den Mann, den Wagen, und wollte weitergehen.

»Heh!«, rief der Mann. »Ich warte nur auf Sie. Steigen Sie schon ein.« Die Zielperson zögerte kurz, bevor sie dann doch einstieg und die Tür schloss. »Danke«, seine Zielperson wollte ihm doch tatsächlich die Hand geben, »ich bin ...«

»Nennen Sie mir keine Namen«, unterbrach er ihn rüde. »Ich führe nur meinen Auftrag aus.« Ein Blick in den Rückspiegel und er hatte eine Lücke im fließenden Verkehr gefunden; lenken, Gas geben, und die Lücke gab es nicht mehr. Der Wagen nahm sofort Geschwindigkeit auf, um sich so schnell wie möglich dem fließenden Verkehr anzupassen. Ein zweiter Blick in den Rückspiegel und er konnte erkennen, wie Menschen die Bank fluchtartig verließen. Von einem Alarm, Polizisten oder ähnlichem war nichts zu entdecken. Hatte er es etwa mit einem Profi zu tun? Darwin würde seinen Beifahrer ganz genau im Auge behalten.

Drei Blocks und zwei Seitenstraßen weiter ließ er den Wagen in der zweiten Reihe stehen. »Los, steigen Sie aus«, wandte er sich an den schweigsamen Mitfahrer. »Wir nehmen jetzt ein Taxi.«

Sie stiegen aus. »Ist das nicht ein wenig gefährlich?«, wollte der Mann über das Autodach hinweg wissen.

»Nein, denn wir beide nehmen das hier.« Damit wies er auf das Taxi, das am Straßenrand parkte. »Sie steigen hinten ein, ich bin der Fahrer.«

Und damit ging es weiter, tiefer in den vierten Distrikt hinein. Die Fahrt, bei der Darwin Stroudt keine Verfolger ausmachen konnte, ging zügig voran, die Gegend wurde jedoch immer düsterer. Der vierte Distrikt war nicht gerade das Erfolgsmodell der öffentlichen Wohlfahrt von Tamarind-City.

Die Straßen wurden enger, ungepflegter und an den Hausfassaden blätterte der Putz ab. Eine dunkle Hofeinfahrt, in der ein altes Hotel-Schild einsam vor sich hinglimmte, war das Ziel.

»Steigen Sie aus«, herrschte er jetzt seinen Mitfahrer an. Der Mann hatte, seit er in das Taxi gestiegen war, kein einziges Wort gesprochen. Der Mann stieg aus, stopfte die Hände in die Manteltaschen und blieb neben dem Wagen stehen. Darwin ließ die Türen des Taxis offen stehen. Er würde es nicht mehr benötigen.

Stroudt ging um das Taxi herum und zog gleichzeitig seine Bereiter mit dem aufgesetzten Schalldämpfer. »Jetzt kommen wir zum geschäftlichen Teil unseres unverhofften Zusammentreffens. Ich möchte Sie bitten, mir die Blankochips auszuhändigen.«

Der Fahrgast wider Willen zuckte kurz zusammen; er entschloss sich offenbar, keine Gegenwehr zu leisten. Langsam zog er beide Hände aus den Taschen.

Als Stroudt den Revolver in der einen Hand sah, reagierte er sofort. Er schoss und traf den Assistenten des Bürgermeisters mitten ins Herz. Dieser zuckte nur kurz zusammen, verdrehte sich, fiel um und lag schließlich in der Pfütze des Hinterhofs. Die Scheinwerfer des Taxis blendeten anklagend gegen eine alte Ziegelmauer, während sich der Attentäter nach den Chips bückte.

Schnell und gekonnt entleerte er die Taschen des Toten. Er fand die Brieftasche mit dem Ausweis und der Quittung für den Revolver. *Der Assistent des Bürgermeisters!*, schoss es ihm durch den Kopf, als er den Namen auf dem Ausweis las. Daher kannte er den Mann.

Er ließ die Brieftasche achtlos fallen und verließ unauffällig den Hof.

Caesar B. Allard lag in der Pfütze, deren schmutziges Wasser nun mit seinem eigenen Blut angereichert war. Er war noch nicht sofort tot, doch mit jedem Blutstropfen, den er verlor, verließ ihn auch ein winziger Teil seines Lebens; heimlich, still und leise, so als ob es ihn nicht weiter belästigen wollte.

»Wir leben in einer Welt voller Krieg. Wo wir auch hinschauen, bekämpft der Mensch den Menschen.
Außerirdische haben wir nicht gefunden, wohin wir auch schauten. Nicht einmal Ruinen, Artefakte oder Überreste irgendeiner mysteriösen Rasse, die uns hätte Weisheit und Frieden lehren können. Und niemand ist da draußen, der sich in einer Million Jahren zu etwas entwickeln könnte, das wir als echte Partner akzeptieren könnten.
Wir fanden Tiere, Tiere und noch einmal Tiere. Niemals Intelligenz – nur Menschen, die sich verbreiten wie eine Plage.
Wir wissen um unser Erbe, um den Hang zu Blut und Gewalt, der in uns lebt. Warum nennen wir die wichtigste Konvention, die die Macht des Atoms eindämmen soll, nach dem Gott des Krieges ›Ares‹?
Wir sind Barbaren in der Haut von Intelligenzwesen. Wir waren es immer, wir werden es immer bleiben.
Und wir sind allein im Kosmos. Schrecklich allein.«

— Aus ›Das Buch von Angst und Schrecken‹,
unbekannter Verfasser, Terra 2427

Tamarind, Tamarind-City

2. April 2605

Darwin Stroudt strebte mit den anderen Passagieren der Rohrbahn dem Ausgang entgegen. Gerade erst hielt sie mit ohrenbetäubenden Kreischen der Bremsen an der Station ›Marik Park‹. Der Bahnsteig war überfüllt von Menschen, die auf die nächste Rohrbahn warteten, Pennern, die auf ein paar Adler hofften. Darwin kramte in seinen

Taschen und ließ ein paar der kleineren Münzen in die dreckige Hand des ersten Bettlers fallen. Die Münzen, die auf der Rückseite jeweils den Adler des Hauses Marik trugen, hatten für den Attentäter keinen allzu großen Wert mehr. Schließlich bewahrte er in einer versteckten Tasche die Chips von Caesar B. Allard auf. O ja, er wusste nur zu gut, wen er da vom Leben zum Tode befördert hatte. Ironie des Schicksals war in diesem Fall eher, dass die Fahrkarte von jemand anderem aufgegeben, vom Opfer aber selbst bezahlt worden war.

Die Menschen um ihn herum, die mit ihm zum Ausgang strebten, rempelten ihn mehrfach an, und ganz nebenbei brach er einem Jungen die Finger, die sich in seine Jackentasche verirrt hatten. Bevor er jedoch den kleinen Langfinger erwischen konnte, verschwand dieser in der Menschenmenge.

Der Attentäter steckte plötzlich fest. Die Rolltreppe nach oben stand; ein großes Schild verkündete, dass sie repariert werden sollte, doch von den Monteuren war weit und breit nichts zu sehen. Dementsprechend musste alles, was den U-Bahnhof verlassen wollte, über die normale Treppe nach oben. Die Treppe schien sich in so einem maroden Zustand zu befinden wie die defekte Rolltreppe. Überall lagen Zigarettenkippen, Getränkedosen mit und ohne Alkohol und anderweitiger Dreck; zerdrückt von Hunderten Füßen, die tagein, tagaus hier hinauftrampelten. An den Wänden hingen zum Teil zerrissene und Wochen alte Plakate, die auf Veranstaltungen hinwiesen oder zu einer Protestdemonstration aufriefen. Die Menschenmassen schoben ihn schließlich durch die Glastüren, deren Sprünge und Beschädigungen auf Unmutsäußerungen anderer Fahrgäste hinwiesen, nach draußen in den Park.

Die Massen wurden nicht weniger, verfolgten aber ein gemeinsames Ziel: die Mitte des Parks zu erreichen. Dort stand das Denkmal zur 300-Jahr-Feier des Marik-Commonwealth. Ein wenig abseits der hastenden Menschen saßen ein paar Jugendliche und sahen einem anderen beim Skaten zu.

Der etwa sechzehnjährige Junge rutschte auf seinem Skateboard über die Kante einer Parkbank, so gewandt, als wäre das Brett mit seinen Füßen verwachsen. Der vornübergebeugte Oberkörper balancierte mit ausgestreckten Armen den Rest des Körpers aus. Schließlich war er ein paar Meter lang in der Luft, und dann landete das Brett krachend. Der Junge rollte glatt und schwungvoll in einer Kehre bis an einen Bordstein, um mit einem kurzen, kraftvollen Tritt das Board in Richtung seiner Freunde zu lenken. Darwin Stroudt bewunderte die Geschicklichkeit des Jungen noch einen Augenblick, bevor auch er sich in den Park begab. Die Menschen vor ihm zerstreuten sich bereits ein wenig, und hinter ihm befanden sich zurzeit niemand. Die nächste Bahn würde erst in ein paar Minuten eintreffen.

Zielstrebig begab er sich in die Mitte des Parks. Mit jedem Schritt ins Zentrum mehrten sich auch die Menschen. Links und rechts neben dem Weg standen Büsche, Bäume oder Blumen, zeigte der Rasen noch das Nass des Regens. An vielen Stellen lag das Gras zertrampelt danieder, verunziert von den Aschehaufen vergangener Grillabende, aber mit jeder Menge Müll, den die überlastete Stadtentsorgung nicht abfahren konnte. Inzwischen vernahm er eine laute, aber unverständliche Mitteilung durch ein Megaphon. Das unterschwellige Geräusch vieler Stimmen, zuvor nicht von ihm beachtet, machte sich ebenfalls bemerkbar. Kurz darauf wechselte die Stimme. Sie gehörte einem anderen Mann, nicht lauter als die vorherige, eher leiser, aber eindringlicher. Das Gemurmel der Menschenmassen, die der Attentäter jetzt ausmachen konnte, verstummte fast gänzlich. In einer Art halbrundem Amphitheater standen Tausende Menschen auf den Rängen. Ständig drängten weitere nach, wollten näher heran an den Redner, der zu Füßen des Marik-Adlers stand.

Der Mann am Megaphon war etwa 1,80 m groß und wirkte neben der Klaue des Adlers ziemlich mickrig. Er war in etwa so groß wie die vorstehende mittlere Kralle. Zwischen ihr und den anderen Krallen sammelte sich Dreck, die Krallen selbst und der ganze Adler wiesen starke Abnutzungserscheinungen auf. Der Stein, aus dem der Adler gehauen war, war mittlerweile porös, Teile fehlten und die Flügel waren an den Spitzen abgebrochen. Der Glanz, den das wuchtige Monument verstrahlte, als es zur 300-Jahr-Feier des Marik-Commonwealth aufgestellt worden war, war lange dahin.

Der Redner sprach weiter in das Megaphon. Parolen, die immer wieder von eindringlichen Vorträgen begleitet wurden. Mit der rechten Hand hielt er den Sprachverstärker, der seine eindringliche Stimme nur wenig verzerrte. Mit der linken Hand unterstrich er seine Worte. Darwin Stroudt war sofort klar, dass dies kein einfacher Mann war. Auch die Kleidung, ein guter, nicht zu teurer Anzug aus grauem Stoff, gerade richtig für diese Art Veranstaltung, dazu ein weißes Hemd mit Krawatte und darüber ein offener heller Mantel, trugen dazu bei, einen seriösen Eindruck zu hinterlassen. Der Redner hatte gelernt, vor Menschenmassen zu sprechen und ihre Gefühle anzustacheln, sodass sie ihr kritisches Denken hinten anstellten und ihm blind folgten. Nur manchmal, wenn er sich mit einer fahrigen Bewegung die schwarzen Haare aus dem Gesicht wischte, verlor er seine konzentrierte Selbstbeherrschung.

Neben dem Mann mit dem Megaphon stand ein zweiter, etwas hektischerer. Er lief ständig hin und her, während der erste fast still wie ein Felsen in der Brandung die vor ihm wogende Menschenmenge im Griff behielt. Die ersten Sprechchöre, die seinen Namen – Michael DeJonges – laut skandierten, wurden immer heftiger und mitreißender.

Eine Gruppe selbst ernannter Ordner versuchte die Menschenmassen, die im Halbrund des Amphitheaterbodens standen, zurückzuhalten. In diesem Moment drängte eine Truppe Polizisten zum Redner. Ihre Schlagstöcke teilten nach links und rechts heftig aus, während sie sich selbst mit großen rechteckigen Schilden vor Schlägen schützten. In ihren schwarzen Uniformen und den Helmen mit den Visieren waren sie zwar sehr eindrucksvoll, aber tatsächlich eine Minderheit.

Immerhin schafften sie es, bis zum Redner durchzudringen. Einer von ihnen riss DeJonges das Megaphon aus der Hand und brachte ihn so vorerst zum Schweigen. Buhrufe und Pfiffe begleiteten diese Aktion, die nicht von langer Dauer war. Menschen, meist Studenten und jüngere Leute, stürmten zu Füßen des Adlers die provisorische Bühne, drängten die wenigen Polizisten ab. Da halfen auch keine Schlagstöcke mehr, denn es wurde zu eng, um auch nur einen Arm zu heben. Gleichzeitig bekam DeJonges ein Mikrofon in die Hand gedrückt. Der dazugehörige Verstärker und zwei große Lautsprecherboxen tauchten wie aus dem Nichts auf. Seine Rede ging weiter, wurde eindringlicher und behielt die Menschenmassen doch im Griff.

Noch war es eine friedliche Demonstration, die sich gegen Arbeitslosigkeit, Korruption und einen Bürgermeister richtete, der wie ein Feudalherrscher die Hauptstadt des Planeten Tamarind fest im Griff hatte. Aus den Hunderten von Menschen, die sich hier versammelten, wurden inzwischen Tausende, und minütlich wurden es mehr. Aber auch die Polizei und die Miliz erhielten Zuwachs. Die ersten Hovercrafts mit bewaffneten Ordnungshütern trafen ein. Zeitgleich begannen die ersten Rangeleien zwischen Demonstranten und Polizisten. An mehreren Stellen zugleich entstanden plötzlich Prügeleien. Darwin sah, wie an Stellen, wo sich die Demonstranten ballten, Aufwiegler die Menschen aufhetzten. Ihm fiel ein Mann besonders auf: kräftige Statur, helle Haare, braune Lederjacke mit dem Zeichen eines MechKriegers auf dem Rücken und mit besonders hektischen Bewegungen. Vor allem die Studenten und jungen Leute schienen für ihn empfänglich zu sein.

Da verlor einer der bewaffneten Polizisten die Nerven. Auf der gegenüberliegenden Seite des Amphitheaters schoss der Mann in die Luft. Wie ein Zeichen setzte sich das unter den Ordnungshütern fort, andere schossen ebenfalls. Das war für Darwin die Gelegenheit. Von seinem erhöhten Standpunkt aus hatte er einen guten Blick auf DeJonges und den namenlosen Hektiker, der wie ein Gummiball auf und nieder hüpfte.

Mit der nächsten Salve der Polizisten war er so weit. Auf seine Pistole hatte er einen Schalldämpfer aufgeschraubt, damit niemand in seiner Nähe den Schuss hören konnte. Ansonsten wäre es wegen des Geschreis der Menschen, der Ansprache von Michael DeJonges und dem gleichzeitigen Gebrüll und Anweisungen gebenden Polizeioffizieren nicht nötig gewesen. Darwin Stroudt lehnte sich an einen Baum, dessen tiefer hängende Zweige gleichzeitig etwas Deckung gaben, und winkelte den linken Arm an. Auf ihm legte er die Pistole ab, um einen ruhigen Punkt zu haben, wenn er auf sein Opfer zielte. Weitere Milizionäre drängten mit den Polizisten hinzu. Ziel war der Redner, doch sie würden Michael DeJonges nicht rechtzeitig erreichen. Dessen Zeit war abgelaufen. Und mit der nächsten Salve der Polizisten löste sich ein einzelner Schuss, kaum lauter als das einsame Plopp einer eben geöffneten Bierflasche.

DeJonges wurde mitten im Satz ruhig. Die linke Hand, eben noch energisch erhoben, sackte nach unten. Die Rechte umklammerte im Krampf das Mikrofon und blieb vor der Brust, als Michael DeJonges rückwärts zu Boden ging. Ein kleines Loch auf der Stirn, aus dem Blut sickerte, war das einzige Zeichen von vorn, dass etwas Ungewöhnliches geschah. Er fiel gegen die Schwanzfedern des Monuments, blieb einen kleinen Moment daran angelehnt und rutschte dann tiefer. Die Blutspur vom Hinterkopf, wo die Kugel des Attentäters wieder ausgetreten war, hinterließ einen roten Streifen auf dem Denkmal. Auf dem Boden sitzend, den Oberkörper angelehnt, den Kopf überdehnt, blickte der Redner mit gebrochenen Augen in den wolkenverhangenen Himmel.

Ein Aufschrei ging durch die Menge, ein lautes Stöhnen, als ob jeder dort selbst getroffen worden wäre. Dann der Ruf: »DeJonges ist tot.« Erst einzeln fast geflüstert, dann immer lauter werdend, ein Schrei, der die ganze Menge umspannte: »DeJonges ist tot!«

Ein Tumult ging durch die Reihen, der die vorhergehenden Auseinandersetzungen wie ein Kinderspiel aussehen ließ. Die Wut, der Ärger und die Enttäuschung brachen sich in der Menge Bahn. Der Attentäter nutzte die angestaute Aggression und deutete auf den Mann, der ihm vorhin aufgefallen war. »Der da«, rief er so laut er konnte und deutete auf den Mann in der Lederjacke, »der war es, der hat geschossen.«

Die Menge akzeptierte ihn sofort als Sündenbock. Jemand, an dem man seine Wut entladen konnte. Alles strömte auf den vermeintlichen Schützen zu, der nun in panischer Angst versuchte, das Weite zu suchen. Die Polizisten teilten sich auf, nachdem sie nicht mehr das Ziel des Angriffs waren. Die eine Hälfte eilte hinüber zum Opfer, um das sich inzwischen viele Demonstranten geschart hatten, die andere Hälfte kämpfte sich auf dem Weg zum Attentäter durch; dem vermeintlichen Attentäter, einerseits, um ihn zu verhaften, andererseits, um ihn vor der Lynchjustiz des entfesselten Mobs zu schützen.

Tamarind, Tamarind-City

2. April 2605

Alfred Weilguny vertrieb sich die Zeit im Park. Auf seinem Skateboard übte er die verschiedensten Figuren, Sprünge und Kurven, während er auf seine Freunde wartete. Hier am Ausgang der Rohrbahn gab es genügend Platz und eigentlich niemanden, der sich über seine Eskapaden aufregte. Heute schon gar nicht, obwohl sehr viele Leute in den Park strömten. Er hatte keine Ahnung, woran das lag.

Mit einer schnellen Abfahrt über die Kinderwagenrampe der Treppe kreiselte er über die freie Fläche und rauschte durch eine Pfütze. Er hatte Glück, dass er niemanden damit duschte, sonst hätte er sicherlich eine Tracht Prügel bezogen.

Kurz hintereinander trudelten seine Freunde ein, und mit einem freundlichen »Hallo!« setzten sie sich auf die Steinmauer, die das Blumenbeet umkränzte, und sahen zu, wie Alfred auf dem Skateboard turnte. Einmal mehr wollte er etwas ausprobieren, und die Kinderwagenrampe kam ihm gerade recht. Sie verschaffte ihm die Geschwindigkeit, die nötig war, um das Gleichgewicht zu halten. Allerdings war es gerade blöd für ihn, da wieder eine Rohrbahn ankam. Die ersten Fahrgäste verließen den U-Bahnhof und strebten in den Park.

Eine Lücke im Strom der Menschen nutzend, nahm er Anlauf. Er sprang auf sein Board, raste die Rampe hinunter und machte einen Hocksprung. Das Brett raste über die Kante einer Parkbank. Sein Körper war vornübergebeugt, die offene Jacke wehte hinter ihm her und er hielt die Balance. Mit den ausgestreckten Armen, mit denen er das Gleichgewicht hielt, berührte er fast einen Mann, der erstaunt stehen blieb und ihn einen Moment lang bewunderte. Dann ging der Mann weiter, während Alfred mit seinem Board von der Bank schrabbte, ein paar Meter durch die Luft flog und hart aufsetzte.

In einer Kehre rollte er schwungvoll herum, stieß sich mit einem Bein ab und erreichte seine Freunde. »Na, wie war ich?«, erkundigte er sich in der Runde und sah dabei die gleichaltrige Silva Jovanova an.

Seine Cousine lächelte ihn verschmitzt an, ihre braunen Augen blitzen. »Nicht schlecht für dein Alter.«

»He, was soll das heißen, für mein Alter?« Er wollte schon aufbrausen und nahm nicht wahr, wie sie ihn mal wieder auf den Arm nahm. »Meinst du ich bin zu jung dafür? Oder, Moment mal, soll dass heißen, ich bin zu alt?« Jetzt kam Alfred so richtig in Fahrt. »Ich bin nicht zu alt dafür. Als ich am Wochenende auf der Krügersteige beim BBKSLT Wettbewerb war ...«

»Wo bitte warst du? Hattest du nicht erzählt, du wärst bei deiner Freundin gewesen?« Pjotr, der Dritte in der Runde, unterbrach ihn verblüfft.

»Also, das BBKSLT ist der Skateboardwettbewerb für Base-Ball-Kappen-Schild-Links-Träger.« Er genoss den Gesichtsausdruck, den seine Freunde, allen voran Vojtech Rakous, zur Schau trugen. »Und die Krügersteige ist die Straße, die oben im dritten Distrikt die Marik-Avenue mit dem Jakobsen-Boulevard verbindet. Da geht es ziemlich steil hinunter zum Boule. Es gibt nur Treppen und eine schmale Fahrspur für Kinderwagen und Rollstühle und so.« Alfred war jetzt ganz in seinem Element. Ließ man ihn erst einmal reden, hörte er erst wieder auf, wenn er etwas zu essen bekam oder man ihm den Mund verbot. »Die besten Skater aus dem dritten Distrikt und den umgebenden Straßen erschienen und trugen ihre Wettkämpfe aus. Ich ...«

Alfred wurde von Vojtech unterbrochen. »Du trägst doch gar keine Baseballkappe.«

»Ich habe ja auch nur zugesehen«, gab Alfred zu. Nur um im nächsten Moment wieder loszulegen. »Aber es war klasse. Vor allem, als der Blödmann Olaf von seinem Skateboard fiel und zehn Stufen weit die Treppe herunterrutschte, mit der Nase voran.« Bevor er weitererzählen konnte, gesellten sich Arpan und Karel dazu. Sie mussten mit der letzten Rohrbahn gekommen sein. Alfred stand mit dem Rücken zur Station und konnte sie daher nicht kommen sehen. »Wie sieht es aus? Wollen wir sehen, wohin all die Leute verschwinden? Wir haben noch ein wenig Zeit, bevor wir uns mit Frantisek treffen. Er kann erst in einer halben Stunde bei uns sein. Da können wir genauso gut sehen, was da vorne los ist.« Er wartete gar nicht erst eine Antwort ab, sondern lief gleich los, direkt hinter einem laut diskutierendem Grüppchen einer Bürgervereinigung oder ähnlichem. Den anderen blieb nichts übrig, als ihm zu folgen.

4. Unter Freunden

»Warum Tau Ceti? Ich weiß es nicht. Es hätte auch Alpha Centauri sein können oder Epsilon Eridani. Die Pathfinder *flog nach Tau Ceti, weil die Eierköpfe in der Zentrale das festgelegt haben.*
Das ist doch immer so. Die Eierköpfe legen fest, wo die Reise hingeht. Andere Menschen, die an der Entscheidung keinen Anteil haben, machen dann die Reise. Das erscheint mir wie eine schöne Analogie zum Leben eines Menschen ... wir werden bewegt und haben nur den Eindruck, die Entscheidungen selbst zu treffen.«

— Raymond Bache ›Tau Ceti und zurück – Die Memoiren eines Raumfahrers‹, Terra 2133

Tamarind, Tamarind-City

2. April 2605

Das Treffen fand in einem Hinterzimmer der ›Stadtautobahn‹ statt. Der Name dieser Kneipe im Osten der Stadt sagte schon alles. Sie stand unmittelbar unter der Stadtautobahn, die den Zubringer vom Ortseingang zur Marik-Avenue darstellte. Mehrspurig, auf hohen Betonpfeilern, überquerte sie Freiflächen, auf denen sich weitere Straßen, Spielplätze oder Parkplätze befanden.

Andererseits hatten sich in diesem Teil der Stadt viele Arbeits- und Wohnsitzlose bescheidene Quartiere aus alten Holzbohlen und gefundenem Baumaterial errichtet. Andere wiederum schliefen nur in alten Kartons, die im Sommer kaum vor der Hitze und im Winter genauso wenig vor der Kälte schützen.

Die ›Stadtautobahn‹ gehörte zu den wenigen Bretterverschlägen, die man mit viel Wohlwollen als Hütte bezeichnen konnte. Im großen Vorraum gab es einen Tresen, ein paar Tische mit wild zusammengeklaubten Stühlen, einen 3D-Kicker, an dem sich die jüngeren Besucher ab und zu austobten, und einen Mann, der sich großspurig als Barkeeper bezeichnete.

Er war ganz und gar nicht das, was man sich unter einem Kneipenwirt vorstellte. Schlank, mit Haaren bis auf die Schulter, meist mit ein paar Gummis zu einem Pferdeschwanz zusammengebunden, und feinen, fast zartgliedrigen Fingern. Womit er immer wieder Gläser mit einem schmierigen Handtuch polierte, bis er einsah, dass es nichts nützte. Aus diesem Grund tranken die Gäste aus Flaschen. Selten verirrte sich ein Fremder hierher, und wenn dieser eines der Gläser in die Finger bekam, dann musste man ihn nicht erst überzeugen, das Glas stehen zu lassen.

Das Hinterzimmer, in dem ein alternder Telev kurz davor stand, seinen Geist aufzugeben, wurde nur selten benutzt. Doch heute war das anders. Während der Kasten vor sich hin brabbelte, versammelten sich hier nach und nach Männer und Frauen unterschiedlichster Herkunft. In einer Ecke stand ein Getränkespender, den der Anführer der Leute aufgestellt hatte, damit der Kneipenwirt nicht dauernd hereinschauen musste.

Jeder ging einfach hinüber und holte sich, was er wollte. Dabei blieb derjenige meist unter dem Telev stehen und warf einen mehr oder weniger gelangweilten Blick darauf. So wie jetzt der schmächtige Typ, der mit einem ärmellosen Hemd glänzte, um seine Tätowierungen besser zur Geltung kommen zu lassen. Die beiden Adler auf dem rechten Oberarm lieferten sich einen regelrechten Luftkampf, während in Ellbogenhöhe eine Schlange aus einem Totenkopf kroch. Er hatte eine Flasche in der Hand, den Korken entfernt, und trank mit gierigen Schlucken. Dabei fiel sein Blick auf die Mattscheibe.

Der kleine private Stadtsender ›City23‹ berichtete live. Eine knackige junge Reporterin im Minirock, die die männlichen Zuschauer beeindrucken sollte, stand neben dem Kamerawagen mit dem übergroßen Logo des Senders auf der Seitenwand. Im Hintergrund war ein geräumter Kreuzungsbereich mit anschließender Tankstelle zu sehen, der von Miliz und Polizei umstellt war, jedoch mit gehörigem Abstand.

»Hier spricht Anne McKafy für ›City23‹, Ihrem Sender für Aktuelles aus Tamarindia.« Mit einer schnellen Handbewegung wischte sie ein paar Haarsträhnen beiseite, die sich aus ihrer hochgesteckten Frisur gelöst hatten. »Am heutigen Tag spielt sich in Tamarindia ein Drama ab. Hinter mir sehen Sie den abgesperrten Kreuzungsbereich Ecke hundertfünfundzwanzigste und sechste Straße. Auf dem Gelände der Kreuzung steht ein Mann mit einem Feuerzeug in der Hand. Der Mann, die Polizei konnte ihn inzwischen als einen gewissen Jonathan Wurdack identifizieren, hat den Tanklaster gefahren, der neuen Treibstoff anliefern sollte und nun mit offenem Tank vor den Stutzen der Tankstelle steht. Beide, Erdtank wie auch Laster, stehen offen da. Der Abfüllschlauch des Tankers hängt, wie Sie sehen können, am Boden, und es fließt jede Menge Benzin unkontrolliert aus.« Unbeirrt von dem Drama hinter sich berichtete Anne McKafy weiter.

»Der Platz ist inzwischen von Scharfschützen der Polizei umstellt, die jedoch nicht zu schießen wagen – aus Angst, dass ein fehlgegangener Schuss das Benzin-Luft-Gemisch, das sich inzwischen gebildet hat, entzünden würde. Außerdem haben sie Angst, eine der Geiseln im Hintergrund zu treffen. Der Mann geht auf und ab, beschimpft seine Geiseln und schreit in jedes Mikrofon, das nur nah genug herankommt. ›City23‹ gegenüber gab Herr Wurdack an, er wolle den Rücktritt des Bürgermeisters erzwingen, damit Neuwahlen stattfinden und er selbst zum Bürgermeister gewählt werden könne. Der Mann will die Arbeitslosigkeit verringern und die Jugendlichen von der Straße holen. Seine Absichten, die denen vieler anderer Politiker gleichen, sind zwar durchsetzungswürdig, aber seine Mittel sind nicht dazu geeignet. Sein Statement werden wir gleich im Anschluss an diese Sendung ausstrahlen.«

Der Mann mit dem Bier wandte sich um und kehrte dem Telev den Rücken zu. Sein Blick fiel auf die Anwesenden, nahm sie nicht richtig wahr und wanderte zum Fenster. Er sah klebrigen Asphalt, dessen Löcher eigentlich Geländewagen erforderlich machten. Ein paar Jungs der örtlichen Gang drehten ihre Runden, johlten und grölten und machten sich einen Spaß daraus, auf den Trikes die Straße herunterzudonnern.

Hundekot und anderer Dreck sammelte sich auf den Straßen und Gehwegen, und er begriff jäh, warum in der Vorstadt jährlich Hunderte Frauen vergewaltigt wurden, Menschen aus den Fenstern sprangen oder sich sonst wie zu Tode brachten, und die Beschäftigung als Drogendealer als einziger Job mit Zukunft erschien. Dies war ein Umfeld, das jeden normalen Menschen in den Wahnsinn trieb, vor allem bei einem solch drögen Wetter wie heute.

Der Tätowierte setzte sich rücklings auf einen Stuhl und stützte sich auf die Lehne. Das blanke Holz kam unter der Lackschicht hervor, hatte aber keine Gelegenheit, sauber zu bleiben, weil sich Schmutz und Schweiß wie ein dünner Film darüber legten.

»Was ist nun?«, wollte er wissen. »Auf wen warten wir noch? Ich habe nicht die Absicht, ewig hier herumzusitzen.« Seine kultivierte Sprache höhnte seinem Aussehen. Mit der Lederkappe, der Lederhose und den Motorradstiefeln sah er einem Rocker ähnlich. Vor allem erwartete der flüchtige Beobachter einen üblen Vorstadtslang, der besser zu seinem Aussehen passen würde.

Der Mann mit der Lederkappe wischte sich die rechte Hand an der Hose ab und kratzte sich am Hinterkopf, wodurch die Kappe nach vorn rutschte. Obwohl er einen eher lethargischen Eindruck machte, beobachtete er die Menschen in seiner Umgebung sehr genau.

Auf der ihm gegenüberliegenden Seite saß Karin Hoeyer, die blonde, aus dem Hause Steiner vertriebene Mech-Kriegerin. Ihr besonderes Markenzeichen war die rasierte linke Kopfseite samt des darauf tätowierten Dämonenschädels. Diese stark aggressive Kennzeichnung zeigt ihren Hass auf die Familie Steiner, von der sie sich unrecht behandelt fühlte. Karin hoffte, ihnen den schmachvollen Rauswurf irgendwann heimzahlen zu können.

Gerade war sie im Gespräch mit dem Logistiker des Projekts, Karel Thole, der von Tamarind stammte. Er kannte sich auf dem Planeten und im Moloch der gleichnamigen Hauptstadt wie kein Zweiter aus. Über seine Beweggründe, sich den Söldnern anzuschließen, wusste Karl nichts. Karl Hayek zeigte daran auch wenig Interesse. Für ihn waren die Menschen wichtig, und seine Einschätzung, wer sie waren, wie sie reagieren und wie sie sich in Extremsituationen behaupten würden. Wie der Priester Marcus Beissel, dessen scharfe Zunge jeden Zuhörer zum Glauben bekehren würde – egal zu welchem. Oder Klaus-Dieter Zumwinkel, dessen militärisch exakter Bürstenhaarschnitt davon ablenken sollte, wie schlampig seine Kleidung an ihm herunterhing. Anders als schlampig konnte man die stoffliche Knautschzone nicht bezeichnen, die um seinen ausgemergelten Körper schlotterte.

Einen Mann konnte Karl jedoch nicht einschätzen. Am zweiten Fenster stand ein Schönling. Eine Bodybuilderfigur, um die ihn jeder Mann beneidete. Die Frauen würden, ließe er es zu, ihm nicht nur zu Füßen liegen. Ein ebenmäßiges Gesicht, mit dem er Karriere als Schauspieler machen könnte. Fein geschwungene Lippen in einem glatt rasierten Gesicht, die zwei ebenmäßige Reihen weißer Zähne betonten, eine gerade, fast aristokratische Nase, blaue Augen mit kleinen Lachfalten an den Seiten und eine ordentliche blonde Frisur. Keine Laster wie Alkohol oder Zigaretten, kein ausschweifendes Leben. Der Kandidat als Schwiegersohn schlechthin. Aber mehr als diese Äußerlichkeiten kannte Karl von ihm nicht. Nur, dass er als ehemaliger Offizier des Sternenbundes kämpfte. Aber für welche Seite?

»Mal sachte, Karl«, antwortete ihm sein linker Nachbar. Mit dem Finger strich er sich über den Nasenrücken, den eine frische Narbe zierte. »Wir warten einfach, bis alle da sind, und ohne den Chef geht erst mal nix.« Er deutete mit seiner eigenen Bierflasche auf den Telev. »Sieh dir den da an.«

»Was ist an dem Tankwagenfahrer so Besonderes?«

»Mit dem Benzin ließe sich ein ganzer Wolkenkratzer in die Luft sprengen. Fünftausend Liter. Das wäre eine schöne Explosion, wenn er denn wollte.«

»Will er denn nicht?«, fragte Karl erstaunt.

»Sieh genauer hin, Mann.« Der andere deutete wieder auf die Mattscheibe. »Er ist einer von uns.« Mit einer Hand fuchtelte er vor dem Bildschirm herum, deutete immer wieder auf die Hände des Mannes im Telev. »Sein Feuerzeug ist nicht echt. Sieh dir die Flamme an, sie tänzelt bei keiner seiner Bewegungen. Das ist eine kleine Birne in Flammenform. Das Feuerzeug ist eigentlich ein Zünder. Wenn das Birnchen platzt, entzündet es das Gasgemisch. Und dann ...« Er ließ offen, was er meinte, aber Karl lief nun doch etwas Schweiß die Stirn hinab.

Er schüttelte den Kopf und zog die dunklen, fast zusammengewachsenen Augenbrauen zusammen, als er sich die Bilder, die ›City23‹ lieferte, genauer ansah. »Ein ausgebufftes Schlitzohr«, sagte er dann. »Aber was geschieht mit den Geiseln?«

Sein Nachbar sah ihn belustigt an. »Denen geschieht nichts. Nicht, wenn sie sich kooperativ zeigen. Der Mann da draußen nimmt seine Sache ernst. Töten verstößt gegen seine Grundsätze«, erklärte er tugendhaft. »Außer bei ganz bestimmten Umständen, wird er darauf verzichten.

Nur weil wir Söldner sind, mein Freund, heißt das nicht, dass wir immer töten müssen. Werde mal erwachsen, ja? Du darfst Mittel und Zweck einer Operation nicht durcheinander bringen, Karl. Wir tun, was Recht ist. Unser Recht. Viele der Schläfer da draußen sind nur unsere Werkzeuge, die wir gar nicht unter Kontrolle halten wollen. Was dort geschieht, geht uns auch gar nichts mehr an. Das ist ein Teil des Plans, der sich selbst am Laufen hält. Wir verwenden die Schläfer nur, weil es sein muss. Du musst einen Revolver auch nicht fragen, ob er töten will. Du willst, dass es kracht, wenn du abdrückst. Du willst, dass jemand anderes in Gras beißt, bevor du es tust.

Ich nehme es dir nicht übel, dass du ein wenig durcheinander bist. Auch wenn du den rauen Motorradgangster spielst, deinen weichen Kern habe ich bereits erkannt. Wie sollst du alles geben, was in dir steckt, wenn du nicht bereit bist, dein Äußerstes einzusetzen? Wie willst du sonst deine Aufträge ausführen? Brücken, oder wie in diesem Fall eine Tankstelle, in die Luft sprengen oder eine Rakete zünden oder eine Bombe werfen? Willst du vorher immer alles evakuieren? Etwas Schwund ist immer. Aber wir vermeiden unnütze Grausamkeiten. Das sind die Regeln, nach denen wir handeln, doch wir haben sie nicht erfunden. Wir tun nur, was uns aufgetragen wurde, wir tun das, was Söldner eben tun, weil wir bezahlt werden. Und wir verwenden, was uns geeignet erscheint, um unsere Anschauungen durchzusetzen und unsere Ziele zu erreichen.«

Der Mann lehnte sich in seinen Stuhl zurück, streckte die Beine in Richtung Telev aus und ließ sich einfach nur hängen.

Karl, ein wenig aus der Rolle des Motorradgangsters gefallen, beobachtete ihn jedoch genau. Die Haltung, die sein Nachbar an den Tag legte, sollte von Lässigkeit zeugen. Aber er sah, dass er voll konzentriert war. Neben seinem Gespräch mit Karl nahm er auch seine Umgebung wahr. Er war einer, der sich nie überraschen ließ.

Karl fühlte sich ein wenig unwohl. Lieber würde er seine drahtige Gestalt wieder in einen BattleMech zwängen. Das Cockpit schließen, den Neurohelm aufsetzen und eins werden mit seinem *Thorn*. Der zwanzig Tonnen schwere Mech, den die Ford Military Limited bereits seit Ende des vierundzwanzigsten Jahrhunderts baute, war zwar im Vergleich zu seinem jetzigen Motorrad langsamer, dafür aber mit einer Menge Stahl versehen, die ihn rundherum schützte.

Der *Thorn* war eine Maschine, die seinem Naturell sehr entgegenkam. Mit einem *Thorn* wartete man, bis der Gegner kam, fertigte ihn innerhalb weniger Minuten mit der Zeus-Lafette ab und gab gegebenenfalls etwas Zunder mit den beiden mittelschweren Hellion-Spitfire-Lasern. Aber jetzt war er hier, mimte einen Motorradgangster und hatte eine kleine Gang von fünfzehn Leuten hinter sich, die die Straße ständig rauf und runter donnerten, vor der Stadtautobahn standen und soffen, vor allem aber die Augen nach Polizei und Miliz aufhielten.

Karl war ein vorsichtiger Kerl, er wartete im Hintergrund und nur, wenn es ihm zu lange dauerte, war er bereit, herumzunörgeln. So wie jetzt. Karl Hayek hasste es, wenn jemand unpünktlich war. Pleskauer hatte bereits eine halbe Stunde Verspätung. Einen solchen Mangel an Disziplin duldete Karl nicht. Vor allem nicht bei Vorgesetzten.

Endlich betrat Ewald Pleskauer den Raum. »Meine Damen und Herren«, begann er ohne große Umschweife, »ich bitte Sie, meine Verspätung zu entschuldigen. Leider saß ich in einer Demonstration fest, die sich spontan auf der Straße gebildet hatte.« Während er weiter in den Raum hineinging, zog er seine Handschuhe aus. Scheinbar achtlos warf er die Handschuhe auf einen Tisch, legte seine Jacke über eine Stuhllehne und setzte sich militärisch korrekt auf einen Stuhl.

Gleichzeitig wurden weitere Stühle gerückt, Körper in eine gerade Position gebracht und gespannte Aufmerksamkeit hing wie ein gespannter Bogen an der Wand des dunklen Nebenzimmers der ›Stadtautobahn‹. Von Ewald Pleskauer ging eine unaufdringliche, aber bestimmende Art der Autorität aus, der sich niemand im Raum zu entziehen vermochte. Wie auf Knopfdruck brach sich die militärische Ausbildung der fünfzehn Leute Bahn.

»Unsere Operation besteht aus drei separaten Aktionen. Die erste besteht darin, die zentrale Funkstation zu übernehmen, ohne einen Ausfall und möglichst ohne Blutvergießen auf unserer Seite. Ich will kein Risiko eingehen. Und wenn ich sage, kein Risiko, dann meine ich das auch so.« Sein Blick wanderte von einem zum anderen, verharrte kurz, und jeder hatte das Gefühl, Pleskauer würde ihn direkt ansprechen. »Sofort nach der Übernahme werden die Frauen und Männer unter Führung von Klaus-Dieter Zumwinkel den Regelbetrieb aufrechterhalten. Die zweite Aktion ist die Übernahme der Polizeistation. Die meisten loyalen Kräfte sind zurzeit damit beschäftigt, die ständig neu entfachten Demonstrationen und die damit einhergehenden Straßenschlachten niederzuhalten. Den dritten Teil werde ich selbst anführen. Wir werden dann die Kaserne übernehmen, möglichst die Mechs in Besitz nehmen und einsatzbereit machen.« Er ließ die Worte kurz auf die Versammelten wirken. Bei vielen sah man die Erleichterung, endlich etwas in Bewegung zu bringen. Die Anspannung des langen und lästigen Wartens fiel von der versammelten Mannschaft ab. »Und hier sind die Einzelbefehle. Die Gruppenführer versammeln sich jetzt bitte, nach Aktionen getrennt, bei mir. Wir fangen mit Aktion eins an.«

Die entsprechenden Leute näherten sich dem Tisch, von dem alle leeren Flaschen abgeräumt wurden. Ewald Pleskauer legte ein paar Karten auf den Tisch, die er aus seiner Mappe zog. Es wurde leise im Nebenzimmer, und nur das Telev plärrte weiter vor sich hin. Die Aufmerksamkeit, die ihm in der Folgezeit entgegengebracht wurde, tendierte gegen Null.

Karl hörte genau zu, was in der nächsten Zeit ablaufen sollte. Er gehörte zu dem Truppenteil der Söldner, die die Kaserne im Handstreich übernehmen sollten. Überrascht war er, als er erfuhr, dass ihnen jemand aus der Kaserne helfen würde. Und zwar heute Abend. Es war keine Zeit mehr zu verlieren.

Nachdem Ewald Pleskauer seine Befehle ausgeteilt hatte, zogen sich die einzelnen Gruppenführer zu intensiven Besprechungen zurück. Auch Karl verließ den heruntergekommenen Schuppen, schwang sich in den schwarzen Sattel seines Motorrads und fuhr auf die Straße. Mit lautem Johlen begrüßte ihn der Rest der Gang. Karl riss die Maschine auf das Hinterrad, die chromblinkende Gabel, die das Vorderrad hielt, hoch in die Luft erhoben. Seine Leute folgten weniger spektakulär, dafür umso lauter.

5. Der Angriff

»Die breite Masse einer Nation fällt einer großen Lüge leichter zum Opfer als einer kleinen. Eine kleine Lüge ist jedoch schwerer aufrechtzuerhalten als eine große Lüge.«

— Enrico Scrivente ›Staat und Raumfahrt‹, Terra 2233

Tamarind, Tamarind-City

2. *April 2605*

Der Attentäter war vor einer Stunde angekommen. Mit dem Bus fuhr er von der Rohrbahnstation in diesen Distrikt. Hier würde nie eine Rohrbahn gebaut werden. Zum einen waren die Kosten zu hoch, um sie zu bauen, zum anderen die Kosten noch höher, um sie ständig in Betrieb zu halten. Busse waren da einfacher zu handhaben. Man setzte einfach einen Polizisten als Begleiter rein, und schon war Ruhe. So auch diesmal. Stroudt saß hinten auf der letzten Bank und hatte so den ganzen Bus im Blick. Der Polizist ihn aber auch. Nicht, dass es ihn beunruhigt hätte, aber eine dumme Begegnung mit randalierenden Jugendlichen würde Probleme schaffen.

Eine Station vor der Kaserne stieg er aus und ging den Rest zu Fuß. In seiner Verkleidung als Reinigungskraft fiel er in dem Viertel gar nicht auf. Die meisten Menschen hingen sowieso vor dem Telev und glotzten auf die Bilder von den Aufständischen in der Stadtmitte.

Darwin Stroudt stand im Schatten eines Tamarindenbaumes. Seine Augen beobachteten jede Bewegung, die am Kasernentor vor sich ging. Patrouillen, Wachwechsel, ankommende Fahrzeuge und Personen, die Kontrollen dazu, einfach alles. Trotzdem wollte er unentdeckt bleiben, was die Sache schwieriger gestaltete. Daher sah er sich nach einem besseren Beobachtungsposten um. Den hatte er bald in einem baufälligen Baumhaus gefunden. Der dazugehörige Kinderspielplatz war verdreckt, die Geräte kaputt und die Kinder nirgends zu sehen. Er kletterte unbemerkt hinein und zog die Strickleiter hinauf. Oben machte er es sich so bequem wie möglich. Durch die Ritze zwischen zwei Brettern konnte er in Ruhe alles beobachten, was sich praktisch vor seiner Nase abspielte. Gleichzeitig pfiff der Wind rein und brachte den Gestank der Straße mit sich: Auspuffgase der Fahrzeuge, verrottender Müll am Fahrbahnrand, der aus überquellenden Mülltonnen fiel und der den Treffpunkt der heimischen Spezies an Killerkakerlaken, Ratten und anderem darstellte.

Seine Rolle, die er spielen sollte, war einfach. Mittels eines gefälschten Ausweises sollte er sich bei der Wache in der Kontrollbaracke melden und behaupten, er sei als neuer Putzer angestellt, hätte aber verschlafen und die Putzkolonne verpasst. Nachts würde es zu spät sein, um die Angaben ordnungsgemäß überprüfen zu können. Selbst wenn die Wachen argwöhnisch werden sollten, würden sie ihn letztlich reinlassen. Seine Verkleidung als Arbeiter der untersten sozialen Schicht würde sie täuschen. Und wenn morgens das Personalbüro öffnen würde, hätte die Wache inzwischen gewechselt und ihn somit vergessen. Lediglich sein Aufenthalt auf dem Kasernengelände würde eine gewisse Gefahr in sich bergen, da er nichts über das Gelände wusste. Er würde aus dem Stegreif heraus arbeiten müssen.

Ewald Pleskauer und seine Leute würden zur Kasernenmauer auf der Südseite kommen, wo er sie einzulassen hatte. Ausgestattet mit Schlafgas, Gewehren, Raketenwerfern und anderer schwerer Bewaffnung, sollten sie in den frühen Morgenstunden den Großteil der Soldaten ausschalten. Das Schlafgas sollte die Schlafenden noch ein wenig länger in den Traumlanden halten. Die Waffen waren lediglich dazu gedacht, sie selbst zu schützen, sollten unvorhersehbare Ereignisse auftreten, zum Beispiel das Schlafgas nicht wirken oder plötzlich andere Einheiten auftauchen.

Ein weiterer Trupp sollte auf der Nordseite die Kommandantur überfallen. Die ganze Verwaltung und Logistik sollte auf einen Streich ausgeschaltet werden. Und wenn alles klar war, sollte der dritte Trupp die kaserneneigene Funkanlage außer Kraft setzen. Konnten, sollten, müssten – eine ganze Menge Unwägbarkeiten, die in diesem Plan (war es überhaupt einer?) das Vorhaben zum Scheitern bringen konnten. Für ihn jedoch galt es als wichtigsten Punkt überhaupt, die in der Kaserne verbliebenen Offiziere auszuschalten.

Stunden später stand Stroudt vor der Kaserne. Der Putztrupp war vor etwa einer halben Stunde eingefahren und auf dem Gelände verstreut. Darwin Stroudt gab sich Mühe, wie ein elender Arbeiter auszusehen und sich wie ein ebensolcher zu verhalten. Der Private mit dem Gewehr, der vor der Wachbaracke stand, zog sich einen Stöpsel aus dem Ohr. Anscheinend war er per Funk direkt mit der Wachstation und der Zentrale auf dem Gelände verbunden, oder er hörte heimlich Musik. Er blickte desinteressiert auf den gefälschten Ausweis und machte eine ordinäre Bemerkung über männliche Putzfrauen. Trotzdem ließ er ihn nicht passieren. Stroudt musste mit in die Baracke und sich in einen Meldebogen eintragen. Den Ausweis gab der einfache Soldat an den Sergeanten weiter. Den wachhabenden Sergeanten begrüßte Darwin, in seiner Rolle aufgehend, äußerst unterwürfig, nachdem ihn der Sergeant genauer in Augenschein genommen hatte. Das erforderte jede Menge Selbstbeherrschung, denn die Soldaten schienen sich einen Spaß daraus machen zu wollen, ihn ein wenig zu schikanieren.

Stroudt ließ sich nicht provozieren, buckelte und macht gute Miene zu bösem Spiel. Er war auf Adrenalin. Seine Sinne waren geschärft bis an die Grenze seiner Belastbarkeit. Darwin Stroudt war aufgeputscht. Er wusste ohne jeden Zweifel, dass die folgenden Stunden sein ganzes nachfolgendes Leben verändern würden. Wie jedes Mal nach einem Auftrag.

Als ihm der Sergeant seinen Ausweis wieder zurückgab, verließ er schnell den Bereich der Wache. Zielstrebig bewegte er sich auf das Offizierskasino zu. Als er durch die hell erleuchteten Fenster die feiernden Offiziere sah, kam ihm eine Idee. Kurzerhand meldete er sich am Hintereingang.

Nach dem ersten Klopfen meldete sich niemand, doch ein zweites und drittes Mal zeigten Erfolg. Ein Private in weißem Jackett öffnete die Tür.

»Was willst du hier?«, herrschte er den Mann an, der mit seiner Mütze in den Händen ganz auf demütig machte und die Mütze weiter zerknautschte. »Heute muss hier nicht geputzt werden, die Offiziere feiern Geburtstag.«

»Ich will nicht länger stören«, antwortete Darwin. »Ich soll Ihnen etwas sagen. Die Jungs unten möchten den Offizieren einen Streich spielen. Der Sergeant von der Wachbaracke meinte, Sie würden mitspielen, dass die Offiziere morgen früh alle mit einem ordentlichen Kater aufwachen.« Stroudt spielte sehr überzeugend.

Die Miene der Ordonanz wurde wesentlich freundlicher. Dieser Streich schien nach seinem Geschmack zu sein.

»Wie soll es vonstatten gehen?« Die Ordonanz wurde hellhörig.

»Das ist nicht schwer«, meinte Stroudt. Er griff in seine Tasche und holte eine Hunderter M-Note heraus. »Der Sergeant meinte, wenn Sie genug von dem Wodka in die Getränke machen, werden sie ordentlich zu schlucken haben. Den soll ich Ihnen geben«, er reichte dem Private den Geldschein, »für die Kosten des Wodkas und«, damit zog er einen Zwanziger aus der Tasche, »das ist für Sie, für eventuelle negative Folgen.« Er trottete langsam zurück. »Der Sergeant wird nachher vorbeikommen und sich selbst noch bei Ihnen bedanken. Er kann nur jetzt nicht weg.« Damit verschwand Stroudt in den Schatten der nächsten Baracke. Er war sich sicher, dass die Offiziere spätestens in einer halben Stunde mehr Alkohol im Blut haben würden, als sie beabsichtigten. Bisher hat noch nie ein kleiner Soldat einer solchen Chance widerstehen können, zumal er noch dafür bezahlt wurde.

Als eine Kolonne Putzfrauen über den Platz grob in Richtung Süden zu den nächsten Unterkünften ging, schloss er sich ihr an. Hinten in der Gruppe beachtete ihn niemand weiter, schließlich trug er die gleiche Arbeitskleidung. An der nächsten Unterkunft bog er schnell wieder in den Schatten zwischen zwei Mannschaftswagen ab. Zufällig konnte er auf diese Weise auch einer Zwei-Mann-Patrouille ausweichen. Stroudt würde sich den Weg merken, den die beiden Privates nahmen. Und mehr als ein über die Schulter gehängtes Gewehr als Bewaffnung sah er auch nicht an ihnen.

Leise zwängte er sich zwischen den Mannschaftswagen, Jeeps und anderen Fahrzeugen hindurch. Die südliche Abgrenzung der Kaserne war nicht weit weg. Die Mauer, die die Soldaten vom gemeinen Volk trennte, befand sich nur gute einhundertfünfzig Meter weiter. Einer der Scheinwerfer, welche die Nacht erhellten, war ausgefallen. Ein kurzes Stück lag somit im Dunkeln und wäre der geeignete Einsatzpunkt, ohne dass der Attentäter selbst noch etwas organisieren musste. Er wartete nicht lange in der Dunkelheit, als von der anderen Seite ein leiser Pfiff ertönte. Er antwortete auf die gleiche Weise.

Es klatschte leise, als ein Seil über die Mauer geworfen wurde. Er stemmte sich dagegen, und im Nu kletterten zwei abgehalfterte Typen über die Mauer. Auf der Mauerkrone verharrten sie kurz, befestigten Strickleitern und sprangen zu ihm herunter.

»Dort vorn sind zwei Wachen, nur Gewehre«, klärte Stroudt die beiden Männer auf.

Die beiden machten keine großen Worte. Sie nickten ihm zu und verschwanden leise in der Dunkelheit. Gleichzeitig schien es weitere Männer und Frauen vom Himmel zu regnen, als diese plötzlich im Sekundentakt über die Mauer krabbelten. Alles geschah gespenstisch leise. Dies rief bei Stroudt Bewunderung hervor. Er hätte es natürlich besser gemacht. Bei ihm hätten keine Schnallen geklappert, kein Schaben an der Mauer hätte den Putz heruntergerissen. Mit den Leuten, die zum Teil die Mauerkrone besetzt hielten, kam jede Menge Material mit. Er sah Gasflaschen, Waffen und längliche Kisten, von denen er nur ahnte, was sie enthielten.

Kurz darauf stand er einem Mann gegenüber, der die Aktion zu leiten schien. Er war genauso groß wie Darwin Stroudt, denn beide konnten sich ohne Anstrengung in die Augen sehen. Der militärisch kurze Haarschnitt zeugte von einem Profi. Die blaugrauen Augen trafen seine, fixierten sie und schienen ihm ihren Willen aufzuzwingen.

»Vielen Dank für Ihre Hilfe«, sagte der Mann, ohne sich vorzustellen. »Ich weiß Ihre Mitarbeit zu schätzen. Aber ich denke, Sie haben noch andere Aufgaben, von denen ich Sie nicht abhalten will.« Damit drehte er sich um und gab den nachfolgenden Frauen und Männern weitere Befehle.

»Eins: Waffenkammer, Uniformen. Zwei und drei: Unterkünfte. Vier: MechHangar.« Eindeutige, knappe Befehle und kein Wort zu viel.

Plötzlich bogen zwei Wachsoldaten um die Ecke. Stroudt versteifte sich einen Moment, doch dann erkannte er die beiden Söldner in den Uniformen der Soldaten. Was mit denen geschehen war, wollte er gar nicht wissen. Darwin

Stroudt zog wieder ab. Seine Befehle kannte er, und die Befehle mussten vorrangig durchgeführt werden.

Er zog sich zurück und erst einmal seine Verkleidung aus. Dann machte er sich auf den Weg, zurück zum Offizierskasino. Die Nacht war dunkel. Die Wolken, die den Eindruck hinterließen, gleich wieder ihre nasse Fracht abzuwerfen, ließen kein Sternenlicht durch. Irgendwo in Richtung Tor knatterten Motorräder einer hiesigen Gang, lenkten die dortige Wachmannschaft ab. Dies kam dem Attentäter gerade recht. Somit drohte ihm aus dieser Richtung keine Gefahr. Er musste nur auf die Söldner aufpassen, damit sie ihn nicht mit regulärem Personal dieses Areals verwechselten. Es dauerte nicht lange, und er stand wieder vor der Hintertür der Offizierskantine. Nach kurzem Klopfen ging die Tür auf, und die Ordonanz von eben öffnete. Erstaunt öffnete er den Mund, um eine Frage loszuwerden. Diese kam jedoch nie über seine Lippen. Ein kräftiger Faustschlag von unten verschloss ihm den Mund und sorgte zudem für ein kurzfristiges Dienstvergehen, da sich die Ordonanz in die Welt des Traums zurückzog.

Stroudt packte den Mann und zog ihn in den Raum hinein. Es war ein kurzer Gang, von dem links und rechts Türen abzweigten. Die Küche war weiter vorn und unschwer an der Tür mit dem Fenster zu erkennen. Er zog den Soldaten an den Schultern, öffnete die Tür rechter Hand und warf einen kurzen Blick hinein. Eine Abstellkammer öffnete sich ihm wohlwollend, und der Soldat war alsbald mit reichlich vorhandenem Klebeband gefesselt.

Stroudt schlich weiter. Vorsichtig lugte er durch das Fenster und sah eine hell erleuchtete Küche, die bereits gereinigt war. Der letzte Mann, wahrscheinlich der Koch selbst, verließ den Raum durch die gegenüberliegende Tür und löschte das Licht. Einen Moment stand er orientierungslos im Gang, bis er sich an das Restlicht gewöhnt hatte. Von weiter vorn kam noch vereinzeltes Grölen. Die Offiziere würden nichts mehr zu essen bekommen, und zu trinken hatten sie wohl genug. Stroudt schlich näher. Sein Auftrag sah vor, die Offiziere aus dem aktiven Dienst zu entfernen. Wie, das sollte ihm überlassen bleiben. Aber irgendetwas stimmte nicht. Es waren eindeutig weniger Offiziere im Raum, als die Kaserne besaß. Wo waren die anderen? Stroudt kam in Zugzwang. *Aber keine Hektik. Eins nach dem anderen.*

Die sieben Offiziere, die noch standen, machten sich über ihre Kameraden lustig, die bereits in den seltsamsten Posen auf und unter den Tischen lagen. Manch eine Schnapsleiche musste für alberne Spielchen herhalten. Stroudt griff sich eine der Ordonanzjacken, die hinter der Tür, die in den Offiziersbereich führte, an einem Haken hingen. Zielstrebig trat er durch die Tür, schnappte sich ein Tablett und wollte die Gläser auf den Tischen abräumen. Zuerst fiel er nicht auf. Erst als er dem ersten Offizier zu nahe trat und ihn gekonnt ins Land der Träume schickte, wurden die anderen aufmerksam. Einer schien noch nüchtern zu sein und rief: »Heh, wer sind Sie? Was machen Sie da?«

Stroudt wusste sofort: *Das ist mein nächstes Opfer!* Die anderen Offiziere mit ihren glasigen Blicken waren vernachlässigbar. Mit zwei Schritten war Stroudt bei dem Mann, auf dessen Namensschild der Name Jiri Orten stand. Seine Schulterstücke wiesen ihn als Captain aus.

* * *

Jiri Orten fühlte auf einmal, dass hier etwas nicht stimmte. Die neue Ordonanz, und neu war sie, da war er sich wiederum sehr sicher, führte sich nicht auf, wie sich eine Ordonanz aufzuführen hatte. Sie war viel zu selbstbewusst und geradlinig. Dann schlug sie ausgerechnet Colonel Gustav MacBain nieder.

»Heh, wer sind Sie? Was machen Sie da?« Orten war schlagartig nüchtern. Seine mandelförmigen Augen brannten sich auf dem Gesicht des Fremden fest. Immer näher kam ihm der Mann, und dann schlug er zu. Jiri Orten hatte den angreifenden Fremden überrascht. Der Mann taumelte überrascht zwei Schritte zurück und näherte sich Orten erneut. Orten war mit seinen 1,69 m nicht sehr groß, dafür aber flinker, als man es aufgrund seiner untersetzten Figur glauben mochte. Für einen Moment fixierten sich die beiden Männer, bis Orten einen Bierkrug nahm und dem Fremden ins Gesicht schüttete. Der Alkohol brannte in dessen Augen.

Jiri Orten nutzte die Chance und riss die Tür auf. Sein »Alarm, Alarm!« hallte über das Kasernengelände. Doch niemand reagierte. Es schien, als liege das Gelände im Dornröschenschlaf. Er rannte weiter, der Attentäter hinter ihm her. Da kamen zwei Wachsoldaten um das Haus gebogen, die Waffen entsichert, bereit, sofort einzugreifen.

»Privates, hierher!«, rief Orten. »Nehmen Sie diesen Mann fest.«

Der erste Wachsoldat blieb stehen und deutete auf Orten. Die beiden Soldaten legten an und waren bereit zu schießen. Auf ihn. Jiri Orten stand plötzlich der Schweiß auf der Stirn. Waren denn alle betrunken und er der einzig nüchterne Mensch hier? Der Fremde blieb stehen, nickte den beiden zu und entfernte sich. Die beiden Wachsoldaten zielten weiterhin auf ihn. Was erlaubten sich die beiden? Er sah sich die Namensschilder auf den Uniformen an. Mist! Das waren weder Meyer noch Lansky, die ihm gegenüberstanden. Was geschah hier?

»Halten Sie den Mund«, sagte der Rechte, laut seinem Namensschild Lansky. »Oder wir sorgen dafür, dass Ihr nächster Ton Ihr letzter sein wird.« Der Mann deutete mit dem Gewehr in Richtung Turnhalle. »Da entlang und etwas hurtig, wenn ich bitten darf.« Immerhin kam das Wort »bitte« in dem Satz vor, aber der Befehlston, den er selbst immer anwendete, kam klar zum Tragen. Orten überlegte fieberhaft, was hier gespielt wurde und wie er sich von hier verdrücken konnte.

Plötzlich ging die Welt in Flammen auf. Ein loderndes Feuermeer wabernder orangefarbener, roter und gelber Flammen verschlang gerade die erste MechHalle. Das ganze Gebäude wurde vom Feuer in Minuten verzehrt. Phosphorgranaten explodierten weiterhin und schleuderten ihr flüssiges Feuer weit in den nächtlichen Himmel. Feuerwerkskörpern gleich schoss es in die Luft und fiel als brennender Regen wieder zurück. Orten riss seine Arme vor das derbe Gesicht, doch es war schon zu spät. Ein Metallsplitter kratzte über seine hervorstehenden Wangenknochen, bevor ihn die Schockwelle der Explosion von den Beinen hob. Er kam sehr hart auf dem Betonboden auf, war für einen Moment wie weggetreten, dann blickte er in den wolkenverhangenen Himmel hinauf, der nun schwefelgelb und orangerot angestrahlt wurde.

Er drehte den Kopf und sah die brennende Halle. Schattenrisse schienen davor zu tanzen, schossen mit halbautomatischen Maschinenpistolen auf einen unsichtbaren Feind, der mit vereinzeltem Gewehrfeuer antwortete. Jiri Orten erkannte weder Freund noch Feind. Offenbar kämpften Soldaten gegen Soldaten, oder sollte man eher sagen, Männer in Uniform gegen ihresgleichen.

Schnell war er auf den Beinen und sah sich nach seinen Bewachern um. Der eine lag blutend auf dem Boden. Das Metallstück, das ihm nur die Wange aufgerissen hatte, steckte dem Mann mittig in der Stirn. Der zweite schien sich gerade wieder zu regen, doch Jiri schnappte sich das Gewehr des einen Bewachers und schlug den anderen mit dem Kolben bewusstlos. Jiri Orten drehte sich um die eigene Achse. Als er sah und hörte, dass auch er unter Feuer genommen wurde, suchte er sich schnellstens Deckung.

Eine zweite Detonation erschütterte das Kasernengelände. Das Dach der zweiten MechHalle hob sich unvermittelt, kämpfte, wenngleich erfolglos, gegen die Schwerkraft an, und fiel zurück auf die Mauern. Diese waren dem Ansturm des Daches nicht gewachsen und ließen in der Standfestigkeit zu wünschen übrig. Einige Mechs, darunter ein reparaturbedürftiger *Thorn* und ein *Kintaro*, steckten die Köpfe durch die Reste des Daches, konnten aber auch nichts weiter tun, als stumpf auf den Kasernenhof und das angerichtete Desaster zu blicken.

Jiri Orten riss sich von diesem nicht sehr angenehmen Anblick los. Er musste aus der Schusslinie verschwinden, und da kam ihm der Jeep auf der gegenüberliegenden Seite der Kasernenstraße gerade recht. Er sprintete hinüber, als eine weitere Detonation die Halle erschütterte. Er wirbelte herum, sah eine weitere Explosion und lief weiter Richtung Wagen, als Trümmer um Trümmer auf den Platz herniederhagelten. Brennende Teile stürzten in die Überreste der MechHalle und begruben Personal und Maschinen unter sich. Durch die Breschen in den Mauern geschwächt, stürzte die Halle langsam in sich zusammen.

Orten sprang in den Wagen des Wachhabenden vom Dienst. Ein kurzer Griff, und der Wagen sprang an. Jiri gab Gas und fuhr in Richtung Ausgang. Dort drehten immer noch die Mitglieder der Motorradgang ihre Runden. Im selben Augenblick wurde Jiri wieder unter Feuer genommen. Ein paar Gewehrkugeln perforierten das Metall des Hecks. Die meisten Kugeln jedoch gingen fehl, verpassten den Wagen und knallten in den Beton des Vorfeldes. Eine der Kugeln prallte als Querschläger in eines der Motorräder. Der Tank explodierte, die chromblitzenden Teile änderten sofort ihre Farbe und lösten sich auf. Der Gangster, der bis eben noch auf der Maschine saß, landete gerade als menschliche Fackel auf dem Boden, wo er sich schreiend in den Flammen wälzte. Für den Mann würde jede Hilfe zu spät kommen, wurde Jiri bewusst, als er an ihm vorbeidonnerte und auf der Straße in Richtung Innenstadt fuhr. Weit entfernt hörte Orten die Feuerwehr näher kommen. Bereits jetzt konnte er die roten und blauen Blinklichter der zivilen Feuerwehr ausmachen. Dabei hätte die kaserneneigene Wehr bereits eingreifen müssen. Irgendwie würde die Feuerwehr es schon schaffen, dass die Brände der Kaserne nicht auf zivile Gebäude übergriffen.

Orten starrte in den Rückspiegel, sah die Flammen und schüttelte den Kopf. »Da ist etwas faul«, sagte er sich, »und ich werde herausfinden, was es ist.«

Er gab Gas. Sein Weg führte ihn in die Stadt hinein. Irgendwohin und bestimmt zu einem Platz, an dem man ein oder zwei Bier trinken konnte, um Pläne zu schmieden. Die Flammen im Rückspiegel wurden kleiner, und es wurde kalt im Herzen des Offiziers.

»Tamarinden (Sauerdatteln, lat. Fructus tamarindi, frz. Tamarins, engl. Tamarinds) sind die Früchte eines in Afrika heimischen, aber in allen Tropenländern, besonders Ostindien, angepflanzten Baumes (...). Nur das nach Entfernung der Hülsen mit den Samen eingestampfte Mus wird von Ostindien, meist über Bombay, in Fässern von einigen Zentnern Inhalt nach Europa eingeführt und als Tamarindenmus (...) bezeichnet.

— ›Mercks Warenlexikon für Handel, Industrie und Gewerbe‹, Terra 1920

Tamarind, Novogdinsk

28. März 2605

Regen plätscherte auf das Dach. Immer wieder brachte der Sturm dicke, regenschwangere Wolken, die dann ihr Wasser an den Tremain-Bergen abregneten. Wenn der Wind den ganzen Tag geweht hatte – so wie heute –, konnte der Regen die ganze Nacht anhalten.

Arpan lag auf seinem Bett und hörte dem Regen zu. Immer wieder blies der Wind, und immer wieder nahm das Stakkato des Regens zu, wurde schneller, dichter, so wie die Kanonen eines BattleMechs.

Langsam sank Arpan in den Schlaf hinüber. Mit halb wachen Augen musterte er noch einmal sein Zimmer. Schräge Decken aus Holz, in die sein Vater bei der Geburt des dritten Kindes Fenster eingesetzt hatte, damit der älteste Sohn unter dem Dach wohnen konnte. Sein ehemaliges Kinderzimmer war längst das Gebiet der Zwillinge. Doch er fühlte sich hier unter dem Dach heimisch, auch wenn im Sommer die Sonne auf das Dach knallte und im Winter der kalte Wind zwischen den Ritzen durchblies.

Das hier war sein Reich. Weder seine Eltern noch die Zwillinge redeten ihm hier hinein. Hier konnte er tun und lassen, was er wollte.

So hatte er die ganzen schrägen Decken mit Postern geschmückt. Bunte Fotos waren dabei, die BattleMechs in allen möglichen Kampfpositionen zeigten. Ausschnitte aus Magazinen, Standbilder aus Telev-Produktionen, aber auch – und das war sein ganzer Stolz – ein Foto, das er selbst geschossen hatte, als ein Trupp BattleMechs über den Ratsplatz der Hauptstadt paradiert war.

Damals war er noch ein kleiner Junge gewesen. Jetzt – mit seinen fast achtzehn Jahren – fühlte er sich erwachsen genug, um von sich als einem Erwachsenen zu denken. Und dieser Erwachsene in ihm wusste, dass er eines Tages MechPilot werden würde. Er wusste es, seit er damals die BattleMechs gesehen hatte, wie sie – großen, stählernen Raubtieren gleich – über den Ratsplatz marschiert waren. Die Erde war unter ihrem schweren Schritt erzittert. Selbst die Luft roch auf einmal nach Öl und Metall, und noch Tage später hatte Arpan den scharfen Geschmack von Öl und heißem Metall auf der Zunge, wenn er an das Ereignis zurückdachte.

Die Welt um ihn herum wurde unschärfer. Langsam sank er hinüber in den Zustand zwischen Wachheit und Traum. Der Regen trommelte immer noch auf das Dach. Wieder wurde er in seiner Vorstellung zum Feuern der Maschinengewehre. Der ferne Donner wurde zum Geschützdonner eines BattleMechs, der seine riesigen Rohre gehoben hatte und Schuss nach Schuss abfeuerte, bis er entweder überhitzen, getroffen explodieren oder als Sieger vom Platz schreiten würde.

Er saß im Cockpit. Aus den Armaturen kräuselte sich grauer Rauch. Die Hitze war fast unerträglich. Aus seiner Weste tropfte Wasser wie aus einem Rinnsal, das nur von seinen Schweißdrüsen gespeist wurde. Seine Zunge klebte am Gaumen. Alles, was an Trinkbarem an Bord gewesen war, hatte schon den Weg durch seine durstige Kehle gefunden. Dieser Kampf dauerte schon viel länger, als er hätte dauern dürfen. Sein Gegner hatte sich als viel zäher erwiesen, als er erwartet hatte. Doch auch er selbst hätte nach allen Regeln des Kampfes längst aufgeben und sich aus dem Cockpit katapultieren lassen können, ohne als Feigling dazustehen.

Sein BattleMech wurde wohl nur noch durch die Schweißstellen zusammengehalten. Das rechte Bein ließ sich kaum noch bewegen, sein rechter Arm war nur noch ein Bündel von Kabeln und verdrehten Stahlteilen, das aus dem Körper herausragte. Aus den Fenstern sah er, dass die Oberfläche seiner Maschine an verschiedenen Stellen rot glühte.

Aber noch hatte er eine Waffe, und der Kampf war nicht nur ein Kampf der Überlegenheit der Waffen, sondern auch ein Kampf des Willens. Und sein Willen war stark, das wusste er aus unzähligen Kämpfen.

Sein Gegner näherte sich langsam. Wahrscheinlich wollte er Arpans Wrack den Fangschuss aus nächster Nähe geben, um keine Munition zu verschwenden. Oder vielleicht ging es seinem Mech nicht besser als Arpans Mech – seine Munitionsvorräte waren auf ein Minimum zusammengeschrumpft.

Der andere näherte sich langsam, fast schon zu vorsichtig. Zog er das eine Bein ein wenig nach? Waren die Stabilisatoren ausgefallen und konnte er sich nur noch langsam bewegen, vorsichtig von seinem Piloten Schritt für Schritt bewegt und immer wieder stabilisiert?

Arpan fuhr sich mit der Zunge über die aufgerissenen Lippen. Der Geschmack von Salz blieb auf seiner Zunge zurück und übertönte den von Schweiß und Rauch.

Der andere Mech kam langsam näher. Ganz langsam. Arpan hielt die Finger über dem Abschussknopf. Endlich war er in der Schussdistanz. Der Schussarm des anderen ruckte hoch, um Arpan den Fangschuss zu geben. Doch Arpan hatte vorher reagiert. Aus seinem verbliebenen Geschütz peitschten Raketen auf den Gegner zu. Dieser verging in einer sonnenhellen Explosion.

Ein knallender Donner, der von einem die Nacht erhellenden Blitz begleitet wurde, holte Arpan in die Realität zurück. Bevor er nachdenken konnte, war er durch den Schreck schon aus dem Bett gesprungen. Sein lahmes Bein knickte sofort unter ihm weg. Er konnte sich gerade noch am Kleiderschrank abfangen, bevor er umfiel.

Verdammt!, dachte er. Der Schmerz, die Demütigung und die Erinnerung daran, warum er niemals MechPilot werden würde, übermannten ihn. Krüppel hatten im Cockpit einer Kampfmaschine nichts verloren.

Tamarind, Tamarind-City

28. März 2605

Alfred Weilguny brachte den Boden unter seinem *Thorn* zum Beben, als er mit fast 50 Stundenkilometern durch den dichten Wald brach. Solange er nicht auf den Feind traf, war der THE-N ein hervorragender Mech. Mit seinen beiden mittelschweren Hellion-Lasern würde er jeden Angreifer erst einmal auf Abstand halten, und die im Feld erprobte Panzerung war ein bewährter Schutz gegen feindliches Feuer.

Plötzlich tauchten links von ihm bewegliche Infanterieeinheiten des Gegners auf. Alfred Weilguny erkannte nur flüchtig eine Davion-Kennung, bevor er auf die Infanterie reagierte. Der *ScoutMech* war kein Mech, mit dem man in den Nahkampf ging. Umso erstaunter war er, als seine Geräte die zusätzlichen Ketten- und Radfahrzeuge gar nicht anzeigten. Ein Ausfall des Radars mit verheerenden Folgen.

Zwei *Burke*, schwere Schützenpanzer von Davion, die mit je drei Partikelkanonen ausgestattet waren, näherten sich seiner Position. Wenn es darauf ankam, konnten ihre Zielerfassungscomputer zwei Ziele gleichzeitig bekämpfen. Für einen Kampf mit einem schnellen Mech waren sie nicht ausgerüstet. Für ein stehendes Ziel wie seinen BattleMech waren sie aber leider hervorragend ausgerüstet.

Kaum war er in die Stellung unachtsam hineingelaufen, als die Partikelkanonen losfeuerten. Ihnen fehlte zwar die entsprechende Kampfkraft, um einen Mech wirklich sofort auszuschalten, aber ihn zu bedrängen war auch schon ausreichend. Gleichzeitig ballerten die Raketenwerfer auf die Gelenke der MechBeine. Auch wenn einige der Geschosse fehlgingen, reichten sie doch aus, um Panzerung von den Beinen zu schälen.

Alfred warf einen Blick auf seinen taktischen Computer und die Zielerfassung. Er richtete die beiden Hellion-Laser aus und nahm den auf 10 Uhr stehenden Panzer unter Feuer. Mit Unterstützung seines Flamers hüllte sich der *Burke* ungewollt in gleißendes Licht, sodass sich die Panzerung verflüssigte und langsam zu Boden tropfte. Die Zielerfassung des *Thorn* zeigte, wie gut sie war, und folgte dem rückwärts flüchtenden Panzer. Allerdings blieb dem MechPiloten nicht viel Zeit. Die Hitzetauscher konnten nicht so viel Wärme abbauen, wie sich durch Feuer und Gegenfeuer aufbaute.

Alfred nahm eine Kehrtwende, rammte den zweiten *Burke*, der an seinem rechten Torso Panzerung abschälte, und ging auf Fluchtgeschwindigkeit. Die beiden *Burke* feuerten hinter ihm her, fackelten aber nur die Bäume ab, an denen er gerade vorbeilief.

Die Flucht brachte ihn aber nur vom Regen in die Traufe. Knapp aus der Reichweite der schweren Schützenpanzer, rannte er fast in die gegnerischen Mechs. Alfred Weilguny ärgerte sich über seinen ausgefallenen Radar, der ihm diese drei Maschinen hätte melden sollen. Stattdessen starrte er in eine Partikelstrahlkanone. Das rötliche Glühen zeigte an, dass die Extremreichweiten-Partikelkanone einsatzbereit war und nur darauf wartete, den blindlings anstürmenden Mech in seine Einzelheiten zu zerlegen.

Jetzt zeigten sich Alfreds große Reaktionsgeschwindigkeit und die Treffsicherheit seines Zielerfassungssystems. Er richtete noch im Laufen seine beiden Laser aus. Die Kanone pufferte den Schuss so lange, bis das Ziel hundertprozentig erfasst war, und entließ die beiden heißen Strahlen genau in die Mündung der Partikelstrahlkanone. Die Kanone im rechten Arm des *Lynx* explodierte sofort. Der Schuss riss den Arm vom Körper des *Lynx* und verteilte seine metallenen Bestandteile im Wald.

Baumstämme von Mannstärke knickten wie Streichhölzer um. Der *Lynx* verlor Panzerung und musste um seine Stabilität kämpfen. Die Gyros kreischten wegen der hohen Belastung, der Pilot steuerte in seinem Cockpit den *Lynx* nach hinten weg, riskierte sogar einen Rückwärtssprung, um seine Maschine in Sicherheit zu bringen. Die Reichweite der Luxor Loadlifters-Sprungdüsen beträgt nur hundertfünfzig Meter, doch die akute Bedrohung war für den Moment entfallen. Der *Lynx* konnte sich wieder fangen.

Dafür standen zwei mittelschwere *Kintaro* mitten im Weg. Ihre Werfer hämmerten ihre Geschosse gegen den *Thorn*, durchbohrten die Panzerung an kritischen Stellen und rissen Panzerung in großen Stücken herunter. Gleichzeitig lösten sich aus den beiden SRM-Lafetten Raketen und bohrten sich auf kurze Distanz in den Torso.

Alfred Weilguny schluckte. Der Reaktor des Mechs lag inzwischen blank, ein Treffer würde ausreichen, um ihn in einer heftigen Explosion auseinander fliegen zu lassen, und Alfred gleich mit. Der Schweiß troff ihm von der Stirn, als er auf den Knopf drückte. Das Cockpit löste sich und trennte sich wie ein Schleudersitz vom Körper des Mechs.

Alfred war schweißnass. Das T-Shirt zeigte große Flecken, und die Haare hingen klitschnass, wie frisch geduscht, am Kopf herunter. Der Bildschirm vor ihm verblasste langsam. Alfred schwang sich aus dem Sessel und bückte sich dabei, um aus dem Trainingsapparat zu klettern. Ihm gleich öffneten sich die Türen der Kabinen fünf und sechs, aus denen sich Pjotr Miksch und Silva Jovanova herausquälten.

Alfreds Blick hing an der Figur von Silva. Ihre langen glatten Haare hingen wie seine Lockenpracht nass auf die Schultern. Aber die braunen Augen lächelten. Er würde es nie zugeben, schon gar nicht Silva gegenüber, aber er war leicht verliebt in seine Klassenkameradin. Sie wirkte ihm gegenüber jedoch immer ein wenig kühl. Und weil sie in der Schule immer eine Note besser war, in jedem Fach, würde er wohl nie bei ihr landen können. Ihr enges Top und die ebenfalls eng anliegende Lederhose brachten ihre schlanke Figur hervorragend zur Geltung.

»Das war vielleicht ein heißes Ding«, sagte Silva. »Wenn du nur ein wenig besonnener gewesen wärst, hätten wir die Sache viel schneller und besser erledigt. So lief uns nur die Zeit davon.«

»Mein Trainingsapparat ist defekt«, rechtfertigte sich Alfred. »Ich hatte ein kaputtes Radar. Keinerlei Anzeigen von Fahrzeugen oder Mechs auf meinem Gefechtsmonitor. Ich war geradezu blind.«

»Aber sicher.« Sie amüsierte sich, und ihr spitzbübisches Lächeln wirkte auf Alfred wie eine Herausforderung. »Und hättest du einen Blick auf die Anzeige daneben geworfen, hättest du erkennen müssen, dass ich sie dir nur auf ›Stand

By‹ geschaltet hatte. Ein Handgriff, und alles wäre gut gewesen.«

Alfred verdrehte die Augen. Gerade in dem Augenblick stieß Pjotr zu den beiden. Er hatte das Geplänkel mit angehört und griff nun ein. »Und wenn ich unserer lieben Silva nicht im letzten Moment den Arsch gerettet hätte, wäre sie nur noch ein kleiner Reaktorunfall. Denn als du ausgestiegen bist, landete der Mech direkt hinter Silva. Sie kann von Glück sagen, dass ich da war. Der *Lynx* verlor ziemlich schnell sein Cockpit, als meine Raketen bei ihm einschlugen.«

Bevor das freundschaftliche Geplänkel weitergehen konnte, hakte sich Silva bei den beiden unter und meinte: »Kommt, Jungs, ich spendier euch was zu trinken. Draußen regnet es wie aus Kübeln. Wir sind bereits schweißnass und sollten unser Mütchen ein wenig an der Theke abkühlen. Vielleicht können wir noch ein wenig über andere Dinge plaudern. Wie wäre es mit der morgigen Arbeit? Habt ihr schon gelernt?«

* * *

»Milchbars gehören zu den wenigen Orten im Universum, die sich in neuen Siedlungen sofort niederlassen – noch vor Finanzämtern, aber schon nach den Kirchen. Das ist offenbar auch die Reihenfolge, in der Menschen Schutz und Obhut brauchen. Erst kommt die Religion (die in der Liga immer eine große Rolle gespielt hat), dann kommt die Versorgung, dann der Staat, der das abschöpfen möchte, was die Religion übrig lässt, wenn die Versorgung aufgebaut ist.« Silvia legte das Buch weg und schaute die Jungs erwartungsvoll an. »Ihr glaubt wirklich, dass das eine offizielle Darstellung der Geschichte Tamarinds ist?«

Alfred sah auf den Buchrücken – ›Tamarind, eine kurze Einführung‹ war da zu lesen. »Das scheint mir kein offizielles Geschichtsbuch zu sein. Arpan, wo ist das Ding her?«

»Aus der städtischen Bibliothek, Abteilung Geschichte – lokale Geschichte, um genau zu sein. Das klang gut.«

Alfred schaute ihn skeptisch an. »Es steht aber nicht auf der Leseliste für die Arbeit?«

»Ich weiß, dass es da nicht drauf steht. Aber die anderen Bücher sind sooo langweilig.«

Silva lachte ihr glockenhelles Lachen. »Und was hilft es dir morgen, wenn du ein tolles, kurzweiliges Buch gelesen hast, in dem nur Sachen stehen, die kein Mensch bepunkten würde? Du musst die Arbeit schaffen, sonst sieht es für deine Geschichtsleistungen sehr mau aus. Also, los, was weißt du?«

Arpan holte tief Luft. »Tamarind ist der vierte Planet im System, der Sprungpunkt ist fünf Flugtage entfernt. Der Planet wird demokratisch regiert. Als die ersten Kolonisten die Welt betraten, waren sie von dem angenehm warmen Klima überrascht. Das einheimische Reptilienleben hatte keine eigene Intelligenz und Kultur entwickelt ...«

»Was nicht weiter überraschend ist. Biester, deren einziger Sinn darin besteht, Menschen in die Fersen zu beißen, wenn sie ihrer gewahr werden, scheinen mir nicht die ideale Grundlage für eine eigene Gesellschaftsstruktur zu sein ...«

»Danke, Alfred, das habe ich gebraucht.«

»Mach weiter!«, forderte Silva ihn auf.

»Tamarind hat etwa 2,4 Milliarden Bewohner. Politisch gehört es zur Liga freier Welten. Die Hauptstadt heißt ebenfalls Tamarind, sie wird jedoch von den Bewohnern ›Tamarind City‹ oder ›Tamarindia‹ genannt.«

»Gut«, meinte Silva. »Zwar nicht genügend für eine wirklich gute Note, aber wenn du jetzt noch ein paar Fakten einstreust, die du vielleicht in deinem kleinen Gedächtnis behalten hast, dann wird das ausreichen, damit du im Zeugnis vielleicht endlich eine erträgliche Note in Geschichte hast ...«

»Mehr brauche ich nicht.«

Karel mischte sich das erste Mal in das Gespräch. »Ich habe gesagt, ich kann mit dir lernen.«

Arpan winkte ab. »Ich weiß, danke. Aber die letzten Wochen ... die Zwillinge haben mir wieder einmal die Hölle heiß gemacht.«

»Machen sie das nicht immer?«

Silva griff beschwichtigend ein, bevor es wieder zu einer langen Diskussion über Arpans Familienleben, die neuesten Streiche der Zwillinge und das Leben allgemein kam. »Und was hat dein tolles Buch sonst noch zu bieten?«

»Wusstet ihr, dass der Planet nach Sauerdatteln benannt ist, die hier wachsen und auf der alten Erde auch bekannt sind?«

»Ja!«, tönte es aus der Runde.

»Hmpf. Wusstet ihr auch, warum der Raumhafen ›Fuck‹ heißt?«

»Das hast du erfunden«, meinte Alfred.

»Nein«, mischte sich wieder Karel ein. »Da hat das tolle Buch leider Recht. Die ersten Kolonisten hatten auf dem Feld einen Kampf gegen eine größere Gruppe der Beißer – ihr wisst schon, diese kleinen, nervigen Reptilien, die sich sogar durch Gummi und Plastik fressen.« Er machte eine seiner beliebten Kunstpausen, aber dieses Mal unterbrach ihn keiner. »Sie nannten das Gebiet ›Field of Claws‹, also ›Klauenfeld‹ im alten Englisch. Dann begannen sie mit den Bauarbeiten, und als der erste echte Regen kam, nannte man das Feld schnell in ›Field of Clay‹ um – ›Lehmfeld‹. Richtig durchgesetzt hat sich keiner der Namen, weswegen auf vielen Karten die Abkürzung ›FoC‹ steht – das meint er mit ›Fuck‹.«

Silva lachte wieder. »Dein tolles Buch hat doch ein paar Dinge zu bieten, die in meinem Geschichtsbuch nicht standen ...«

»Ich fand ›Raumhafen‹ als Bezeichnung für den Raumhafen immer ausreichend.«

»Beeindruckend«, meinte Karel.

»Tja, dann sollten wir vielleicht darauf verzichten, Gebäuden Eigennamen zu geben. Dann hieße die Schule nur ›Schule‹, jede Rohrbahnstation beeindruckenderweise nur ›Rohrbahnstation‹.«

»Danke, Silva, so weit würde ich nicht gehen.«

»Und warum heißt das Khekwon-Archipel dann so und nicht einfach ›Archipel‹?«

»Du nervst, Silva!«, mischte sich Alfred wieder ein. Er war der einzige der Jungen, der kein Auge auf seine Cousine geworfen hatte – für ihn war sie kein Mädchen auf dem Weg zur Frau, sondern einfach eine Verwandte. Und die stand als Objekt der Verehrung aus nachvollziehbaren Gründen nicht zur Verfügung.

»Wusstet ihr, dass auf dem Archipel einer der größten MechKämpfe in der Geschichte Tamarinds stattgefunden hat? Die ganze Wüste ist mit Kratern übersät, welche die Reste explodierter Mechs sind.« Vojtech hatte es schon wieder fertig gebracht, das Thema auf sein Lieblingsfeld zu bringen: BattleMechs.

»Ehrlich?«, meinte Silva. Das war ein Fehler, denn die nächsten zehn Minuten durften sie und die anderen sich einen frei gehaltenen Vortrag zum Thema ›Die Schlacht um das Khekwon-Archipel‹ anhören. Glücklicherweise gab es dazu Milchshakes – und man musste nicht über die Schule und Schularbeiten nachdenken.

7. Marik im Anflug

»Meine Vorfahren herrschten über Wölfe. Mein Vater herrschte über Hunde. Ich führe die Liga freier Welpen.«

— Elise Marik im privaten Gespräch mit ihrem Sohn Bertram, 2734

Atreus, Atreus-City

19. September 2604

Der Mann, der mit hinter dem Rücken verschränkten Händen vor dem Kamin stand, schaute nachdenklich in die Flammen. Sie tänzelten, fraßen sich an den Scheiten hoch und stürzten nach unten, wenn das Holz völlig durchglüht nachgab.

Er genoss die Wärme des Holzes. Jeder Ort des Palastes konnte problemlos innerhalb von wenigen Minuten auf jede beliebige Temperatur gebracht werden. Trotzdem liebte der Marik das unvorhersehbare Element des Heizens mit Holz.

Hier stand er, der mächtigste Mann eines der fünf Nachfolgestaaten des alten irdischen Imperiums, und er hatte seinen Spaß daran, einfach in die Flammen zu schauen. Das Leben spielte einem manchmal schon eigenartige Streiche ...

Hinter ihm ertönte ein dezentes Hüsteln. Langsam drehte sich der Marik um.

»Ihr habt nach mir geschickt?«

Er hatte sich wohl wirklich durch die Flammen ablenken lassen. Anders war nicht zu erklären, dass Cathy es geschafft hatte, ungehört in den Raum zu kommen. Sie war eine der wenigen Menschen in der näheren Umgebung von Brion Marik, die bei Besuchen in seinen privaten Quartieren nicht durch lautes Hackenzusammenschlagen und Ausrufen eines Lakaien angekündigt wurden. Er schritt auf sie zu und schüttelte ihre ausgestreckte Hand mit einem festen, aber herzlichem Händedruck. »Cathy, du musst mich nicht siezen, wenn wir alleine sind.«

Ein leichter Anflug von Rot huschte über ihr Gesicht. »Ich wusste nicht, ob wir alleine sind ...«

»... und bevor jemand über uns zwei Gerüchte erzählt, wähltest du den formal richtigen Weg?«, vollendete er ihren Satz.

»Richtig.«

Katharina ›Cathy‹ Wlaschek, Militär-Innenrevisorin, war keine Freundin vieler Worte. So hatte Brion sie vor vielen Jahren schätzen gelernt – sie konnte zupacken, stürzte sich fast kopfüber in Verwaltungsaufgaben, wenn es nötig war. Aber sie war auch eine begnadete Taktikerin mit einiger Fronterfahrung. Nur jemand, der beides konnte – die Geheimnisse der Verwaltung enträtseln und den Soldaten das Gefühl vermitteln, eine von ihnen zu sein – war für den Posten einer Innenrevisorin geeignet.

Der Marik wandte sich kurz wieder dem Feuer zu. Katharina kannte das von ihm. Früher hatte er immer auf die Schirme der Geräte geschaut oder aus dem Fenster in die Ferne gestarrt, um sich zu konzentrieren. Er sah dann nicht wirklich etwas – wer darauf vertraute, dass Brion in diesem Moment wirklich den Schirm im Auge hatte, der täuschte sich. Doch er ließ in diesen Augenblicken seine Gedanken nicht einfach wandern, er nahm nur nicht wahr, was vor seinen Augen geschah, weil seine ganze Aufmerksamkeit auf sein Inneres gerichtet war.

Nach einigen Augenblicken wandte er sich vom Feuer ab und wieder Katharina zu. »Cathy, ich habe einen Auftrag für dich!« Er bedeutete ihr mit einer Hand, ihm zu folgen. Durch den Raum ging er zu einem schweren, hölzernen Sekretär, der angeblich noch von der alten Erde stammte. Ein Marik-Erbstück aus dem 16. oder 17. Jahrhundert, wenn man den Geschichten Glauben schenken wollte.

Auf dem Schreibtisch lag eine in Leder gebundene Mappe. Aus ihr nahm der Marik ein Schreiben, das mit dem großen Siegel der Liga versehen war. »Für dich.«

Sie öffnete die Mappe, überflog das Schreiben, stutzte, las es erneut. »Nach Tamarind?«

»Warum nicht? Dort kennt dich niemand, du wirst überraschend auftauchen und eine Überprüfung anstellen.«

»Warum Tamarind?«

Er lachte. »Weißt du eigentlich, dass du einer der wenigen Menschen bist, der es wagt, eine Entscheidung des Marik zu hinterfragen?«

»Warum Tamarind?« Sie ließ nicht locker.

»Formal oder ehrlich?«

»Beides.«

Er seufzte. Einen Moment lang war er damit beschäftigt, seine Finger zu verknoten und dann, als er sah, dass sie ihn halb belustigt anschaute, wandte er sich ihr zu. »Formal ist Tamarind in den letzten Jahren hinter der Entwicklung der Liga zurückgeblieben. Kaum industrielles Wachstum, wenig Neuentwicklungen, Zerfall der Infrastruktur durch mangelnde Wartung, korrupte Politiker – nichts, was wir aus anderen Ecken der Liga nicht kennen würden. Aber dort scheint der Verfall auch auf das Militär übergegriffen zu haben. Laxe Einhaltung von Vorschriften, Unfälle durch Unachtsamkeit, Verkauf von Ersatzteilen der MechWerkstätten an private Händler und so weiter und so fort. Du bist als ehrlich und unbestechlich bekannt, von daher bist du meine erste Wahl für diesen Auftrag.«

»Gut. Das war die formale Erklärung. Und ehrlich?«

Brion seufzte erneut. »Ludmilla.«

Cathys Gesicht wurde kurz von einem Zucken durchfahren, das Brion schon von früher kannte – entweder wurde er jetzt eine Weile lang angeschrien, Marik hin oder her, oder er würde sich einen scharfen Kommentar anhören dürfen, der dafür sehr kurz ausfallen würde.

»Du spinnst.«

Also hatte sie sich für kurz und schneidend entschieden. Anschreien war ihm in manchen Augenblicken lieber ... »Wie alt ist Ludmilla jetzt – sechseinhalb, oder?«

»Richtig.«

»Wie alt ist mein Sohn Thomas?«

»Sieben. Aber das weißt du alles.«

»Thomas' Urgroßeltern wohnen auf Tamarind.«

Sie stockte einen Moment, zog zischend den Atem ein. »Das wusste ich nicht.«

»Das soll auch nicht jeder erfahren. Die Eltern meiner Frau legen wenig Wert auf Publizität. Fjodor, mein Schwiegervater, ist seit Jahren lungenkrank, und die Ärzte empfahlen ihm dringend, in ein Klima umzuziehen, wo sich der Zustand seiner Lungenflügel beruhigt. Die warme Luft auf Tamarind soll ihm drei bis acht weitere Lebensjahre bescheren, wenn man den Ärzten Glauben schenken darf. Der Kleine hat Uroma Tatjana und Uropa Fjodor seit fast zwei Jahren nicht mehr gesehen. Jetzt verschlechtert sich Fjodors Gesundheitszustand permanent. Eine Reise ist für ihn laut Aussage seiner Ärzte ausgeschlossen – ich würde meine Frau auch nie dazu kriegen, ihren Vater hierher zu bestellen, wenn auch nur die geringste Chance besteht, dass er unterwegs verstirbt, weil ich ihn in den Weltraum gelotst habe. Danke, auf diesen Streit kann ich verzichten.« Unbewusst hatte er angefangen, mit den Händen zu gestikulieren. Als er es merkte, verschränkte er sie wieder hinter dem Rücken.

»Ludmilla ist seit dem Tod ihrer Eltern bei dir. Du kannst sie nicht überall hin mitnehmen, weißt aber, dass eine Pflegefamilie keine Lösung ist. Ich kann nicht mit Thomas nach Tamarind reisen, seine Mutter auch nicht. Es würde sofort auffallen, wenn wir zwei oder einer von uns hier verschwinden würden. Außerdem sind die nächsten Monate anstrengend und über und über mit Terminen gefüllt – ich werde mich kaum um ihn kümmern können.«

Er schaute sie an. Doch sie schwieg, ließ ihn reden. Es tat ihm ganz gut, mal jemanden zum Gespräch zu haben, der nicht immer »Richtig! Richtig!« oder »Ich bin derselben Meinung« in die Diskussion einwarf. Wieder einmal fiel ihm auf, wie sehr er sie schätzte.

»Und wenn mein Schwiegervater eines nicht braucht, dann Aufregung. Ein Marik-Besuch ist immer ein Staatsakt erster Güte, eine Innenrevisorin ist – Verzeihung – ein Ärgernis, aber nichts, um was man ein großes Bohei macht.«

Er war fertig. Sie schwieg einen Moment; abwartend, ob er nicht noch Erläuterungen nachschob. »Also willst du, dass ich zufällig eine Inspektionsreise nach Tamarind mache, dabei zufällig meine Enkeltochter mitnehme, zufällig auch deinen Sohn mit bemuttere und ihn zufällig bei der Reise auf Tamarind deine Schwiegereltern, seine Urgroßeltern, besuchen lasse?«

»Ja.«

»Noch einmal: Du spinnst.«

Da machte der Marik etwas, was nur die wenigsten Menschen an ihm kannten: Er warf den Kopf in den Nacken und lachte laut los. Sein Lachen war tief und melodisch, es schien sich den Weg aus den tiefsten Enden seiner Lungenflügel zu brechen. »Cathy, wenn es dich nicht gäbe, ich müsste meine Wissenschaftler dazu bringen, dich zu bauen!«

* * *

Es war ein ganz anderes Gebäude, doch es war immerhin dieselbe Stadt auf demselben Planeten. Zwischen dem Zimmer über einem Rekrutierungsbüro der örtlichen Miliz und dem Palast des Marik bestand keine offensichtliche

Verbindung, und trotzdem waren beide Räume durch ein Wunderwerk der Technik miteinander verbunden.

In diesem Raum saß ein junger Offizier in andurianischer Uniform vor einem Gerät, welches das aus den Räumen des Marik übertragene Gespräch nicht nur aufzeichnete, sondern auch gleichzeitig einen praktischen Eingang für einen Kopfhörer hatte, in dessen Öffnung der junge Mann den Stecker des Kopfhörers gesteckt hatte, der nun auf seinen Ohren saß. Dieser Kopfhörer war das Ende einer Übertragungskette, die in den Räumlichkeiten des Marik ihren Anfang nahm. Trotz diverser Sicherheitsvorkehrungen, trotz andauernder Überprüfungen – dieses Gespräch war nicht geheim, so wie wenige Dinge im Leben des Marik geheim waren.

Doch das Schlimme war nicht, dass der Marik abgehört würde. Dies geschah immer wieder – zum Beispiel durch die Geheimdienste der anderen Nachfolgestaaten, bei denen das Abhören von Gesprächen anderer Staatschefs zum Tageswerk gehörte.

Das Schlimme war, dass hier nicht ein äußerer Feind des Reiches mithörte. Dunkelheit und Schatten anderer Reiche wurden immer wieder von den Suchscheinwerfern der marikschen Abwehr durchleuchtet. Doch wer im hellen Lichte des Marik stand, der war schwer zu sehen.

Wenn die Liga freier Welten im Moment etwas nicht gebrauchen konnte, dann erneuten Bürgerkrieg. Hier wurde die Saat dafür gelegt.

»Wie kann ein normaler Mensch beschließen, seinen Lebensabend auf Tamarind zu verbringen?«

»Wieso?«, wandte der Marik ein. »Tamarind genießt den Ruf als Künstlerkolonie; Infrastruktur und kulturelles Angebot sind ausgeprägt. Im Laufe der Jahrhunderte haben wir deutlich schlimmere und unfreundlichere Sonnensysteme besiedelt als das von Tamarind. Die Sonne ist ein wenig heller als unsere, sie erscheint auf der Oberfläche ein wenig größer, als Sol auf Terra erscheint. Doch dafür ist der Planet meist trocken und warm – aber er ist keine Wüste. Meine Frau würde nicht zulassen, dass ich ihren Vater in die Wüste schicke ... Und für die Lungen meines Schwiegervaters sind Wärme und Trockenheit genau das richtige Klima.«

»Keine ärztliche Versorgung hätte ...«

»Pah!«, unterbrach er sie. »Dann hätte er die Hälfte der Zeit an einer Maschine gehangen, die seine Lungenfunktion unterstützt. Auf Tamarind kann er seinem gewohnten Leben nachgehen und auf den Tod warten, ohne dabei immer Versuchsobjekt oder Patient zu sein. Er wird als Mensch sterben.«

»Aber du setzt deinen Sohn freiwillig einem Risiko aus.«

»Warum?

»Weil er den direkten Schutz des Marik verlässt und mit mir reist.«

Der Marik schritt einige Schritte auf und ab. Dann blieb er stehen und wandte sich ihr zu. »Dieser Raum ist einer der bestabgeschirmten der gesamten Liga.« Mit einer umfassenden Geste deutete er auf die Wände seines Arbeitszimmers. »Was hier nicht geheim bleibt, bleibt nirgendwo im Reich geheim. Ich liebe meinen Sohn und mache mir Sorgen um sein Wohlergehen – aber es ist nur verständlich, wenn seine Mutter will, dass er seinen Urgroßvater noch einmal sieht, bevor dieser stirbt. Wenn er erst einmal ein erwachsener Marik ist, dann wird es für ihn schwierig genug sein, auch nur ein kleines Stück Privatleben aus seinem Leben herauszuschnitzen. Lassen wir ihn ein normales Kind sein, so lange es möglich ist.«

»Spricht da die Wehmut aus dir?«

Er schwieg einen Moment. Danach war seine Stimme ein wenig belegt. »Mein älterer Bruder sollte die Liga erben – doch er ist tot. Von meinen sechs Kindern habe ich zwei schon überlebt. Eins starb durch einen Unfall, eins durch einen Anschlag. Wären sie auch so jung gestorben, wenn sie keine Marik gewesen wären?« Er räusperte sich, danach klang seine Stimme fast wieder normal. »Ich bin nie gefragt worden, ob ich der Marik werden möchte. Ich war es und bin es bis zu meinem Tode – im Bett, durch Gift oder eine Waffe. Die Menschen da draußen«, dabei machte er eine unspezifischen Geste mit dem Arm, den ganzen Planeten und das ganze Reich einschließend, »wollen von Menschen regiert werden, die sich wie Halbgötter geben und keine Fehler haben. Tut mir Leid: Das bin ich nicht.«

»Aber du gibst dir redlich Mühe!«

Zum Glück sah er das belustigte Glitzern in ihren Augen, bevor er ihr einen bösen Spruch als Antwort reindrücken konnte. Doch auch nach einigen Atemzügen Nachdenken fiel ihm auf Cathys Kommentar keine passende Entgegnung ein. Daher ging er zu einem altehrwürdigen Schrank mit Glastüren, öffnete sie und holte zwei fein geschliffene Gläser hervor.

»Sherry?«

* * *

Der junge Offizier hatte sich sehr beeilt, seinen Mitschnitt des Gesprächs auf einen kleinen, silbern glitzernden Chip zu ziehen. Trotzdem blieb er ruhig auf seiner Position, bis seine Ablösung eintraf. Er übergab den Horchposten und machte sich auf den Weg zum Raumhafen.

Der Weg dahin war ereignislos – einmal Umsteigen mit der Rohrbahn, dann nur noch die Sicherheitskontrollen am Raumhafen. Er zeigte seine Identifikationskarte vor, wurde mehrmals überprüft und stieg endlich in ein schnelles Spad-Kurierboot, das ihn innerhalb weniger Minuten in die Umlaufbahn brachte.

Sein kleines, schnittiges Schiff steuerte schnell einen der Giganten an, die permanent im System standen – einerseits als Zeichen der Macht des Marik, andererseits als schnell einsetzbarer Teil einer Heimatverteidigung, die sich von den Schrecken des Vereinigungskrieges noch nicht erholt hatte. Denn auch im Inneren war das Reich noch nicht sicher – Albrecht Marik war erst letztes Jahr bei einem Anschlag getötet worden.

Der junge Offizier wusste nicht, wie sehr sein Auftraggeber in diese Ereignisse eingebunden war. Er würde es auch nie erfahren. Für ihn war sein Auftraggeber nicht nur ein Lieutnant-General, der es sich zur Aufgabe gemacht hatte, die Liga freier Welten auf ihren angestammten Platz unter den Nachfolgestaaten zu setzen, sondern er war auch einer von ihnen, ein Raskolnik.

Ihm war egal, dass viele Einwohner der Liga dieses Wort mit Verachtung aussprachen, die Raskolnik nur ›Ketzer‹ oder ›Abtrünnige‹ nannten. Für ihn waren die Raskolnik Menschen, die von einer höheren Mission überzeugt waren. Diese Mission war in seinem Fall die Missionierung der Liga freier Welten hin zu einem Reich, in dem die wahre Lehre ihren angestammten Platz einnahm.

Der junge Offizier war ein Exituri. Doch niemand wäre überraschter als er, wenn er erfahren würde, dass sein Vorgesetzter seine religiösen Gefühle nicht teilte – obwohl er ihn das nur zu gerne glauben ließ. Er war ein Werkzeug, dessen Glauben, dessen Überzeugung, dessen Seele missbraucht wurden, um einem Plan zu dienen, dessen Verrufenheit ihn abgeschreckt hätte. Doch er würde nie von diesem Plan erfahren.

Der Lola III-Klasse-Zerstörer hob sich klar von den anderen Schiffen ab. In einem Anfall von eigenartigem Humor war dieses Schiff von dem es befehligenden Lieutnant-General *Vlad Tepes* genannt worden – Vlad der Pfähler, vielen Menschen noch unter seinem Spitznamen ›Dracula‹ bekannt. Es war nicht ohne Ironie, dass dieser Vlad beides gewesen war: harter Kämpfer gegen die Ungläubigen und unmenschlicher Blutsauger. Der junge Offizier wusste nicht, wie sehr dieser Name nicht nur für das Schiff zutreffend war, sondern auch für seinen Auftraggeber.

Er wartete geduldig, bis sein Schiff in den Zerstörer eingeschleust war. Dann nahm er den Chip und machte sich auf den Weg, seinem Auftraggeber die Aufzeichnung zu überbringen.

Lieutnant-General Maurice Dekobra wartete sicher schon angespannt auf Neuigkeiten.

»Die ganze Dynastie der Mariks ist wie eine reife Frucht, die an einem alten Baum hängt. Der Baum hatte noch Kraft, diese eine Frucht hervorzubringen. Wenn ich diese eine Frucht pflücke, dann wird der Baum keine Frucht mehr erzeugen, die so schön, so saftig ist wie diese.
Wenn der Baum dann stirbt, so soll es mir recht sein. Aber die Frucht, die muss mein sein!«

— Lieutnant-General Maurice Dekobra in seinem Tagebuch, 6. Januar 2604

Atreus, Atreus-City

21. September 2604

Die meisten Menschen unterschätzen, wie viel Arbeit es macht, eine Inspektionsreise durchzuführen. Da mussten Routen geplant, Mitarbeiter koordiniert und Anträge geschrieben werden. Das ganze Unternehmen sollte geheim bleiben – sonst wäre es keine Armee-Inspektion. Aber Offiziere, besonders jene, die alt, korrupt und unfähig waren, entwickelten im Laufe ihrer Dienstzeit eine Art sechsten Sinn für das Herannahen eines Inspektors.

Lange bevor ein Schiff an einem Sprungpunkt auftauchte, schienen sie zu wittern, dass eine Überprüfung anstand. So wurden die Mechs noch einmal gewienert, die Abrechnungen wurden in die richtige Richtung frisiert und es gab über Tage hinweg keinen Schluck Alkohol in der Garnison.

Selbst wenn die Offiziere einer Garnison über keinen sechsten Sinn verfügten, so dauerte es doch Tage, bis ein

Schiff von einem Sprungpunkt bis zum Zielplaneten vordrang. Und diese Tage reichten manchen planetaren Verwaltungen, um ihre gröbsten Fehler zu vertuschen und die schlimmsten Probleme auszubügeln. Unbequeme oder ehrliche Kommandanten waren dann auf einmal »im Manöver« oder »im Urlaub« und unerreichbar, wichtige Unterlagen waren gerade zu einer Prüfung in irgendeiner Registratur verschwunden, Konten waren bereinigt und Gelder gewaschen worden.

Inspekteure waren in keinem Teil der Liga beliebt. Sie galten als unangenehme Vertreter einer Obrigkeit, die sich sowieso schon viel zu häufig in das Leben der Bürger einmischte. Obwohl es die Aufgabe der Inspekteure war, Korruption und Missbrauch zu bekämpfen, waren sie für viele Offiziere nicht mehr als eine unangenehme, mit Mehrarbeit verbundene Störung, die sie von ihrer eigentlichen Aufgabe abhielt. Dass diese eigentliche Aufgabe etwas mit dem Geld zu tun hatte, das sie von der Liga bekamen, war ihnen nicht bewusst.

Katharina Wlaschek stand in dem Ruf, dass sie genau jene Offiziere überraschen konnte, die mit einem normalen Inspektor rechneten. Sie reiste ohne den Pomp, den manche ihrer Kollegen an den Tag legten, wenn sie reisten. Sie reiste mit einer Planung, von der nur sie und die engsten ihrer Mitarbeiter wussten. Und sie selbst war unbestechlich und ehrlich, beseelt von einer Gradlinigkeit, die vielen ihrer Kollegen fehlte. Bis zum heutigen Tage war nie vorher bekannt geworden, wo sie auftauchen und eingreifen würde.

Bis zum heutigen Tage.

* * *

Katharina ging vor wie jemand, der sich sicher fühlte. Sonst hätte sie kaum ihre eigene Enkeltochter und den Sohn des Marik mitgenommen – wobei die Sicherheit der beiden ungefähr in dieser Reihenfolge für sie von Bedeutung war. Sie war eine Dienerin des Hauses Marik, sicherlich, aber sie war auch eine Mutter und die Mutter einer Mutter.

Sie kannte Brion aus ihrer gemeinsamen Militärzeit. Da waren Dinge passiert ... die sie zu Freunden gemacht hatten, nie zu Liebhabern oder Kameraden. Das Erstere hätte eine körperlicher Anziehung verlangt, die zwischen ihnen nie bestanden hatte. Das Zweite hätte einen gemeinsamen oder wenigstens ähnlichen Dienstgrad vorausgesetzt, den sie jedoch nie besaßen. Aber sie waren Freunde geworden, weil sie eine ähnliche Sicht auf das Leben und das Universum teilten.

In erster Linie war Brion Marik Pragmatiker. Sie auch. Sie beide hatten Ziele im Leben, die sie über ihrem eigenen Wohlergehen einordneten – und ihr eigenes Wohlergehen und das ihrer Familie kam wiederum über dem Wohlergehen vieler anderer Menschen.

Sie war nicht desinteressiert am Leben der Menschen um sie herum, doch eine gewisse Gleichgültigkeit hatte sie lange Jahre ausgezeichnet. Aber spätestens seit ihre einzige Tochter mit ihrem Schwiegersohn bei einem Gleiterunfall ums Leben gekommen war und sie das Sorgerecht für ihre Enkeltochter übernommen hatte, war ihr klar geworden, wie kurz das Menschenleben ist und wie viele Dinge wir verpassen, wenn wir nur mit geschlossenen Augen durch das Leben gehen.

Dieser Verlust in ihrer näheren Umgebung hatte es ihr leichter gemacht, einige Züge am Marik zu verstehen. Auch er hatte Menschen verloren, die ihm nahe gestanden hatten, die er geliebt hatte. Aber er hatte gelernt, mit dem Verlust zu leben und nach vorne zu schauen.

Auch sie hatte aus dem Verlust ihre Lehren gezogen. Seitdem versuchte sie, ihr Privatleben und den Beruf unter einen Helm zu bringen. Ganz abwegig war es nicht, ihr Thomas mitzugeben, hatte sie doch in der letzten Zeit bewiesen, dass ihre Enkeltochter in einer militärischen

Umgebung glücklich aufwuchs, zusammen mit einer Großmutter, die eigentlich immer im Dienst war, ohne dass es ihrer Enkelin geschadet hätte. Ihr Enkelkind war ein Stern, das helle Licht in ihrem Leben.

Der Zeitpunkt, den sie sich selbst gesetzt hatte, war fast erreicht. Dann musste sie entscheiden, ob sie Ludmilla in ein Pflegeheim geben oder selbst weiter großziehen würde. In ihrem Herzen war diese Entscheidung schon zu Gunsten Ludmillas gefallen, nur ihr Verstand warf ihr immer noch Knüppel zwischen die Beine.

Atreus, Atreus-City

22. September 2604

Brion hoffte darauf, dass seine Entscheidung richtig war. Er mochte seine Schwiegereltern, also waren eine Abneigung gegen sie oder das Vermeiden eines Besuchs nicht der Grund, warum er sich nicht selbst auf die Reise machte. Er musste sich immer wieder klar machen, dass er höheren Zielen diente.

Wie er das hasste! Aber sein Sohn würde früh genug erfahren, was es hieß, der Erbe des Marik zu sein. Bis dahin hatte er noch einige Jahre vor sich, die hoffentlich sorgenfrei und unbeschwert verlaufen würden.

Und die ganze Geschichte war eine unschätzbare Gelegenheit, Katharina enger an sich zu binden. Es war eine seltsame Beziehung, die sie pflegten. Es ging nicht um Macht – er hatte genug Macht, um ausreichend Menschen um sich herum zu haben, die er zwingen konnte, das zu tun, was er wollte. Aber er genoss den Widerspruch, den Katharina ihm immer wieder entgegensetzte. Er war klug genug, um zu wissen, dass man nur mit Ja-Sagern kein Imperium regieren kann. Auch er machte Fehler, traf Entscheidungen zu schnell oder ohne signifikante Daten zu beachten. Daher musste er immer wieder daran erinnert werden, dass auch er nur ein Mensch war – ein Mensch mit Fehlern.

Katharina war eine von jenen Menschen, die er gedanklich als »seine Spiegel« bezeichnete. Sie spiegelten ihm sein Verhalten, zeigten ihm, was er falsch machte und sagten ihm, wie sie das Problem gelöst hätten. Die Entscheidung blieb weiterhin bei ihm, aber so konnte er hoffen, die gröbsten Fehler zu vermeiden.

Ein nicht unwichtiges Element bei seiner Entscheidung für Katharina war auch familiär begründet. Seine Frau war glücklich, dass ihr Kind ihre Eltern noch einmal sehen könnte, bevor ihr Vater starb. Sie hätte ihren Vater gerne noch einmal selbst gesehen, doch sie hatten sich voneinander verabschiedet und alles besprochen, was es zwischen Tochter und Vater zu besprechen gab, bevor er nach Tamarind abgereist war. Trotzdem hatte sie einen langen, handschriftlichen Brief an ihre Eltern verfasst, den sie ihrem Sohn mitgeben wollte. Sie hielt nicht viel von Video-Botschaften, hielt sie für unpersönlich und steril. Ein Brief war da eine wesentlich angenehmere Verbindung, etwas, das man in der Hand halten und immer wieder in die Hand nehmen konnte, wenn einem danach war.

Sie hatte sich nicht getraut, es im Brief anzudeuten, aber sie hoffte darauf, dass ihre Mutter nach dem Tod ihres Mannes zu ihr und den Enkeln zurückkehren würde. Sie vermisste ihre Eltern, doch sie konnte deren Entscheidung verstehen.

Um ihren Sohn machte sie sich wenig Sorgen. Sie kannte Katharina aus einigen Treffen und sie vertraute dem Urteil ihres Mannes, wenn es um die Einschätzung menschlicher Charaktereigenschaften ging. Als Mutter wusste sie, dass Katharina auf ihren eigenen Sohn genauso wie auf ihre Enkeltochter aufpassen würde. Ihr Mann hatte das Kind nicht in eine gefährliche Umgebung gesandt, sondern Sorge dafür getragen, dass so viele Sicherheitsvorkehrungen wie möglich eingehalten wurden. Die Gesellschaft eines gleichaltrigen Kindes würde Brion die Zeit der Reise verkürzen. Hoffentlich würde er auch abgelenkt, wenn er erkannt hatte, wie schlecht es um seinen Urgroßvater wirklich stand. Kinder hatten da ein untrügliches Gefühl für ...

Umlaufbahn um Atreus, an Bord der *Vlad Tepes*

24. September 2604

»Lichtschlag!« Dekobra mochte sein eigenes Kennwort sehr gerne. Obwohl ihn die beiden Wachen vor dem Offizierskasino sicherlich erkannt hatten, ließ er es sich nicht nehmen, sich selbst noch einmal zu identifizieren. Nicht, weil er daran glaubte, dass seine Verschwörung schon bekannt war – da möge der Allmächtige vor sein! –, sondern weil er für die Einhaltung von Disziplin und Regeln war; was für seine Mitverschwörer galt, musste auch für ihn gelten.

Die beiden Wachen traten zur Seite und ließen ihn passieren. Hinter ihm glitt das Schott in seine Halterung zurück. Ein kurzer Blick in die Runde ließ ihn erkennen, dass die Versammlung vollständig war. Mit ihm waren es zwölf Menschen, die das Herz dieser Verschwörung bildeten – eine gute Zahl, wie er bei sich dachte.

Alle trugen andurianische Unformen – was an Bord der *Vlad Tepes* nicht ungewöhnlich war. Sie gehörte zum andurianischen Kontingent in der Armee der Liga freier Welten.

Anwesend waren vier Frauen und acht Männer. Sie alle waren wie er Mitglieder einer religiösen Sekte, die sich im Untergrund trotz Verfolgung und Verdammung die letzten Jahrhunderte lang hatte halten können. ›Skopze‹ nannten sie sich selbst, nach dem alten russischen Wort für ›Verstümmelte‹, wie man sie auch heute noch abfällig nannte. Doch niemand glaubte mehr daran, dass es sie noch gab.

Sie waren höchstens der Stoff für üble Gute-Nacht-Geschichten von der alten Erde; Menschen, die sich selbst verstümmelt hatten, um ihren Glauben und ihre Reinheit aufzuzeigen.

Früher hatten sich Menschen noch selbst verstümmelt, kastriert gar, um ihren Glauben aufzuzeigen. Dekobra war der Spross einer jüngeren Entwicklung, die daran glaubte, dass nicht zuerst der Körper, sondern der Geist das war, was beschnitten und gehärtet gehörte. Er hatte längst alles abgelegt, was Schwäche und Angst in ihm ausgemacht hatte. Sein Geist war nun klar, rein genug, um jenen Plan zu schmieden, der heute ins Rollen gebracht werden sollte. Er dachte nicht an den Preis, den er dafür bezahlte, so weit zu kommen; die Kasteiungen, die er auf sich genommen hatte, um rein und klar zu werden – rein und klar genug, um als Gefäß für die göttlichen Gedanken zu dienen.

»Der Segen des Allmächtigen Euch!«, begrüßte er die Anwesenden.

»Und auch Dir und den Deinen!«, beantworteten sie seine zeremonielle Begrüßung.

»Wir sind vollständig. Lasst uns anfangen. Ihr habt den Bericht alle gelesen?« Ein Blick in die Runde folgte, der mit elffachem Nicken beantwortet wurde.

»Gut. Dann dürfte unser Vorgehen klar sein. Der Marik hat seinen Sohn auf eine Reise nach Tamarind geschickt, wo sich dessen Urgroßeltern aufhalten. Die Tarnung ist eine Inspektion der Garnison Tamarinds – sicherlich eine vernünftige Idee, wenn ich dem glauben darf, was über Tamarind bekannt ist.«

Einige der Anwesenden lachten kurz auf. Tamarind war nicht dafür bekannt, eine gut geführte Welt zu sein. Gerüchte über Zerfall und Missmanagement hatten sich in der ganzen Liga verbreitet, auch wenn Tamarind sicherlich nur ein Beispiel für eine in der ganzen Liga anhaltende Entwicklung war.

Dekobra nahm den Faden wieder auf. »Wir müssen den Sohn des Marik in unsere Hand bekommen.«

»Wie soll das geschehen?« Tanos Wlaczech war im Dienst der Mariks alt geworden, doch sein Geist war immer noch scharf und wendig. Er war einer jener Gefolgsleute, auf die sich Dekobra immer verlassen konnte. Besonders, da er die letzten Jahrzehnte nur nominell im Dienste der Liga freier Welten gestanden hatte, während seine wahre Loyalität den Skopze gegolten hatte.

»Ich habe einen Plan. Wir können auf drei unterschiedliche Gruppen zurückgreifen, die uns uneingeschränkt zur Verfügung stehen.

Zum einen haben viele von uns Kontakt zu ehemaligen Soldaten, die jetzt als Freischärler oder Söldner arbeiten. Nach dem Ende des Vereinigungskrieges hat die Liga zu viele Soldaten entlassen, die jetzt keine Aufgabe haben. Sie schlagen sich durch – ohne Aufgabe, ohne Ziel. Viele von ihnen sind bereit, für eine passende Entlohnung jeden Auftrag anzunehmen. Wir werden jene anwerben, die sich von der Liga enttäuscht zeigen und auch bereit sind, einen Auftrag anzunehmen, der im Herzen der Liga selbst ausgeführt wird.

Eine zweite Gruppe sind jene Schläferagenten, die wir in den letzten Jahren angeworben haben. Sie warten auf einen Moment, um zuschlagen zu können – diesen Moment werden wir ihnen liefern.«

Eine Hand hob sich für eine Frage. Dekobra machte eine Pause.

»Lohnt es sich denn, die Schläfer für diesen Auftrag zu opfern?« Wieder war es Wlaczech, der eine Detailfrage stellte. Er war einer der wenigen, der sich traute, Dekobras Ausführungen zu unterbrechen.

Dekobra war nicht unglücklich darüber. Er wusste, dass es galt, Widerstand gegen einen Plan früh auszuschalten, kritische Fragen abzuarbeiten, solange Pläne noch nicht vollständig ausformuliert waren. Umso einfacher war es später, gemeinsam dem Plan zu folgen, wenn man in seiner ersten Phasen schon allen aufkeimenden Widerspruch erstickt hatte.

»Nie waren wir unserem Ziel so nahe wie im Augenblick! Der Sohn des Marik ist unser Zugang zum Marik selbst. Wenn wir ihn haben, können wir ihn erpressen und endlich fordern, was schon lange unser sein sollte – einen Teil der Macht in der Liga und unseren Anteil an der politischen Führung.«

Zustimmendes Gemurmel machte sich breit.

Dekobra wartete ab, bis wieder Ruhe eingekehrt war. »Die dritte Gruppe sind die Exituri. Schon lange haben wir unseren Einfluss auf sie ausgebaut. Die Ketzer glauben von vielen von uns, dass wir wie sie denken. Obwohl es schwierig für uns ist, unsere Überzeugung zu verleugnen, gelang es uns, in diesen willfährigen Gläubigen die Ansicht wach zu halten, dass wir dieselben Ziele verfolgen wie sie. Und was käme uns gelegener als die Veröffentlichung eines Pamphlets der Exituri nach der Plünderung Tamarinds, in dem sie die Verantwortung für die Taten übernehmen und ihren religiösen Irrsinn allen sichtbar machen?

Nicht zu vergessen ist, dass die Exituri bereit sind, für ihre Sache zu sterben – im Gegensatz zu unseren Schläfern, die wir nicht in den Tod schicken können, wenn wir nicht ganz sicher sind, dass wir sie komplett in der Hand haben. Viele von diesen werden ihren Auftrag ausführen und danach wieder in ihr eigenes Leben zurückkehren – diese Möglichkeit haben die Exituri nicht. Glauben sie doch daran, nach ihrem Einsatz in das Paradies zu gelangen. Sie werden überrascht sein, wenn ihnen das Tor des Himmels verschlossen bleibt ...«

Wieder erklang kurz Gelächter. Dekobra wartete ab, bis wieder Stille eingekehrt war. »Wir werden den Sohn des Marik in unserer Hand haben – und die Exituri tragen gerne die Verantwortung für alle Taten, die wir begangen haben. Wer von den Einwohnern der Liga weiß wirklich, woran die Exituri glauben? Sie alle sind nur zu gerne bereit, die Geschichten über Gräuel und Untaten zu glauben, die dann den Exituri nachgesagt werden.

Gibt es weitere Fragen?«

Er wandte sich der Runde zu. Viele Einzelheiten waren zu klären, viele Fragen zu besprechen. Doch die Grundlinie seines Plans würde nicht angegriffen werden.

Die Seinen nannten ihn hinter seinem Rücken ehrfurchtsvoll ›Stranniki‹, Wanderer. Natürlich wusste er, wie seine Leute ihn nannten, wenn er nicht dabei war. Diesen Titel würde er sich selbst nie verleihen, doch er hatte nichts dagegen, wenn andere ihn so nannten. Denn er war einer der wenigen, der die Allgegenwart Gottes gespürt hatte, sein Hauch lag auf ihm.

Seine Autorität wurde nicht kritisiert. Er war einer jener, denen Gott einen Weg gezeigt hatte, sich ihm zu nähern. Dass dieser Weg über Gewalt und Verbrechen ging, war akzeptabel.

Der Glaube würde siegen.

»Nirgends wurden die BattleMech so schnell zu einem Mythos wie in der Liga freier Welten. Manche Menschen sehen in den BattleMechs nur Kampfmaschinen, bessere MechTraktoren mit Kanonen. Andere halten sie für ein riesiges Spielzeug, das sich alte Militärs gönnen, um ihre taktischen Spielchen mit schönen Figuren durchzuführen.
Die Liga freier Welten jedoch schöpft aus dem reichhaltigen Hintergrund der irdischen Mythen Osteuropas. Und hier wurde der BattleMechs schnell zu einem Golem aus Stahl – beseelt und gefährlich, wenn die Kontrolle über ihn erlischt.
MechPiloten sind hier weniger Künstler oder Techniker, sie sind Menschen mit einem starken Willen – einem Willen, den sie brauchen, um die Maschine an sich zu binden.«

— ›Von Angesicht zu Angesicht – Mensch und BattleMech, Geschichte eines Mythos‹, Gerlud Egbert, Hesperus II 2733

Tamarind, Tamarind-City

1. April 2605

Der Brief war morgens in der Post. Er sah aus wie Tausende anderer Briefe, die Erasmus Kirchner in den letzten vier Jahrzehnten seines Lebens bekommen hatte – schlicht, untadelig, langweilig.

In einem Zeitalter, in dem Kommunikation längst auf die elektronische Übermittlung von Daten übergegangen war, waren Briefe das Relikt einer früheren, oft schmerzlich vermissten, langsameren Zeit. Manche Einkaufszentren verschickten Briefe oder ließen sie in den Vorortvierteln verteilen, weil die Wahrscheinlichkeit, dass jemand in einen Briefumschlag schaute, höher war als die, dass er sich mit einer Mail beschäftigte, deren Absender er nicht kannte.

Ältere Menschen schrieben Briefe, weil sie gerne etwas hatten, was sie in der Hand halten konnten. Verliebte Jugendliche schrieben Briefe, weil ihnen die archaische Form des Schreibens von Briefen irgendwie romantisch vorkam.

Alles Quatsch.

Dieser Brief hatte einen anderen Grund; einen Grund, der in keinster Weise prosaisch oder freundlich war.

Kirchner war ein ordentlicher Mensch, der von seinen Freunden und Bekannten geschätzt, von seiner Frau und seinen Kindern geliebt wurde. Niemand in seinem Umfeld wusste, dass Erasmus Kirchner nicht sein Geburtsname war. Auch der Beruf, den er bei der Polizei der Stadt ausübte, war nicht der, den er sechs Jahre lang ausgeübt hatte.

Es gab Gebiete in der Inneren Sphäre, in denen sein Gesicht immer noch mit Gräueltaten verbunden waren, die er im Krieg mit einer Söldnereinheit an zivilen Opfern verübt hatte. Niemand auf Tamarind hatte davon gewusst – bis er vor einigen Jahren mit seiner Vergangenheit konfrontiert worden war. Vor nichts auf der Welt hatte Kirchner so viel Angst wie vor der Wahrheit über sich selbst. Er tat also das, was er immer getan hatte; auch damals, als er die Anordnung erhalten hatte, die Geiseln – meist Kinder – zu erschießen. Er befolgte Anweisungen, ohne darüber nachzudenken, was er tat.

Er las abends seinen Kindern noch vor, küsste seine Frau, die immer früh müde wurde, auf die Stirn, bevor sie sich schlafen legte, und ging in den Keller.

Wenig später legte er einen Zettel auf den Küchentisch, auf dem nur lakonisch stand: »Bin Zigaretten holen und in einer halben Stunde zurück.« Dann verließ er das Haus. Der Zeitzünder der Bombe gab seinen Impuls, als er das Haus etwa 100 Schritte hinter sich gelassen hatte.

Glaubhaft aufgelöst rannte er zu den Trümmern seines Hauses zurück, sah nur die rauchende Ruine seiner Wohnstatt und verständigte sofort die Polizei.

»Städtische Polizei, Notrufzentrale.«

»Oberst Kirchner hier. Ich brauche sofort einen Trupp Polizei an meinem Privathaus. Ich glaube, auf mich ist gerade ein Anschlag verübt worden ...« Dann gab er seine eigene Adresse an und wartete, bis die Polizei eingetroffen war.

Die Polizisten grüßten ihren Oberst höflich, dann versuchten sie ihm zu helfen, seinen Schock zu verarbeiten. Kirchner gab sich gefasst, so wie jemand, der den Schock noch nicht fühlt, den eine solche Situation automatisch hervorruft. Gerne war er damit einverstanden, vom Tatort geführt und in einem Hotel untergebracht zu werden. Dies war ihm nur recht, denn so war er sein eigener Herr und stand nicht unter der Überwachung durch seine eigene Polizeieinheit.

In einer Sache war er sich sicher: Ihn würde niemand verdächtigen. Zumindest nicht, solange er es verhindern konnte.

Tamarind, Tamarind-City

1. April 2605

Tamara Vaclavik war vierundsechzig Jahre alt. Sie ging keiner regelmäßigen Beschäftigung nach. Fragte man sie nach ihrem Einkommen, dann sagte sie, dass sie genug Ersparnisse besäße, um sich einen ruhigen Lebensabend einzurichten.

Dass diese Ersparnisse durch ihre Vergangenheit als Betreiberin eines Kinder-Porno-Netzwerks entstanden waren, wusste auf diesem Planeten scheinbar nur ein Mensch. Dieser Mensch hatte ihr vor einiger Zeit geschrieben.

Tamara wusste damals sofort, dass sie keine Wahl hatte. Sie hatte keine Wahl, seit sie damals das erste Bild ins Netz geladen hatte, das ein nacktes Mädchen zeigte, das keinen Tag älter als zwölf Jahre gewesen sein konnte. Von dort hatte jeder weitere Schritt zu dem Ort und der Situation geführt, in der sie sich jetzt befand. Aber der erste Schritt, da hatte sie noch eine Wahl gehabt. Sie hatte sich von der Verlockung des Geldes verführen lassen. Dafür zahlte sie jetzt einen Preis.

Tief in ihr gab es einen Ort, an dem sie genau wusste, dass kein Preis hoch genug sein würde, um den Schmutz von ihrer Seele zu waschen.

Sie besaß eine schöne Wohnung in einem schönen Vorort. Die Häuser gehörten alle einer architektonischen Ära an, die auf anderen Planeten längst überholt war. Aber auf Tamarind fehlten Geld und Willen, um etwas zu verändern.

Die Rohrbahnstation, der sie sich näherte, war verwahrlost. Die Schienen waren sauber, ebenso die Wagen, die regelmäßig durch die Rohre kamen. Doch die Wände waren mit Plakaten beklebt, die zu beseitigen niemand Auftrag oder Muße hatte. Nachts war dies ein Pflaster, auf das sie sich nur ungern begab. Aber heute Abend hatte sie keine andere Wahl.

Es gab eine Poststation in der Innenstadt, die die ganze Nacht geöffnet hatte. Dort gab sie einen Stapel Umschläge ab, die pornografische Bilder enthielten. Diese Briefe trugen keinen Absender. Die Abfertigung war anonym – selbst wenn es zu einer Untersuchung kommen würde, war es unwahrscheinlich, dass sich der Mann hinter dem Schalter Stunden oder Tage später an sie erinnern würde. Sie besaß reichhaltige Erfahrung darin, Post so zu verschicken, dass sie im Nachhinein nicht mit ihr in Verbindung gebracht werden konnte.

Dann schickte sie einen zweiten Brief an die Stadtverwaltung, der detaillierte Listen über angebliche Kunden enthielt, die bei ihr seit Monaten Bilder pornografischen Inhalts bestellt hatten. Dazu kamen Kontoauszüge, die einer gründlichen Überprüfung standhalten würden. Hier waren peinlich genau Zahlungseingänge vermerkt, die eine Menge respektable Bürger in der Hauptstadt in den Ruch bringen würden, regelmäßige Kunden eines Anbieters von Kinder-Pornografie zu sein.

Sie fühlte sie nicht schmutzig, als sie die Hauptpost verließ. Die Person, die sie als Absender des zweiten Briefes angegeben hatte, würde heute Nacht eines gewaltsamen Todes sterben. Auf deren Rechner würde man Bilder finden, die sie vorher selbst von einem Datenstick auf diesen Rechner gespielt hatte.

Sie fühlte sie nicht schmutzig. Trotzdem begann sie unwillkürlich, immer wieder ihre Nägel zu inspizieren, so als könnte sich der Schmutz, den sie in sich trug, dort festsetzen.

Auf dem Heimweg dachte sie daran, wie gut es wäre, wenn ihr Wohnblock mal wieder gestrichen würde.

Tamarind, Tamarind-City

1. April 2605

Das Verhör, das die Polizei mit Erasmus Kirchner durchführte, war nicht lang und nicht sehr intensiv. Nirgendwo im Universum waren Gruppen gerne bereit, gegen »einen von ihnen« hart und brutal vorzugehen. Das war so, seit der erste Höhlenmensch vom Stamm der linken Talbewohner Hilfe brauchte gegen den Stamm der rechten Talbewohner – und sie bekam, unabhängig von der Frage, ob er schuldig oder unschuldig war am entstandenen Streit. Man hielt zusammen, wenn man zusammengehörte. Auch im 26. Jahrhundert war Blut noch dicker als Wasser, und gemeinsame Arbeit führte zu Verbundenheit.

Kirchner hatte keine Angst vor dem Verhör. Er fühlte einen Schmerz in seiner Brust, den er nicht erklären könnte. Ab und an musste er an das Lachen seiner Kinder denken, wenn er mit ihnen Wasserball gespielt hatte. Dann schluckte er trocken, und das Gefühl verschwand.

Im Verhör war ihm das vor wenigen Minuten einmal passiert. Sein Gegenüber hatte ihm wortlos ein Päckchen Taschentücher über den Tisch geschoben und sich taktvoll weggedreht. Kirchner hatte sich in das Taschentuch geschnäuzt, eine Weile lang geschluchzt und dann mit seiner Aussage weitergemacht.

Es gab nichts, was man gegen ihn in der Hand hatte. Vielleicht hätte eine gründliche Untersuchung den Sprengstoff zu Tage gebracht ... aber es gab keine gründliche Untersuchung.

Die Untersuchung, die stattfand, war eine reine Formsache. Ihm wurde angetragen, sich für einige Tage vom Dienst suspendieren zu lassen. Er sagte, dass er bei seiner Arbeit besser von seinem Schicksal abgelenkt würde. Man sah ihn traurig an und ließ ihn weiterarbeiten.

Die Polizei Tamarinds würde für die Verschwörer kein Problem darstellen.

Tamarind, Tamarind-City

2. April 2605

Nesved Josbadka war mit seinem Auftrag mehr als zufrieden. Bis vor wenigen Monaten war er nicht mehr gewesen als ein einfacher Söldnerführer, ein ehemaliger Major der andurianischen Streitkräfte, der nach dem letzten Krieg weder in der Armee untergekommen war noch im zivilen Leben hatte Fuß fassen können.

Jetzt war er einer der Anführer einer Gruppe von Freischärlern, die sich selbst ›Lichtschlag‹ nannte. Ein schöner

Name, wie er fand. Denn er war jemand, der gerne wie ein Blitz zuschlug – und er glaubte wirklich daran, dass er die Menschen mit seinem Licht aus einem Schlaf wecken könnte, wenn er sie mit dem konfrontierte, was das Universum an Leid und Schmerz für sie bereithielt.

Kurzum: Er war verrückt. Aber das störte ihn nicht. Und seine Vorgesetzten wussten, dass es seine Arbeit in keinster Weise beeinträchtigte.

* * *

Tamarind besaß nur eine Funkstation, die in der Lage war, mit anfliegenden Raumschiffen Kontakt aufzunehmen. Ein Grund dafür, dass es bei nur einer Funkstation auf einem Planeten von Tamarinds Größe blieb, war der Kostenfaktor: Tamarind war ein Planet, der in den letzten Jahren und Jahrzehnten mit seinen Pfründen unklug umgegangen war. Nicht nur Korruption und Misswirtschaft hatten die Staatskasse geleert, sondern auch Fehlentscheidungen der Regierung. So war eine zweite Funkstation mehrmals geplant, aber nie realisiert worden.

Böse Stimmen behaupteten, dass diese Entscheidung auch einen zweifachen politischen Hintergrund hatte. Man wollte nicht, dass der Funkverkehr zu freizügig wurde. Wer den Funkverkehr kontrolliert, der kontrollierte auch die Informationsflut nach außen.

Der zweite Faktor war, dass die Bedeutung von Tamarind-City als Hauptstadt des Planeten gehoben wurde, ihr Image sich hielt, wenn sie – die ›große Tamarindia‹ – die einzige Stadt blieb, die über eine Weltraum-Funkstation verfügte. Diese politische Kurzsichtigkeit machte die Funkstation zu einer strategisch wichtigen Position, die viel zu schwach verteidigt wurde. Und gegen einen Angriff von innen war sie nicht geschützt.

* * *

Jera Kratnik wusste nicht, dass sie das letzte Mal im Leben Kaffee trank. Der Getränkeautomat im Vorraum des Wachzimmers war vor wenigen Stunden bei der turnusmäßigen Reinigung von einer Aushilfskraft mit einer Bakterie verseucht worden, die bei einer Infektion erst Müdigkeit hervorrief, dann starke Kopfschmerzen und endlich den Tod.

Jera hatte sich nicht gewundert, als zwei ihrer Kolleginnen wegen starker Kopfschmerzen den Dienst für heute quittierten und sich krank meldeten. Das Wetter war drückend, und Kopfschmerzen und weibliche Unpässlichkeit waren ihr nicht fremd.

Und das Dragana, ihre junge Kollegin, wieder einmal vor den Kontrollen eingeschlafen war, überraschte sie nicht. Dragana hatte einen neuen Freund, und der schien ihr wenig Schlaf zu gönnen.

Sie nippte an ihrem Kaffee. Der Summer sprang an. »Besuch?«, sagte sie mehr zu sich selbst. Die Überwachungskamera zeigte einen Mann in Polizeiuniform. »Ja?«, sagte sie in die Sprechanlage.

»Sie sind«, der Polizist warf einen Blick auf einen Notizblock, »die Halterin des Fahrzeugs mit dem amtlichen Kennzeichen TA03X88PV7, Frau Kratnik?«

»Ja, wieso?«

»Der Wagen ist vor der Kaserne aufgebrochen und ausgeraubt worden. Ich bräuchte ihre Unterschrift für die Strafanzeige.«

Sie drückte den Öffner. Ihr Wagen war aufgebrochen worden? Interessiert schaute sie auf den jungen Polizisten, der hereinkam. Hübsch sah er aus in seiner Uniform. Der Polizist blickte sich kurz um. Dann zuckte sein Notizblock nach oben. Sie erhaschte noch einen Blick auf die Bereiter in seiner Hand, dann war nichts mehr.

Josbadka leitete den Einsatz selbst. Wie man ihm gesagt hatte, war die Besatzung der Funkstation, die nie sehr hoch war, auch noch durch einen Giftanschlag reduziert worden. Er zerstörte den Getränkeautomaten mit einer gezielten Salve, sodass keiner seiner Leute in Versuchung geriet.

Der Rest war ein Kinderspiel, der Widerstand war fast nicht existent. Die eine Wache, die schlafend in ihrem Stuhl hing, würde nicht mehr erwachen. Die Leiche verschwand binnen Minuten in einem Nebenraum, die Spuren wurden peinlich genau beseitigt.

Die mitgebrachten Uniformen sorgten dafür, dass vier seiner Leute den Dienst in der Station sofort übernehmen konnten. Die nächsten beiden ablösenden Schichten würden auch ausgeschaltet werden, wenn sie ihren Dienst antraten. Dann war das Personal komplett durch seine Leute ersetzt worden. Und niemandem würde etwas auffallen.

»Und nun?«, fragte sein Vertreter, Jerek Polsna, ihn fast herausfordernd. Polsna war ein guter Soldat, der manchmal zu Insubordinationen neigte. Josbadka war das egal, solange er wusste, wann er widersprechen durfte und wann nicht. Bis jetzt hatte Polsna diese feine Trennlinie noch nicht überschritten.

»Jetzt werden wir die Station die nächsten Tage bemannen und dafür sorgen, dass niemand etwas von unserer Übernahme mitbekommt.«

»Warum das alles? Wäre es nicht jetzt einfach, auszuschwärmen und zu plündern, was es zu plündern gibt, um dann zu verschwinden?«

Er lachte. »Wir werden noch früh genug zum Plündern kommen, alter Freund, noch früh genug. Doch der Preis, den wir holen wollen, ist viel höher, als du vermutest.«

Sein Gegenüber schwieg einen Moment, wartete auf weitere Informationen.

»In wenigen Tagen wird ein Schiff den Sprungpunkt erreichen und sich als Schiff der Flotte identifizieren. Erklärungen wird es keine geben, doch an Bord ist ein Inspektor, der die Garnison auf Tamarind überprüfen soll.«

»Und dieser Inspektor ist ein Preis, der mehr wert sein soll, als ein wehrloser Planet in unserer Hand?«

»Nicht der Inspektor selbst, sondern das, was er mit sich führt ...« Er vervollständigte seinen Satz nicht. Doch er wusste, dass an Bord der Sohn des Marik war. Das Schiff würde landen, ohne dass die Besatzung Verdacht schöpfen könnte.

Und wenn das Schiff erst einmal am Boden war, dann konnten seine Schiffsgeschütze nichts mehr ausrichten. Der Marik wäre dann in ihrer Hand – und ihre Truppen waren am Boden dem Schiff weit überlegen.

Ein Marik war ein viel wertvollerer Preis als Tamarind. Und sie würden ihn nicht für wenig Geld aus der Hand geben ...

Tamarind, Tamarind-City

1. April 2605

Hundertfünfzig Schläferagenten hatten einen Brief bekommen, dessen Anweisungen sie fast alle gefolgt waren.

Wenige hatten den Mut gefunden, den Brief einfach zu zerreißen. Sie hatten ihren Frieden mit ihrer Vergangenheit gemacht und sich entschlossen, sich nicht länger erpressen zu lassen.

Ein Ehepaar führte in dieser Nacht ein langes, tränenreiches Gespräch. Danach war sie nicht mehr erpressbar und eine Angst, die wie ein bleierner Deckel jahrelang auf ihr gelegen hatte, war verschwunden. Ihr Mann hielt sie im Arm, bis ihr trockenes Schluchzen in einen unruhigen Schlaf überging.

In einem kleinen Vorort von Tamarind-City erhängte sich ein Mann, nachdem er den Brief erhalten hatte. Er hoffte, dass er so einen Teil der Schuld tilgen konnte, die auf ihm lastete. Er täuschte sich.

Einige Befehle kamen nicht an, weil die Empfänger verreist waren, erkrankt oder inzwischen verstorben. Aber fast hundertvierzig Schläferagenten führten ihre Befehle aus. Dies waren mehr als genug, um den Plan weiterzutreiben, der am Ende mit der Gefangennahme eines Marik enden sollte.

10. Ich sah den Tod lächeln

»MechKrieger waren nicht immer Menschen, die von Geburt an auf diese Aufgabe vorbereitet wurden. Es gab immer wieder Fälle – gerade in der Anfangszeit der Kriegsführung mit BattleMechs –, in denen Seiteneinsteigern der Zugang zu Kampfeinheiten gelang.
Zum Teil waren sie vorher MechFahrer einfacher Geräte, wie MechTraktoren, die ihre Verbindung mit dem Gerät so weit verbessert hatten, dass der Umstieg auf einen BattleMech nur der Umstieg auf ein anderes mechanisches Fahrzeug war.«

— ›Legis MechGladiatorum‹, Terra, 2544
(16. Auflage der VIII. Ausgabe)

Tamarind, Tamarind-City

3. April 2605

Jiri Orten fluchte, als er den Militär-Jeep auf dem dunklen Hinterhof abstellte. Es war kalt, nass und dunkel. Fröstelnd zog er die Jacke enger und schlug den Kragen hoch. Der heftige Wind klatschte ihm den Regen ins Gesicht. Unter dem Carport, der die komplette rechte Seite des Hofs einnahm, lief er bis zum Hintereingang der Kneipe.

Regenschauer umwehten die beiden Lampen, die rechts und links vom Vordach angebracht waren und ein mehr als spärliches Licht in den dunklen Hof warfen. Die paar Meter zwischen Carport und Vordach reichten aus, ihn in jemanden zu verwandeln, den der alte Ausdruck ›begossener Pudel‹ zutreffend bezeichnete. Er öffnete die Tür, die sich leicht nach außen aufziehen ließ. Mit zwei schnellen Schritten trat er in den Gang, der von zwei Lampen erhellt wurde. Direkt über dem Ausgang hing das grün leuchtende Schild des Notausgangs und lieferte weitere, wenn auch magere Helligkeit.

Orten ließ die Toilettentüren zu seiner Linken unbeachtet. Vorbei am Zigarettenautomat trat er in den eigentlichen Schankraum. Rechts neben ihm die Theke, davor gut zehn Tische mit entsprechenden Stühlen. Nur etwa die Hälfte der Stühle war besetzt, und die kleine asiatische Bedienung hatte nicht viel zu tun. Dafür ging es im Nebenraum hoch her.

Lieutnant Esah Ts'gna, stellvertretender Kompaniechef der vierten Tamarinder Heimatmiliz, feierte hier seinen fünfunddreißigsten Geburtstag. Die Vorfahren von Esah stammten aus dem Süden des terranischen Kontinents Afrika. In all den Jahren, seit der Auswanderung von Terra nach Tamarind, änderten sich weder die tiefschwarze Farbe seiner Haut, noch die Kraushaare oder das etwas flache Gesicht. Seine Familie lebte seit mehr als zweihundert Jahren auf dem trockenen Planeten Tamarind, der mit seinem Klima den Savannen Afrikas sehr nahe kam.

Zwischen Lieutnant Esah und Jiri Orten hatte sich neben dem aktiven Dienst auch privat eine sehr enge Beziehung entwickelt. Captain Orten behandelte Lieutnant Esah Ts'gna eher wie einen Freund, nicht so sehr wie einen frischgebackenen Offizier. Jiri Orten, der nicht von Tamarind stammte, wurde des Öfteren von der Familie Ts'gna zum Essen und zu Familienfeierlichkeiten eingeladen. Diesmal hatte es Jiri mal wieder verpatzt und kam zu spät.

Vornehmlich Freunde der Familie, weniger Offiziere waren zu dieser Feier geladen. Aber jetzt hatten sich die Familien schon so gut wie alle verabschiedet. Kinder mussten ins Bett gebracht und Haustiere versorgt werden, es waren halt die üblichen Dinge, die sonst noch in den Familien anlagen.

Esah war immer so etwas wie ein angenommener Sohn von Jiri gewesen, der selbst keine Familie besaß. Im Gegenzug erweiterte Esah Jiris Computerkenntnisse und machte ihn mit diversen Programmiersprachen vertraut.

Als sich Captain Orten so umsah, stellte er fest, dass nur noch einige Offiziere und Offiziersanwärter beim letzten Umtrunk waren. Einige der Offiziere wollten gerade aufbrechen, als der Captain den Raum betrat. Seine schweren Stiefel knallten auf dem Boden wie Pistolenschüsse. Plötzlich hatte er die ungeteilte Aufmerksamkeit aller.

»Gratuliere, Esah. Es tut mir Leid, dass ich so spät hier erscheine. Es tut mir noch mehr Leid, dass ich die gesellige Runde so abrupt unterbreche. Aber es ist etwas geschehen. Wir müssen etwas unternehmen.«

Esah sah sich etwas betroffen um. Er sah den Captain an und meinte nur etwas mitleidig: »Jiri, du hast doch nicht etwa schon wieder getrunken?« Er trat näher, um dem Freund den Arm auf die Schulter zu legen. Dabei schnupperte er, wie er meinte unauffällig, und roch natürlich den Alkohol, der Orten wie ein Nebel umwaberte. »Komm, setz dich zu uns. Ein starker Kaffee wird dir wieder auf die Beine helfen.«

»Dafür ist jetzt keine Zeit Esah«, fiel ihm Orten ins Wort. »Wir müssen uns dringend zusammensetzen. Die Kaserne wurde gestürmt.« Während er sich nach dem ranghöchsten Offizier umsah, fielen alle in ein herzhaftes Lachen ein. Der Witz schien ihnen zu gefallen.

Der Captain machte plötzlich das vertraute Gesicht seines Kompaniechefs aus. Colonel Wladimir Marlattow näherte sich aus der Gruppe aufbruchbereiter Offiziere. Auch er trug ein, wenngleich nur zaghaftes Lächeln zur Schau, weil er sich eben königlich amüsierte. Sein kantiges Gesicht mit den dunklen, fast schwarzen Augen verlor dadurch etwas von seiner Strenge.

»Na, na, mein Lieber, wir wollen doch nicht gleich übertreiben.« Colonel Marlattow nahm ihm gegenüber am Tisch Platz, während einer der Kameraden einen Kaffee vor ihm abstellte. »Ist es denn wirklich so schlimm?« Marlattow pflegte nur dann so zu lächeln, wenn er etwas von einem wollte. In der Regel dann, wenn man bis zur Halskrause in der Scheiße stand. Das letzte Mal, als der Colonel dieses Lächeln zu Gesicht bekommen hatte, war der Anfang einer sehr unangenehmen Besprechung gewesen, die damit endete, dass Jiri Orten auf der Karriereleiter wieder einmal nach unten stieg.

Der Captain versteifte sich etwas. Er wollte nicht wieder als volltrunken bezeichnet werden. Zwar hatte er mit den anderen in der Offizierskantine ganz schön gebechert, doch der Vorfall hatte ihn schlagartig nüchtern werden lassen.

»Es ist noch viel schlimmer«, sagte der Captain. »Das, was ich Ihnen jetzt erzähle, hat sich wahrhaftig so zugetragen. Und wir müssen unseren Kameraden so schnell wie möglich helfen.« Er lehnte sich auf dem Stuhl zurück und sah seinen Vorgesetzten an. »Und ich will jetzt sofort Ihr Ehrenwort, dass Sie mich nicht sofort wieder degradieren. Denn alles, was ich Ihnen jetzt erzähle, ist wahr; so wahr, wie ich hier vor Ihnen sitze.«

»In Ordnung«, sagte der Colonel. »Sie sind zwar ein ziemlich durchtriebener Hundesohn, der mehr an der Flasche hängt als an einem ordentlichen Führungsstil, aber ich habe, vorausgesetzt Sie waren nüchtern, noch nie erlebt, dass Sie mich angelogen haben.« Er beugte sich vor, sah seinem Captain in die Augen und musste erkennen, dass hier wirklich etwas im Argen lag.

Der Captain schlürfte an dem heißen Kaffee und begann zu erzählen. Augenblicklich rückten die Offiziere näher zusammen und lauschten seinen Ausführungen. Als Jiri Orten endlich endete, war der Kaffee kalt.

Die Kameraden waren so benommen, dass er vergaß, an seiner Zigarette zu ziehen, die er sich während der Erzählung angezündet hatte. Erloschen hing sie zwischen den Fingern, als er seine gestenreiche Schilderung beendet hatte. Er spürte eine gewisse Müdigkeit. Der Rest-Alkohol in seiner Blutbahn, das abklingende Adrenalin und zu wenig Essen trafen aufeinander. Sein Magen revoltierte, und kalter Schweiß stand ihm plötzlich auf der Stirn. Irgendwie war ihm jetzt wohler, da er seinem Vorgesetzten die Verantwortung aufbürden konnte.

»Was zum Teufel ist eigentlich los? Haben wir plötzlich Krieg mit Zivilisten oder was?« Colonel Marlattow war aufgebracht. Mit der flachen Hand schlug er auf den Tisch, die Kaffeetasse tanzte auf dem Unterteller und verschüttete kalt gewordenen Kaffee. Der Captain lehnte sich zurück und war kurz davor aufzustehen. Im Hinblick auf ihre früheren Auseinandersetzungen hätte der Colonel gar nicht anders reagieren können, als loszupoltern.

»Sitzen bleiben«, donnerte er los, »jetzt hören Sie mir, verdammt noch mal, zu. Hätte ich Ihnen nicht mein Ehrenwort gegeben, ich würde Sie auf der Stelle in eine Klinik zum Entzug schicken. So einen hanebüchenen Unsinn habe ich meinen Lebtag noch nicht gehört. Wir werden jetzt zurückfahren. Sie können jetzt als Offizier und Gentleman rausgehen, wieder zurückkommen und Ihre Geschichte von vorher als Witz deklarieren. Oder Sie kommen in der Kaserne als einfacher Private an und fegen die ganze Kaserne.« Colonel Marlattow tobte. Das war einfach zu starker Tobak, der ihm da vorgesetzt wurde. Innerhalb weniger Sekunden begann er Befehle zu geben, da Orten keine Anstalten machte, seine Geschichte zum Witz zu erklären.

»Wie sind Sie hierher gekommen?«

Orten antwortete zackig und schnell. »Wie ich schon sagte, ich bin mit einem Jeep hier, er steht im Hof.«

»In Ordnung. Lieutnant Esah, Sie fahren seinen Jeep. Captain Orten wird von Lieutnant Cumrow und Lippinsky begleitet, der Rest fährt mit mir. Damit ist die Feier beendet. Esah«, dabei sah er den Lieutnant an, »machen Sie hier alles fertig, in fünf Minuten folgen Sie uns.« Colonel Marlattow stürmte aus dem Raum, der Rest der Offiziere folgte ihm auf dem Fuße.

Während Esah den Wirt aufsuchte, um die Kosten der Feierlichkeit zu begleichen, standen die beiden Lieutnants direkt neben dem Captain. Man sah ihnen an, sie fühlten sich unwohl, quasi als Aufpasser neben ihrem Kameraden zu stehen. Zwischen den Zeilen des Colonels hieß das ›Begleiten‹ in Wirklichkeit ›Passen Sie auf, dass er keinen Unsinn macht oder gar abhaut«. Verstohlen sahen sie sich an und warfen dann einen Blick auf ihren Captain. Orten schien das nicht weiter zu interessieren. Er zündete sich die Zigarette erneut an und inhalierte tief. Daraufhin machte sich sein Magen wieder bemerkbar. Hunger. Er machte ein paar Schritte zum kalten Büffet, nahm sich ein Hühnerbein und biss herzhaft hinein. Kurz darauf war das Bein bis auf die Knochen abgenagt. Ein weiteres Hühnerbein wanderte in einer Serviette verpackt in seine Tasche.

Esah kam wieder herein. »Wir können«, sagte er nur zu Jiri gewandt. »Wo ist der Schlüssel?«

»Der Schlüssel steckt, aber ich werde fahren.« Gemeinsam gingen sie zum Hinterausgang hinaus.

Er klemmte sich hinter das Steuer, Esah nahm auf dem Beifahrersitz Platz, während die beiden Lieutnants Cumrow und Lippinsky hinten einstiegen. Orten rangierte den Wagen vorsichtig aus der Einfahrt heraus und fuhr auf die Straße. Hier hielt er noch einmal kurz an. Am Straßenrand stand Captain Egon Hostovsky. Der fünfundvierzigjährige Soldat wurde mit seinen 1,85 m Größe nie übersehen. Er musste im Wagen des Colonels keinen Platz bekommen haben. Jetzt stand er etwas verloren herum und wollte gerade nach einem Taxi rufen. Seine rechte Hand hatte er schon erhoben, um eines der vorbeifahrenden Taxis anzuhalten. Da kam Orten gerade recht. Er ließ den Mann einsteigen. Hostovsky quetschte sich neben die beiden Lieutnants auf die Rückbank. Es wurde zwar etwas eng, aber es ging.

Sie fuhren so schnell es der Verkehr zuließ in Richtung Kaserne. Wenig später erkannte Esah den Wagen des

Colonels. Er machte Jiri Orten darauf aufmerksam, und er blieb in einigem Abstand hinter dem Wagen.

Die Fahrt währte nicht lange, und der Wagen des Colonels fuhr direkt zur Kaserneneinfahrt. Währenddessen stoppte Captain Orten den Jeep und fuhr an den rechten Fahrbahnrand. Die beiden Lieutnants wurden nervös, auch Esah sah ihn überrascht an. Lediglich Ortens Offizierskamerad Hostovsky reagierte.

»Mach keinen Fehler. Du fährst hinterher. Abhauen gilt nicht. Denn dann pfeife ich auf unsere Freundschaft, und die küsst den Asphalt schneller, als du gucken kannst.« Die Drohung war ernst gemeint. Der ehemalige Geheimdienstler der ›National Intelligence Agency‹ machte keinen Spaß. Orten kannte seinen Freund viel zu lange, als dass er es auf einen Versuch hätte ankommen lassen. Da er aber von seiner Geschichte überzeugt war, wollte er nur abwarten, was jetzt am Wachtor der Kaserne geschehen würde.

»Keine Angst, ich will nur sehen, was jetzt geschieht. Wenn meine Geschichte stimmt, dann werden die Offiziere gleich aus dem Wagen gewunken und verhaftet. Und euch bleibt nichts anderes übrig, als mir zu vertrauen.« Der Captain hatte noch nicht ganz geendet, als der Wagen des Colonels umstellt wurde. Die Türen öffneten sich, und die den Colonel begleitenden Offiziere stiegen aus. Die Hände wurden erhoben und die Führung der Kaserne wurde abgeführt.

»Verdammt noch mal.« Egon Hostovsky fluchte. »Was hat das denn zu bedeuten?« Er wischte sich mit der rechten Hand über die Augen, als ob sie ihm einen Streich spielen wollten. Dabei wurde das sternenförmige Narbengeflecht auf seiner Hand sichtbar. Eine Kugel hatte ihn während seines letzten Einsatzes für die ›National Intelligence Agency‹ dort getroffen, prallte aber an seinem Mittelhandknochen ab. Seither hatte er den Dienstherren gewechselt, da er sich für die NIA nicht mehr fit genug fühlte.

Sie beobachteten von ihrem Jeep aus weiter die Einfahrt. Orten hatte längst die Scheinwerfer gelöscht, um nicht aufzufallen. Doch von den Soldaten, oder wer immer da in den Uniformen steckte, sah niemand herüber. Einer der Privates stieg in den Wagen des Colonels und fuhr den Wagen auf den Besucherparkplatz.

»Und, glaubt ihr mir jetzt?« Orten wandte sich um und sah seine Kameraden der Reihe nach an.

Niemand antwortete.

»Was sollen wir jetzt machen? Die Führungskräfte sind mit einem Schlag alle verhaftet worden. Wo die Soldaten sind, kann ich nur vermuten. Ich sollte in die Turnhalle gebracht werden. Daher nehme ich an, dass dort auch die restlichen Männer untergebracht sind.«

»Wir fahren jetzt erst einmal um die Kaserne herum. Von hier aus können wir wenig sehen und noch weniger erreichen. Ich will einen Blick auf die MechHalle werfen. Die Feuerwehr scheint ja noch auf dem Gelände zu sein. Nach dem Feuerschein dort hinten wird sie wohl auch noch einige Zeit bleiben.« Captain Hostovsky übernahm wie selbstverständlich die Führung der kleinen Gruppe. Orten startete den Wagen und fuhr um die Kaserne herum. Es dauerte ziemlich lange, bis er fast im Schritttempo die Kaserne umrundet hatte. Sie fanden nichts, was auf Gewalt von außen hindeutete. Daher vermutete Hostovsky, dass ein Verrat von innen stattgefunden hatte. Aber durch wen?

Sie näherten sich inzwischen wieder der Südseite, als Hostovsky unvermittelt das Wort ergriff. »Halt mal an, fahr an den Straßenrand.« Er spähte durch die Seitenscheibe nach draußen. Irgendetwas hatte seine Aufmerksamkeit geweckt, nur konnte er im Augenblick noch nicht sagen, was es gewesen war. Er stieg aus, und die anderen Offiziere folgten ihm. Nach und nach überquerten sie die Straße. Dann sah er, was er unterbewusst wahrgenommen hatte. Eine vergessene Strickleiter hing hinter Büschen und Bäumen halb verdeckt an der Kasernenmauer. Sofort schlugen sich die fünf Männer in die Büsche, um von niemandem gesehen zu werden. Wären sie nicht im Schritttempo um die Kaserne gefahren, wäre ihnen die Strickleiter nicht aufgefallen.

Hier standen sie nun, während der Regen weiterhin vom Himmel fiel und dicke Tropfen von den Blättern der Bäume auf die Männer klatschten.

»Du lässt die Zigaretten aus«, sagte Hostovsky, als er sah, wie Captain Orten in seiner Tasche wühlte. Umso erstaunter war er, als er sah, dass er keine Zigarettenschachtel, sondern ein gegrilltes Hühnerbein in der Hand hielt.

»Ich werde nachsehen, ob auf der anderen Seite noch jemand steht«, sagte der Captain. »Esah, du hältst mir die Strickleiter.«

Esah griff zu, und Egon Hostovsky kletterte vorsichtig nach oben. Ebenso vorsichtig blickte er über die Mauerkrone und hielt nach eventuellen Wachtposten Ausschau. Sosehr er sich auch anstrengte, er sah niemanden, weder offen noch versteckt stehend. Hostovsky kletterte wieder herunter und stand gleich darauf wieder im selben Dreck wie seine Kameraden.

»Es ist niemand zu sehen, die Luft scheint rein zu sein«, sagte er und blickte die Jungs der Reihe nach an, so gut, wie er eben die Gesichter im Dunkeln erkennen konnte. »Wir werden zu zweit rübersteigen, der Rest wird hier warten. Sollten wir innerhalb von einer Stunde nicht zurückkommen, müsst ihr auf eigene Faust handeln. Ich kann noch nicht sagen, was dort drüben los ist. Nur eines kann ich euch sagen: Ihr müsst verdammt vorsichtig sein.«

»Wer soll Sie begleiten?« Lieutnant Cumrow stellte die Frage. »Es gibt keine große Auswahl. Ich melde mich freiwillig.« Lieutnant Martin Cumrow versuchte eine stramme Haltung anzunehmen, was angesichts des Ortes und der Situation ziemlich lächerlich wirkte. Captain Hostovsky winkte ab.

»Lassen Sie den Quatsch, wir sind nicht auf dem Kasernenhof. Gut, Sie kommen mit. Seien Sie jedoch äußerst vorsichtig – wir haben keine Waffen und ich bin mir sicher, wenn wir auf eine Streife treffen, werden die Leute sehr schnell zu den Waffen greifen. Diese Männer dürfen kein Risiko eingehen. Lassen Sie sich also lieber gefangen nehmen, bevor Sie den Helden spielen. Wir klettern rauf, oben werden wir die Strickleiter auf der anderen Seite herunterhängen lassen. Jiri, du wirst mit den beiden anderen Lieutnants hier warten. Am besten im Jeep. Es kann sein, dass wir schnell verschwinden müssen. Und lasst euch auf nichts ein, ergreift eher die Flucht, als dass ihr euch in irgendetwas hineinziehen lasst. Hast du mich verstanden, Jiri?« Egon Hostovsky hatte manchmal Zweifel an seinem Freund und Kameraden. Diesmal dachte er jedoch nicht lange darüber nach. Jiri war von den dreien der Ranghöchste. Somit musste er das Kommando übernehmen.

Mitnehmen konnte er ihn nicht, weil bei drei ranggleichen Lieutnants immer Reibereien und Kompetenzgerangel entstehen würde. Ein kaum sichtbares Kopfnicken Jiris stimmte ihm zu. Egon Hostovsky kletterte wieder als Erster die Strickleiter hinauf. Oben wartete er auf Martin Cumrow.

Irgendwie erinnerte ihn der Einsatz hier an einen seiner ersten Einsätze bei der ›National Intelligence Agency‹. Damals war er der Untergebene gewesen, der mit seinem direkten Vorgesetzten Colonel Aoki Miura auf der capellanischen Welt Anegaski einen gefährlichen Auftrag durchführte.

Sie waren damals ebenfalls über eine Mauer geklettert, auch mit Hilfe einer Strickleiter. Die Nacht war kalt gewesen, der Schnee hatte im milden Licht des Mondes geglänzt und die Lampen des Instituts hatten aus den Fenstern zusätzliche Helligkeit auf den unberührten Schnee geworfen. Es wäre schwierig geworden, zum Haus zu gelangen, ohne gesehen zu werden. Doch Aoki Miura hatte vorgesorgt. Mittels einer Armbrust hatten sie einen Bolzen mit Folgeseil in die Wand des Instituts geschossen, knapp über einem unbeleuchteten Fenster. Wie sich später herausgestellt hatte, war es eine Abstellkammer, sodass das kaputte Fenster nicht weiter auffallen würde. Sie hatten sich an dem Drahtseil hochgehangelt. Mit knapp fünf Metern hatte das Fenster nicht allzu hoch über dem Schnee gelegen. Dafür hatten sie Vorsicht walten lassen müssen, sie wollten keine Fußspuren hinterlassen.

Kaum im Institut angekommen, hatten sie vorsichtig die Tür der Abstellkammer geöffnet. In den mitgebrachten Laborkitteln hatten sie ausgesehen wie zwei wissenschaftliche Mitarbeiter. Im Vorbeigehen ließen sie in einem Großraumbüro ein Klemmbrett mit Aufzeichnungen mitgehen und unterhielten sich normal laut, so als würden sie den ganzen Tag nichts anderes tun.

Ihr Ziel war Professor Dr. Ephrahim Wussow gewesen. Der Wissenschaftler hatte seit einer Woche für die Bionische Versuchsanstalt auf Anegaski gearbeitet. Allerdings nicht ganz freiwillig. Man hatte ihn entführt und behauptet, seine Familie würde leiden, wenn er nicht der Verbrecherorganisation Cobra zu willen sei. Was Professor Wussow nicht gewusst hatte, war, dass seiner Familie nichts fehlte. Hinter der Verbrecherorganisation versteckte sich der capellanische Geheimdienst.

Hostovsky und Miura sollten den Wissenschaftler wieder zurückbringen. ›Zurück in die Familie‹, wie man es so schön in ihrem Auftrag formuliert hatte. Das Problem der Rückführung war weniger der Wissenschaftler, der sicher gern mitgekommen wäre, sondern vielmehr die Wachen in und um das Institut herum.

Im Nachhinein musste Hostovsky schmunzeln. Er dachte daran, wie sie den Professor gefunden und dann dessen Assistenten und andere Leute in weiße Kittel gesteckt und zu allen möglichen Türen des Instituts hinausjagt hatten. Und in deren Mitte jeweils ein gefesselter Professor. Als die Wachen hinter allen Dreiergruppen scheinbarer Entführer hergelaufen waren, hatten sie ganz gemütlich mit einem bestellten Taxi entkommen können.

Das alles ging ihm durch den Kopf, wie ein schnell ablaufender Film. Endlich war auch Lieutnant Cumrow oben auf der Mauerkrone. Gemeinsam zogen sie die Strickleiter hinauf. Die hölzernen Stege schrammten über die Mauer. Das schabende Geräusch hörte sich in der Stille der Nacht, es mochte auf Mitternacht zugehen, entsetzlich laut an. Kurz hielten sie mit ihrer Arbeit inne, lauschten in die Nacht, doch die einzigen Geräusche waren die der drei Kameraden, die auf der anderen Mauerseite durch die Büsche zum parkenden Jeep gingen.

»Wir werden hier warten«, sagte Captain Jiri Orten. »Lieutnant Lippinsky übernimmt die erste Wache. Esah, du und ich, wir versuchen etwas zu schlafen. Wer weiß, wann wir wieder dazu kommen werden. In zwei Stunden wecken Sie mich, Lieutnant«, sagte er zu Lippinsky gewandt, »wenn ich dann nicht von allein wach geworden bin. Scheuen Sie sich aber nicht, mich zu wecken, falls etwas Ungewöhnliches geschieht.« Damit legte er sich in den Fahrersitz so bequem wie nur möglich zurecht und schloss die Augen.

Zur selben Zeit schlichen Captain Hostovsky und Lieutnant Cumrow über das Kasernengelände. Die wenigen Meter bis zur nächsten Hallenwand legten sie in einem kurzen Spurt zurück, pressten sich an die Mauer und lauschten, bevor sie einen Blick um eine Hausecke riskierten. Noch waren sie allein, keine Streife oder anderweitig herumlaufenden Männer waren zu sehen. Nur weiter hinten blinkten die roten und blauen Signallichter der Einsatzfahrzeuge. Eine Halle brannte, und im hellen Licht der Flammen konnte die Rauchsäule über dem Gebäude sehr gut ausgemacht werden. Laute Befehle klangen herüber und neben dem Regen halfen dicke C-Rohre der Feuerwehr, den Brand schnell unter Kontrolle zu bekommen.

Die beiden Offiziere bewegten sich nun schnell, vor allem aber offen über das Gelände. So konnten sie tun, als gehörten sie hierhin. Was ja auch eigentlich der Fall war.

Sie näherten sich den Feuerwehrwagen von der Seite, an der gerade niemand stand. Die Tür des Löschwagens stand offen. Auf den Rücksitzen lagen zwei Regenmäntel der Feuerwehr. Captain Hostovsky erfasste die Situation sofort. Er griff hinein und warf Cumrow einen Mantel zu.

»Anziehen, schnell, und keine Fragen.« Während sich Cumrow noch anzog, ergriff Hostovsky zwei weiße Feuerwehrhelme. Der Gestank nach Phosphor und Schwefel hing noch immer in der Luft. Scheinwerfer beleuchteten die Szene, Männer eilten hin und her, riefen Befehle oder versuchten, in den Trümmern weitere Menschenleben zu retten. Anscheinend wusste aber niemand, wie viele Menschen tatsächlich zum Zeitpunkt des Einsturzes in der Halle gewesen waren.

Martin Cumrow war erschüttert. Eine einsame Rauchsäule war alles, was vom Hangar seiner Einheit übrig war. Als hätte ein zorniger Titan mit der Faust alles eingeebnet, wofür er gelebt hatte: die Kampfmaschinen, die Medaillen, die Uniformen, seine Freunde, seine Ehre, seinen Sinn. Der Captain zog ihn weiter.

»Sehen Sie dort hinten, da sind keine Feuerwehrleute. Entweder sind sie dort fertig oder noch nicht bis dorthin vorgedrungen. Wir gehen hinüber und suchen nach Überlebenden.«

Sie liefen über Trümmer, rannten durch Pfützen; je näher sie dem Brandherd kamen, desto heißer wurde die Luft. Rauchpartikel schwängerten die Umgebung, wurden durch die heiße Luft nach oben gerissen, um wenig später als schwarze Flocken abzuregnen. Ein Schwall Löschwasser überschüttete sie, als eine Löschkanone unversehens die Richtung wechselte. Die beiden Offiziere verschwanden in der Dunkelheit. Gegen das grelle Licht der Flammen wurden sie eins mit dem Schatten.

Sie krochen durch Trümmer, gebückt, auf Knien und versuchten etwas zu erkennen. Die Halle stand nicht mehr, aber wo die Maschinen, Hebebühnen und Mechs gestanden hatten, bildeten sich Hohlräume. Anhand der Trümmer wollte Hostovsky sehen, welcher Sprengstoff verwendet wurde, gleichzeitig aber auch nach Verschütteten suchen. Sie mussten herausfinden, wer hinter diesem Anschlag steckte. Vielleicht gab es die Möglichkeit, über einen der Mechaniker oder Techniker etwas herauszufinden.

Der Lieutnant, der zuerst fast ehrfürchtig vor dem Platz des Grauens gestanden hatte, wurde zu einer echten Hilfe. Umsichtig durchsuchten sie Seite an Seite die Trümmer. Er war es auch, der den Captain auf etwas aufmerksam machte.

»Captain, hier, sehen Sie mal.« Lieutnant Cumrow wies auf ein graues Päckchen. Bei näherer Betrachtung entpuppte sich das in Plastikfolie verpackte Päckchen als Plastiksprengstoff. Beim Zünder hatte sich ein Kabel gelöst. Der Zünder war daher nicht mehr mit dem Sprengstoff verbunden, die Bombe war ungefährlich.

»Das ist eindeutig militärischer Sprengstoff«, meinte Hostovsky. Er deutete auf eine Markierung und die Beschriftung. »Laut dem Datum stammt er noch aus dem letzten Krieg. Rein theoretisch könnten wir noch feststellen, woher er kommt und wer den Sprengstoff hergestellt hat. Leider haben wir dazu jetzt keine Zeit.« Gewandt trennte er den Zünder vom Sprengstoff und steckte das Material in zwei getrennte Taschen seines Regenmantels. Mit diesen Handgriffen wurde das Material erst einmal harmlos.

»Still.« Der Lieutnant hörte ein schwaches Stöhnen vor ihnen in der Dunkelheit. Sie krochen weiter, und Cumrow rief nach der Person im Dunkel der Trümmer.

»Hier, bitte hierher«, rief eine schwache Stimme. »Ich kann mich nicht bewegen. Eine Metallstrebe hat mir die Beine zertrümmert.«

Die Offiziere richteten sich nach der Stimme, denn sie konnten so gut wie nichts sehen. Der Mann lag in einer Höhlung mehrerer Trümmerplatten. Glück im Unglück, es hatte nur seine Beine erwischt und er lebte noch. Allerdings

– falls es ein MechKrieger war, wäre er wahrscheinlich lieber tot. Mit zertrümmerten Beinen würde er nie wieder in einen Kampfkoloss steigen. Das war das Aus für einen Krieger.

Gleichzeitig erreichten sie den Mann.

»Wie geht es Ihnen?«, fragte der Captain, während sich der Lieutnant an den Beinen zu schaffen machte.

Der Mann antwortete mit schmerzverzerrtem Gesicht. »Wie schon, die Beine sind hin. Ich kann mich nicht bewegen und habe anscheinend auch viel Blut verloren.«

»Das stimmt«, meinte Martin Cumrow. »Hier ist alles feucht. Ich habe die Blutung provisorisch stillen können. Aber ohne Verbandsmaterial ...« Er ließ den Rest offen.

»Sehen wir zu, dass wir hier den Mann rausholen. Können Sie die Streben bewegen?«

»Wenn wir es zusammen versuchen, vielleicht. Aber er muss sich mit den Armen selbst befreien, den Rest machen wir.« Gemeinsam machten sie sich ans Werk. Als sie den Träger anhoben, schrie der Mann vor Schmerz auf. Ein zweiter Versuch und sie bemerkten, wie sich der Mann langsam unter der Strebe hervorzog. Kurz bevor sie den Träger wieder herunterlassen mussten, weil er ihnen zu schwer wurde, gelang es ihm mit einer letzten Anstrengung, darunter hervorzukriechen. Ermattet blieb er liegen.

»Ich nehme ihn unter den Schultern, Sie nehmen ihn beim Becken. Achten Sie darauf, dass er mit den kaputten Beinen nirgends anstößt. Wir müssen ihn hier heraus schaffen.« Routiniert gab Captain Hostovsky seine Befehle an Cumrow weiter. Cumrow griff zu und auf »Drei« hoben sie ihn an, um ihn aus dem Trümmerfeld zu bergen.

»Waren Sie allein?«, wollte Hostovsky wissen.

»Ja«, sagte der Mann, »ich wollte nur noch schnell einen neuen Schriftzug an meinen *Thorn* anbringen, als mir plötzlich die Decke auf den Kopf fiel.«

Endlich kamen sie ins Freie, und Hostovsky erkannte den Mann. »Mein Gott, Kershaw, ich habe Sie gar nicht erkannt.«

Lothar Kershaw war einer seiner besten MechKrieger, und so wie es aussah, blieb es bei dem ›war‹. Mit den zerstörten Beinen würde er nie wieder einen Kampfkoloss besteigen.

Zu zweit trugen sie den Mann in die Nähe des nächsten Rettungswagens. Auf Zuruf eilten zwei Sanitäter mit einer Trage näher, betteten den Mann darauf und trugen ihn so schnell wie möglich zurück zum Rettungswagen.

Bevor der Mann im Wagen verschwand, fragte Hostovsky ihn noch: »Es spielt eigentlich keine Rolle mehr, aber welchen Sinnspruch wollten Sie auf Ihrem Mech anbringen?«

Lothar Kershaw lächelte schmerzhaft: »Ich wollte das Motto eigentlich auf einem Schlachtfeld hören, nicht hier.« Ermattet fiel er zurück auf die Trage.

»Ich sah den Tod lächeln«, konnte Egon Hostovsky noch schwach vernehmen. »Ich sah den Tod lächeln.«

* * *

»Wir müssen weiter, Lieutnant, hier können wir nichts mehr ausrichten. Ich hoffte, hier jemanden zu finden, der uns Auskunft über das Geschehen geben könnte. Aber so, wie es aussieht, müssen wir woanders suchen.« Er zog den Lieutnant hinter sich her. An einer schwer einsehbaren Stelle trennten sie sich unbeobachtet von ihrer Feuerwehrausrüstung.

Ihr unerklärtes Ziel wurde die Offizierskantine. Dort sah Orten zuletzt die Reste des Offizierskaders. Wenn sie Glück hatten, würden sie dort etwas in Erfahrung bringen.

Plötzlich bleiben die beiden Soldaten stehen. In ihrer Nähe wurde gesprochen. Noch hatte sie niemand gesehen, und so versteckten sie sich auf der Ladefläche unter der Plane eines Lastwagens. Die Stimmen kamen näher und blieben direkt vor dem LKW stehen. Durch den Schlitz in der Plane konnten sie erkennen, wie sich einer der beiden Männer eine Zigarette anzündete. Im Licht der Feuerzeugflamme konnte Hostovsky zwar das Gesicht erkennen, aber diese Männer waren ihm fremd. Vor allem an jemandem mit einer langen Narbe unter dem linken Auge würde er sich erinnern.

Das Feuerzeug verschwand in der Hosentasche, während die andere Hand gewohnheitsmäßig nach dem Riemen des Gewehrs griff, das über der Schulter hing. Auch der zweite Mann, wie der erste in der Kleidung der Kasernenmiliz, trug sein Gewehr geschultert.

»Ich hoffe, wir sind hier bald fertig«, sagte der Mann mit der Zigarette, an der er heftig zog. Gleich darauf erlitt er einen heftigen Hustenanfall.

»Du solltest endlich aufhören zu rauchen«, meinte der zweite Soldat.

»Nein, nein, es geht schon wieder«, röchelte er, »aber ich habe kein gutes Gefühl bei dieser ganzen Sache. Einige der Offiziere fehlen. Die waren nicht, wie wir gehofft hatten, in der Offizierskantine.«

»Die kamen doch heute Abend freiwillig zurück«, meinte der andere. »Und denk mal, wie blöd die geguckt haben, als sie in die eigenen Gewehrläufe schauen mussten.«

»Ja, aber ich hatte gedacht, der fliehende Offizier hätte die anderen gewarnt.« Die Zigarette glühte kurz auf. »Dafür sitzen die Soldaten aber alle schön in ihrer Turnhalle. Dort kommt so schnell keiner raus.«

»Es läuft doch alles wie geplant. Wir müssen nur auf das Raumschiff warten, das uns Thomas Marik, den wertvollen Sohn des großen Marik, in die Hände spielen wird. Und dann sind wir alle reiche Leute!«

Der Captain atmete tief ein. Darum ging es also. Der Sohn von Brion Marik II. Aber wieso sollte der nach Tamarind kommen? Seine Urgroßeltern hier besuchen? Man hatte davon gehört, dass diese sich auf Tamarind niedergelassen hätten. Doch niemand wusste, wo genau sie lebten. Die Familie der Mariks wollte ihre Ruhe haben. Nachfragen nach dem Privatleben des Marik und seiner Familie wurden von der militärischen Führung nicht gerne gesehen.

Aber woher wussten die beiden Strolche, dass der Sohn des Marik hierher kam? Auf Tamarind selbst war nichts darüber bekannt. Die ganze Geschichte stank zum Himmel.

»Um den geflohenen Offizier würde ich mir keine weiteren Gedanken machen. Er wird nicht viel anrichten können. Und jetzt haben wir den Chef der Miliz in der Hand. Der wird alles abstreiten oder bestätigen, je nachdem, was wir wollen.« Der Soldat mit der Zigarette tat einen letzten Zug, warf den Stummel auf den Boden und trat den Rest aus. Er drehte sich um, und die beiden verschwanden gemeinsam in der Dunkelheit. Der Captain und der Lieutnant blieben eine Weile stumm zurück, sie mussten das Gehörte erst einmal verdauen.

»Wir wissen zwei Dinge. Unsere Jungs sitzen alle in der Turnhalle, an die werden wir so schnell sicher nicht herankommen. Und das Wichtigste ist: Der Sohn von Brion Marik soll nach Tamarind kommen und entführt werden.« Captain Egon Hostovsky kletterte vom LKW, dicht gefolgt von Lieutnant Martin Cumrow.

»Wir sehen interessanten Zeiten entgegen«, meinte Cumrow lakonisch. »Doch was sollen wir unternehmen? Sollten wir zur Funkstation und eine Warnung absetzen?«

»Die Idee ist sicherlich nicht schlecht. Ich nehme aber stark an, dass diese Leute an alles gedacht haben. Wer so gut organisiert eine Kaserne übernimmt, der macht keine Flüchtigkeitsfehler. Die Funkstation werden sie genauso im Handstreich genommen haben wie unsere Kaserne.« Er schwieg einen Moment lang nachdenklich. »Es hilft nichts – wir müssen erst einmal zurück zu den anderen.«

Die Soldaten kannten sich auf dem Gelände bestens aus, war es doch ihr Zuhause. Daher nahmen sie diesmal einen anderen Weg, um zur Südmauer zu gelangen. Die

Strickleiter hing noch an ihrem Platz. Behände kletterten die Männer zum wiederholten Mal die Strickleiter hinauf und ließen sich auf der anderen Seite vorsichtig wieder hinunter.

* * *

»Hallo Egon, wie ist es gelaufen?« Captain Jiri Orten machte die Augen erst nach der Begrüßung auf. Der Lieutnant zuckte zusammen, als der Captain so unvermittelt sprach und dann anscheinend in die leere Luft hinein. »Sie sollten doch Wache halten und mir alle Vorkommnisse melden.« Jetzt sah er den Lieutnant Lippinsky vorwurfsvoll an. »Was glauben Sie denn, wo wir hier sind? Bei einer Nachtwanderung der Pfadfinder? Sie und wir hätten tot sein können, wenn das der Feind wäre.«

»Aber, aber«, stotterte Lippinsky. »Es ist doch nichts geschehen. Es ist niemand da. Auch nicht Captain Hostovsky.«

Im gleichen Moment zuckte er zum zweiten Mal zusammen.

»Lass gut sein, Jiri, der Mann muss noch viel lernen.« Und wieder zuckte Lippinsky. Diesmal, weil ihm mit einem simplen Taschenmesser ein paar Haare abgeschnitten wurden. »Das nächste Mal«, sagte Egon Hostovsky, »könnte das Messer in Ihrem Hals stecken.«

Nur gut, dass es dunkel war. Von schamrot zu leichenblass wechselte der Farbton in Lippinskys Gesicht.

»Mach der Kiste Feuer unter der Haube, wir müssen weg.« Der zweite Captain stieg als Letzter in den Jeep. »Fahr erst einmal los«, kam er der Frage zuvor. »Ich weiß auch noch nicht, wohin.«

Jiri Orten fuhr raus aus der Stadt. Er kannte die nähere Umgebung und damit auch ein kleines Hotel, wo er auch den Jeep unterstellen konnte, ohne dass er sofort auffiel. Die Fahrt verlief ereignislos und sehr ruhig. Jeder der fünf Männer hing seinen eigenen Gedanken nach.

Etwas war passiert, und Captain Hostovsky wollte im Wagen nichts erzählen.

Eine halbe Stunde später, in einem der Hotelzimmer bei einer lauwarmen Pizza und lauwarmem Bier für jeden, sah die Sache schon ganz anders aus. Hostovsky hatte berichtet, was er gehört hatte. Jetzt mussten Pläne geschmiedet werden. Jede Menge Pläne. Und sie benötigten Leute, Material und Informationen.

Esah hatte inzwischen seine Frau angerufen und ihr mitgeteilt, dass er heute nicht mehr heimkommen würde, sich aber in jedem Fall morgen melden würde. Für die fünf Männer hieß es erst einmal ausschlafen. Morgen früh würde eine neue Zeit beginnen.

Tamarind-System, Sprungpunkt

3. April 2605

Die *Gustav Meyrink* erreichte den Sprungpunkt. Routinemäßig meldete man sich bei der Funkstation Tamarinds, aber natürlich wurde großen Wert darauf gelegt, dass auf dem Planeten niemand um die wahre Mission der Schiffsführung wusste.

Eine Inspektionsreise lebte davon, dass auf dem Zielplaneten niemand wusste, wer unterwegs war und was er von der Garnison wollte. Die Kommunikation mit Tamarind-City wurde daher auf das Wesentlichste beschränkt.

Es gab keine eigenartigen Vorkommnisse, keine sonderbaren Funksprüche. An Bord herrschte angespannte Ruhe. Der Stab der Inspektorin bereitete sich auf seine Aufgabe vor.

Tamarind, Tamarind-City

4. April 2605

Captain Jiri Orten sah verdrießlich auf sein Müsli. Lieutnant Esah Ts'gna behauptete, seine Kinder würden es mit Vorliebe essen. Für ihn sah es eher nach Katzenstreu aus. Und das gehörte nicht zu seinen bevorzugten Dingen auf dem Speiseplan.

Der Telev im Frühstücksraum lief, und die fünf Männer konnten zwar ihre Blicke abwenden, aber nicht die Ohren verschließen. Eine knackige Reporterin im Minirock berichtete live für ihren Sender.

»Hier spricht Anne McKafy für ›Citi23‹. Wir befinden uns in der Nähe des Thornten-Bailey-Drive. Verschiedene Gruppen von Demonstranten liefern sich mit selbst gebauten Molotow-Cocktails erbarmungslose Straßenschlachten. Dort, wo die Polizei eingreift, verbrüdern sich die Demonstranten plötzlich und kämpfen Seite an Seite gegen die Gesetzeshüter.«

Die Kamera schwenkte herum. Mit einem kleinen Halt auf den Kamerawagen, der das Logo des Senders auffallend groß auf seiner Seitenwand trug, brachte sie aktuelle Bilder des Straßenkampfes. Die Flammen der Molotow Cocktails breiteten sich auf der Straße aus, entzündeten Pappe und Müll, die hier zuhauf unter der Stadtautobahn lagerten. Die Flammen tauchten die Unterseite der Stadtautobahn in ein kräftiges, glühendes Rot.

Seit den frühen Morgenstunden hielten sich die Demonstranten auf der Straße auf. Worum es eigentlich ging, konnte letztlich keiner mehr sagen. Es herrschte nur noch nackte Gewalt und niemand war bereit, von sich aus aufzuhören.

»Die Polizei versucht verzweifelt mit ihren Einsatzkommandos, die Lage unter Kontrolle zu bekommen. Immer wieder werden Männer und Frauen festgenommen, die mit ihren Hasstiraden die Bevölkerung aufhetzen. Ein Polizeiposten in der Nähe der Universität wurde angegriffen und ging in Flammen auf.« Neben den Livebildern wurden im Telev rechts oben in einem kleinen Zusatzfenster die Bilder der brennenden Polizeistation gezeigt.

Die Reporterin berichtete weiter: »Neben diesen unmotivierten Ausschreitungen soll es auch einen Angriff auf die Kaserne der örtlichen Miliz gegeben haben. Der Sprecher der Miliz teilte mit, dass dies alles Gerüchte seien. Lediglich eine Treibstoffexplosion hätte zur Zerstörung einer einzigen MechHalle geführt. Die örtliche Feuerwehr des östlichen Distrikts habe die Sache mit der Kasernenwehr schnell in den Griff bekommen. Bei der Zerstörung soll auch Munition explodiert sein. Gerüchte über eine Schießerei, von der in ersten Meldungen der Sender die Rede war, seien auf die Geräuschentwicklung bei den Explosionen zurückzuführen. Die Soldaten seien inzwischen bei Aufräumarbeiten. Einige Verletzte würden in örtlichen Krankenhäusern behandelt.

Gleichzeitig ließ Oberbürgermeister Milos Hrowarth in einer Pressekonferenz erklären, dass er eine nächtliche Ausgangssperre über Tamarind-City verfügt. Es bestehe jedoch kein Grund zur Beunruhigung. Die Polizei habe derzeit so weit alles im Griff und die Miliz sei angewiesen, nicht einzugreifen, um einer weiteren Eskalation vorzubeugen.«

Die Reporterin lächelte wieder in die Kamera. »Wie Sie alle wissen, stehen in absehbarer Zeit Neuwahlen an. Und unser Bürgermeister steht zurzeit ziemlich unter Druck. Trotzdem konnte oder wollte er nichts über die Gründe und Hintermänner der gewalttätigen Demonstrationen sagen. Das war Anne McKafy für ›Citi23‹, Ihrem Nachrichtensender.«

Kaum war die Reporterin verstummt, plärrte die Werbung auf die Männer ein.

Die nächsten drei Stunden vergingen in zielstrebiger Geschäftigkeit. Die fünf Männer saßen zusammen und entwickelten einen Plan nach dem anderen, um ihn dann wegen Undurchführbarkeit wieder zu verwerfen. Hin und wieder ging einer von ihnen ans Büffet, um noch etwas zu essen oder zu trinken. Süßigkeiten als Nervennahrung waren sehr beliebt, aber auch literweise Kaffee oder Orangensaft.

Nach drei Stunden veränderte sich die Situation etwas. Langsam bildete sich ein Plan heraus, der durchaus Chancen hatte, mit Erfolg durchgeführt zu werden. Egon Hostovsky beobachtete die Kameraden, während diese sich nach drei Stunden harten Diskutierens und Pläneschmiedens in ihren Stühlen zurücklehnten. Es amüsierte ihn, wie sie argumentierten. Jeder hatte seine eigene Art, seine Haltung dem Plan gegenüber zu formulieren. Alles in allem hatte er mit seinen vier Kameraden einen kompetenten Stab. Was ihm fehlte, waren Untergebene, auf die er zählen konnte; Männer und Frauen, die ihm bedingungslos loyal zur Seite standen. Kämpfer, die in der Lage waren, einen Auftrag auszuführen, ohne dabei draufzugehen.

Hostovsky stütze die Ellenbogen auf den Tisch und legte den Kopf in die Hände. Er schaute auf und sah jeden der vier Tischnachbarn an. Jetzt wurde es Zeit, eine Mission in Angriff zu nehmen, die er so weder gewollt noch in seinen kühnsten Träumen erahnt hätte. Er stand kurz darauf auf. Er wusste, diese Verschwörung würde sie alle verändern.

»Ich muss kurz telefonieren«, sagte er in die Runde, ohne jemanden direkt anzusehen. »Ich komme gleich zurück.« Dass es schneller gehen sollte, als er sich das wünschte, hätte er nicht gedacht.

Wenige Augenblicke später war er wieder bei den anderen. »Ich weiß nicht, warum, aber ich kann meine alten Verbindungsleute bei der National Intelligence Agency nicht erreichen. Die Anschlüsse sind tot. Ich habe den Eindruck, dass die Anrufe über den Hauptknotenpunkt ins Leere gehen.«

Übergangslos wurde er dienstlich. Die anderen, allen voran Captain Jiri Orten, hatten Captain Egon Hostovsky als Befehlshaber akzeptiert.

»Captain, Sie nehmen Lieutnant Lippinsky und Lieutnant Cumrow und machen sich auf den Weg zur Funkstation. Und wir müssen wieder in die Stadt. Hier im Stadtrandgebiet haben wir weniger Möglichkeiten. Ich schlage vor, wir treffen uns um 18.00 Uhr in der Innenstadt, im ›Vincent's‹. Dort müssen wir Leute auftreiben und können gleichzeitig unsere Informationen, die wir bis dahin sammeln konnten, in Ruhe austauschen.«

Die fünf Offiziere erhoben sich, suchten ihre Zimmer auf und kamen kurz darauf mit ihren wenigen Habseligkeiten wieder in die kleine Empfangshalle. Jeder beglich seine Rechnung, und gemeinsam setzten sie sich in Bewegung.

Der Portier sah ihnen kopfschüttelnd hinterher. Warum übernachteten hier diese fünf Offiziere? Ihm konnte es egal sein, aber wundern durfte man sich doch?

Im Gegensatz zum Vorabend fuhr Esah Ts'gna den Wagen. Vorbildlich fädelte er sich in den dichten Verkehr ein und fuhr zurück nach Tamarindia. Die Fahrt ging etwas langsamer vonstatten. Zum einen, weil der dichte Verkehr keine sehr schnelle Fahrt erlaubte, zum anderen, weil Lieutnant Ts'gna ein sehr vorsichtiger Autofahrer war. Wenige Kilometer weiter gerieten sie in einen dichten Stau, der sich scheinbar endlos hinzog und sich nicht aufzulösen schien. Manchmal nur Schritttempo als Höchstgeschwindigkeit, dann wieder langes Warten.

Die Männer unterhielten sich im Jeep über die aktuellen Ereignisse und feilten gleichzeitig an den Vorstellungen, was sie in den nächsten Stunden und Tagen erreichen wollten. Das, was sie sich vornahmen, war schließlich nicht allzu wenig.

Dann erreichten sie die Straßensperre. Polizisten mit und ohne Bewaffnung kontrollierten die Fahrzeuge aufs Genauste. Wer auch immer augenfällig wurde, wurde herausgewunken und aufs Schärfste kontrolliert. Die Offiziere in ihrem Jeep hatten Glück. Sie wurden ebenfalls herausgewunken, konnten aber schnell weiterfahren. Nicht ohne darauf hingewiesen worden zu sein, dass der Oberbürgermeister der Stadt der Miliz nahe gelegt hat, in der Kaserne zu bleiben. Diese Information war für die fünf Männer neu. Davon war in den Nachrichten am Vormittag nichts zu hören gewesen. Aber eine Rückkehr in die Kaserne stand für sie nicht zur Debatte – wenn sie ihre Bewegungsfreiheit behalten wollten.

Eine Viertelstunde später hielt Esah an einer Rohrbahnstation, um den Captain und die beiden Lieutnants aussteigen zu lassen. Als Erstes sollten sie sich Zivilkleidung besorgen, da sie in den Uniformen zu stark auffielen. Im Anschluss daran sollte Orten mit Lippinsky und Cumrow zur Sendestation fahren. Sie sollten herausfinden, ob es möglich wäre, von dort das anfliegende Raumschiff zu warnen. Dazu benötigten sie ein Fahrzeug, das sie zum Zielpunkt fahren würde. Doch erst einmal galt es, die Uniform gegen bequeme, zivile Bekleidung zu tauschen.

Esah fädelte den Jeep wieder in den fließenden Verkehr ein. Egon Hostovsky gab die Richtung an. Sie benötigten fast eine Stunde, um zu ihrem Ziel am anderen Ende der Stadt zu gelangen. Das Gebäude, vor dem sie hielten, war ein mittelhoher Wolkenkratzer in der Nähe. Seine spiegelnde Fassade war durch nichts auffälliger als die der anderen Wolkenkratzer. Vor dem Haus war ein weiter, mit in Mustern verlegten Platten markierter, belebter Platz. Ein Brunnen mit drei Fontänen schoss Wasser in die Höhe. Das Sonnenlicht spiegelte sich in ihnen und ließ den gestrigen Abend mit dem wütenden Regen vergessen.

Captain Hostovsky stieg aus. Zum Lieutnant gewandt, der das Lenkrad umklammert hielt, sagte er: »Holen Sie mich in einer halben Stunde hier wieder ab. Sie können hier nicht parken, ohne aufzufallen.« Zielstrebig ging er auf den Wolkenkratzer zu, ohne einen weiteren Blick nach rechts und links zu werfen. Der weite Platz war ihm unbehaglich. Er fühlte sich wie auf einem Präsentierteller. Seine Nervosität brachte er unter Kontrolle, ohne sich etwas anmerken zu lassen. Vielleicht hätte ein guter Beobachter und Menschenkenner aus seiner Haltung etwas ablesen können, aber niemand im flüchtigen Vorbeigehen. Auch nicht der Pförtner, der im Glaskasten hinter der Drehtür des Eingangsbereichs saß.

Captain Hostovsky steuerte darauf zu und fragte ohne Umschweife nach einer gewissen Firma. Er erhielt postwendend die Auskunft, dass die Firma Insolvenz angemeldet habe und schon seit zwei Jahren hier nicht mehr ansässig sei. Hostovsky schluckte einen Fluch runter. Wenn man die Firma, und damit meinte er den Decknamen der ›National Intelligenc Agency‹, mal benötigte, dann war sie nicht zu erreichen. Nun waren die fünf Männer wohl endgültig auf sich selbst gestellt. Fünf gegen Tamarind. Ein sehr ungleiches Verhältnis. Die Planung vom Vormittag wurde gerade um zwei wichtige Punkte reduziert: Unterstützung und Material.

Er bedankte sich und verließ den Wolkenkratzer auf dem gleichen Weg, den er gekommen war. Auf dem Platz eilten Männer, Frauen und Kinder hin und her – zum Einkaufen, zur Arbeit oder Schule oder sie saßen nur auf dem Brunnenrand und unterhielten sich. Hostovsky stellte sich an den Straßenrand, um auf Esah Ts'gna zu warten. Eine knappe halbe Stunde später tauchte der Jeep auf. Der Lieutnant hatte den Wagen noch nicht recht zum Stehen gebracht, als er schon wieder losfahren konnte.

»Wie ist es gelaufen, Captain?«, wollte der Fahrer wissen. Dabei warf er nur kurz einen Blick auf das missmutige Gesicht seines Beifahrers.

»Schlecht«, antwortete der Captain. »Man hat uns gerade Unterstützung und Material entzogen.«

»Das heißt, man glaubt uns nicht?«

»Das heißt«, war die Antwort, »man hat mich gar nicht erst angehört.« Er machte eine Kunstpause, damit der folgende Satz noch besser wirkte. »Die NIA besteht hier nicht mehr. Sie sind wohl umgezogen.«

Plötzlich herrschte Stille im Jeep. Nur das Motorengeräusch und die Räder auf dem Asphalt lieferten die Hintergrundmusik. Beide Männer machten sich Gedanken darüber, was das für sie bedeuten mochte. Eine Planung nach der anderen erwies sich als nicht durchführbar. Punkt für Punkt der Liste, welche die Voraussetzung für eine erfolgreiche Aktion gegen die fremden Söldner sein sollten, erwies sich als unhaltbar. Wenn das so weiterginge, würden sie heute Abend im ›Vincent's‹ vor einem Scherbenhaufen stehen.

Auf einmal kreischten Bremsen, Bremslichter der vor ihnen fahrenden und abrupt zum Stillstand gekommenen Wagen funkelten sie wie wilde Raubtiere an. Wenig später näherten sich von vorn Demonstranten mit Plakaten, Transparenten und Pflastersteinen. Der Captain reagierte sofort. »Weg hier! Wenden Sie, fahren Sie auf die Gegenfahrbahn und nichts wie weg.«

Wie Recht er hatte, sollte sich gleich darauf zeigen, sobald der erste Pflasterstein den Jeep traf. Grölende Demonstranten mit ihren Parolen aus scheppernden Megaphonen hüllten die Autofahrer wie eine Dunstwolke ein. Wer konnte, der löste sich aus dem Pulk und tat es dem Jeep gleich.

»Wir benötigen Leute, am besten Soldaten. Aber woher nehmen, wenn nicht stehlen?« Captain Hostovsky dachte laut, während er den Blick schweifen ließ.

»Ich denke, wir werden unsere Männer bekommen können.« Esah sah ihn kurz an. »Im ›Vincent's‹ sind immer einige Soldaten. Vor allem auch die so genannten Heimschläfer, die in Tamarindia wohnen und erst morgens wieder in die Kaserne einfahren.«

»Da die Kneipe erst heute Abend öffnet, sollten wir noch etwas anderes in Angriff nehmen. Wir fahren zu Ihnen nach Hause. Sie können sich frisch machen, Frau und Kinder begrüßen und ich werde ihr Telefon beschlagnahmen.« Es war das erste Lächeln, das seit längerer Zeit über sein Gesicht huschte. Er hatte eine neue Idee.

»Wer glaubt Geld, Einfluss und Macht in den Händen zu halten, der glaubt auch noch ganz andere Dinge.«

— Volksmund

Umlaufbahn um Atreus, an Bord der *Vlad Tepes*

4. April 2604

Maurice Dekobra betrachtete sich eingehend im Spiegel. Der Volksmund sagt, dass die Augen das Fenster zur Seele seien. Ihm war schon als Kind gesagt worden, dass seine Augen tot aussähen. Es war ihm nur recht gewesen, denn er hatte gehofft, auch seine Seele abtöten zu können – so wie seine Augen. Er ging davon aus, dass es ihm inzwischen gelungen war.

Seine Umwelt beschrieb ihn durchweg als ruhig und emotionslos, seine Personalakte hatte dafür die schönen Worte ›besonnen‹ und ›nachdenklich‹ gefunden. Das waren zwei Begriffe, die positiv besetzt waren, die einer Beförderung nie im Wege gestanden hatten. Zum Glück wusste kein Mensch aus seiner Umwelt, was wirklich in ihm vorging. Sonst wäre er die längste Zeit seines Lebens Offizier gewesen – wenn ihn seine Gedanken nicht auch noch sein Leben kosten würden, so doch sicherlich seine Stellung.

Er plante Verrat am Hause Marik; er plante Verrat an dem Mann, auf den er einen Eid geschworen hatte. Doch die Worte dieses Eids waren schon schale Asche auf seinen Lippen gewesen, als er sie ausgesprochen hatte. Er gehörte einem anderen Wesen, einer höheren Berufung, die mit dem Haus Marik und der Liga freier Welten nichts zu tun hatte.

Der Marik kommandierte Menschen. Er selbst herrschte über Seelen.

Schon seit Tagen hatte er keinen Kontakt mehr zu den Leuten, die den Überfall auf den Marik-Erben auf Tamarind vorbereiteten. Das war auch richtig so.

Die Aktionen dort waren autark geplant und wurden eigenständig durchgeführt, damit nachher kein Zusammenhang zwischen ihm und den Attentätern hergestellt werden konnte.

Andere Menschen hätten in dieser Ungewissheit nicht leben können. Ihm war das nur recht. Für ihn waren Menschen anderen Glaubens nicht mehr als Marionetten, die an seinen Fäden hingen. Ein solcher Faden verband ihn immer mit seinen Leuten. So auch heute.

Das Schiff mit der Inspektorin an Bord musste gestern den Sprungpunkt im System Tamarinds erreicht haben. Wenn keine Warnung an das Schiff erging, bevor es gelandet war, dann war das Schicksal des Erben des Reiches besiegelt. Und wenn alles lief wie geplant, war diese Warnung unmöglich.

Der Signalgeber über seiner Kabinentür gab ein leises Summen von sich. Dekobra wandte sich um, legte die Hand kurz auf die Kontaktplatte rechts neben der Tür und schaute gespannt, wer hereinkommen würde.

Draußen stand Tanos Wlaczech. Er grüßte militärisch stramm. »Darf ich eintreten?«

»Bitteschön.« Dekobra winkte ihn mit der Hand herein. Hinter ihm schloss sich die Tür wieder ohne ein Geräusch.

»Können wir ...?«, fragte Tanos freundlich, während er sich wie immer neugierig im Zimmer umsah.

»Hier sind wir ungestört. Meine Kabine wird an Bord meines eigenen Schiffs nicht überwacht. Sollte es trotzdem jemand versuchen – ich habe einen Störsender, der rund um die Uhr jede Übertragung aus meiner Kabine blockiert.«

»Und wenn jemand ein Aufzeichnungsgerät versteckt hat und später wieder abholt, um sich das Gespräch wiedergeben zu lassen?«

»Niemand betritt diese Kabine ohne meine Erlaubnis und niemand nimmt etwas daraus mit, das mehr ist als die Worte, die er selbst gehört hat. Vertraut mir.«

»Ich vertraue Euch.« Seine Haltung wurde etwas weniger militärisch. Er hob die rechte Hand und spreizte zwei Finger zum Segenszeichen ab. »Der Segen des Allmächtigen Euch!«

Dekobra beantwortete die zeremonielle Begrüßung mit derselben Geste der Finger der rechten Hand. »Und auch Dir und den Deinen!« Er wies auf einen Stuhl, in dem der alte Mann gerne Platz nahm. Dann erst sprach Dekobra seinen Besucher an. »Also: Was führt dich zu mir?«

Wlaczech räusperte sich kurz. »Was willst du mit dem Sohn des Marik anstellen, wenn Du ihn hast?«

Dekobra war von dieser Frage nicht überrascht. Es gab immer Zweifler, die das größere Ganze nicht sahen. »Ich will die Liga dazu bringen, unsere Forderungen anzunehmen.«

»Die da wären ...?«

Dekobra schaute sich fast gelangweilt um, während er die Arme in einer Geste der gespielten Verzweiflung nach oben warf. »Das hatten wir schon oft genug, oder?«

Wlaczech lachte kurz auf – ob über die Geste oder über die Worte, die die Geste begleitet hatten, blieb unklar. »Beruhige einen alten Mann, der viele Jahre im Dienste der Mariks verbracht und auf seinen Tag gewartet hat, damit, dass du ihm noch einmal von jenen glorreichen Tagen erzählst, die vor uns liegen.«

»Gut.« Dekobra nahm auf dem zweiten Stuhl Platz, legte die Unterarme auf die Seitenlehnen und begann mit seiner schönen Stimme zu sprechen. »Wir sind dann in der

Position, all das zu fordern, was wir uns seit Jahrhunderten wünschen: volle Anerkennung unserer Religion und kein Leben mehr im Untergrund oder im Verborgenen. Einen Planeten, auf dem wir jene Einrichtungen bauen können, die wir brauchen, um unseren Glauben mit neuer Kraft zu beseelen: einen zentralen Tempel, eine Schule des Glaubens, Archive, Klöster und so weiter und so fort. Freie Veröffentlichung unserer Schriften, Anerkennung der Kirche als Körperschaft mit den dafür üblichen Vergünstigungen ... aber das weißt du alles.«

»Ja, ich weiß das alles. Und ich weiß auch, dass wir uns seit Jahrhunderten danach sehnen.« Der alte Mann dachte einen kurzen Moment nach, räusperte sich dann. »Aber ist es der richtige Weg, den Sohn des Marik zu entführen, um das alles zu erreichen?«

»Ein anderer Weg steht uns nicht offen.«

»Ich frage mich manchmal, ob wir es einfach nicht genug versucht haben.«

»Noch einmal: Ein anderer Weg steht uns nicht offen. Wir und jene, die vor uns kamen, haben es versucht, und sie sind gescheitert.«

»Aber wird unser Werk nicht für immer durch die Mittel beschmutzt sein, die wir benutzt haben, um unser Ziel zu erreichen?«

»Du kennst doch das Sprichwort: Der Zweck heiligt die Mittel. Und unser Zweck ist heilig ...«

»Doch unsere Mittel sind zutiefst weltlich!«

»Wir sind mit unseren Körpern in dieser Welt, doch nicht mit unseren Seelen. Das war immer so und wird immer so sein. Ein anderer Weg steht uns nicht offen.«

Der alte Mann dachte einen Moment nach. Ein schmerzlicher Zug huschte kurz über sein Gesicht. Dann stemmte er sich auf die Unterarme. Die Sehnen traten aus der ledrigen Haut hervor, die weißen Haare auf der Haut der Unterarme richteten sich auf. Dem älteren Herrn schien eine Gänsehaut über den Körper zu laufen, derer er sich nicht bewusst war. Wlaczech seufzte, als er sich erhob. »Es ist traurig zu wissen, dass wir keinen anderen Weg haben. Aber Ihr wisst mit der Hilfe des Allmächtigen, was richtig ist für uns.«

Dekobra dachte bei sich, dass der andere noch nie so kurz davor gewesen war, ihn als ›Stranniki‹ anzusprechen, wie in diesem Moment. Doch selbst hier, in der Unterkunft seines Vorgesetzten an Bord dessen Schiffes mit der Versicherung im Rücken, dass sie nicht abgehört wurden, traute sich der alte Mann nicht, jenen zeremoniellen Titel auszusprechen, den man hinter dem Rücken Dekobras für ihn wohl schon regelmäßig verwendete. Wie gerne würde er den Seinen diese Feigheit austreiben, die durch Jahrhunderte des Versteckspiels und der Tarnung entstanden waren.

»Der Allmächtige möge mir helfen, damit ich tue, was richtig ist für mich und die meinen.« Doch andere Gedanken als die, die er ausgesprochen hatte, gingen ihm dabei durch den Kopf: *Wie seltsam diese alten Menschen werden.* Mit diesem Gedanken im Hinterkopf verabschiedete er den alten Mann und wartete ruhig ab, bis sich die Tür wieder hinter ihm geschlossen hatte.

Seine tatsächlichen Pläne hatte er – wie immer – für sich behalten. Wenn der Anschlag geglückt und der junge Marik in den Händen der Aufrührer war, dann würde es seine Aufgabe sein, mit einer Eliteeinheit in das System Tamarinds einzudringen und den Erben des Marik zu befreien. Natürlich würde es keine Überlebenden bei den Verbrechern geben, die seine Rolle in der Verschwörung aufdecken könnten. Es war sowieso unwahrscheinlich, dass irgendjemand eine Verbindung durch Zeugenaussagen zu ihm würde herstellen können – aber Härte hatte sich schon immer ausgezahlt, und warum ein Restrisiko ertragen, wenn man nicht musste?

Wenn er dann nach Atreus zurückkehren und erfahren würde, dass in seiner Abwesenheit ein Anschlag auf den

Marik erfolgt war, der jenen das Leben gekostet hatte, dann würde er sich – mit dem Erben des Reiches im Rücken – zum Regenten über die Liga freier Welten ausrufen.

Wer anders als der Retter des Erben des Reiches, der an der Ermordung des Marik absolut unschuldig sein musste, weil er am anderen Ende des Reiches war, als die Bombe explodierte, wäre für diese Position wie ausersehen?

Und mit der Geschichte von Männern, die ausersehen waren, kannte er sich aus.

12. Die Saat der Gewalt

»Macht macht Glauben, Glauben macht Mächtige.«

— Professor Jean Paul Smetana, Universität Tamarind (Philosophische Fakultät) in seiner Neujahrsrede 2600 (aus Jean Paul Smetana ›Ansprachen und Schriften‹, Tamarind 2613)

Tamarind, Tamarind-City (im ›Vincent's‹)

4. April 2605

Egon Hostovsky saß auf einem alten, klapprigen Holzstuhl. Die braune Farbe war bereits an vielen Stellen abgeschabt. An den Fußenden, wo praktisch ständig die schweren Stiefel der Soldaten gegentraten, konnte man das blanke Holz sehen. In der Rücklehne fehlte ein Sparren und die Seitenlehnen, auf die man bequem die Unterarme stützen konnte, zeigten vielerlei Kratzer und Stellen, an denen Messer Kerben, Namen und ähnliches eingeritzt hatten. Um den runden Tisch, der auch nicht viel besser aussah, standen drei weitere Stühle und nur der ihm direkt gegenüberstehende Stuhl war besetzt. Esah Ts'gna lümmelte sich darauf. Ein Bein ließ er über die Stuhllehne hängen und baumelte nervös damit herum. In der linken Hand hielt er einen Whiskey, dessen goldene Flüssigkeit im Glas langsam hin und her geschwenkt wurde. Neben dem nervösen Bein schien auch seine Hand nicht zur Ruhe zu kommen.

»Was sollen wir unternehmen, Cap...«

Der Satz wurde vom Lieutnant nicht zu Ende geführt. Der Blick, der ihm Captain Hostovsky entgegenwarf, hätte einem BattleMech die Panzerung vom Skelett schälen können.

»Noch so ein Fauxpas, und Sie liegen mit eingeschlagenen Zähnen hinter Ihrem Stuhl. Nennen Sie mich Hostovsky oder Egon, aber nicht bei meinem Dienstgrad. Haben Sie mich verstanden?« Hostovsky hatte sich etwas vorgebeugt und ganz leise auf den Lieutnant eingeredet. Doch seine Stimme war so scharf wie ein Chirurgenskalpell. »Wir wissen nicht, wer hier noch herumsitzt.«

Er griff sich die grüne Bierflasche, an der das Kondenswasser herabtropfte und einen kreisrunden Fleck neben den alten Flecken hinterließ. Mit einer raschen Bewegung setzte er an und trank in großen Schlucken den Rest aus der Flasche. Er winkte der Bedienung, die hinter dem Tresen stand, und rief: »Noch ein Bier und ein Kartenspiel, bitte.« Das letzte Wort war hier äußerst ungewöhnlich. Daher war es nicht verwunderlich, dass sich ein paar der Leute am Tresen zu ihnen umdrehten. Aber das war auch der Zweck der Übung. »Ich suche noch zwei Mitspieler für eine Partie Viererdrax. Wie wäre es, hat jemand Interesse?«

Von der Theke lösten sich zwei Männer. Auch sie waren keine Soldaten der nahe gelegenen Kaserne. Hostovsky und Ts'gna hatten seit der Öffnung der Kneipe keinen waschechten Infanteristen, Grenadier oder MechPiloten in der Kneipe gesehen. Irgendwie fehlten all die Männer und Frauen der Miliz. Die Kneipe wirkte auch nicht so voll, wie es den beiden Männern immer wieder erzählt wurde, wenn der Name ›Vincent's‹ fiel.

Die zwei Männer kamen zu ihnen herüber. Der eine, lang und schlaksig, trug eine dunkle Hose, die ihn eher als Zimmermann auswies denn als Krieger. Dazu trug er ein helles T-Shirt mit dem originellen Aufdruck ›Wir werden alle nicht jünger‹ und ein Barett aus grünem Filz mit den Insignien der 42ten Heimatwehr Tamarind. In seiner Hand hielt er einen Literkrug, halb voll mit Bier, dessen Schaumkrone schon längst in sich zusammengefallen war. Der zweite Mann war das genaue Gegenteil. Er war klein, und wenn man lästern würde, könnte man sagen, er sei Grieche:

Beine wie Säulen. Der dicke Bauch drängte sich aus einem ähnlichen T-Shirt hervor, wie es der andere trug, quetschte sich über den Gürtel und zeigte mehr Fleisch als das Gesicht des Dicken. Letzteres verbarg sich unter langen fettigen Haaren, die wie aufgeklebt wirkten und dem Mann tief in die Stirn fielen. Das Bemerkenswerteste an dem Gesicht war jedoch der ebenso schwarze Vollbart, der sich wie dichter Filz quer durch das Gesicht zog und nur einen kleinen Schlitz für die Augen und eine rot geäderte Nase frei ließen. Den Mund erkannte man nur, weil ein rauchender Zigarrenstummel immer mal wieder von einem Mundwinkel in den anderen geschoben und nicht einmal zum Biertrinken entfernt wurde.

Die beiden näherten sich dem Tisch in der Hoffnung, ein wenig Spaß zu haben. Die ›lange Latte‹, wie ihn Hostovsky bereits für sich getauft hatte, setzte sich links, der Dicke rechts auf den leeren Stuhl.

»Ich bin Jack«, nuschelte die ›lange Latte‹. Erst jetzt bemerkte Hostovsky die Narbe, die sich quer über das Kinn des blauäugigen Mannes zog. »Und das ist Daniels.« Damit zeigte er mit dem Zeigefinger, der sich dafür leicht vom Biergriff löste, auf den Dicken.

»Eines kann ich nicht leiden: blöde Whiskey-Witze.« Das war schon alles, was er sagte.

Dafür ergriff der Dicke das Wort. »Wir spielen grundsätzlich um Geld. Barzahlung versteht sich. Wenn ihr damit einverstanden seid, kann es losgehen.«

»Glücksspiel um Geld ist verboten«, wagte Esah einzuwerfen. »Übrigens, ich bin Esah, den Nachnamen lasse ich weg, er ist doch nur ein Zungenbrecher für euch. Mir gegenüber sitzt Egon. Wir sind neu hier und wollen uns ein wenig vergnügen.«

»Das mit dem Verbot ist uns bekannt, aber wir können uns behelfen.«

In diesem Moment kam die Bedienung an den Tisch. Das dralle Mädchen, das dennoch alle Kurven hatte, die eine

Frau so braucht, zwar größer und fülliger, aber nichtsdestotrotz ansehnlich, stellte ein neues Bier vor Egon ab. In der anderen Hand hielt sie ein Päckchen Karten und eine Plastiktüte mit Bierdeckeln. Jack griff mit einer Lässigkeit danach, wie jemand, der lange Übung darin hat.

»Jeder der Bierdeckel zählt einen Fünfer. Jeder kauft sich Deckel, das Geld kommt hier herein, nachher wird zurückgetauscht. Einverstanden?«

Das hörte sich erst mal recht vernünftig an. Esah war einverstanden, und Hostovsky nickte ebenfalls. Alle vier legten plötzlich Geld auf den Tisch. Die beiden Männer griffen in die Hosentasche und legten einige zerknüllte M-Notes auf den Tisch, Esah griff in sein Portmonee und zählte ein paar Scheine sorgfältig auf die Tischplatte, während Hostovsky aus der Innentasche seiner Jacke eine kleine Geldrolle entnahm. Dafür erhielten die Männer ihre entsprechende Anzahl Bierdeckel. Die dralle Bedienung nahm den Beutel gleich wieder mit, sie würde ihn als Unparteiische verwahren.

Bevor einer der anderen Männer zugreifen konnte, nahm sich Hostovsky das Päckchen Karten. Er riss die Zellophanhülle herunter und begann mechanisch zu mischen. Während seine Hände wie selbstständige Wesen die Karten mischten, musterte er die beiden Männer. Dass sie so schnell dabei waren, irritierte ihn keineswegs. Er hatte die beiden gleich als Profis eingeordnet, die sicher schon mehr als einen unvorsichtigen Neuspieler über den Tisch gezogen hatten. Er würde genau darauf achten, was die beiden Herren mit ihren Fingern für eine Zeichensprache sprechen würden.

Dabei war der Viererdrax ein relativ einfaches Kartenspiel, eine Abart des terranischen Pokers. Die Verwicklungen des Marik-Leben werden auch im beliebtesten Kartenspiel der Freien Welten offenbar.

Gespielt wurde mit zweiundfünfzig Karten mit den vier Häusern Marik, Kurita, Davion und Steiner. Die Rangfolge der Karten war relativ einfach. Die Karten Eins bis Zehn, dazu der Night Hawk, Excalibur und Highlander.

Inzwischen hatte der Dicke den gemischten Kartenstapel abgehoben, und Egon Hostovsky teilte die erste Karte aus. Dabei sah er genau hin, wie sich bei den beiden Neuankömmlingen die Mimik änderte oder ob sie sich mit den Fingern Zeichen geben würden. Doch er sah nichts Auffälliges. Nur Esah setzte sich auf, stellte das Whiskey-Glas auf den Tisch und griff sich die Karte, warf einen kurzen Blick darauf und legte sie wieder auf den Tisch. Dann lehnte er sich etwas zurück, beobachtete ebenfalls, welche Karten fallen würden. Das Spiel konnte also beginnen. Ab jetzt würde es am Tisch still werden. Eine lange Folge von Geben und Nehmen, Setzen oder Passen, Gewinnen oder Verlieren. Das würde so lange gehen, bis der erste Spieler alles hinwerfen und aufstehen würde.

Das Spiel dauerte an. Wenn er Zeit hatte, warf er einen Blick auf die hinzugekommenen Zuschauer. Männer und Frauen mit Biergläsern oder Flaschen in den Händen, rauchend, sich unterhaltend oder nur still zusehend. Bald sah er auch, wer zu wem gehörte. Hostovsky vertraute seiner alten Ausbildung als Mitarbeiter des NIA.

Der eine Mann, der zwischen Jack und Esah stand, sah einem hinterwäldlerischen Holzfäller ähnlicher als einem Soldaten. Ein dichter wilder Bart verdeckte die untere Gesichtshälfte, die Nase war rot geädert, die Augen lagen tief in den Höhlen und hatten Lachfalten an den Seiten. Seine Statur ähnelte einem Bären; breites Kreuz, muskulöse Arme und das alles in einem karierten Hemd. Mehr war von ihm nicht zu sehen, denn er wurde halb verdeckt.

Neben ihm stand eine Frau mit kurz geschnitten, schwarzen Haaren, die ihr unordentlich ins Gesicht hingen, aber nur, weil sie so gekämmt waren.

Der zweite Mann stand zwischen Esah und Daniels. In seiner grauen Kleidung wirkte er eher wie ein Friedhofsbesucher. Sein Gesicht war hölzern und grau; die Augen flackerten nervös und glänzten wie die eines Süchtigen. Sein ganzer Körper war ein ständiger Unruheherd. Unablässig öffnete und schloss sich seine rechte Hand, und die linke Hand hätte sich sicher gern beteiligt, wenn sie nicht krampfhaft am Bierglas Halt gesucht hätte. Auch die anderen Beteiligten schienen nervös zu sein. Irgendetwas lag in der Luft.

Ein paar Spiele weiter konnte er dann drei vertraute Gesichter ausmachen. Jiri Orten und die beiden Lieutnants standen in der Menge. Nicht auf einem Pulk, sondern verteilt, und man hätte fast meinen können, wie zufällig hinter Jack und Daniels. Egon Hostovsky verdrängte den Wunsch, auf die Uhr zu sehen. Das wiederum wäre für die Mitspieler ein Zeichen der Nervosität gewesen, und er hätte dann im wahrsten Sinn des Wortes schlechte Karten gehabt.

Das Spiel dauerte nun schon drei Stunden. Die Bierflaschen und Gläser wurden nicht mehr so häufig ersetzt, dafür aber der volle Aschenbecher immer öfter geleert. Esah blickte inzwischen angestrengt auf die Karten. Bisher hatte er wechselnden Erfolg und wenn er sich seine Bierdeckelsammlung so ansah, hatte er nicht weniger, aber auch nicht mehr Geld als zu Spielbeginn. Hier kam seine natürliche Vorsicht zu Tage. Er war noch nie bereit gewesen, Risiken einzugehen, wenn er nicht im Vorfeld alles bedacht hatte. Damit war er zwar gut gefahren, aber in mancher Hinsicht für seine Kameraden eher ein Hemmschuh gewesen.

Bei Hostovsky sah das anders aus. Mit Zunahme seines Stapels sanken die Stapel der beiden anderen Mitspieler. Esah betrachtete den Dicken Daniels fast gleichgültig. Seine Begehrlichkeit richtete sich auf den inzwischen größer gewordenen Stapel in der Mitte des Tisches. Der Dicke steckte seine Hand zum wiederholten Male langsam in die Hosentasche. Hatte er vorher immer Zigaretten herausgeholt, hielten seine fleischigen Finger jetzt einen Inhalator.

Die Luft in der Kneipe war mittlerweile zum Schneiden, was wohl auch daher rührte, dass sie inzwischen brechend voll war. Mit einer fast widerwärtig langsamen Handbewegung schraubte der Dicke den Verschluss des Inhalators ab und atmete zweimal kurz durch ihn ein. Mit der gleichen langsamen Handbewegung schraubte er den Deckel wieder auf, und das Gerät verschwand in der Tasche. Während dieser ganzen Zeit beobachteten Egon und Esah den Dicken. Egon hatte dem Blick Daniels standgehalten und betrachtete stattdessen seine haarige Gesichtspartie mit den typischen Schweinsäuglein.

Auf dem Tisch lag nun ein ziemlich hoher Haufen Geldersatz. Die Zuschauer, die sich inzwischen eingefunden und um den Tisch versammelt hatten, spürten die Spannung, die zwischen den Spielern auftrat. Es wurde plötzlich still in der Runde. Jack, der mittlerweile zum Geber geworden war, reichte Esah die vierte Karte. Für ihn sah es nicht gut aus.

Die letzten Einsätze folgten. Esah stieg aus, er konnte nicht mehr gewinnen, warf seine Karten auf den Deckelstapel. Daniels zierte sich zuerst, deckte dann jedoch seine Karte zwangsläufig auf. Ein Pärchen, sogar weniger als Esah, auf dessen brauner Haut sich ein Schweißtropfen neben dem anderen gesammelt hatte. Und dann brach der Tumult los. Nicht so sehr, weil Egon Hostovsky eine reine Kurita-Straße hatte und einen verdeckten Nighthawk, sondern weil plötzlich zwei Mal die Davion Acht auf dem Tisch lag.

Jack und Daniels wollten gleichzeitig aufspringen, hatten aber den Tisch zwischen sich und behinderten sich gegenseitig. Gleichzeitig griffen Cumrow und Lippinsky ein. Die beiden Falschspieler drehten sich ihren Angreifern zu, um sich zu verteidigen, machten jedoch die Bekanntschaft von fünf geballten Fingern.

Während Jack rückwärts in die Menge flog, zwei weitere Leute mitriss, die ihr Bier verschütteten und den Mann noch irgendwie halten wollten, hatte Lippinsky weniger Glück. Nach dem Kinnhaken gegen Daniels hatte er das Gefühl, mit einem BattleMech zu boxen. Er schüttelte seine Faust, als ob so der Schmerz abfallen könnte, und verzog schmerzhaft das Gesicht. Daniels lächelte nur, holte seinerseits aus und legte Lippinsky mit einem Schwinger flach.

Der Lieutnant fiel in ein Damenterzett, was er zu anderer Zeit an einem anderen Ort sicherlich begrüßt hätte. Doch jetzt sah es eher lächerlich aus. Mit dem Eingreifen weiterer Gäste legte sich der Tumult nicht, sondern entwickelte sich zu einer fröhlichen Kneipenschlägerei. Hostovsky und Orten behielten den Überblick und zogen sich aus der Schlägerei heraus. Gleichzeitig sorgten sie dafür, dass sie immer mehr zum Rand abgedrängt wurden, weil sie mit ihren drei Lieutnants schließlich ganz verschwinden wollten.

Hostovsky ging an den Tresen, wo die dralle Bedienung mit der Polizei telefonierte, griff sich die Plastiktüte mit dem Geld und ließ ihr genug da, um seine und die Getränke von Ts'gna zu zahlen. Leider war die Vordertür der Kneipe gerade von mehreren Prügelknaben blockiert. Daraufhin wandten sie sich der Hintertür zu. Ein kurzes Stück wurden die fünf Männer von einem fliegenden Stuhl begleitet, der jedoch beim Auftreffen an der Wand lieber im Lokal zurückblieb.

»Kommen Sie schon«, rief Hostovsky, der die Führung übernommen hatte, über die Schulter hinweg nach hinten. »Möchten Sie sich lieber weiter prügeln – oder dass die Polizei Sie schnappt?« Ein Gefühl böser Vorahnung ließ ihn nicht los. »Wir müssen sehen, dass wir hier rauskommen. Wir müssen uns in Sicherheit bringen, sonst können wir alle unsere Pläne begraben.«

Hostovsky konzentrierte sich auf den mit grünlich glimmenden Fluchtschildern markierten Weg. Einmal links, dann rechts, durch eine Tür, die nicht mehr richtig schloss, in einen Hinterhof voller Abfall, alten Fässern, einem defekten blauen Fahrrad und einer erbärmlich aussehenden, streunenden Katze. Weiter dem Fluchtweg folgend, zwischen zwei Häusern hindurch, und schon stand man wieder auf einer Straße. Vielleicht gerade rechtzeitig, denn zwei Polizeiwagen rasten mit Blaulicht und Sirene durch die Straße, eindeutig das ›Vincent's‹ im Visier.

»Wohin jetzt?«, fragte Jiri Orten. »Wir haben wohl mal wieder kein Ziel. Wir sollten uns einen Platz suchen, an dem wir in Ruhe Pläne schmieden können.«

Hostovsky nickte geistesabwesend, während er über das gleiche Problem nachdachte.

»Wir nehmen den nächsten Bus«, sagte der Captain und übernahm automatisch wieder die Führung der kleinen Gruppe.

Zehn Meter weiter gab es eine Bushaltestelle, an der sich bereits eine Menschentraube versammelt hatte. Frauen, Männer und Kinder warteten auf einen Bus. Sie stellten sich dazu und fielen in der Gruppe gar nicht auf. Auch nicht, als auf dem gleichen Weg weitere Leute fluchtartig das ›Vincent's‹ verließen.

Keine fünf Minuten schweigenden Wartens später erschien ein Bus. Die Männer ließen sich von der Menge treiben, stiegen ein und setzten sich ganz hinten auf die Sitzbank. Von da konnten sie zudem den Bus und seine Fahrgäste gut im Blick behalten.

* * *

Die fünf Männer saßen im Bus, hingen ihren Gedanken nach und sahen aus dem Fenster. Es war jetzt immens wichtig, einen Platz zu finden, wo man übernachten und Pläne schmieden konnte. Auch sollte der Platz relativ unbeobachtet sein – aber mit Telefon, Telev und weiteren Annehmlichkeiten ausgestattet. Anscheinend hatte niemand eine Idee.

Die einen waren eingefleischte Kasernisten, die anderen lebten bei ihren Familien in der Stadt. »Woher nehmen und nicht stehlen?«, war die Frage.

Früher war alles einfacher, dachte Lieutnant Cumrow. *Da gab es noch konspirative Plätze. Und heute? Ein paar Jahre Ruhe, und schon wurde man nachlässig. Die guten Verbindungen von damals hatten nur noch ein paar alte Veteranen.*

Seine Gedanken stockten so schnell wie der Bus, der gerade an einer Haltestelle hielt. Von draußen schoben sich nasse Menschen in den Bus, denn es begann wieder zu regnen. Cumrow klopfte heftig auf das Polster, sodass die anderen Männer erschreckt zusammenzuckten. Ihre Nervenkostüme waren auch nicht mehr die besten.

»Ich habe es.« Cumrow sah seine Kameraden an. »Wir wenden uns an einen Veteranen des letzten Krieges. Der muss doch noch zu alten ausgemusterten Kriegern Verbindungen besitzen. Vielleicht finden wir so zumindest ein Versteck für einige Zeit.«

»Sie könnten Recht haben, Cumrow.« Nachdenklich rieb sich Captain Hostovsky das Kinn. »Aber mir fällt auf Anhieb niemand ein.« Fragend blickt er in die Runde, sah von Mann zu Mann, ließ seinen Blick für einen Monat auf den Gesichtern liegen, studierte sie kurz und sah dann zum nächsten.

»Das können Sie mein Problem sein lassen«, warf Captain Orten ein. »Ich hätte da schon eine Idee. Wir sind auch ganz in der Nähe. An der nächsten Haltestelle steigen wir aus.« Damit schwieg er wieder. Ein paar Minuten später stand er auf, die vier anderen Männer schlossen sich ihm wortlos an. Sie drängelten sich etwas grober als beabsichtigt zum Ausgang, wobei die frei gewordenen Sitze sofort von anderen Fahrgästen in Beschlag genommen wurden.

Endlich draußen, schlugen sie die Kragen ihrer Jacken hoch. Orten zog sich die Kappe etwas weiter ins Gesicht, in der Hoffnung, dass der Regen ihm nicht zu kräftig ins Gesicht geblasen wurde.

»Wir müssen noch ein wenig die Straße entlang, biegen die nächste rechts ab und gleich darauf durch die Einfahrt in den dahinter liegenden Hof.« Jiri Orten übernahm wie selbstverständlich die Führung, wobei die anderen ihm nicht unbedingt durch jede Pfütze folgten, die er mit stoischem Gleichmut nahm. Manch einer fluchte sogar ungeniert, wenn ein Wagen am Straßenrand durch eine Pfütze donnerte und sie mit einem Schwall kalten Wassers überschüttete.

Es waren in dieser Gegend Tamarindias nicht mehr viele Leute unterwegs. Wer konnte, der blieb zu Hause. Von Demonstranten war hier nichts zu bemerken. Die wenigen Männer und Frauen eilten mit Schirmen bewaffnet schnellen Schrittes an den beleuchteten Schaufenstern vorbei. Die Straßenlaternen warfen trübes, gelbliches Licht auf den Asphalt, das sich mit den anderen Lichtquellen in den Pfützen spiegelte und nur im Einklang mit den Geschäftsbeleuchtungen als ausreichende Beleuchtung diente.

Die nächste Straße rechts war eine kleinere Seitenstraße mit nur zwei Fahrbahnen, so sparsam ausgestattet, dass sogar die Markierung in der Straßenmitte fehlte. Aber den fünf Männern blieb nicht genügend Zeit, sich an die Straße zu gewöhnen. Unvermittelt bog Captain Orten in die nächste ein. Dies war eine Einbahnstraße, an deren hinterem Ende es zu einem Hof hineinging. Dorthin steuerte Orten die vier Männer, die wie eine Schiffswelle hinter ihm her liefen.

»Verdammt.« Lippinsky fluchte. »Sind wir bald da? Wenn ich noch einmal in eine Pfütze treten muss, werde ich mit Froschfüßen wieder daraus hervorkommen.«

»Ach, sei doch still«, antwortete Cumrow ihm. »Uns geht es doch auch nicht besser.«

Die gute Laune der Männer, nach der Schlägerei schon an einem gewissen Tiefpunkt, beendete abrupt ihre Talfahrt. Nicht, weil es jetzt wieder aufwärts ging, sondern, weil es jetzt nicht mehr tiefer ging.

Sie traten durch einen Torbogen und gelangten in einen alten Hof. Ein paar Rostlauben, trostlose Reste ehemals fahrtüchtiger Fahrzeuge, beendeten hier ihr tristes Leben als Ersatzteillager für andere Fahrzeuge. Aus der hinteren Ecke des Hofs drang das heftige Geräusch eines Schweißbrenners, der sich durch die Scheiben hindurch mit einer bläulichen Stichflamme auch optisch in Szene setzte.

»Sie bleiben hier«, sagte Orten. »Ich gehe erst einmal allein zu ihm. Er erwartet nie Besuch. Und schon gar nicht mich.«

Er setzte sich in Bewegung. Zielsicher umrundete er Wracks, Dreck, Mülltonnen und was sonst noch auf dem Boden des Hofs ein unrühmliches Ende gefunden hatte. Orten stieß die Tür zur Werkstatt ganz auf. Der Mann, der an einer Karosserie schweißte, bemerkte ihn zuerst nicht. Orten räusperte sich laut und deutlich, immer einen Blick auf die Flamme gerichtet. Er wollte den Mann nicht zu einer ungewollten Bewegung verleiten und in eine Schweißflamme sehen. Der Mann war aber eindeutig ein Profi. Bevor er sich umdrehte, drehte er die Flamme des Schweißbrenners herunter. Leise zischend entwich das abgefackelte Gas und warf einen relativ ungefährlichen Lichtschein.

Der Mann blickte ihn unfreundlich an. »Was willst du?« Seine Stimme hörte sich irgendwie seltsam an. Er schaltete den Vokoder ein und wiederholte die Frage, damit Orten ihn auch richtig verstehen konnte. »Was willst du?«

»Ota, wir benötigen Deine Hilfe.«

Jiri Orten sah seinen alten Freund an. Wie er hatte Ota Pavel einen Bauch, der nicht mehr in die Hose passte. Vielleicht ein wenig mehr als der Captain der planetaren Miliz.

»Wir? Du bist also nicht alleine hier. Wo sind Deine Freunde?«

»Sie stehen draußen. Dürfen sie reinkommen?«

Pavel wischte sich mit einem Taschentuch, das schon nicht mehr ganz sauber war, über die Glatze. Umrahmt wurde sie von einem Kranz schütterer weißer Haare, unter denen man nur noch sehr spärlich ein paar rote sehen konnte, die seine ehemalige Lockenpracht ausgemacht hatten.

»Meinetwegen, hol sie rein.« Er wischte sich mit der linken Hand über das Gesicht. Irgendwie wirkte er müde. Mit der rechten Hand griff er zum Schweißbrenner, um ihn ganz auszuschalten. Orten winkte in der Tür der Werkstatt, und die anderen liefen über den Hof, um nicht vom stärker gewordenen Regen noch weiter durchnässt zu werden. Ota trat näher an sie heran, um die Männer einzeln zu mustern. Falls er einen erkannte, ließ er es sich nicht anmerken.

»Seien Sie mir willkommen. In der Regel sind Jiris Freunde auch meine.« Die Vokoderstimme knarrte und hallte ungewohnt für die Ohren der Männer durch die ansonsten stille Werkstatt. Selbst von der Straße war nichts mehr zu hören.

Cumrow konnte seine lose Klappe mal wieder nicht halten. »Cool, der Roboter, sieht fast aus wie ein Mensch, nur an der Stimme muss er noch ein wenig arbeiten.«

Cumrow verstummte. Aber eher, weil er keine Luft mehr bekam, als davon, dass ihm die dummen Sprüche ausgingen. Otas rechte Hand hatte sich um seinen Hals gelegt und drückte langsam zu, während Cumrow gleichzeitig in die Höhe gehoben wurde. Er stand bereits auf den Zehenspitzen. Mit beiden Händen griff er nach Otas Hand. Seine Gesichtsfarbe wurde erst rot, dann leicht bläulich. Seine Augen traten aus den Höhlen hervor, aber nicht, weil sie Ota besser sehen wollten.

»Ota! Bitte!« Captain Orten trat zu ihm und legte ihm sanft einen Arm auf die Schulter. »Er hat es nicht so gemeint. Er ist doch noch ein Kind.«

»Er soll sich bei mir entschuldigen.« Ota sah nur kurz zu Jiri hinüber, der seine Hand wieder von dessen Schulter nahm.

»Wenn du ihm wieder die Möglichkeit zu Atmen gibst, dann wird er das sicher gleich tun.«

Ota ließ Cumrow los. Der Lieutnant wäre gestürzt, hätten ihn nicht Lippinsky und Ts'gna gehalten. Cumrow keuchte, stand kurz davor, sich zu übergeben.

Ota schaute ihn abschätzend an. »Da hinten ist ein Eimer. Und wehe, er macht mir meine Werkstatt dreckig.« Er deutete in eine Ecke, wo ein dreckiger alter Eimer stand.

Cumrow stiefelte durch den Dreck zum Eimer, der lediglich in der Form vom restlichen Müll in der Werkstatt zu unterscheiden war. In der Werkstatt lagen Putzlumpen, Schrott, Metallteile, Papiere, Tonnen, Eimer, die Karosserie eines Wagens, an dem gearbeitet worden war, und anderes Gerümpel herum. An der Wand hingen, als einzige Ausnahme, seine Werkzeuge fein säuberlich aufgereiht. Die abgewetzten und blanken Teile zeugten von einem langen Arbeitsleben. Jedes Stück Werkzeug hatte seinen eigenen Platz. Dahinter stand in der Ecke ein Besen, der aber wohl nur zur Dekoration dort stand. In Spinweben gehüllt konnte man nur erahnen, wann das Teil zum letzten Mal bewegt worden war. In der anderen Ecke lag etwas Schweres, Großes; allerdings mit einer Plastikplane verdeckt. Es war auf Anhieb nicht zu erkennen, was Ota Pavel dort versteckt hatte.

»Wie schon gesagt, wir benötigen deine Hilfe«, meinte Orten. Im Hintergrund würgte sich Cumrow die Lunge aus dem Leib.

»Die Jungs hier gehören zu mir. Und für Cumrow, es tut ihm Leid, hörst du?«

»Wenn du nicht mein Freund wärst, dann würde jetzt keiner mehr von euch hier stehen.« Pavel blickte sich in der Runde um. »Also, was wollt ihr?«

»Können wir uns irgendwo setzen?«

»Gut, kommt mit.« Ota dirigierte sie zu einem Verschlag links neben der Tür, der wohl das Büro sein sollte. Ein altersschwacher Schreibtisch diente alten Papieren und einigen

Kaffeeflecken als Heimat. Ein Telefon und ein Computer nutzten das Asyl ebenfalls. Nicht davon schien mehr funktionstüchtig, über allem lag eine Schicht ölverschmierter Staub. Ein paar klapprige Stühle und so etwas wie eine Couch vertrieben dem Schreibtisch die Einsamkeit.

Während sich Ota hinter seinem Schreibtisch verschanzte, die Füße auf die Tischplatte legte und ein paar Papiere achtlos zu Boden warf, setzte sich Jiri Orten ihm gegenüber rittlings auf einen Stuhl. Hostovsky nahm den letzten freien Stuhl. Cumrow kam als Letzter und drückte sich zu den beiden anderen Lieutnants auf die Couch. Es wurde etwas eng.

»Es gibt da ein Problem ...«

»Ja, ich bin im Bilde. Du wirst gesucht und suchst bei mir Unterschlupf.« Ota unterbrach Jiris Redeschwall, kaum dass er begonnen hatte.

»Du bist gut informiert ...« Er machte eine Pause, aber Ota wollte nicht erklären, woher er seine Informationen bezog. Einen Telev hatten sie bis jetzt noch nicht gesehen. Vielleicht las Ota Zeitung? »Eigentlich nicht. Wie kommst du darauf?« Orten stand das Fragezeichen ins Gesicht geschrieben.

Ota griff sich eine Fernbedienung, die bis eben unbeachtet unter einem Papierstapel herumgelegen hatte. Er drückte ein paar Knöpfe, und von der Bürodecke senkte sich ein Telev-Schirm herab. Ein weiterer Knopfdruck, und der LCD-Bildschirm erwachte zum Leben. Einige der LCD waren bereits defekt und starrten auf die sechs Leute hinunter, während selbige hinaufstarrten. Nur mit dem Unterschied, dass sie gebannt auf das achteten, was ›Citi23‹ zu berichten hatte. Es war weniger Bild und Ton, mehr die Laufschrift unten im Bild, die eine einzige Meldung wiederholte.

»Bürgermeister Milos Horwarth wies die Miliz an, in der Kaserne zu bleiben! Der Kasernenkommandant bittet den letzten abwesenden Offizier, Captain Orten, sich schnellstmöglichst bei seiner Einheit zu melden.«

»Das läuft bereits den ganzen Tag über den Bildschirm. Heute Mittag meldete sich der Kasernenkommandant persönlich in einer Ansprache. Er sprach davon, dass alle Soldaten in der Kaserne bleiben werden und nicht gegen die Demonstranten vorgehen. Sie wollen so der aufgebrachten Bevölkerung keinen Grund zu weiteren Gewalttaten liefern. Die Polizei hat die Stadt inzwischen abgeriegelt. Es kommt niemand mehr rein oder raus.«

Die beiden Captains blickten sich an. Anscheinend wusste der Kommandant, dass mehr als nur ein Captain fehlte, und wollte so Hostovsky eine Chance geben, etwas zu organisieren. Von den drei Lieutnants war gar nicht die Rede. Damit waren vier Führungspersönlichkeiten außen vor und konnten schalten und walten, wie sie es für richtig hielten. Ihnen fehlten jetzt nur noch Leute.

»Wie schon gesagt, wir benötigen deine Hilfe.« Jiri Orten übernahm wieder das Reden. »Und dass ich gesucht werde, ist noch viel unangenehmer. Wir benötigen einen Raum, um Pläne zu schmieden, einen Platz zum Übernachten, Lebensmittel und vor allem Leute.«

»Das klingt, als ob ihr in den Krieg ziehen wollt.« Ota Pavel grinste. Er war überzeugt, einen guten Witz gemacht zu haben. Doch niemand lachte. Im Gegenteil, so wie ihn die fünf Männer ansahen, merkte er sehr schnell, dass es ernst gemeint war.

»So sieht es aus.« Captain Hostovsky übernahm die Gesprächsführung. »Die Kaserne wurde von Piraten von außerhalb des Systems angegriffen und im Handstreich übernommen. Die Halle mit den Mechs ist hinüber, unsere Kameraden werden in der Turnhalle gefangen gehalten.« Er deutete mit der Hand auf die verbliebenen Männer. »Das ist der Rest meiner Truppe. Nur mit denen kann ich keine Kaserne erobern. Die Funkstation ist ebenfalls gefallen, wie mir Orten erzählte. Wir müssen die Kaserne zurückerobern, die Funkstation besetzen und das ankommende Raumschiff warnen.«

* * *

Pavel war platt. Wenn er auch alles erwartet hatte, das nicht. So auf Anhieb konnte er nicht sagen, ob er helfen könnte. Aber er wollte es versuchen. Im Grunde seines Herzens war er Soldat geblieben, trotz seines Ausscheidens nach seinem Abschuss als MechPilot. Das war damals auf Betholonog gewesen. Albert Mariks Tochter Marion war ihrem Vater auf den Platz des Generalhauptmanns gefolgt.

Während des so genannten Vereinigungskrieges, den der junge Sternenbund gegen die Peripheriewelten geführt hatte, hatte Ota Pavel in Fletchers siebter Befreiungsarmee gekämpft. Die Siebten waren mit Salurs Freischärlern und den Milnertons Husaren über Betholonog abgeworfen worden. Leider hatte die Aufklärung versagt, und die drei Einheiten der Oriente-Grafschaft waren in eine Falle gelaufen.

Noch heute dröhnte ihm im Traum das schwere Geschützfeuer in den Ohren, das ihm entgegengehallt war, als er hilflos im Kokon mit seinem Mech dem Planeten entgegenstürzte. Pavels Ekstase eines Albtraums begann mit dem Abwurf aus dem Raumschiff im Orbit über Betholonog. Der geplante Abwurf war längst einem Taumeln und Fallen gewichen. Er raste durch eine Stille, die ihn seine Einsamkeit im All nur allzu deutlich werden ließ. Der heiße, plasmahelle Flammenstrahl des Bremstriebwerkes am Kokon war längst verstummt. Er stellte sich vor, wie die Sterne zu tanzen begannen, sich die Monde und Planeten drehten, als ob das gesamte Universum mit einem Schlag betrunken oder verrückt geworden wäre.

Er wusste nicht, was schief gelaufen war. Alles war präzise berechnet und ausgetüftelt gewesen. Plötzlich konnte er das Taumeln des Kokons, der ihn hielt wie ein Ei den Embryo, nicht mehr kontrollieren. Und dann fiel er. Immer tiefer und schneller werdend. Dabei spürte er, wie ihn ab und zu heftigste Treffer herumwirbelten, Stücke aus dem

Kokon schlugen und die Reibungshitze bis auf den Mech durchkommen ließ. Die Pressluftdüsen, die ihn ein wenig manövrierfähiger halten sollten, waren ausgefallen.

Er riss und zerrte an Hebeln und Knöpfen, während er in der Pilotenliege des Mechs hilflos gefangen lag und kaum mehr unternehmen konnte, als eben die Hebel durchzudrücken. Er empfand nur noch Panik. Das ganze zähe Training der letzten Monate bedeutete jetzt nichts mehr, da er sterben würde. Er konnte das Fallen nicht stoppen. Die falsche Umlaufbahn und der falsche Abwurfwinkel hatten ihn gleich zu Anfang ereilt, als sich ein so genannter Fernsehsatellit als waffenstarrendes Verteidigungswerk entpuppt hatte.

All die Genialität der Strategen aus dem Stab von Generalhauptmann Marion Marik, die ihn und seine Kameraden nach Betholonog auf den Weg gebracht hatten, war jetzt sinnlos. Er weinte, weil er einen hilflosen Tod sterben würde. Einen Tod, verursacht durch einen Raumjäger, abgeschossen wie eine Tontaube. Er schämte sich seiner Tränen nicht, die ein Ausdruck seiner hilflosen Wut und nicht seiner Angst waren.

Als er weiter der Planetenoberfläche entgegentaumelte, begann sein Gehirn wieder zu arbeiten. Er spürte keine Stöße von Raketen mehr. Möglicherweise war den Jägern der Sprit ausgegangen oder die planetare Abwehr hatte ihn aus den Erfassungsgeräten verloren. Die äußere Hülle des Kokons musste mittlerweile mit tausendzweihundert und mehr Grad Celsius kämpfen. Sie verglühte Stück für Stück, zog einen feurigen Schweif hinter sich her und wirkte wie ein fallender Meteorit. Er fühlte, wie die Innentemperatur trotz Kühlweste stieg. Aber immerhin war dies das einzig Planmäßige. Die Klimaanlage arbeitete unter Volllast.

Der torkelnde Fall endete, als sich der Kokon öffnete, abgesprengt durch eigene Kraft, und die ersten Fallschirme sich öffneten. Von all dem sah er erst etwas, als die

Außentemperatur sank und er gefahrlos die Instrumente der Außenbeobachtung einschalten konnte. Er hatte keine Ahnung, wo er jetzt landen würde. Das eingebaute Radar und die anderen automatischen Suchgeräte sowie die geografische Datenbank mussten ihm nun helfen. Das Glück war ihm jedoch nicht hold.

Es war Nacht, als sein Mech auf einem Felshang aufschlug. Ota Pavel wusste nicht einmal, wo. Er rollte über einen Abhang, krachte mit mehreren Tonnen Gestein, das er als Lawine mitriss, ins Tal. Lediglich die Polsterung der Pilotenliege rettete ihm das Leben. Die Sicherheitsgurte hielten ihn, drückten sich jedoch unbarmherzig in seinen Oberkörper, trieben ihn in wahnsinnig machende Schmerzen. Die Beine und Arme wurden taub, als er in die dankbare Dunkelheit einer Ohnmacht fiel.

Pavel hatte keine klare Erinnerung an die Zeit nach dem Sturz. Irgendwann war er wieder zu sich gekommen. Sein BattleMech, ein *Kintaro,* lag auf dem Rücken. Er benötigte eine geraume Zeit, bis er wieder sicher auf den Beinen stand. Sein Gefechtsfeldanzeiger verweigerte den Dienst, indem er einfach nichts anzeigte. Entweder war das Teil ausgefallen, oder er befand sich wirklich jenseits jedweder menschlichen Behausung. Er war so dankbar, heil gelandet zu sein. Sogar entgegen aller Befürchtungen zeigte der *Kintaro* keine größeren Schäden auf den Überwachungsmonitoren in der Kanzel. Pavel ging sogar so weit, den Mech abzuschalten und die Kanzel zu öffnen. Die kalte klare Luft traf ihn wie ein Hammerschlag, als im Gegenzug die überhitzte Luft der Kanzel den Weg ins Freie suchte.

Sein *Kintaro* musste irgendwo in den Ausläufer der Betholonog-Anden heruntergekommen sein – weit hinter den eigentlichen Linien und ohne Aussicht auf eine schnelle Truppenzusammenführung.

Zwei Tage später befand er sich immer noch auf dem Weg aus dem Gebirge. Außer der frischen Luft und dem

Abschuss eines Rehs mit seinem Laser gab es nichts Besonderes zu erwähnen. Ota folgte dem Rinnsal eines Gebirgsbachs, bis er schließlich in einem kleinen Fluss mündete. Hier konnte er halbwegs auf die Datenbank seines Kartentanks zurückgreifen. Pavel wechselte die Richtung. Süden. Dort sollte irgendwo das Plateau der Verzweiflung liegen, das letzte Aufmarschgebiet gegen die planetaren Verteidiger.

Die erhoffte Unterstützung fand er nicht. Das Plateau schon. Aber er war alleine. Seine Sensoren hinterließen keine Eindrücke auf den Monitoren. Er folgte Plan B. Rückführung zum Sammelpunkt Silikon Valley. Nach zwei Tagen brach das Inferno über ihn herein. Es rächte sich, dass er keine Möglichkeit hatte, sich auf seine taktischen Anzeigen zu verlassen. Von einigen Kilometern Reichweite waren die Anzeigen auf wenige Meter reduziert. Übergangslos stand er im Feuer einer Gruppe *Burke*-Panzer. Die feindliche Panzereinheit hatte ihn entdeckt; Panzer, von denen jedes einzelne Fahrzeug über zwanzig Tonnen Gewicht und damit mehr Panzerung als er verfügte. Die Einheit lauerte ihm in einem hügeligen Hinterhalt auf.

Seine Nahortung zeigte ihm insgesamt vier Gegner, die aus dem Schutz von Hügeln und einem kleinen Wäldchen heraus auf ihn feuerten. Die Raketensalven, mit denen sie ihn empfingen, rasten auf ihn zu, lange Schweife aus verbranntem Treibstoff hinter sich herziehend. Die Zehner LRM-Lafetten eines jeden *Burke* kannte nur ein Ziel: ihn.

Mehr als die Hälfte der Raketen streute an ihm vorbei. Raketengeschosse prallten gegen den *Kintaro,* rissen ihm große Teile der Panzerung herunter, demolierten seinen linken Arm. Was ihn nicht traf, das ging rund um ihn herum nieder und riss Krater in den hügeligen Waldboden.

Sobald er erst einmal ein Ziel ausgemacht hatte, warf er seine ganze Bewaffnung in den Kampf. Seine Hoover Tec-6 SRM-Lafetten schossen sich auf den ersten *Burke* ein, trafen auf den Turm mit der Zwillings-PPK, der sich selbstständig machte und davonflog, rissen Ketten von den Rädern und trieben einen plötzlich auftauchenden Pulk Infanteristen auseinander.

Das Gegenfeuer ließ nicht lange auf sich warten. Sperrfeuer von rechts aus den Hügeln zeigte, dass er auf einen Aufmarschplatz des Feindes gestoßen war. Aus den ›nur‹ vier schweren Panzern und seinem Mech entwickelt sich der Krieg, einer gegen alle. Von links erhoben sich aus einer Senke zwei BattleMechs, die er auf den ersten Blick nicht erkennen konnte.

Er nahm einen zweiten *Burke* unter Beschuss, während er hastig seine Position änderte. Mit der Höchstgeschwindigkeit von knapp 100 Stundenkilometern verringerte er die Distanz zu dem schweren Panzer, der seine 75 Tonnen Gewicht nicht schnell genug außer Reichweite bringen konnte. Schnell hatte Ota Pavel die kritische Schussdistanz der Zwillings-PPK unterschritten. Auch die Langstreckenraketen bildeten auf die kurze Entfernung keine Gefahr mehr. Seine im Torso des *Kintaro* untergebrachte SRH-6-Lafette donnerten in die Breitseite des Burke. Sie zerfetzen die Kette, sodass er sich hilflos im Kreis zu bewegen begann und nichts Besseres als ein stehendes Ziel wurde. Panzerung wurde von der Seite gerissen und als sich der Panzer drehte, zeigte er ihm für einen kurzen Moment die weniger geschützte Heckpartie. Eine zweite Salve seiner SRM löste sich aus dem Torso. Zwei der Raketen rasten vorbei, explodierten weit hinter dem *Burke* in einem Hügel. Die restlichen vier rissen Panzerung ab und brachten den schweren Panzer zur Explosion, indem sie den Tank aufrissen, der sofort in Brand geriet. Die Panzerluke öffnete sich und die Besatzung konnte gerade noch aus dem Panzer entkommen, bevor sich der Brand auf die Munition ausweitete und ein strahlendes Feuerwerk in den Himmel entließ. Pavels Aufmerksamkeit wurde abrupt abgelenkt, als mehrere Granatwerfer aus dem nahen Wäldchen das Feuer auf den Kopf des Mechs eröffneten.

Jetzt geht's mir ans Leder, dachte Pavel. »Ich muss dringend weg hier.« Seine Ortung zeigte ihm mehrere kleine Granatwerferstellungen. Er visierte die beiden nächstgelegenen Stellungen an und löste seine im rechten Arm untergebrachten mittelschweren Laser aus. Die getakteten Laserimpulse fraßen sich als rot glühende Strahlen durch das dichte Blattwerk von Bäumen und Sträuchern. Einige der größeren Äste flogen unter dem gewaltigen Aufprall glutheißen Lichts auseinander und schlugen auf dem Waldboden ein.

Eine der Granatwerferstellungen platzte auseinander wie überreife Tamarindenfrüchte. Der zweite Laser verpuffte wirkungslos im Blätterdach. Er musste sich wohl beim Landungssturz eine nicht unerhebliche Beeinträchtigung zugezogen haben. Die anderen Fahrzeuge setzten mit Feuereifer den Beschuss des *Kintaro* fort. Ein Hagel von MG-Feuer prasselte nun zusätzlich auf ihn nieder. Gleichzeitig stellten die beiden verbliebenen *Burke* das Feuer ein, um nicht die eigenen Stellungen durch Fehlschüsse zu gefährden. Dafür näherten sich die beiden feindlichen Mechs.

Endlich konnte er erkennen, welche Maschinen seine Gegner auffuhren, um ihm endgültig den Garaus zu machen. Die beiden 35 Tonnen schweren *Night Hawks* hatten mit ihren fast 80 Stundenkilometern den *Kintaro* eingeholt. Die beiden, nur mit Lasern ausgestatteten Kampfmaschinen würden in einem langen Kampf zwar mächtig aufheizen, aber sein beschädigter *Kintaro* war kein Gegner mehr.

Die Hälfte seiner Munition hatte er verbraucht, und in einem schieren Verzweiflungsakt löste er die SRM erneut aus. Salve um Salve verließ den Mech. Die beiden anderen Raketenwerfer im linken Arm waren nutzlos, da der Arm nur noch von ein paar Drähten, Kabeln und Myomer-Verbindungen gehalten wurde. Mit dem mittelschweren Magna Medium Laser schoss er auf den rechten der beiden

Night Hawks. Einen zweiten Schuss konnte er nicht mehr anbringen, denn das Cockpit löste sich plötzlich vom Torso seines *Kintaro*. Die Einschläge der Laser, die ihn unter Feuer hielten, konnte er nicht zählen. Dafür stieg die Temperatur in seinem Cockpit an, was weder die Wärmetauscher noch seine Kühlweste wettmachen konnten. Die weiteren Treffer und die Hitze der Laser spürte er plötzlich gar nicht mehr, so schnell ging das.

Das Cockpit krachte auf den Boden, die Schutzvorrichtungen des Cockpits griffen ein. Gurte wurden stramm gezogen, schnitten durch die Kühlweste fest ins Fleisch, die Erschütterung vom Aufschlag auf den Boden raubte dem Piloten das Bewusstsein. So bekam er nicht mehr mit, wie er den Hügel hinunterrollte und vor einem der verbliebenen *Burke*-Panzer zu liegen kam. Dessen Doppelrohr schlug auf den Kopf des *Kintaro* ein, zerschlug die Scheiben und zertrümmerte die Restpanzerung.

Als Ota damals wieder aufgewacht war, hatte er in einem Militärkrankenhaus gelegen, eine neue bionische Hand und ein ebensolches Bein und ein wenig Restleben besessen. Die künstlichen Stimmbänder waren erst später gekommen, nachdem er zwei Wochen stimmlos im Bett gelegen hatte. Nach drei Monaten war er so weit genesen, dass man ihn als geheilt entlassen konnte. Zumindest körperlich geheilt.

Ota Pavel wurde aus seinen Erinnerungen gerissen.

»Wie sieht es aus, Ota? Wirst du uns helfen?« Jiri fragte ihn anscheinend nicht zum ersten Mal. Er zupfte ihn am Ärmel. Ota schüttelte die letzten unangenehmen Gedanken ab.

»Ich will sehen, was sich machen lässt. Hat euch jemand gesehen, wie ihr angekommen seid?«

Jiri verneinte, konnte es aber auch nicht vollkommen ausschließen.

»Dann folgt mir.« Er schaltete den Telev ab und erhob sich. Quer durch die schmuddelige Halle ging es zur hinteren Wand. Dort fand sich, kaum von der restlichen Halle zu unterscheiden, eine Stahltür, die in einen weiteren Raum führte. Eine Lagerhalle, wie sich herausstellte. Nicht sonderlich groß, aber zumindest im hinteren Teil gab es eine größere leere Fläche.

»Ich habe hier vor kurzem noch Teile gelagert, die jetzt aber verkauft sind. Ihr könnt hier bleiben. Es gibt Licht, ein Lüftungssystem, aber keine Fenster. Dort hinten befinden sich ein paar alte Feldbetten, die ich nie los wurde. Die könnt ihr hier aufbauen.« Er zeigte mit den Händen hierhin und dorthin, erklärte nebenbei, was sonst noch in seinem Lager herumstand und auch den Weg zur Toilette. »Einen alten Telev kann ich euch auch noch hineinstellen. Und einen Rechner mit Zugang zum planetaren Netzwerk.«

Esah Ts'gna war praktisch veranlagt. Er ging zum Regal und holte das erste Feldbett herunter. Cumrow und Lippinsky halfen ihm, und wenig später standen die Feldbetten locker verteilt an den Wänden, zumindest dort, wo der entsprechende Platz war. Die Mitte hielten sie frei. Vielleicht ließ sich noch ein Tisch und ein paar Stühle auftreiben.

Ota meldete sich noch einmal zu Wort. »Und wenn ihr fertig seid, dann würde ich gerne die ganze Geschichte noch einmal hören. Die ganze Geschichte, verstanden?«

Jiri seufzte. Das würde eine lange Unterhaltung werden. Vielleicht gab es wenigstens einen Kaffee und Plätzchen dazu.

13. Briefmarkensammler im All

»Ich kann Mechs am Geruch unterscheiden. Ich kenne jeden Orden, jede Uniform, jede Schulterlitze, die je ein Marik-Soldat im Kampf getragen hat. Ich weiß mehr über die Geschichte mancher Einheit als viele ihrer Mitglieder. Und was hat es mir genützt? Nichts.«

— Frantisek Gellner in seinem Tagebuch,
29. September 2604

Tamarind, Tamarind-City

5. April 2605

»Verdammt, verdammt, verdammt!« Ota Pavel zog ein letztes Mal wütend an seiner Zigarette. »Der Teufel soll sie alle holen. Fahrt zur Hölle.« Pavel regte sich auf. Seit Stunden konnte er nicht mehr schlafen. Seit vier Uhr morgens saß er am Schreibtisch und versuchte nachzudenken.

Sein rechtes Augenlid zuckte wieder, ein letztes Überbleibsel seines letzten Einsatzes als MechPilot. Ein Metallsplitter saß zu nah am Sehnerv des Augapfels, als dass man ihn hätte gefahrlos herausoperieren können. Vor Ärger wurde er ganz rot im Gesicht, nur die Narbe, die ihm die rechte Gesichtshälfte verunstaltete und im Bart verschwand, blieb weiß, im krassen Gegensatz zum restlichen Gesicht.

»Ich war MechPilot, ich war ein guter MechPilot, ich war ...« Er klopfte mit der Hand auf die Platte des mit Papieren übersäten Schreibtisches. Der Aschenbecher tanzte kurz auf und ab, bis Pavel die Zigarette in ihm ausdrückte. »Und nun? Ich bin nur noch jemand, der repariert; kein

Pilot, sondern nur noch ein Techniker, aber kein Taktiker. Wie soll ich nur die Anforderungen des Captains erfüllen. Kommt hier rein und gibt Befehle. Was glaubt dieser Hostovsky denn, wer und wo er ist?«

Der zu Selbstgesprächen neigende Ex-Pilot war nicht nur aufgebracht, er war wütend. Nach außen ganz ruhig, verfluchte er innerlich auch seinen Freund Jiri Orten.

Mittlerweile war es sechs Uhr in der Früh. In der Kaffeemaschine kochte das dunkle Gebräu, das ihn munter machen sollte. Er beschloss, erst einmal einkaufen zu gehen. Der Supermarkt war nicht weit weg, und fünf zusätzliche Kerle zu füttern würde ins Geld gehen.

Der Hof lag weiterhin im Dunkeln, als Ota die Tür öffnete. Für einen kurzen Moment warf seine Werkstatt ein helles Rechteck mit dunkler Silhouette in den Hof. Nur wenige Fenster der umgebenden Häuser waren erleuchtet. Er packte seine Tasche fester, zog sich die Kappe tiefer ins Gesicht und stellte den Kragen des Mantels höher. Der heftige Regen der Nacht war in einen regelmäßigen Landregen übergegangen. Es war unangenehm, wenn er hinten im Kragen den Rücken hinunterlief. Also fluchte Pavel auch noch über den Regen. Irgendwie hatte er das Gefühl, seit gestern Abend hätte sich alles gegen ihn verschworen.

Egon Hostovsky saß auf seinem Feldbett, mit dem Rücken gegen die Wand gelehnt. Übermüdet und hungrig zog er die abgenutzte Decke eng um den hageren Körper. Die trockene Kälte in diesem Raum kroch in ihn hinein. Das Schnarchen seiner Männer links neben ihm riss ihn kurz aus seinen Gedanken.

Das Lager war dunkel. Die anderen vier schliefen. Lippinsky und Ts'gna schnarchten um die Wette, was ein gründliches Nachdenken über die momentane Situation auch nicht vereinfachte. Egon Hostovskys Gesichtszüge leuchteten im fahlen, blauen Licht des Telev. Seit einer Stunde war er wach und entwarf einen Plan nach dem anderen, nur um sie alle genau so schnell wieder zu verwerfen. Seine rechte Hand machte ihm zusätzliche Probleme, weil sich seine Muskelspasmen wieder bemerkbar machten. Aus diesem Grund hatte er damals als Bombenspezialist die NIA verlassen und sich mit dem Dienstgrad eines Majors in der Armee umorientiert.

Und jetzt saß er hier, wie ein Flüchtling im eigenen Land, und schmiedete Umsturzpläne. Er ließ sich seine Möglichkeiten immer wieder durch den Kopf gehen. Und die waren eher gering. Fünf gegen Tamarind. War ja ganz einfach. Rechnete man den Techniker und ehemaligen MechPiloten mit, wären sie sogar zu sechst. Drei Mann erobern die Funkstation, und drei Mann erobern die Kaserne zurück. Mist!

Eins war klar. Er benötigte tatkräftige Hilfe. Und die musste von außerhalb der Stadt kommen. Die Stadt selbst war mittlerweile abgesperrt. Nach den Nachrichtensendungen in dem klapprigen Telev, der mit kaum wahrnehmbarem Ton im Hintergrund lief, gab es für den restlichen Planeten keinerlei Grund, an der Aussage des Bürgermeisters zu zweifeln. Alle Ausschreitungen bezogen sich allein auf die Hauptstadt Tamarind-City. Der restliche Planet lag ruhig und ohne Aufregung im frühen Morgen.

Warum sollten dann andere Polizeistationen oder Milizkasernen der Meinung sein, hier würde etwas außer Kontrolle geraten? Captain Hostovsky konnte nicht mehr ruhig sitzen. Er stand auf, schnürte seine Stiefel und verließ den Raum. Das fahlblaue Licht des Televs begleitete ihn, als er zur Tür ging. Nur im Büro von Ota Pavel brannte Licht. Hier war es wärmer als in dem abgelegenen Lagerraum. Die Werkstatt wirkte in dem wenigen Licht geisterhaft verlassen. Das Werkzeug und das Material, das einem Schrottplatz entstammen könnte, warf in dem fahlen Licht groteske Schatten an die Wand.

Er ging langsam auf das Büro des Werkstattbesitzers zu, gerade als sich die Tür zur Werkstatt öffnete. Ein voll bepackter Pavel trat ein. Hostovsky eilte ihm entgegen und nahm ihm ein paar der Tüten ab. Gemeinsam trugen sie die Lebensmittel in das Büro. Wenig später war der Schreibtisch zweckentfremdet. Einweggeschirr stapelte sich neben Lebensmitteln, und in zwei alten Porzellantassen dampfte der Kaffee. Die beiden ungleichen Männer hatten sich nichts zu sagen. Ein wenig Smalltalk, ein paar gelegentlich in den Raum geworfene Sätze und langsames Nippen am heißen Kaffee war ihre ganze Unterhaltung.

Nach einer weiteren halben Stunde saßen alle Männer irgendwie um den Schreibtisch, standen an die Wand gelehnt oder lümmelten auf dem Sofa. Das Frühstück zog sich nicht besonders in die Länge. Wichtig war jetzt eine generalstabsmäßige Planung.

Hostovsky schaute den sechzigjährigen Pavel an. Offenbar steckte in dem Mann mehr, als man ihm ansah. In der letzten halben Stunde hatte er mit Einfällen mehr geleistet als einer der anwesenden Lieutnants. Vor allem Esah Ts'gna hatte sich mit seiner Vorsicht und Zaghaftigkeit als großer Zauderer und Hemmschuh erwiesen. Captain Hostovsky konnte sich nicht erklären, wie der Mann überhaupt in den Offiziersrang gelangt war.

»Ota Pavel«, wandte sich Hostovsky dem alten Mann zu. »Sie sind ein loyaler Anhänger des Hauses Marik und leisten unserer Sache treue Dienste. Mit Ihnen und Männern wie Ihnen würde ich Welten erobern. Ich habe vollstes Vertrauen in Ihre Fähigkeiten und bin dankbar, dass ich mich auf Sie und Ihre Unterstützung verlassen kann.« Hostovsky machte eine kurze Pause. »Aber ich benötige nicht nur Ihre guten Ideen, die leider nicht umzusetzen sind, weil wir zu wenig Leute haben. Was wir nun benötigen, sind Leute. Menschen. Warme Körper.«

»Aber damit kann ich Ihnen nicht dienen.« Ota Pavel, eben noch stolz wegen des Lobs von einem Mann, den er nicht leiden konnte, wirkte zerknirscht.

»Alle Ideen sind leider Makulatur, weil wir keine Leute haben«, sagte Hostovsky. »Wenn wir wenigstens ein paar Panzer oder gar einen Mech hätten ...«, Hostovsky träumte mit offenen Augen, »... dann könnten wir zumindest einen kurzen Angriff auf die Funkstation führen und eine Nachricht an das Sprungschiff absetzen. Die Kaserne wird nur dann wichtig, wenn wir in der Lage wären, unsere Kameraden zu befreien.«

Bei der Erwähnung des Mechs zuckte Ota kurz zusammen. Er hatte doch vor kurzem erst mit Frantisek Gellner und Vojtech Rakous über einen BattleMech gesprochen. Die ›Freunde der Mechs‹, zu denen er sich auch zählte, meinten, sie hätten so viele Teile ausfindig gemacht, dass man in der Lage sein würde, einen funktionsfähigen *Clint* zusammenzubauen.

Pavel schob sich an seinen Schreibtisch, fuhr den Rechner hoch und loggte sich im planetaren Netzwerk ein. Während der Zeit sagte er kein Wort, und die anderen sahen ihn nur erstaunt an. Ota Pavel rief die Internetseite der ›Freunde der Mechs‹ auf.

Auf der Startseite, die das Symbol des Hauses Marik vor der Weltkugel Tamarinds zierte, klickte er sich zu den Kontakten durch. Wenig später hatte er einen Text eingegeben und hoffte auf einen schnellen Kontakt mit anderen ›Freunden der Mechs‹.

»Was war das jetzt?«, fragte Jiri Orten und kratzte sich die Nase. »Ich verstehe nicht, was du jetzt gemacht hast? Das bringt uns doch nicht weiter.«

»Das kann sein«, sagte Ota. »Vielleicht aber doch. Ich habe eine E-Mail an die ›Freunde der Mechs‹ geschrieben und hoffe auf eine schnelle Antwort.«

»Wir haben keine Zeit für Dinge, die uns nicht weiterbringen«, fiel ihnen Hostovsky ins Wort. »Heute ist der fünfte April. Vorgestern erschien das Raumschiff mit Thomas Marik an Bord am Sprungpunkt. Es benötigt fünf Tage für den Flug bis Tamarind. Dann schwenken sie in die

Umlaufbahn ein und landen. Bis dahin muss es uns gelungen sein, eine Verbindung zu dem Schiff aufzubauen. Es bleiben uns ab jetzt nur noch drei Tage Zeit!«

»Ich weiß«, antwortete ihm Pavel, »aber trotzdem müssen wir warten.« Und dann erzählte er von dem Mech.

* * *

Karel Polacek nahm vor seinem Rechner Platz. Auf dem noch dunklen Bildschirm spiegelte sich sein Gesicht. Die spitze Nase war im wahrsten Sinn des Wortes sein hervorstechendstes Merkmal. Das dunkle Haar, ein Braun, das fast schwarz wirkte, war nur noch dünn vorhanden. Große Geheimratsecken näherten sich von den Seiten einander an.

Als er seinen Rechner anstellte, hätte ihn so mancher um das Gerät beneidet. Nicht, weil der Kasten besonders ausgefeilt war. Die Technik konnte man durchaus als veraltet bezeichnen, war doch jedes Teil älter als drei Jahre. Es ging vielmehr um seinen Desktop. Er war aufgeräumt. Nichts war überflüssig. Und als er seinen R7-2-Explorer aufrief, zeigte es jedem, der einen Blick darauf warf, einen wohlstrukturierten Pfad.

Karel war ein Organisator. Was er anfasste, hatte Hand und Fuß, und die Durchführung seiner gut durchdachten Handlungen ließ keine Fehler zu. Bei den ›Freunden der Mechs‹ war er der Mann im Hintergrund, der die Fäden zog und die Clubkasse führte. Eine Tätigkeit, die von den anderen seiner Meinung nach viel zu wenig gewürdigt wurde.

Mit einem Tastendruck rief er sein Postfach auf und fand gleich zu Anfang jede Menge Spam. Ein großes Ärgernis, gewiss. Aber es war nicht möglich, alles wegzufiltern. Dann fand er die E-Mail von Ota Pavel. Karel war erstaunt über die Nachricht, dann überrascht und schließlich bestürzt.

Das war etwas, was er in seinem neunzehnjährigen Leben bisher nicht erlebt hatte. Er wusste nicht, was er davon halten sollte. Vielleicht war das nur jemand, der ihn mit Pavels Mail-Adresse hinters Licht führen wollte? Er kontrollierte die E-Mail, las sich den Header aus, fand aber keine Hinweise auf irgendeine Fälschung.

Karel Polacek griff zum Telefon. Er wollte Arpan anrufen. Der siebzehnjährige Kodicek war zwar zwei Jahre jünger als er, galt aber als Kopf der ›Freunde der Mechs‹, schließlich hatte man sich damals auf sein Betreiben hin zusammengefunden. Zuerst hatte Karel jedoch Arpans Großvater am Telefon. Der sagte zu, Arpan ans Telefon zu holen. Der gebrechliche alte Mann war nicht der schnellste und Arpan, der mit zwölf Jahren einen Unfall mit einem TraktorMech hatte, konnte sich auch nur langsam und unter Schmerzen bewegen. Vor allem, wenn es einen Wetterumschwung gab.

Dann hörte er die vertraute Stimme am Ohr. »Hallo Karel, mein Großvater sagte, du willst mich dringend sprechen?«

»Ja. Hast du deine E-Mails gelesen? Pavel schrieb mir etwas, was mich ziemlich aufgewühlt hat.«

Arpan antwortete sofort. Er bemerkte an Karels Stimme, dass hier etwas nicht stimmte. »Nein, worum geht es denn?«

»Das lässt sich ziemlich schnell zusammenfassen«, meinte Karel. »Was du jetzt zu hören bekommst, ist jedoch ziemlich unglaubwürdig. Laut Pavel, bei dem jetzt fünf Offiziere der Miliz von Tamarindia sitzen, wurde die Kaserne überfallen und komplett ausgeschaltet. Alle Milizionäre wurden entweder festgesetzt oder getötet. Nur diese fünf Männer sind noch auf freiem Fuß. Zudem wurde die Funkstation durch die Angreifer übernommen. Niemand kann mehr Nachrichten von Tamarind in den Weltraum senden, wenn die neue Besatzung der Funkstation es nicht will. Angeblich hat die Bevölkerung davon noch gar nichts gemerkt.

Das Unwahrscheinlichste aber ist, dass Thomas Marik, der Enkel von Brion Marik, in Begleitung einer Inspektorin auf Tamarind erwartet wird. Er will im Geheimen seine Urgroßeltern besuchen. Diese Piraten erwarten das Raumschiff, um Thomas Marik zu entführen.«

Am anderen Ende der Leitung war es still. Arpan musste die Informationen erst einmal verdauen.

»Heh! Arpan! Bist du noch da?« Karel strich sich müde über das Haar. Seine Ausbildung als Speditionskaufmann für planetaren und interplanetaren Handel war anstrengend. Gerade gestern hatte er eine Prüfung abgelegt. Thema waren die planetaren Handelsverträge zwischen den Planeten Kosciusko, Saltitto, Millungena und Tamarind der Grafschaft Tamarind.

»Ja, ja, ich bin noch da. Was du mir gerade erzählt hast, ist ja unglaublich. Aber was hat das alles mit uns zu tun?«

Auf Arpan wartete die nächste Überraschung. »Pavel schreibt, dass die Offiziere unseren Mech wollen.« Karel Polacek ließ die Worte genüsslich im Mund zergehen. »Unseren Mech, Arpan, stell dir das mal vor.«

Am anderen Ende wurde es schon wieder still. Arpan hatte mit der neuen Überraschung natürlich nicht gerechnet. »Der Mech ist aber doch noch in Einzelteile zerlegt, und es ist zudem nicht ganz klar, wie wir die Teile zusammenbekommen sollen – und vor allem, wohin. Die Maschine muss doch erst noch zusammengebaut werden. Wo sollen wir das machen? Wir haben doch gar keine Werkstatt.«

»Das kann ich dir auch nicht sagen. Vor allem, weil ja nicht alle Teile da sind. Uns fehlt noch ein rechter Arm, und dann ist noch keine Munition für die Raketenwerfer da. Der Reaktor für den Antrieb muss auch komplett überholt werden.« Karel Polacek fing im Geiste bereits an, die Organisation zu übernehmen.

Im Telefon klopfte es. Arpan meldete sich wieder zu Wort. »Warte mal, Karel, bei mir klopft es, es kommt ein zweites Gespräch herein.« Damit verstummte die Leitung für einen kurzen Moment. Währendessen klickte sich Karel auf seinem Rechner durch weitere E-Mails. Nichts war jedoch so spannend wie das gerade behandelte Thema. Auch von den anderen gab es noch keine Antwort auf Otas Nachricht. Vertieft in seine E-Mails, hätte er fast die Antwort von Arpan verpasst.

»Du, Karel, pass auf, Silva ist in der Leitung. Sie hat die E-Mail auch gerade gelesen. Sie und Alfred sitzen gerade zusammen mit Pjotr daran. Unser Code-Genie meint, Ota Pavel hätte eine Botschaft darunter gemixt, dass die Nachricht wahr ist.«

»Wir sollten uns dringend treffen, damit wir uns beraten können. Was wollen wir tun? Und überhaupt: Können wir helfen und wollen wir helfen?«

Die sechzehnjährige Silva, die in der Konferenzleitung mithörte, meldete sich zu Wort. »Wenn wir wirklich so wenig Zeit haben, dann sollten wir uns wirklich schnell treffen.«

»Ja«, meinte Alfred Weilguny, der am Lautsprecher von Silvas Telefon mithörte. »Wir sollten auch gleich die anderen mit einbeziehen. Kann jemand von euch die anderen anrufen? Ich würde vorschlagen, wir treffen uns im Clubraum.«

Der Vorschlag wurde von allen sofort angenommen. Unter ihnen brach plötzlich hektische Betriebsamkeit aus. Verabredungen wurden verschoben, neue Termine verabredet und anderes mehr. Die ›Freunde der Mechs‹ wurden aktiv. So etwas hatte es in der bisherigen Clubgeschichte noch nie gegeben.

* * *

Hostovsky und die anderen Offiziere saßen vor Pavels Rechner. Sie sahen sich die Startseite und die Unterseiten der Internetpräsentation an und waren, gelinde gesagt, erstaunt. So eine geballte Macht an Informationen über BattleMechs, Piloten, Einheiten, Abzeichen und anderem mehr konnte nur noch die Armee der Liga selbst liefern. Egon Hostovsky war erstaunt, Einheitenzeichen zu finden, von denen er noch nicht einmal gehört hatte. Und das trotz seiner langen Zeit bei der ›National Intelligence Agency‹.

»Die Jungs, die diese Seite betreiben, müssen ausgezeichnete Männer sein. Ihr Wissen erstaunt sogar mich altgedienten Offizier.«

Als Egon Hostovsky das sagte, musste Ota Pavel schmunzeln, sagte aber nichts. Stattdessen bat er die Männer um Unterstützung. Wenn tatsächlich etwas in die Wege geleitet werden sollte, dann musste es jetzt geschehen. Captain Egon Hostovsky blieb vor dem Rechner sitzen. Er wollte weitere Informationen einholen und gegebenenfalls Kontakte zu weiteren Männern und Frauen aufnehmen, die schon einmal in der Miliz gedient hatten. Was er benötigte, waren tatkräftige Hände, die ihn in allen Belangen unterstützten; Menschen, die auch von einem bewaffneten Überfall auf die eigene Kaserne nicht zurückschrecken würden.

Gleichzeitig nahm Pavel die vier Offiziere mit in die Werkstatt. Er betätigte einen Schalter, und die Neonbeleuchtung der Werkshalle ging an. Gestern Abend bei der spärlichen Beleuchtung hatte man nicht alles genau erkennen können. Jetzt, in voller Arbeitsbeleuchtung, zeigte sich, dass die Werkstatt mit allem ausgestattet war, was man benötigte, um Fahrzeuge zu reparieren. Sogar für Panzer bestünde die Möglichkeit, fachgerechte Reparaturen durchzuführen. Das war an sich schon erstaunlich, denn wer würde in der Stadt Panzer fahren lassen oder in einem Hinterhof reparieren wollen.

Die Überraschung stand den drei Lieutnants und dem Captain jedoch noch bevor.

Ota Pavel ließ an der Decke einen Haken auf einer Metallschiene entlanglaufen, bis er mit schaukelnden Ketten über der Karosserie zu halten kam. Er gab den drei Lieutnants Anweisungen, und die Karosserie kam wenige Minuten später auf dem Hof zu stehen. Als das Tor wieder geschlossen war, fuhr er einen stabilen Arbeitstisch mit Stahlplatte aus dem Boden heraus. Die drei Lieutnants, allen voran Lippinsky, begaben sich in die hintere Ecke der Werkstatt, zu der Plane, als Pavel sie dazu aufforderte.

Als die Plane weggezogen wurde, blieb den Männern die Spucke weg. Was sich dort unter der Plane fand, war der rechte Arm eines BattleMechs. Der Arm war bis auf wenige Teile bis zum Kugelgelenk vollständig vorhanden. An einigen Stellen fehlte die schwere Leopard V Ferro-Fibrit-Panzerung, und an der Hand fehlten einige Finger.

Die Männer montierten die Stahlketten am Arm, und Pavel hievte das mehrere Tonnen schwere Metall auf seine Arbeitsunterlage. Kaum lag er auf dem Tisch, als Captain Jiri Orten in Begleitung von Captain Egon Hostovsky zurückkam. Als er sah, was Pavel unter der Plane liegen hatte, war er ins Büro zurückgegangen. Hostovsky wollte zuerst nicht glauben, was er da zu sehen bekam.

»Mit dem Arm alleine, auf einem schweren Militärjeep montiert, könnten wir die Funkstation zurückerobern.« Hostovsky blickte fast andächtig auf die mit dem Arm verbundene Feuerkraft der beiden Magna Medium-Laser.

»Das ist nicht ganz richtig, Captain«, antwortete Ota Pavel und bekam einen fast dozierenden Tonfall, den man sonst nur von Universitätsprofessoren kannte. »Wir hätten keinen Platz für den Reaktor, der die Energie für die Lichtwerfer liefern könnte. Wenn, dann benötigten wir einen LKW.«

Obwohl Hostovsky in einer Kaserne stationiert war, die mit Mechs ausgestattet war, hatte er sich nie die Mühe gemacht, sich einen Mech aus der Nähe anzusehen, geschweige denn einen Reparaturhangar, wo zerlegte Mechs repariert wurden. Er studierte den MechArm daher aufs Genaueste. An der Hand fehlten drei der fünf Finger. Drähte, Kabel und Zugseile hingen nutzlos aus den Stümpfen des Handballens. Die beiden außen an der Hand angebrachten Laser schienen vollständig zu sein. Nichts deutete von außen darauf hin, dass an ihnen irgendwelche Reparaturen vorgenommen werden müssten.

Sein Blick wanderte den Arm hinauf. Das Gelenk des Ellbogens lag blank, die Panzerung fehlte ein Stück unterhalb und oberhalb des Gelenks. Die Oberarmmuskeln, wenn man sie so bezeichnen wollte, lagen unter dichter Ferro-Fibrit-Panzerung. Abgesehen von ein paar schweren Kratzern und einer Schussverletzung musste man sich daran nicht weiter aufhalten. Erst das Kugelgelenk der Schulter zeigte erhebliche Mängel. Das Kugellager selbst schien deformiert, die Panzerplatten fehlten und die Kabel im Inneren schienen verschmort.

»Das ist erst der Anfang. Leider ist der Arm, so wie er jetzt hier liegt, noch nicht zu benutzen. Es fehlt noch einiges, unter anderem die künstlichen Nervenstränge.« Pavel ging in eine andere Ecke der Werkstatt und nahm eine weitere Plane zur Seite. Captain Hostovsky, der ihn begleitete, blieb stehen. Irgendwie wurde ihm speiübel.

»Was ist den das?«, fragte er, wobei er Mühe hatte, seinen Mageninhalt unter Kontrolle zu halten. »Lebt es?«

»Sagen Sie nur, Sie hätten so etwas noch nie gesehen?« Pavel war nun seinerseits überrascht. Das Zeug, noch immer teilweise von der Plane bedeckt, erinnerte irgendwie an eine große Nacktschnecke. Das freigelegte Ende dieser undefinierbaren Masse wirkte hart und sah weiß bis leichenblass aus. Das freigelegte Stück ließ keinen Schluss zu, um was es sich hierbei handelte. Er riss den Rest der Plastikplane zur Seite. Dann zog er eine weitere Lampe heran. Erst als das Ding ganz im hellen Licht des Neonscheins lag, sah Hostovsky, wo Fasern und Stücke von dem Ding geschabt worden waren.

»Das ist Myomer«, sagte Pavel und war richtig stolz darauf. »Myomer ist sehr teuer. Es dient als Nervenstrang bei

Mechs oder in der menschlichen Chirurgie als Ersatz für kaputte Nervenleitern. In größerer Menge wird er für Muskeln eingesetzt.« Er überlegte einen Moment. »Die hier liegende Masse würde locker für drei Finger und einen Unterarmmuskel ausreichen. Also die Menge, die man brauchte, um den Arm wieder einsatzfähig zu machen. Richtig?«

Ota nickte.

Pavel machte in dem dozierenden Tonfall weiter. »Myomere haben die Eigenschaft, sich zusammenzuziehen, wenn Spannung angelegt wird. Das Zusammenziehen erfolgt rasend schnell. Wenn man jedoch die Spannung in ihrer Stärke ändert, kann auch der künstliche Muskel gezielt ge- oder entspannt werden. Dazu benötigt man aber auch eine ausreichende Elektrotechnik. Im industriellen Maßstab wird das über den Einsatz von Mikrochips erreicht.« Pavel beendete seine kurze Einweisung in militärischer MechKunde.

Natürlich wurden die Myomere auch für zivile Mechs wie Traktoren oder Baumfällmaschinen eingesetzt. Aber in diesem speziellen Fall war das Ziel ein einsatzfähiger BattleMech.

»Woher haben Sie das Zeug, das ist doch teuer?« Hostovsky lauerte auf die Antwort wie eine Katze auf die Maus. Ota Pavel grinste ihn unverschämt an.

»Erzählen Sie mir all ihre Geheimnisse?«, wollte er wissen. »Ich denke, wir belassen es bei einem ›mir war jemand einen Gefallen schuldig‹.« Damit wandte er sich von Captain Hostovsky ab. Er sah nicht mehr, wie dessen kantiges Gesicht ein wenig weicher wurde. So Leute wie Ota Pavel konnte er gebrauchen. Dabei fiel ihm wieder seine Idee ein, und er ging zurück ins Büro. Er musste einen Anruf tätigen, einen Gefallen einfordern. Er wandte sich noch einmal kurz um: »Ich darf Sie nicht weiter von ihrer immens wichtigen Arbeit abhalten.« Seine Stimme war wieder ruhig und befehlsgewohnt.

Pavel hingegen rief sich Captain Orten und Lieutnant Esah Ts'gna heran, sie sollten das Myomer zum Arbeitstisch bringen. Gleichzeitig ließ er die Lieutnants Lippinsky und Martin Cumrow in einem Haufen verknäulter Drähte, Farbkanister, Eisenteile, Zahnräder und Schaltanlagen wühlen. Sie sollten die fehlenden Finger suchen, die dort irgendwo zu finden sein sollten.

Lippinsky wickelte gerade ein Kabel auf und warf es dann auf einen anderen Haufen, der nur aus Kabeln und Drähten bestand. Langsam näherten sich Orten und Ts'gna mit dem Myomer. Wenig später kamen Lippinsky und Cumrow mit den Fingern. Sie hatten schwer zu tragen. Vor allem hatten sie erst nach Fingern gesucht, die der Größe eines ausgewachsenen Mannes glichen. Bei einem ausgewachsenen Mech war das ein Fehler.

Die nächsten Stunden verbrachten die Männer damit, Kabel zu ziehen, Muskeln zu bilden und in den Arm einzubauen, Panzerplatten zu schweißen und den Arm funktionstüchtig zu machen.

Als der Arm Stunden später vorläufig einsatzbereit war, mussten nur noch die Laser getestet werden. Die Luft in der Werkstatt stank inzwischen nach Schweiß, verbranntem Metall, Staub und Öl, ungewaschenen Körpern und den Resten von elektrisch erzeugten Lichtbögen zum Schweißen. Mangels eines leistungsstarken Reaktors verzichteten die Männer auf einen Test der beiden Magna Medium-Laser. Der Arm hatte allerdings noch ein paar Fehler. Zwar waren sie rein äußerlich, aber wichtig. An einigen Stellen konnte keine Panzerung angebracht werden, weil kein Material zur Verfügung stand. Natürlich hätte man einfache Stahlplatten aufbringen können. Genutzt hätten sie nichts. Ein Laserstrahl wäre hindurchgegangen wie ein heißes Messer durch Butter. Vorerst musste ausreichen, was vorhanden war.

14. Zug um Zug

»Wir nähern uns Tamarind. Zum Glück! Ich kriege die Reise auch langsam über. Die Kinder sind nett und artig, aber auch sie möchten wieder unter einen echten Himmel und auf eine echte Welt. Raumschiffe sind nicht der geeignete Ort für einen Kinderhort. Wir alle sehnen uns nach Tamarind. Dort scheint bis jetzt noch kein Mensch mitbekommen zu haben, wer hier an Bord ist. Die werden ganz schön überrascht sein, wenn ich lande ...«

— Katharina ›Cathy‹ Wlaschek, privates Logbuch an Bord der *Gustav Meyrink*, 5. April 2605

Tamarind, Tamarind-City

5. April 2605

»Hier ist wieder ›City23‹ mit dem Neuesten von Heute und dem Aktuellsten der Gegenwart. Bevor wir wieder Musik spielen, kommen Kurzmitteilungen aus Tamarind-City.

Wie erst jetzt bekannt wurde, starb der junge Assistent des Bürgermeisters von Tamarind-City, Caesar B. Allard, vor drei Tagen. Er wurde Opfer eines Gewaltverbrechens. Anscheinend wurde er überfallen und ausgeraubt. Wegen der Unruhen in Tamarind-City während der letzten Tage wurde das Verbrechen erst heute entdeckt.

Mit Allard verliert die Stadtverwaltung einen engagierten Mitarbeiter, der in den letzten Jahren eine Karriere begann, die nur noch als kometengleich bezeichnet werden kann. Mehr im Abendjournal nach 22.00 Uhr.

Die Bombendrohung von vorvorgestern erwies sich als Ente. Im ganzen Bankgebäude konnte keine Bombe gefunden werden. Da mehrere Bombendrohungen für öffentliche Gebäude in den letzten Tagen bei den Behörden eingegangen sind, ist eine Aufklärung des Falls eher unwahrscheinlich.

Nun zum Wetter. Tamarind-City liegt unter starken Ostwind, der von der See her über den Hafen in die Stadt pfeift. Er bringt Meerwasser mit sich, sodass wir mit salzigem Regen und kalten Nächten rechnen dürfen. Die Feuerwehr dürfte sich freuen, dass die letzten Schwelbrände so mit der Hilfe von Mutter Natur gelöscht werden.

So, genug an Neuigkeiten. Ihr wollt doch wieder Musik hören. Die ›Stahlengel‹ sind eine neue Band aus dem musikalischen Untergrund Tamarindias. Ihr charismatischer Sänger Neville Sumac hat eine Stimme, die schon mehr als ein Konzert in einen Teenager-Massenorgasmus verwandelt hat.

Denkt dran – bei uns habt ihr es zuerst gehört. Jetzt – die ›Stahlengel‹ mit ›Die Welt steht in Flammen‹.«

Umlaufbahn um Atreus, an Bord der *Vlad Tepes*

5. Mai 2604

Maurice Dekobra liebte das Panoramafenster an Bord der *Vlad Tepes.* Eigentlich waren die Schiffe der Vincent-Klasse nicht dafür gedacht, Besprechungsräume und ähnliches bereitzuhalten. Aber die einzelnen Komponenten des Schiffes waren wirklich vielfältig nutzbar. Und die Systemverteidigung um Atreus machte es notwendig, dass ein mobiles Hauptquartier verfügbar war.

Die *Vlad Tepes* war eines der verschiedenen Kommandozentren, die der Liga freier Welten und dem Marik jederzeit zur Verfügung standen.

Die Crew bestand bei der Mark XXV aus etwas über hundert Personen. Nicht alle waren regelmäßig im Dienst, da die moderne Schiffskriegsführung nicht davon ausging, dass ein Schiff einfach so in ein System eindrang. Die Vorwarnzeit für eine planetare Verteidigung war sehr lang. Daher reichte es, wenn eine Minimalbesatzung an Bord war. Zwanzig Mann waren mehr als genug, um ein Schiff dieser Größe einsatzbereit und aktiv zu halten.

Dies und die Möglichkeit, immer wieder Soldaten zu Schulungszwecken und für Besprechungen an Bord zu holen, machte es Dekobra einfach, unter dem Deckmantel seiner offiziellen Tätigkeit an Bord des Schiffes aktiv seine eigenen Ziele zu verfolgen.

Das Schiff war über vierhundert Meter lang. Es gab leider keinen langen Gang vom Bug zum Heck, den man mit hinter dem Rücken verschränkten Händen hätte in Ruhe hin- und hergehen können. Manchmal vermisste Dekobra diese langen Spaziergänge, die er in seiner Jugend so geliebt hatte. Dann war er mit der Schöpfung alleine, konnte seinen Körper in Bewegung halten und trotzdem seinen eigenen Gedanken folgen.

Die Sterne hatten einen ähnlichen Einfluss auf ihn, wie es früher das Spiel der Wolken am Himmel gehabt hatte. Die Sterne waren ewige Leitlichter, die nur für ihn gleißten und funkelten und ihm immer wieder versicherten, dass sein Platz in der Schöpfung festgeschrieben war.

Die Scheibe vor ihm war ein Meisterwerk menschlicher Technik. Auf seiner Seite Atmosphäre und Druck, auf der anderen das Vakuum, in der Nähe des Planeten nur ab und an durchbrochen von einigen wehrlosen Molekülen und Atomen, die das Schwerefeld des Planeten verlassen oder noch nicht erreicht hatten.

Das Vakuum war nie völlig leer – nirgends im Universum gab es einen Ort, an dem nichts war. Und wenn es nur ein paar Teilchen und das Licht waren, das seinen Weg seit dem Beginn der Schöpfung bis ans Ende der Schöpfung zog.

Dekobra stellte sich gerne hinter diese Scheibe und malte sich aus, wie die Scheibe nach außen hin explodieren würde. Er wäre dann zwar in Sekundenbruchteilen tot, erstickt im Nichts und erfroren in der Kälte des Raums, aber sein Körper wäre perfekt konserviert, wenn auch ohne Leben. Und die Splitter der Scheibe würden nach außen streben, wie kleine Lichtquanten davoneilen und sich in der Unendlichkeit verlieren.

Wie die Strahlen einer Lampe würden sie nach außen streben und in sich den letzten Eindruck von Leben speichern, der auf sie gefallen war, als Dekobra hier gestanden hatte. Das Licht in seinem Rücken bildete ihn auf der Scheibe ab. Und wenn das Licht durch die Scheiben hinaus in die ewige Leere leuchtete, dann nahm es sein Bild mit auf seine endlose Reise.

Er musste sich von diesen Überlegungen lösen. Obwohl er wusste, dass der Plan auf Tamarind perfekt wie ein Uhrwerk funktionieren würde, erwischte er sich dabei, wie er mit den Gedanken immer wieder bei seinen Leuten war. Der Triumph war nicht aufzuhalten, darin war sich Dekobra sicher.

Doch immer wieder spielte er in Gedanken Tag um Tag seiner Planung durch und fieberte der Stunde entgegen, wo er eingreifen konnte, ja musste, um den Erben der Liga zu retten.

Sein Plan war narrensicher. Und Narren gab es in der Miliz von Tamarind nicht.

Tamarind, Tamarind-City

5. April 2605

Kenneth Drake fühlte sich widerlich in seiner Haut. Im Krieg hatte er gegen Soldaten gekämpft, die wussten, was auf sie zukam. Damals hatte er noch etwas wie Ehre besessen und sich in seiner Kombination als winziger Teil einer gut geölten Maschine gefühlt, die für etwas kämpfte, an das er glauben konnte.

Doch das hier war auch eine Maschine, die sauber und ordentlich lief. Aber er hatte nicht länger das Gefühl, dass seine Arbeit mit Ehre verbunden war.

»Klatsch!« Wieder landete der Handrücken seines Offiziers im Gesicht des Gefangenen, der blutüberströmt im Stuhl vor ihnen saß. Seine Hände waren an die Lehne gefesselt, die Fußknöchel mit Klebeband an den Beinen des Stuhls befestigt. Immer wieder verlor der Gefangene das Bewusstsein. Doch mit Wasser, das eiskalt aus dem Hahn in der Toilette kam, wurde er immer wieder ins Leben zurückgeholt.

»Wo wolltet ihr hin?«

Das zahnlückenbehaftete Grinsen des Gefangenen fing an, ihm auf die Nerven zu gehen. »Nirgends.«

»Deine Kameraden und du haben versucht, die Turnhalle zu verlassen. Ihr wart gewarnt.«

»Scheiße!«

Wieder klatschte der Handrücken in das Gesicht des Gefangenen. Aus der aufgeplatzten Lippe spritzte Blut durch den Raum.

»Dreck. Die Flecken kriege ich nie wieder raus!« Sein Offizier hatte schon eigenartige Vorstellungen von der nötigen Sauberkeit einer Uniform und der Ehre eines Soldaten. Wieder ein Schlag, doch dieses Mal drehte sich der Offizier gekonnt weg, sodass das Blut an ihm vorbei auf den Boden spritzte, wo es sich mit anderen Flecken zu einem riesigen Rorschach-Test vereinte. »Wo wolltet ihr hin?«

»Raus.«

Eine einfache Antwort, und sicherlich die Wahrheit.

»Du weißt, dass wir euch nicht rauslassen können, oder? Wir hatten versprochen, euch am Leben zu lassen, wenn ihr euch nach unseren Anweisungen richtet. Und so schwer ist es doch nicht, ein paar einfache Anweisungen zu befolgen, oder?«

Der Gefangene schien der eigenartigen Logik des Offiziers nicht folgen zu können. Drake war davon nicht überrascht, denn auch er konnte dieser Logik nicht folgen. Das waren nicht einmal Kriegsgefangene, die bestimmte Rechte hatten. Sie selbst waren keine vernünftige paramilitärische Einheit. Das hier war kein Krieg zwischen stellaren Reichen.

Sie waren Söldner, die sich als Planetenplünderer hergegeben hatten. Wie gerne wäre er wieder im regulären Dienst ... doch es hatte nicht sein sollen. Der Krieg, der hungrige Vater des Soldaten, hatte ihn ausgespien, als der Krieg zu Ende war. Seitdem versucht er, im normalen Leben Fuß zu fassen. Das war sinnlos. Drake war Soldat und konnte nichts außer töten und Befehlen gehorchen. Selten hatte er das so bereut wie in diesem Moment.

»Natürlich müssen wir unseren Teil der Absprache befolgen, auch wenn ihr eueren Teil nicht befolgt.«

Drake sah zu spät, was sein Offizier vorhatte. Die Bereiter lag in seiner Hand, und es machte nur sanft ›Plopp‹. Schon bildete sich ein weiterer Rorschach-Test, doch dieses Mal auf dem Hemd des Soldaten. Dieser Mann würde nie wieder versuchen, aus einer Turnhalle auszubrechen, um die Bevölkerung Tamarinds vor dem zu warnen, was insgeheim in den Mauern ihrer Kaserne vor sich ging.

»Und jetzt die anderen ...«

Drake brachte nicht die Kraft und den Willen auf, sich gegen den Befehl zu Wehr zu setzen. Früher nicht, jetzt nicht und in Zukunft nicht.

Immerhin konnte er dafür sorgen, dass die sechs Männer und Frauen einen schnellen Tod starben. Das hatten sie ihrem Kollegen voraus, der einige Stunden befragt worden war, bevor er sterben durfte.

Und sicherlich würde es an ihm hängen bleiben, nachher die Leichen zu beseitigen. Der Moloch Krieg hatte immer noch Hunger, obwohl der Krieg zwischen den Sternenreichen zu Ende war.

15. Lass der Jugend ihren Lauf!

»Kürzlich sagte mir mein Arzt, dass ich nur noch zwölf Monate zu leben hätte. Ich bat ihn sofort darum, mich in ein Sanatorium nach Tamarind zu schicken.
›Warum Tamarind?‹, fragte mich der Arzt.
Ich antwortete ihm, dass Tamarind der richtige Planet für Todkranke sei. Meine zwölf Monate würden mir dort wie zwölf Jahre erscheinen.«

— Vern Err Fox, Komiker, live in ›Atreus lachende Nächte‹, Atreus, 28. Februar 2833

Tamarind, Tamarind-City

5. April 2605

Silva Jovanova drehte ihre langen braunen Haare ständig um einen Zeigefinger. Dies tat sie weniger, um sich lange Locken zu drehen, eigentlich war es ein Zeichen ihrer Nachdenklichkeit. Diese seltsame Eigenheit von ihr war es auch, die viele Jungen in ihrem Alter anziehend fanden. Die ›Freunde der Mechs‹ waren sich in einer Sache immer einig: Sobald Silvana ihren nachdenklichen Blick bekam, sah sie besonders nett aus. Einfach zum Küssen.

Da gab es aber nur zwei kleine Probleme. Das eine Problem war ihr Cousin Alfred, der es nie zulassen würde, zum anderen sie selbst, weil sie nicht wegen einer Liebelei die Eifersucht der anderen auf sich ziehen wollte.

Seit zwei Stunden saßen sie nun in ihrem Clubraum und überlegten hin und her, welche Möglichkeiten sie hatten, um den Offizieren zu helfen. Egon Hostovsky hatte lang mit ihnen telefoniert und mit jedem diskutiert. Schließlich gaben sie alle nach und verabredeten sich zu einem Treffen.

Auf dem Sofa unter dem einzigen Fenster in diesem Clubraum saß Silvas Cousin. Er hatte nicht nur Silva im Sessel ihm gegenüber im Blick. Seine Augen schweiften über die Wand hinter ihr, wo Wimpel und Poster hingen; eine Vitrine an der Wand enthielt einige MechModelle, Gürtelschnallen, Abzeichen und anderes mehr, das mit ihrer Leidenschaft, dem BattleMech, in Zusammenhang gebracht werden konnte. Während sein Blick über die Wand wanderte, blieb er auf Arpan Kodicek hängen, der neben dem Poster eines HGN-732 *Highlander* stand. Arpan könnte die technischen Daten sicherlich aus dem Kopf sofort hersagen.

Albert wusste gerade noch, dass der *Highlander* 90 Tonnen auf die Waage brachte, dass sein GM270-Reaktor in der Lage war, den Kampftitanen auf eine Geschwindigkeit von 32 Stundenkilometern zu bringen – bei einer kurzfristigen Höchstgeschwindigkeit von 54 Stundenkilometern! Aber schon bei Einzelheiten wie den Sprungdüsen der HildCo Modell 10, die ihn 90 Meter weit tragen würden, oder der Grumman-3 Ferrofibrit-Panzerung, würde Alfred passen müssen.

Die Bewaffnung des *Highlander* bestand aus einem M-7-Gaussgeschütz, einer Holly-LRM 20er Lafette, einer Holly-SRM 6er Lafette sowie zwei mittelschweren Harmon Starclass-Lasern. Die StarCorp Industries entwickelte vor dreizehn Jahren diesen Kampfkoloss, der zur Alleinverteidigung einer Station oder Kleinstadt vorgesehen war. Daher musste er nie sehr schnell sein, dafür aber umso robuster.

Bereits kurze Zeit später führten die regulären Armeen mit gemischten Mech-Verbänden den überschweren BattleMech ein. Was er an Geschwindigkeit nicht mitbrachte, das konnte er mit seinen MechDüsen locker wettmachen. Mit 90 Meter Sprungweite konnte er so ziemlich jedes Hindernis überspringen, wobei er am Absprungort mit den

Düsen und am Auftreffpunkt durch das großen Gewicht schwere Verwüstungen hinterließ.

Alfreds geliebter *Clint* hätte einem *Highlander* wenig entgegenzusetzen. Vor allem das *Highlander*-Begräbnis wäre im wahrsten Sinn des Wortes tödlich. Ein *Highlander*, der mit seinen Sprungdüsen auf einem kleineren BattleMech landen würde, könnte den anderen Mech in Grund und Boden rammen. StarCorp Industries verstärkten gerade die Sprunggelenke, das Innenskelett und die Beinpanzerung extrem, um einem solchen Todessprung Stand zu halten.

Karel Polacek, der Kassenwart, Frantisek Gellner und Vojtech Rakous unterhielten sich gerade angestrengt darüber, wie man die Teile des *Clint* in möglichst kurzer Zeit an einem Ort sammeln konnte, um sie dort zu einem funktionsfähigen Mech zusammenzubauen. Für Karel schien es nur wenige Probleme zu geben, die Teile zusammenzuführen. Als Speditionskaufmann bei Trans Universalis hatte er vielleicht die Möglichkeit, Hilfe für die Gruppe anzuleiern. Die größte Spedition des Planeten hatte überall Niederlassungen, sogar in der Nähe des Raumhafens. Es stellte sich nur die Frage, wie man den Chef des Familienbetriebs dazu brachte, die entsprechenden Transportkapazitäten zur Verfügung zu stellen. Und ohne dessen Erlaubnis konnte Karel nichts unternehmen.

»Dann lass uns doch mal ein Planspiel durchführen«, meinte Vojtech. Seine Stimme zwang die anderen förmlich, den Ausführungen zu lauschen. »Das Cockpit ist am weitesten weg. Wir müssen erst über das Meer nach Svatonvice. Und wir benötigen die Zusammenarbeit mit Nikodemus Brousek. Wenn wir die Zustimmung des Privatmuseumsbesitzers nicht bekommen, steht der *Clint* ohne Kopf da. Als die Herstellerfirma den Mech 2507 baute, lieferte sie nur etwa zweihundert der Maschinen aus. Die Einzelteile dafür sind daher nicht gerade häufig. Den Rumpf und das linke Bein haben wir hier in der Stadt. Das rechte Bein befindet sich in Mirek, knapp neunzig Kilometer östlich von hier.

Der linke Arm steht funktionsfähig, wie wir bei unserem letzten Ausflug gesehen haben, aber als Denkmal auf dem Dorfplatz von Klein-Praha.«

»Schön und gut«, mischte sich Frantisek ein, »aber wir haben immer noch keinen rechten Arm und keine Munition.«

»Notfalls verzichten wir auf die Raketen. Die Laser sollten für Erste ausreichen. Wir müssen mit dem *Clint* hoffentlich nicht gegen andere BattleMechs antreten.«

Auch Arpan meldete sich zu Wort. Er ging zu der Dreiergruppe hinüber und setzte sich auf einen freien Stuhl. Dort saß er wegen seines verkrüppelten rechten Beins wesentlich bequemer als auf einem der Sessel. Seine schlaksige Gestalt wirkte auf viele Mitmenschen eher wie eine Bohnenstange. Bei 1,88 m Größe und einem Alter von siebzehn Jahren würde er noch ein Weilchen weiter wachsen. »In der Nähe der Stadt und dem Binnenmeer, auf halbem Weg zum Raumhafen, befindet sich eine Industriebrache. Mein Onkel hat dort in der Nähe eine Farm. Ihr wisst schon, der Onkel, bei dem ich den Unfall mit dem TraktorMech hatte.« Er machte eine kurze verlegene Pause. Die anderen kannten die Geschichte seines Unfalls, aber für den jungen Mann war die Erinnerung daran immer noch schmerzhaft. »Dort gibt es einige Hallen, in denen man einen Mech locker zusammenbauen könnte. Nach den Aussagen meines Onkels wurde da schon lange nicht mehr gearbeitet; die Firmen, die dort ansässig waren, sind alle bankrott.«

»Na prima, Jungs«, mischte sich nun Silva ein. »Ihr sitzt hier und plant, wie man einen zerlegten *Clint* der Andoran Industries hierher bekommt, seine Einzelteile zusammenbaut und ihn einsetzt. Hat sich von euch bereits jemand die Mühe gemacht, darüber ein wenig länger nachzudenken?« Sie hob die rechte Hand vor das Gesicht und zählte Punkt für Punkt der Aufzählung mit dabei ausgestreckten Fingern ab. »Erstens: Wer braucht den Mech? Zweitens: Wozu benötigt er ihn? Drittens: Gegen wen soll gekämpft werden?« Silva schüttelte den Kopf, und die langen Haare wirbelten um sie herum. Die Hände stemmte sie in die Hüften. »Viertens und Letztens: Auf Tamarind herrscht Frieden. Also: Wozu wird der Mech benötigt?«

In der Stille, die jetzt folgte, hätte eine fallende Stecknadel wie ein Gaussgeschoss gewirkt. In der Tat hatte sich niemand der Jungs Gedanken darüber gemacht, warum der *Clint* plötzlich so schnell zusammengebaut und eingesetzt werden sollte.

»Bis auf das Treffen heute Abend im ›U supa‹ ist mit Ota Pavel nichts vereinbart. Wer weiß, wer wirklich hinter Ota steckt und ob Ota freiwillig mitmacht. Wir sollten vorsichtig sein«, führte Silva ihre Ausführungen weiter, ohne dabei mit ihrer Aufzählung fortzufahren.

»Ich für meinen Teil werde dorthin gehen. Aber ich will nicht, dass wir alle auf einmal bei Ota auftauchen. Wir müssen uns im ›U supa‹ verteilen und versuchen, den Laden ein wenig unter Kontrolle zu halten.« Karel stimmte damit Alfreds Cousine zu. »Deine Einwände sind vollkommen berechtigt. Ich habe auch nicht darüber nachgedacht. Ich war zu sehr Feuer und Flamme von der Vorstellung, einen BattleMech zusammenbauen zu können. Wir sollten mehr über die Hintergründe der ganzen Aktion erfahren, bevor wir bereitwillig mitwirken.«

In der Folgezeit redeten sie sich die Köpfe heiß, ohne dass wirklich etwas dabei herausgekommen wäre. Bald war es Zeit, und sie brachen auf, um nicht nur pünktlich, sondern sogar früher als vereinbart da zu sein.

Der abschließende Kommentar zur Planung war vorhin natürlich von Silva gekommen. »Wir müssen unsere Eltern anrufen. Am besten ist, wir sagen, wir würden bei einem der anderen übernachten, wir müssten noch für eine Prüfung lernen. Das hören Eltern immer gern.«

Damit war klar, dass sie heute Abend in Ruhe ausgehen konnten. Lästige Fragen der Eltern würden auf diese Weise entfallen. Hoffentlich würde die ganze Geschichte nicht auffliegen!

16. Eine Grafschaft für einen Mech!

»BattleMechs sind tolle Maschinen. Wenn sie nicht nur kämpfen, springen und laufen könnten, sondern auch noch Wäsche waschen und spülen, dann würden auch Frauen MechKrieger werden wollen ...«

— Ein anonymer Soldat zur Vorstellung eines BattleMechs, 2444

Tamarind, Tamarind-City

5. April 2605

Das ›U supa‹ war einer jener typischen Treffpunkte Jugendlicher, die in der Stadt ein wenig Abwechslung suchten. Es war auf der einen Seite ein Restaurant, in dem man für wenig Geld etwas Gutes zu Essen bekam, auf der anderen Seite ein Treffpunkt zum Abhängen. Außerdem gab es einen kleinen Veranstaltungsraum, wo auch mal Gruppen auf einer kleinen Bühne vor Publikum auftreten konnten, sodass nicht immer Musik aus der Konserve lief.

Die ›Freunde der Mechs‹ hatten sich abgesprochen, nur zu zweit oder zu dritt ins ›U supa‹ zu gehen. Dabei traf es sich natürlich gut, dass die ›Underdogs‹ im Nebenraum auftraten. Die Gruppe war in Tamarindia noch relativ unbekannt. Daher konnte man der elektronischen Musik genussvoll zuhören, ohne von der Menge zerdrückt zu werden, und gleichzeitig prima tanzen.

Alfred und Silva gingen zusammen und betraten hintereinander den Treffpunkt. Gleich vorn vom Eingang standen links und rechts ein paar runde Tische, die aber bereits alle besetzt waren. Rechts ging es in einen Nebenraum, indem man drei Stufen nach oben ging und durch einen türlosen Rahmen eintrat. An der Längsseite hatten es sich neben einigen anderen bereits Frantisek, gut erkennbar an seinen abstehenden Ohren und dem spitzen Kinn, und Vojtech Rakous gemütlich gemacht. In der Hand hielt jeder eine grüne Glasflasche mit Pivo, doch wenn man genauer hinsah, war kaum daraus getrunken worden.

Sie winkten den beiden nur kurz zu und sahen zur Theke, die dem Eingang gegenüberlag. Dort bediente eine vielleicht dreißigjährige Frau mit Pferdeschwanz und einem engen Top – was Alfred natürlich als Erstes auffiel. Zwar kannte er die Bedienung nicht, doch heute konnte er kaum einen Blick von ihr abwenden.

Silva zog ihn nach links. Dort hing ein riesiger Spiegel an der Wand, der den kleinen Raum wesentlich größer erschienen ließ. Außerdem erlaubte er es einem, von einem richtig gewählten Sitzplatz einen Teil der Tanzfläche im Auge zu behalten. Silva und Alfred arbeiteten sich durch das Gedränge der jungen Leute, die den Treffpunkt bereits bevölkerten.

An der unscheinbaren Tür drängelten sich Konzertbesucher, Leute die nur einen Blick auf die Band erhaschen wollten und eine kleine pummelige Kassiererin, deren rosa Perücke in Form eines Pagenkopfs den farblichen Glanzpunkt darstellte. Alfred zahlte für beide den Eintritt, und sie schoben sich in den dämmrigen Raum. Die Band kam gerade auf die Bühne und wurde mit lautem Johlen und Gepfeife begrüßt. Der Sänger begrüßte das Publikum, und gleich darauf legten die vier Musiker los. Auch sie trugen die gleichen rosa Perücken wie die Kassiererin.

Über den Lärm hinweg brüllte Silva Alfred ins Ohr: »Der Sänger hört sich an wie Ota mit seiner Vokoder-Stimme. Vielleicht hat er die Idee bei ihm geklaut?«

Beide lachten, und Silva verschwand auf der Freifläche vor der Bühne, Alfred hinter sich herziehend. Gemeinsam tanzten sie zu den heftigen Rhythmen der ›Underdogs‹, für einen kurzen Moment vergessend, weshalb sie eigentlich gekommen waren.

Nur ein paar Minuten später traten Karel Polacek und Arpan Kodicek ins ›U supa‹. Arpan kannte dieses Gefühl – ein junger Mann von 17 Jahren mit weißen Schläfenhaaren fiel in der Öffentlichkeit immer auf. Die neugierigen Blicke ignorierend, humpelte er an der Seite von Karel in den Raum. Die Theke rechts liegen lassend, steuerten sie geradeaus die Stufen zum hinteren Teil des ›U supa‹ hinauf. Es war von Anfang an klar: Er war kein Tänzer.

Im hinteren Teil gab es weitere Tische und im Hintergrund die Tür zu den Toiletten und dem angeschlossenen Biergarten. Die beiden entschlossen sich jedoch, an einem extra reservierten Tisch Platz zu nehmen und den Rest an Sitzgelegenheiten in Beschlag zu nehmen. Ins Gespräch vertieft, natürlich über ihr Lieblingsthema BattleMechs, stellten sie den Anlaufpunkt für Ota und die Fremden dar.

Sie bestellten sich etwas zu Essen und zu Trinken. Dabei sahen sie sich in dem Raum mit den dunklen Tischen und Stühlen und den ebenso dunklen Holzbalken und Holztäfelung um. Ein paar Bilder an den Wänden wirkten eher schmucklos, waren kein rechter Blickfang.

An den Tischen saßen unterschiedliche Jugendliche. Solche, die sich einer Gang zugehörig fühlten und daher entsprechend gleichförmige Jacken trugen, und daneben modisch aufgetakelte Mädchen. An einem anderen Tisch saßen ein paar Oberschüler in fast korrekten Anzügen und Mädchen in Kostümen. Sie waren in dunkelgrau bis dunkelblau gekleidet, einheitlich und irgendwie einheitlich langweilig. An anderen Tischen tummelten sich die Jungs und Mädchen der unterschiedlichsten Kategorien. Aber alle hatten eines gemeinsam: Sie mochten die Musik, die aus dem Nebenraum laut in den Hauptsaal dröhnte. Allerdings war sie hier nicht so laut, dass man sich nicht weiter unterhalten könnte.

Karel und Arpan behielten die Tür zum ›U supa‹ im Auge. Und ihnen war schnell klar, wer da kam, als sich die Tür nach wenigen Minuten erneut öffnete. Vorneweg schritt Pavel kräftig aus, wenn man es bei dem Übergewichtigen so bezeichnen konnte, den sie bereits öfter getroffen hatten. Hinter ihm folgten fünf Männer.

Selbst wenn man es nicht wusste, so wurde einem trotzdem schnell klar, dass sie eindeutig Soldaten waren: aufrechter gerader Gang, kurz geschnittene Militärfrisur und alles wachsam im Blick haltend. Selbst der Afro mit dem Kraushaar, der eher etwas ängstlich wirkte, strahlte etwas Militärisches aus.

Ota führte die Männer zum Tisch der beiden Freunde und setzte sich unaufgefordert dazu. Die fünf Fremden taten es ihm gleich und hielten sich zuerst vornehm zurück. Sie überließen Ota die kurze Begrüßung. Doch kaum verstummte Ota, da mischte sich der erste Mann ein. Das wollte Karel aber so nicht gelten lassen. Der Mann fiel gleich mit der Tür ins Haus, ohne sich richtig vorgestellt zu haben. Rüde unterbrach er ihn daher.

»Vielleicht beantworten Sie uns erst einmal ein paar Fragen, ehe wir dann Ihre Fragen beantworten«, meinte Karel Polacek. »Wer sind Sie und was wollen Sie ausgerechnet von uns? Ihre E-Mail hörte sich ja nett an, aber aus der Nähe betrachtet habe ich so meine Bedenken.«

Ota Pavel nickte Karel zu, seine Vokoder-Stimme krächzte etwas, als er antwortete. »Du hast ja Recht, Karel, wir sollten uns erst einmal vorstellen.« Er machte eine kurze Pause und wies auf einen der Soldaten. »Das hier ist Egon Hostovsky, Captain in der Garnison. Daneben der Mann mit der Säufernase«, Jiri Orten sah ihn böse an, aber Pavel ließ sich nicht aufhalten, »ist Jiri Orten, ebenfalls im Rang eines Captains.« Ota Pavel deutete der Reihe nach auf die anderen drei Männer. »Das sind Esah Ts'gna, Martin Cumrow und Lippinsky, drei Lieutnants, die ebenfalls eigentlich in der Kaserne Dienst schieben.«

Karel ergriff erneut das Wort und stellte sich und seinen Freund vor. Im gleichen Moment erreichten aber auch die vier anderen den reservierten Tisch. Offenbar hatten sie beschlossen, dass hier keine Gefahr drohte. Ohne zu fragen setzten sie sich dazu und musterten die Männer, die ihnen jetzt gegenübersaßen.

Egon Hostovsky wartete das kurze Austauschen von Namen ab, dann skizzierte er in kurzen Worten die derzeitige Situation – von dem Angriff auf die Garnison bis zur momentanen Lage in Tamarindia – und warum er gerade mit den ›Freunden der Mechs‹ Kontakt aufnehmen wollte. Ihm war anzumerken, dass er enttäuscht war, ausgerechnet einen ›Fanclub‹ vor sich zu haben und keine ausgebildeten Männer. Doch er war klug genug, diese Überlegung nicht auszusprechen. Seinen Worten war es dennoch unterschwellig zu entnehmen.

Die Jugendlichen hörten sich den kurzen Vortrag schweigend an. Dann ergriff Silva als Erste das Wort. »Und was haben Sie jetzt vor? Wollt ihr der Garnison den Krieg erklären – zu sechst?«

»Wir suchen Hilfe«, antwortete Hostovsky. »Jede Hilfe, die wir im Moment bekommen können, kann die Situation zu unseren Gunsten verändern. Und ich denke, wir haben diese Hilfe in euch gefunden.«

Silva spürte, wie sie von Arpan gemustert wurde. In den letzten Minuten hatte sie sich im Alleingang zur Sprecherin der Jugendlichen gemacht. Dabei hatte sie nur Fragen gestellt. Kritische Fragen, die genau mit dem Finger in die Wunde der Offiziere stachen. »Hilfe? Wobei?«

»Bei dem, was wir vorhaben und alleine nicht schaffen«, antwortete Egon Hostovsky. »Ihr habt einen BattleMech, den wir einsetzen wollen. Wir benötigen außerdem Uniformteile, Ausweise und unauffällige Leute, die für uns die Gegend erkunden.«

»Oh«, sagte sie und verzog ein wenig den Mundwinkel. »Mehr nicht?«

»Ein Mech, eine Grafschaft für einen Mech«, unterbrach Pjotr plötzlich die Runde mit dem alten, nicht sehr korrekt zitiertem Zitat eines noch älteren terranischen Dichters. Damit löste er ein wenig die Spannung, die unterschwellig alle in ihren Fängen hielt.

»Mehr nicht«, nahm der Offizier den Gesprächsfaden wieder auf und sah sich in der Runde um, »aber auch nicht weniger.«

Ota Pavel blickte auf die Tischplatte und spielte mit dem Bierfilz in seinen Händen. Er fühlte sich sichtlich unwohl. Schließlich war er es, der die Jugendlichen mit den Offizieren zusammengebracht hatte.

Diesmal dauerte es einen Moment, bis Silva antwortete. Als sie es endlich tat, lag in ihrer Stimme eine sonderbare Mischung aus Misstrauen und Resignation. »Das sind große Worte. Sie sind leichter gesagt als in die Tat umgesetzt – finden Sie nicht?«

»Möglich«, sagte Egon Hostovsky, »aber wir werden die Fremden in der Kaserne nicht los, wenn wir hier nur herumsitzen und darauf warten, dass sie von alleine gehen. Und dem Enkel des Marik ist damit nicht geholfen.«

Silva seufzte. In den letzten Minuten hatte sie von den Jungs keine Hilfe bekommen. Die betrachteten die Offiziere als Helden, in deren Glanz sie sich sonnen konnten. Die Offiziere selbst sahen von ängstlich, wie Esah Ts'gna, bis teilnahmslos und gespannt wie die beiden anderen oder freundlich wie Jiri Orten aus.

Aus irgendeinem Grund wurde sie plötzlich zornig, was aber eher eine Art Hilflosigkeit ausdrückte. »Was glauben Sie denn, was Sie sind? Leute, die hierher kommen und uns sagen müssen, was wir zu tun oder zu lassen haben?« Sie schüttelte den Kopf. »Verdammt noch mal, sehen Sie uns doch an. Wir sind keine Erwachsenen oder ausgebildete Krieger. Wir haben zum Teil noch nicht mal unsere Schulausbildung beendet. Sollen wir etwa ein Gewehr in die Hand nehmen und Ihre verdammte Kaserne stürmen?«

Ota Pavel mischte sich ein. »Ich habe mit deiner Frage gerechnet, und nein, das wäre Selbstmord.«

»Verdammt«, sagte Alfred Weilguny, »wir können doch nicht einfach die Kaserne stürmen.« Er wiederholte Silvas Worte einfach. Davon wurde die Aussage aber auch nicht abgemildert. Es blieb in den Augen der Jugendlichen ein Wahnsinnsunternehmen.

»Ihr wisst eben nicht besser, was es bedeutet, Krieg zu führen«, meinte Egon Hostovsky mit einer sanften Stimme, die ihm niemand zugetraut hätte. Er verstand nur zu gut, was in den Köpfen der Jugendlichen vorging. Und er machte sich selbst Vorwürfe, es nicht gleich erkannt zu haben. Im Grunde waren die Kinder, ja, so sollte er sie sehen, waren die Kinder keine Rebellen, Krieger oder sonstige ausgebildete Waffengefährten. Spätestens mit der Aussage von Silva war ihm das klar geworden. Sie hatten ein paar heroische Tagträume – BattleMechs lenken, Ritter des Schlachtfelds sein und so weiter. Im eigentlichen Sinn hatten sie aber noch nicht begriffen, dass hinter jeder Kampfmaschine eine Kompanie Toter lag.

Trotzdem erklärte er jetzt in groben Umrissen seinen Plan. Die Organisation war bestenfalls ein Flickenteppich kleinerer Aktionen und so löchrig wie ein altes Fischernetz. Der Plan verlangte einen gemeinsamen Angriff der beiden Gruppen und zwar zum vereinbarten Zeitpunkt und zudem bis auf die Minute genau aufeinander abgestimmt. Die beiden Captains Egon Hostovsky und Jiri Orten würden die beiden Gruppen anführen.

Der Plan war nicht ausgereift – aber wie so vieles in der letzten Zeit war er das Beste, was sie hatten. Und es musste reichen, sonst war der Erbe des Reiches verloren.

Es herrschte lange Zeit Stille am Tisch, als Hostovsky seine Rede beendet hatte. Seine Soldaten kannten den Plan bereits, und die Jugendlichen mussten ihn erst richtig verdauen. Das große Problem lag darin, die Einzelteile des

BattleMechs so schnell wie möglich an einen Ort zu bekommen und den *Clint* auch dort zusammenbauen zu können.

Viele Pläne hatten die Offiziere in den letzten Tagen verworfen. Zu eng war ihr Spielraum. Die Funkstation musste übernommen werden, bevor das Sprungschiff landete. Ein Angriff mit Infanterie wäre Selbstmord, weil die Garnison zu gut gesichert war. Einfache Luftfahrzeuge wären aufzutreiben, doch wen sollten sie transportieren? Und mit was sollten sie kämpfen?

An die Jäger kamen sie nicht heran – die standen alle sicher in der Garnison. Außerdem mangelte es ihnen an einsetzbaren Piloten. Und die Funkstation war gegen Angriffe aus der Luft ausgesprochen gut geschützt – wie auch die Garnison.

»Wir können nur eines tun: getrennt marschieren und gemeinsam zuschlagen.« Hostovsky ergriff wieder das Wort. »Nur mit einem BattleMech haben wir eine Chance, die Garnison lebend zu erobern.« Er hatte die anderen Offiziere nicht gefragt, aber als er die Jugendlichen zu Gesicht bekommen hatte, war ihm klar geworden, dass ein Selbstmordangriff – wie er von ihnen diskutiert worden war – ausfiel, weil er es nicht über das Herz gebracht hätte, die Jugendlichen zu opfern. Auch keiner der anderen machte auf diesen Plan aufmerksam, der damit vom Tisch war.

»Wir brauchen den blöden Mech und alles an Ablenkung, was wir kriegen können. Der Funkspruch muss an das Sprungschiff gehen, bevor es gelandet ist – am Boden ist es eine sehr leichte Beute für jeden, der es knacken will. Nur im Raum kann es abdrehen oder uns zu Hilfe kommen – wobei mir Letzteres deutlich lieber wäre ... Wenn wir das nicht genau planen, dann warnen wir das Schiff zu früh – es dreht ab und ist gerettet, aber es kann uns nicht mehr helfen. Sind wir zu spät, dann ist das Schiff gelandet und der Marik ist in den Händen der Freischärler. Ist das klar?«

Er schaute in die Runde und erntete nur Zustimmung. In diesem Moment wurden sie von der Bedienung unterbrochen. »Noch etwas zu trinken?«

Orten bestellte eine Runde Getränke. Dann wandte er sich der Gruppe zu. »Ich will nicht zu sehr auffallen – die ersten Leute schauen schon herüber. Wahrscheinlich wundern sie sich, was wir ›alte Knacker‹ hier wollen. Da hilft nur ablenken ... Darf ich?« Mit diesen Worten war er aufgestanden und hatte sich vor Silva verbeugt. Diese war überrascht. Leise raunte er ihr zu: »Tarnung, nichts als Tarnung – und ein wenig Ablenkung für einen freundlichen Offizier.«

Sie stand beherzt auf, und gemeinsam betraten sie die Tanzfläche. Die anderen schauten halb entgeistert, halb amüsiert zu, wie Jiri mit der jungen Dame eine kesse Sohle aufs Parkett legte. Jiri war kein schlechter Tänzer, doch war er eher klassische Tanzarten wie den Juttlebug, den Clam oder einen Walzer gewohnt. Aber er hielt sich nicht schlecht, und es machte ihm offensichtlich Spaß, mit der jungen Damen zu tanzen. Neugierige, fast neidische Blicke trafen die beiden. Nicht wenige davon kamen von dem Tisch, den sie eben verlassen hatten.

Nach drei Tänzen setzten sich die beiden wieder an den Tisch – Silva mit hochrotem Kopf, Jiri mit blitzenden Augen.

Er wandte sich an die Jugendlichen. »Verzeiht, wenn ich euch die Dame entführt habe – aber wir können hier nicht nur sitzen und flüsternd den Umsturz planen, wenn wir nicht auffallen wollen.«

»Du hast sicherlich Recht«, meinte Ota. »Aber wir sollten nicht nur den ganzen Abend tanzen, wenn wir die Garnison übernehmen wollen.«

»Alter Griesgram«, meinte Silva strahlend. Aber ihr Lächeln strafte ihre Worte Lügen. »Natürlich hast du Recht – und Sie auch.« Dabei schaute sie ihren Tanzpartner freundlich an, der ebenso freundlich zurücklächelte.

Den Rest des Abends verbrachte man mit der Planung der weiteren Schritte. Die ›Freunde der Mechs‹ würden es mit Unterstützung der Offiziere übernehmen, die Teile des *Clint* zu suchen und in ihren Besitz zu gelangen.

Man würde morgen versuchen, Alfreds Eltern einzuweihen. Diese boten sich an, da Alfreds Vater ausgesprochen brillant darin war, Dinge zu finden, die andere Leute nicht wirklich verloren hatten.

Pavel war dafür zuständig, den Zusammenbau der Teile zu übernehmen. Dabei sollte ihm Ota assistieren. Doch bis jetzt hatte keiner eine tolle Lösung für die Frage, wie sie den *Clint* zur Garnison befördern würden – doch dieses Problem wurde auf später verschoben.

Mit dem *Clint* sollte die Garnison überfallen werden. Die Offiziere würden dabei versuchen, dort einige intakte Mechs zu übernehmen und so viele ihrer Kameraden zu befreien, wie nur möglich. Mit dieser Truppe sollte die Funkstation gestürmt werden, sodass der Funkspruch abgestrahlt werden konnte. Alles Weitere hing vom Einhalten des Zeitpunkts und der Reaktion des Sprungschiffs ab.

Die Offiziere brachten die Jugendlichen am Ende des Abends hinaus und bestellten ihnen Taxis, die sie brav vor der Fahrt bezahlten. Die Rolle als Gentlemen lag ihnen doch mehr als die Rolle als Umstürzler – doch an letztere Aufgabe würden sie sich gewöhnen müssen.

»Bei Brion Marik II (2549-2614) zeigte sich wieder einmal der ›Fluch der Mariks‹, der ihnen wenig Ruhe im Privatleben bescherte.
Brion Marik II war seit 2598 an der Macht. Sein älterer Bruder David war 2581 gestorben, seine Schwester Therese 2591. Von seinen sechs Kindern leben 2605 noch vier; Albrecht wurde 2604 bei einem Anschlag getötet, Arthur starb 2591 bei einem Jagdunfall. Es lebten nur noch Rhean (2568, die 2614 seine Nachfolgerin werden wird), Quentin (* 2570), David (* 2572; er wird der dritte Marik nach Brion) und Ward (* 2582).*
Drei Enkel sind Brion Marik II zu diesem Zeitpunkt schon geboren: Thomas (2598), Wayne (* 2601) und Kernath (* 2604).«*

— Aus dem Kapitel ›2605‹ in ›Die Geschichte der Mariks für den Schulunterricht‹, diverse Autoren, Atreus 2937

Tamarind, Tamarind-City

6. April 2605

Egon Hostovsky hatte sich am Vorabend mit Karel Polacek, dem Speditionskaufmann der Firma Trans Universalis, für neun Uhr verabredet. Der Offizier, der darauf verzichtete, in Uniform herumzulaufen, war pünktlich. Karel erwartete ihn bereits und führte ihn zum Chef der Niederlassung.

Michael Schmitz-Nussdorfer war ein relativ junger Mann. Hostovsky schätzte ihn mal gerade auf Anfang bis Mitte dreißig. Für einen Niederlassungsleiter schien er doch recht jung. Die blonden Haare standen etwas ab; sie sahen aus, als sei gerade eine Matratze auf seinem Kopf explodiert. Die blauen Augen blitzten lustig in dem Gesicht, das mehr

Sommersprossen aufwies als eine Infanterieeinheit Männer. Schmitz-Nussdorfer zeigte seinem Gegenüber die Zähne, im positiven Sinn, denn er lächelte ihn aus einem bartlosen Gesicht freundlich an.

»Nehmen Sie doch Platz, Herr Hostovsky. Karel hat mir bereits einiges erzählt. Aber die Geschichte, die er mir da auftischt, scheint mir etwas unglaubwürdig. Vielleicht können Sie ein wenig Licht in die Sache bringen?«

Karel und Hostovsky setzten sich auf die Stühle vor dem Schreibtisch des Niederlassungsleiters. Bevor es sich Karel allzu bequem machen konnte, scheuchte ihn sein Vorgesetzter mit einer Handbewegung wieder auf. Karel verschwand und erschien kurz darauf wieder mit einer Kanne Kaffee und drei Bechern in der Hand. Er kam gerade in dem Augenblick, als Schmitz-Nussdorfer seinem Gegenüber den Ausweis zurückgab. Damit schienen nun alle anfänglichen Ungereimtheiten beseitigt.

»Ich weiß jetzt nicht genau, was Ihnen Karel erzählt hat, aber gehen Sie einfach mal davon aus, dass es stimmt«, nahm der Offizier das Gespräch auf. Er nahm den Kaffeepott in die Hand und schlürfte genüsslich. »Sie konnten anhand meines Ausweises erkennen, dass ich der bin, für den ich mich ausgebe. Dummerweise ist es tatsächlich so, dass die Kaserne und die Funkstation übernommen wurden. Wir sind nur ein paar Soldaten und versuchen nun mit Hilfe unserer jungen Freunde einen Mech zusammenzusetzen. Das Problem dabei ist, dass die Einzelteile überall verstreut sind. Wir benötigen dringend Transportkapazität, um diese Teile nach Tamarindia zu bringen. Außerdem brauchen wir einen Platz, um den Mech zusammenzubauen. Karel meinte, Sie als sein Chef könnten uns sicher behilflich sein. Ich denke, Trans Universalis hätte zumindest die Möglichkeit, die entsprechenden Teile abzuholen.«

»Warum benötigen Sie noch einen Platz, um den Mech zusammenzubauen? Wenn ich Karel richtig verstandene habe, dann besitzt dieser Ota Pavel eine Werkstatt.«

»Das ist durchaus richtig«, antwortete Egon Hostovsky, »aber seine Werkstatt ist eine Hinterhof-Werkstatt. Wenn sich der BattleMech dort aufrichtet, dann kommt er nicht mehr durch das Tor vom Hof hinunter, ohne das Haus an der Straße zu zerstören. Daher muss der Mech außerhalb zusammengesetzt werden. Es wäre nicht nur schade um das Haus, sondern das Ganze wäre auch ausgesprochen auffällig.«

Schmitz-Nussdorfer dachte einen Moment lang nach. »Ich gebe gerne zu, dass ich die Geschichte anfangs für totalen Blödsinn hielt. Aber nach einigem Nachdenken und einigen Blicken auf die Mitteilungen im Trivid wurde mir klar, dass wohl mehr daran ist, als ich erst dachte.«

Hostovsky nippte nur wortlos an seinem Kaffee. Er hatte nicht zu hoffen gewagt, dass es so einfach werden würde, aber warum sollten sie nicht auch mal etwas Glück haben?

Sein Gegenüber nahm das Gespräch wieder auf. »Vielleicht kann ich Ihnen sogar mehr helfen«, meinte Michael Schmitz-Nussdorfer. »Wir besitzen einen alten Standort in einer aufgelassenen Industriebrache. Dort in der großen Halle sollte es möglich sein, den BattleMech neu auferstehen zu lassen, ohne dass es beim Zusammenbauen oder Aufrichten Schwierigkeiten gibt.«

Der Niederlassungsleiter rief über seinen Computer einige Dateien auf. Dann gab er Karel und Hostovsky die benötigte Adresse.

»Ich werde Karel vorerst für diese Aufgabe freistellen. Er kennt ja die Standorte, an denen die MechTeile liegen. Daher wird er sich mit den einzelnen Fahrern in Verbindung setzen, um die Teile hierher zu bringen. Am besten liefern die dann gleich auf das stillgelegte Industriegelände.« Dann blickte er Karel direkt an. »Und du beginnst gleich mit der Organisation des Abtransports von Werkzeug, den benötigten Ausrüstungsgegenständen und Materialien von deinem Bekannten, damit ihr sofort loslegen könnt, wenn die Teile eingetroffen sind.« Damit war Karel entlassen, der sich sofort mit Feuereifer an seine neue Aufgabe machte.

Schmitz-Nussdorfer wandte sich wieder dem Offizier zu. »Glauben Sie nicht, ich lasse mich allein von Ihrem Ausweis beeindrucken. Alles, was Sie mir erzählen, ergibt in dem Zusammenhang Sinn, dass Transportaufträge, die ich für die Kaserne abwickeln sollte, storniert wurden. Und zwar von Leuten, die ich nicht kenne und mit denen ich noch nie zu tun hatte. Karel wusste nichts davon – und die Puzzleteile fallen erst jetzt in ein richtiges Bild.«

Egon Hostovsky fand sein Gegenüber immer sympathischer. So einen Mann könnte er für die Logistikabteilung des Militärs gebrauchen. Bevor er jedoch seinen Gedanken aussprechen konnte, nahm der Niederlassungsleiter das Gespräch wieder auf.

»Vergessen Sie, was Sie gerade denken. Meine beiden älteren Brüder sind Soldaten, und ich habe nie die Absicht gehabt, selbst einer zu werden. Ich bleibe bei diesem Unternehmen. Das macht mehr Spaß, und ich habe größere Freiheiten. Aber möglicherweise kann ich Ihnen noch ein wenig mehr unter die Arme greifen. Einer der Transporte, die ich durchführen sollte, war ein Munitionstransport vom Raumhafen zur Kaserne. Es sollte keine Umstände machen, den Transport ein wenig umzuleiten.« Der Mann kratzte sich am Kopf, die Stirn in nachdenkliche Falten gelegt, was dem jugendlichen Gesicht plötzlich einen ganz anderen Ausdruck verlieh.

Egon Hostovsky erhob sich, reichte dem jungen Mann die Hand und verabschiedete sich mit den Worten: »Hervorragend. Ich hätte das nicht zu erhoffen gewagt. Danke für alles. Sie könnten einen brauchbaren Militär in der Logistik-Abteilung abgeben. Sie haben mir mehr geholfen, als Sie ahnen können. Bevor ich gehe: Das muss natürlich alles unter uns bleiben. Und ich möchte noch kurz bei Karel vorbeigehen.«

»Kein Problem«, kam die schnelle Antwort. »So ein bisschen Geheimniskrämerei würzt mein langweiliges Alltagsleben ein wenig.« Auf die Tür deutend setzte er hinzu:

»Wenn Sie hier rechts rausgehen, dann ist es den Gang hinunter die zweite Tür auf der rechten Seite. Dahinter sitzt Karel und macht seine Arbeit hoffentlich gut.«

Ein kraftvoller Händedruck, und Hostovsky verließ den Raum in der Überzeugung, einen wichtigen Helfer gewonnen zu haben.

Er warf noch schnell einen Blick in besagtes Zimmer, wo Karel zufällig allein saß. Seine beiden Arbeitskollegen, mit denen er den Raum sonst teilte, waren gerade nicht anwesend.

»Gut, dass Sie kommen. Es sieht sehr gut aus mit den Transporten, die über Land gehen sollen. Lediglich mit dem Cockpit gibt es ein kleines Problem. Das muss über das Meer herübergeschafft werden. Dazu werden wir wohl ein Hovercraft benötigen. Das hätte die entsprechende Größe und eine ausreichende Schnelligkeit. Alle anderen Transportmöglichkeiten kommen für uns nicht in Frage.«

Egon Hostovsky sah ihn an und meinte: »Sehr schön, junger Mann. Du hast uns bisher sehr geholfen. Ich hoffe, das geht auch möglichst schnell vonstatten, die Zeit brennt uns unter den Nägeln.«

Er verabschiedete sich von Karel und verließ die Spedition. Wenn er alles richtig verstanden hatte, würde der Torso des *Clint* als Erstes auf dem Gelände eintreffen. Daher könnte man gleich den Arm aus Pavels Obhut anschrauben und dann die anderen Teile nach und nach hinzufügen.

Wenn alles gut lief, klappt es von der Zeit her gerade so. Nur das Cockpit, das wichtigste Stück am Mech, machte ihm etwas Sorgen. Was, wenn das Hovercraft streikte und das Cockpit im Meer versinken sollte? Dann wäre der ganze schöne Plan nichts als Makulatur. Gedankenverloren verließ er das Gebäude und begab sich zur U-Bahn. Die nächste Station war nicht weit entfernt, und die Rohrbahn würde ihn schnell und sicher zurückbringen.

Tamarind, Tamarind-City

6. April 2605

Der Morgen brach grau und düster an. Teils aufgrund eines andauernden Nieselregens, teils weil Jiri die Nacht schlecht geschlafen und Lippinsky und Cumrow um die Wette geschnarcht und so für einen unterbrochenen Schlafgenuss gesorgt hatten.

Er saß an der Werkbank, die Ellbogen auf den Tisch gestützt und eine dampfende Tasse Kaffee in den Händen. Er ließ seine Gedanken schweifen, um herauszufinden, woher er noch Leute bekommen könnte. Der Veteranenverein fiel aus verständlichen Gründen aus. Zwar waren es altgediente Kämpfer, aber der Begriff ›altgedient‹ störte ihn dabei am meisten. Rekruten oder ähnliches gab es keine, und auf die Schnelle ließen sich keine neuen Leute finden, die mit der nötigen Disziplin und Erfahrung mit der Waffe eine wirkliche Hilfe wären. Irgendwie fehlte ihm die Eingebung, die nötige Idee.

Als er schließlich aufstand und die Werkstatt seines Freundes hinter sich ließ, war es sechs Uhr früh. Die anderen schliefen noch. Aber er brauchte frische Luft. Die Gedanken wirbelten in seinem Kopf herum, fanden kein Anfang und kein Ende. Er stand unter Druck und hoffte ihn dadurch loszuwerden, dass er einen möglichst langen Spaziergang machte. Vielleicht fiel ihm ja doch noch etwas ein.

Stundenlang trieb es ihn durch die langsam voller werdenden Straßen. In einem Kaffeehaus trank er noch einen Kaffee und nahm ein dürftiges Frühstück ein. Zwei Stunden später stand er vor Tamarindias historischem Museum. Trotz seiner Abneigung gegen verstaubte Geschichte hatte er ein gutes Gespür für geschichtliche Zusammenhänge entwickelt. Er war auf einem hinterwäldlerischen Planeten aufgewachsen. Obwohl der Anschluss an die Zivilisation darin bestand, von seiner Heimatstadt aus mittels der Rohrbahn jederzeit Tamarind-City erreichen zu können, blieb er doch bis zu seiner Einberufung der Großstadt im Allgemeinen und der Hauptstadt des Planeten im Besonderen fern. Mit seiner Einberufung hatte er den Sprung über seinen selbst gesetzten Zaun gewagt und seine kleine, heile Welt verlassen.

Er lernte erst die Kaserne und nach der Grundausbildung die Weltstadt mit all ihren teuflischen Verlockungen kennen. Im Laufe der Zeit gelangte er zu der Überzeugung, dass Geschichte aus nichts anderem besteht als aus Zufällen. So wie er jetzt zufällig vor dem Haus der Geschichte stand.

Noch während Jiri Orten darüber nachdachte, schritt er die Stufen hinauf und trat in den hellen Vorraum. Am Schalter erstand er eine Eintrittskarte, die ihm kurz darauf abgenommen, zerrissen und als kümmerlicher Rest wieder in die Hand gedrückt wurde.

Er lief durch einen langen Flur bevor er sich entschloss, in einen der Räume abzutauchen, die die Geschichte des Planeten Tamarind und der gleichnamigen Grafschaft erzählten. Er sah sich um in dem Kreis von Gesichtern, die ihn steif und gefühllos von Stein-, Bronze- und Marmorbüsten entgegenblickten. Er sah von einem der Vorgänger des jetzigen Herrschers zum nächsten.

Wir könnten so viel erreichen, dachte er, *wir müssen die Menschen nur auf den Weg der Vernunft bringen. Fort von ihren Anfeindungen. Wir müssen zu moralischen Vorbildern werden. Aber wir müssen langsam vorgehen. Wir werden eine Gesellschaft aufbauen, die das Haus Marik eines Tages im hellsten Glanze erstrahlen lässt.*

Das Museum schien einen seltsamen Einfluss auf ihn und seine Gedanken zu nehmen. So als würden ihm die Frauen und Männer etwas zu sagen haben und etwas denken lassen, was nicht seine Gedanken waren. Er marschierte in den nächsten Raum, die Gedanken wieder um sein eigentliches Problem kreisend. Vorbei an Schlachtengemälden, wo sich BattleMechs einen erbitterten Kampf lieferten, Panzer und Soldaten im Vordergrund, schreiende Gesichter, den Tod vor Augen, aber nicht dominierend, sodass die Kampfkolosse als die Helden der Neuzeit dastanden.

Er ging weiter in den nächsten Saal, der voll gestellt mit Modellen von Raumschiffen bis BattleMechs die ganze Entwicklung der Menschheit darstellte. Angefangen bei den Raumschiffen ›Phobos‹ und ›Deimos‹, den beiden ersten Raumschiffen, die die Besiedelung des bekannten Weltalls vorwegnahmen. Bis hin zur ›Eugen Onegin‹, dem ersten Prospektoren-Raumer, der auf Tamarind gelandet war.

Aber nichts von den Erinnerungen half ihm bei seinem Problem. Er benötigte Männer, die fähig waren, nicht nur Waffen zu tragen, sondern diese auch einzusetzen. Keine Veteranen, keine Jünglinge aus Schulen oder Universitäten, sondern Söldner; aber die gab es zurzeit nicht auf Tamarind, Abgänger von Militärakademien gab es auch keine. Seine Gedanken drehten sich im Kreis, fanden keinen Ausweg aus der Zwickmühle.

Jiri Orten setzte sich auf einen Stuhl, stützte die Ellenbogen auf die Oberschenkel, formte mit den Händen eine Halbkugel und senkte den Kopf hinein. Vielleicht könnte er so besser nachdenken. Hier, wo ihn niemand stören würde.

»Hallo, Sie können da nicht sitzen. Der Stuhl gehört General Tosan Strugatzki.« Orten wurde unsanft aus seinen Gedanken gerissen.

»Ja, ja, ich stehe auf, wenn er kommt«, antwortete er zerstreut, warf einen Blick auf die junge Frau, die sich ihm genähert hatte, und versank wieder in seine Grübeleien.

»Nein, Sie stehen jetzt auf – das ist ein Museumsstück, auf dem Sie sitzen. Ich glaube auch nicht, dass ein toter General wiederkehrt, um ihn einzufordern. Wenn Sie sich setzen wollen, dann bitte dort in der Sitzecke.« Sie deutete mit der linken Hand zu einer Sitzgruppe, während ihre Rechte einen Stapel Papiere an den Körper presste.

»Oh, entschuldigen Sie.« Orten wurde erst jetzt wieder bewusst, wo er war und worauf er gesessen hatte. »Ich war in Gedanken und habe nicht darauf geachtet, wo ich bin.«

Er erhob sich, um den Weg zur Sitzgruppe einzuschlagen. Die junge Frau folgte ihm und erkundigte sich höflich: »Sie sehen nicht gut aus. Kann ich Ihnen etwas bringen?

»Ja, Männer, Krieger, Söldner ...«, kam es automatisch von Orten.

»Natürlich«, antwortete die junge Frau, »warum nicht gleich die Marine?«

In dem Moment platzte Ortens Gedankenschlange und löste sich in einem kleinen Logikwölkchen auf. Das war es. An die kleine Marine, die auf dem Meer von Tamarind Dienst tat, hatte die ganze Zeit niemand gedacht. Das war es. Das waren genau die Männer, die er brauchte.

»Junge Frau, ich könnte Sie küssen!« Orten war plötzlich bestens gelaunt und hätte es wohl auch getan, wäre die Museumsmitarbeiterin nicht einen Schritt zur Seite gegangen. Mit schnellen Schritten eilte er zum Ausgang, die Bildnisse der Mariks, die als Stammbaum angelegt waren und an der langen Wand hingen, nicht beachtend.

»Männer ...« Mehr sagte die Frau nicht und ging in die andere Richtung weiter. In ihrem Büro wartete Arbeit. Sie hatte keine Zeit für Tagträumer.

Tamarind, Tamarind-City

6. April 2605

»Captain Orten, Sie verheizen mir meine Marine. Sergeant Major Turmalin hat mit seinen Männern und Frauen nicht den Hauch einer Chance.« Sie starrte auf die holografische

Szene, die ihr die Kaserne der planetaren Miliz zeigte, und in einem weiteren geöffneten Fenster die ungefähre Stärke der Verteidiger. »Die planetare Miliz Tamarinds«, so hielt sie fest, »besteht aus nicht mehr als einem Dutzend Mechs, mehreren Jägern und zwei Panzerlanzen. Die Marine mit den wenigen Landfahrzeugen ist ihnen um das Sechsfache unterlegen.«

Captain Orten hatte die Arme verschränkt und zuckte mit den Achseln. Dann sah er der blonden Kommandantin in die Augen und hielt dem lauernden Blick stand.

»Zugegeben, die Chancen stehen schlecht. Auf dem ersten Blick.« Seit er vor fast einer Stunde auf dem Marinegelände angekommen war, diskutierte er mit der Kommandantin. Gut – mal abgesehen von dem Geplänkel der Ordonanz, die ihn nicht zu ihr vorlassen wollte.

Der lange Weg der Planung von seinem Besuch im Museum bis hierher hatte einiges an Zeit und Nerven gekostet. Außerdem war die Fahrt eine Tortur gewesen, weil er in eine der unangemeldeten Demonstrationen hineingeraten war. Jetzt kostete die Frau ihn Nerven, nicht weil sie blond und blöd war, sondern weil er versuchte, jedes ihrer logischen Argumente zu widerlegen.

»Von den Einheiten sind die Mechs alle ausgeschaltet. Zum Teil durch den Sturm auf die Kaserne und den damit einhergehenden Beschädigungen, zum Teil, weil die Mechs mit einem Code versehen sind, den nur die Piloten selbst entschlüsseln können.« Jiri Orten rieb sich mit Daumen und Zeigefinger der linken Hand über den Nasenrücken. Er war müde, hungrig und langsam schlecht gelaunt. Dennoch wollte er höflich bleiben. Vor allem, weil er die Unterstützung von Tamara Volakova benötigte. Ohne sie stand er ziemlich dumm da.

Die Kommandantin stand vor ihm, die Hände auf den Schreibtisch gestützt, den Oberkörper leicht vorgeneigt, und sah ihn fest an. Er fühlte sich unter ihren harten Blicken wie ein Schuljunge vor seiner strengen Lehrerin. Man konnte ihn nicht schnell einschüchtern, aber sie schaffte das innerhalb weniger Minuten.

»Aber haben wir denn eine andere Wahl?«, fragte er. »Wir haben die Pflicht, den Planeten zu verteidigen. Wären Sie bereit, mir dabei die nötige Unterstützung zu leisten? Mit dem Plan von Captain Egon Hostovsky würden wir die Miliz befreien und die Marine nicht verheizen. Bringen Sie Ihre Männer in Stellung, abrufbereit und bewaffnet, und ich kann Ihnen versprechen, dass wir kaum Leute verlieren werden.«

Tamara Volakova lief rot an. Sie und Jiri Orten lieferten sich ein Wortgefecht, nur auf nackten Fakten basierend.

»Ich sage Ihnen jetzt etwas. Sie«, und damit deutete ihr Zeigefinger drohend auf die Brust des Captains, »warten draußen. Ich werde jetzt ein paar Gespräche führen und von dem Ausgang dieser Gespräche wird es abhängen, ob ich Ihnen unter meiner Führung«, das ›meiner‹ betonte sie ausdrücklich, »Männer zur Verfügung stelle oder ob ich Sie gleich hier einbuchte.«

Sie drückte ein paar Knöpfe auf ihrer Konsole und das holografische Bild verschwand, dafür trat die Ordonanz ein, in Begleitung zweier gut gebauter Wachen.

»Warten Sie mit unserem Gast draußen, bis ich Sie wieder hereinrufe.«

Damit waren die Soldaten entlassen. Jiri Orten befand sich plötzlich im Vorraum des Marinehauptgebäudes. Er durfte sich auf einen Stuhl setzen und warten. Die beiden Soldaten nahmen rechts und links neben ihm Platz. Sogar auf die Toilette begleiteten sie ihn, als er den Drang verspürte, diese aufzusuchen. Er hatte schon entspannter seine Notdurft verrichtet ...

Tamara Volakova stand am Fenster ihres Büros hoch über den Hafenanlagen und genoss den Blick auf den Hafen mit all seinen Anlagen und dem vor der Mole wild tobenden Wasser. Dies war ihr Zufluchtsort und Arbeitsplatz zugleich. Zuflucht vor allzu viel Außendienst und Arbeitsplatz mit viel zu viel Papierkram. Sie hatte noch immer nicht den richtigen Mittelweg zwischen beidem gefunden.

Mit ihren dreiunddreißig Jahren war sie eine der jüngsten Kommandanten auf Tamarind und den umliegenden Planeten der kleinen Grafschaft. Sie drehte sich um und erledigte die erwähnten Gespräche. Das erste galt der Kaserne und dem Kommandanten, den sie ziemlich gut kannte. Als es jedoch hieß, er sei nicht zu sprechen, kam ihr das komisch vor. Als in der Folge zwei weitere Gespräche mit fast identischem Wortlaut nicht zustande kamen, ließ sie Orten wieder reinkommen. Irgendetwas schien an seiner Geschichte dran zu sein.

Tamara Volakova war loyal bis ins Mark, und bisher hatte sie mit dieser Einstellung nur Erfolge errungen. Es würde sicher nicht lange dauern, bis man auf sie aufmerksam wurde und zu größeren Aufgaben berufen würde. Kommandantin Volakova stand in ihrem Büro, den Rücken wieder zu Fenster gedreht, und sah auf die Tür, durch die jeden Moment der Captain eintreten musste. Die beiden Wachen bleiben vor der Tür stehen, während der Soldat wieder ins Büro kam. Im Gegensatz zu ihm trug sie eine makellose Uniform, die mit der militärischen Strenge ihre fast knabenhafte Figur noch mehr betonte.

»Setzen Sie sich, Orten.« Obwohl immer noch im Befehlston, schien sie nun ein wenig freundlicher aufgelegt zu sein. Die Spannung, die auf Orten lastete, war so spürbar, dass sie ihn fast erdrückte. Eine halbe Sekunde war er der irrigen Meinung, sie sei nur auf ihn persönlich gerichtet, während die Kommandantin ihn stumm anstarrte. Dann wischte er diesen Gedanken mit einer kurzen, unbewussten Geste des Kopfschüttelns beiseite. Er musste einfach ihre Hilfe gewinnen. Er wusste nicht, was er sonst machen sollte. Vor allem, wenn sie sich plötzlich gegen ihn stellen würde und ihn einfach in die nächste Zelle steckte.

Obwohl sie ihn nicht kannte und auch keine Zeit hatte, nahm sie sich diese dann doch. Ihre Einschätzung des fremden Captains lag darin begründet, dass dieser die Wahrheit zu sagen schien. Und wenn das zutraf, dann würde in der nächsten Zeit schrecklich viel Ärger auf sie zukommen. Einen Fast-Bürgerkrieg wollte sie nicht anzetteln. Die Demonstrationen gegen den Bürgermeister und seine verfehlte Politik, von der Polizei kaum im Zaum zu halten, waren ein deutliches Zeichen der Unzufriedenheit. Hinzu kamen, wenn man den Nachrichten Glauben schenken durfte, noch jede Menge kriminelle Elemente, die von einfachem Verbrechen bis zu Terroranschlägen die Zeit nutzten, die Stadt in ein unübersehbares Chaos zu stürzen.

Orten nahm wieder auf dem Stuhl vor dem Schreibtisch Platz. Er rutschte ein wenig unbehaglich auf dem Leder hin und her, denn die Kommandantin hatte ihn bisher nur gemustert, aber noch nicht wieder angesprochen. Die nun folgende Ruhe, die ihn erfasste, verwunderte Orten selbst und machte ihm gleichzeitig noch etwas mehr Angst. Trotzdem wandte er sich jetzt direkt an sie, sprach, ohne aufgefordert zu werden.

»Habt Sie Ihre Gespräche geführt? Wie auch immer. Sie haben meine Informationen erhalten, die Argumente gehört, die ich vorzubringen hatte. Bewerten Sie sie nun, und treffen Sie Ihre Entscheidung. Aber treffen Sie sie jetzt!«

Tamara war überrascht. So hätte sie den Captain nicht eingeschätzt. Er wollte eine Entscheidung, und zwar schnell. Dabei hatte sie sich längst entschieden. Die Gespräche waren nur eine Ablenkung, sie wollte währenddessen ihre eigene Entscheidung überdenken. Dass dabei die Ferngespräche nicht zustande gekommen waren, vertiefte nur ihre Überzeugung, dass der Captain mit seiner Geschichte Recht hatte.

»Ich habe mich entschieden«, sagte sie nun. »Ich werde Ihnen mit meinen Leuten zur Seite stehen. Gehen Sie nun zu Ihren Leuten und geben Sie mir rechtzeitig Bescheid, wann der Tanz auf dem Vulkan beginnen soll.«

18. Der Wind hat mir ein Lied erzählt

»Andoran Industries begann 2507 mit der Konstruktion des Clint-2-3T. *Etwas über zweihundert Stück wurden gebaut, aber dann wurde die Produktion dieses Typs eingestellt, weil die Panzerung nicht mit den eingebauten Waffen Schritt halten konnte – das Ding drohte immer wieder auseinander zu fallen, wenn man es im Kampf böse anschaute.*
Der Zielcomputer ist toll – muss er auch sein, weil einem im Kampf gerne die Munition ausgeht. Springen kann der Clint *auch ganz gut – was er auch tun sollte, wenn die Munition mal wieder alle ist. Weit springen.*
Und Ersatzteile? Das ist die Hölle. Wer einen Clint *hat, der gibt ihn nicht wieder her. Nicht, weil der* Clint *ein toller Mech ist. Sondern weil er die Teile vielleicht braucht, um seinen zweiten* Clint *zu reparieren.«*

— ›Von Angesicht zu Angesicht – Mensch und BattleMech, Geschichte eines Mythos‹, Gerlud Egbert, Hesperus II 2733

Tamarind, Tamarind-City

6. April 2605

Hoch über den Straßen von Tamarind-City hielt er Hof. Er saß in einem alten Zimmer, dessen Möbel auch schon mal bessere Zeiten gesehen hatten. Das Zimmer war staubig, trübe beleuchtet und hätte besser in den Keller des dreiundzwanzig Stockwerke umfassenden Wolkenkratzers gepasst, als hier in die fünfzehnte Etage.

Obwohl er klein und dick war, geradezu Ähnlichkeiten mit einem Ball aufwies, der mit zwei Armen und Beinen ausgestattet war, ging von ihm ein Eindruck großer Macht aus. Er starrte auf den Monitor, der ihn mit der Außenwelt verband. Ein bekanntes Gesicht blickte ihm entgegen. Dabei hatte er gehofft, nie wieder in das kantige Gesicht mit den harten Augen des ehemaligen Geheimdienst-Offiziers blicken zu müssen.

Kurz sah er in das kleinkinderhafte Gesicht seines persönlichen Adjutanten. Marcel Roth verstand ihn ohne ein Wort. Langsam erhob er sich von seinem Schreibtisch und verließ das Zimmer durch eine rostfleckige Stahltür. Der menschliche Ball starrte den Monitor wieder an und sah Egon Hostovsky direkt in die Augen.

Als die Stahltür ins Schloss gefallen war, eröffnete er erneut das Gespräch, das er eben unterbrochen hatte, um mit seinem Gegenüber alleine zu sein. »So, du findest also, ich wäre dir noch einen Gefallen schuldig? Du meldest dich bei mir, weil es an der Zeit wäre, diesen Gefallen einzutreiben?« Der alte Mann spie seine Worte fast in Richtung des Anrufers.

Hostovsky nickte. »Die Situation fordert von uns allen ihren Preis. Nun sind Sie dran, den Ihren zu entrichten.« Der Offizier und Gentleman Hostovsky stellte jetzt ganz der befehlsgewohnte Mann dar. Wie hieß es doch in einem alten Buch der Erde: ›Auge um Auge, Zahn um Zahn.‹ Nun gut, wenn es jeder so machen würde, dann wäre die Liga Freier Welten nur noch von zahnlosen Blinden bevölkert. Aber trotzdem. Ein Mann muss zu seinem Wort stehen.

Egon Hostovsky konnte sich noch ganz genau an die Begebenheit erinnern, als er das erste Mal auf seinen Gegenüber getroffen war.

Es war ein heller freundlicher Tag, der eigentlich durch nichts getrübt werden sollte. Hostovsky war mit zwei Militärpolizisten unterwegs, um einen Soldaten abzuholen, der sich unerlaubt von der Truppe entfernt hatte. Gegen den jungen Private wurden Ermittlungen geführt, weil Material der Miliz auf dem Schwarzmarkt Tamarindias aufgetaucht war.

Der Wagen fuhr an der Front des achtstöckigen Wohngebäudes im Westen der Millionenmetropole vor. Nacheinander stiegen die drei Männer aus und näherten sich dem Haus. Es gab nichts Auffälliges zu sehen, nur einen Mann in dunkler Kleidung, der in der Nähe der Tür herumlungerte.

Hostovsky gab mit einer knappen Geste Anweisung, so zu tun, als würden sie an dem Haus vorbeigehen. Doch gerade, als sie den Mann passierten, griff Hostovsky fest zu, und einer seiner Militärpolizisten holte hart mit seinem Schlagstock aus. Der Mann befand sich so schnell im Land der Träume, dass er sein versteckt getragenes Funkgerät nicht mehr aktivieren konnte. Hostovsky konnte auf Anhieb nicht erklären, was ihn dem Mann gegenüber misstrauisch gemacht hatte. Aber sein feiner Instinkt als ehemaliger Geheimdienstler hatte ihn wieder einmal nicht getäuscht.

Im Haus schickte er einen Mann mit dem Fahrstuhl nach oben, während er selbst in Begleitung des zweiten Mannes die Treppe, immer zwei Stufen auf einmal nehmend, hinaufstürmte. Oben angekommen stand der erste MP bereits an der Tür, die Pistole in der Hand. Dort wo der Private wohnte, stand die Tür leicht offen. Hostovsky sah seinen Untergebenen fragend an, doch der schüttelte nur den Kopf. Nein, er hatte die Tür nicht geöffnet.

Von drinnen wurden jetzt Stimmen laut. Eine wimmernde, die um Gnade winselte, und eine harte männliche, die nur von klatschenden Geräuschen unterbrochen wurde. Ein kurzer Blick, einige kurze Gesten mit der freien Hand, und Hostovksy hatte die MPs über ihr weiteres Vorgehen informiert. Auf ein Signal hin stürmten die drei Soldaten in das Zimmer. Plötzlich sahen sie sich einer ganz fatalen

Situation gegenüber. Ihnen gegenüber standen Gauner mit Waffen im Anschlag, dazwischen ein alter Mann und der gesuchte Private. Hostovsky überblickte die Situation sofort. Die Fremden würden nicht schießen, da ihr Chef in der Schusslinie stand. Er selbst und seine Männer würden nicht schießen, weil sie sonst dieses Schutzes beraubt wären.

»Was wollen Sie?«, fragte der Mann über die Schulter hinweg. Langsam ließ er den Soldaten zu Boden gleiten. Jammernd krümmte sich der Mann auf dem Boden, kreuzte die Arme vor den Magen und wimmerte leise vor sich hin.

»Den Mann«, antworte Hostovsky, »und wenn Sie sein Geschäftspartner sind, nehme ich Sie ebenfalls gleich mit. Der Private ist verhaftet und wird vor ein Militärgericht gestellt. Sie werden mit Ihren Männern der zivilen Gerichtsbarkeit übergeben.«

Der Mann lächelte nur. »Das glaube ich kaum, denn wie Sie sehen, sind wir in der Mehrzahl.« Damit deutete er auf die vier Männer, die im Zimmer verteilt standen. Und sie hielten überzeugende Argumente in den Händen.

Der Disput zwischen Hostovsky und dem Mann zog sich etwas hin. Das Wimmern wurde mittlerweile leiser. Plötzlich registrierte Hostovsky eine Bewegung aus den Augenwinkeln. Woher auch immer, der Private am Boden hatte eine Waffe gezogen und zielte auf Hostovskys Gesprächspartner. Der Offizier reagierte sofort. Er schubste den alten Mann aus dem Weg und feuerte mit seiner Waffe auf den Private. Er wollte diesen eigentlich nur außer Gefecht setzen, doch die anderen Männer schossen schneller. Der Soldat starb im Kugelhagel der Verbrecher. Im gleichen Augenblick hörte Hostovsky hinter sich ein knackendes Geräusch. Der Mann von unten war inzwischen heraufgekommen und stand mit gezogener Waffe hinter Hostovsky.

»Wie mir scheint, haben Sie jetzt ein Problem.«

Hostovsky nickte. »Ich wollte nur meinen Soldaten abholen, und weil Sie da waren, hätte ich Sie gleich mitgenommen.«

»Daraus wird wohl nichts«, sagte der Mann und wischte sich Staub vom Anzug. Dann richtete er sich ganz auf. »Im Augenblick steht es wohl Remis. Ich kann Sie nicht erschießen lassen, weil ich sicher bin, eine gegnerische Kugel wird dann auch mich treffen. Und Sie werden nicht schießen, weil sie mich lebend wollen. Daher schlage ich vor, Sie gehen jetzt möglichst schnell.« Der Mann deutete zur Tür. Hinter den drei Soldaten wurde bereitwillig Platz gemacht, ohne dass die Waffen jedoch gesenkt wurden.

Hostovsky sah ein, dass es klüger wäre, jetzt zu gehen. Aber einen Kommentar musste er noch loswerden. »Im Augenblick mag es Remis stehen, aber vergessen Sie nie, dass ich Ihr Leben gerettet habe. Sie sind mir etwas schuldig.«

* * *

Hostovskys Rückbesinnung wurde rüde unterbrochen, als sich der alte Mann wieder bemerkbar machte. Dessen Stimme erschien ihm besonders streng und scharf. Immerhin hatte der gestandene Geheimdienstler versucht, ihm ein schlechtes Gewissen einzureden. Der alte Mann wiederholte seine eben schon einmal gestellte Frage: »Du willst deinen Gefallen eintreiben?«

Hostovsky bejahte die Frage. Dann legte er in aller Ruhe dar, wie er die Situation in Tamarindia einschätzte, was er über den Angriff auf die Kaserne wusste und was er von seinem Gegenüber erwartete. Er wandte die passende Wortwahl an, um den alten Mann von seinem Vorhaben zu überzeugen.

Als Hostovsky geendet hatte, schwieg der alte Mann mehrere Atemzüge lang. »Du hast also meine Gedankengänge verfolgt und sie bis ins Tiefste analysiert? Und du bist am Ende zu der Überzeugung gelangt, die perfekte Strategie gegen die Zustände in der Stadt entwickelt zu haben? Du meinst wahrscheinlich, ich sei ein seniler alter Mann, du scheinst der Meinung zu sein, ich sei zu nichts mehr nütze?« Der alte Mann, dessen Name immer noch nicht gefallen war, sah irgendwie müde aus. Egon Hostovsky wusste jedoch, dass dies genauso vorgetäuscht war wie das heruntergekommene Zimmer, in dem der Alte angeblich residierte.

Der alte Mann nickte – mehr zu sich selbst als zu seinem Gegenüber –, dann sah er wieder Hostovsky in die Augen. »Vielleicht hast du Recht. Du bist eventuell der irrigen Meinung, ich hätte nichts unternommen, als ich die fremden Kriminellen in meiner«, und dabei betonte er das Wort ›meiner‹ ganz besonders, »in meiner Stadt bemerkte?« Er sah sich betont gleichgültig um, wie um zu demonstrieren, dass er eigentlich nichts besaß.

»Aber du unterliegst einem Irrtum. Ich hatte andere Dinge zu erledigen, die mir im ersten Moment sehr viel wichtiger waren als die Fremden. Ich benötigte lediglich ein wenig mehr Zeit, um mir über einen erfolgreichen Lösungsweg klar zu werden.« Der alte Mann ließ seine Worte in der Luft verhallen. Eine Kunstpause entstand, die länger dauerte als ein Atemzug. Dann nahm er das Gespräch wieder auf. »Meine oberste Pflicht ist es, meine Leute zu schützen. Das kann ich nur in einer funktionierenden Stadt tun. Die Verluste unter meinen Männern wären mit der Zeit größer, als wenn ich sie dir einfach zur Verfügung stellen würde.«

Wieder schwieg er einen Moment. Hostovsky war klug genug, ihn nicht zu unterbrechen, sondern sich dem Redeschwall auszusetzen, bis der alte Mann am Ende dessen angelangt war, was er mitteilen wollte. Er behielt Recht. Es dauerte nur einige Augenblicke, da ergriff der alte Mann wieder das Wort. Rasselnd saugte er erneut den Atem ein, bevor er zu sprechen begann. »Ab morgen Mittag stehen dir fünfzig meiner Leute unter der Führung meines Assistenten Marcel Roth zur Verfügung. Sie werden die Uniform der 23sten Heimatwache von Tamarind tragen.«

Ohne weiteres wurde der Monitor dunkel. Hostovsky hatte erhalten, was er wollte. Er wusste, dass der alte Mann seine Zusage einhalten würde – und sich danach im Gefühl sonnen würde, seine Schuld bezahlt zu haben.

Der Schirm verdunkelte sich. Der alte Mann nahm die Hand vom Ausschalter. Dann klingelte er mit einer kleinen Handglocke. Marcel Roth trat wieder in den Raum. Der alte Mann gab ihm eine kurze Zusammenfassung des Gesprächs, dann erteilte er ihm eine Reihe von Anweisungen.

Nach nur zehn Minuten trat sein Adjutant wieder auf den Gang, seine Befehle in der Tasche.

»Es gab immer wieder Kommandanten in der Geschichte der Fusiliers of Oriente, die kompetente Soldaten, begnadete Führer und gute Verwalter waren. Es hat sie gegeben, und wird sie immer wieder geben.
Doch offenbar ist die Luft auf Tamarind nicht gut für Offiziere. Unlängst musste General Fyodor Mallory seinen Posten abgeben, weil er Gelder in Kanäle gelenkt hat, in die sie sicherlich nicht gehören. Es gibt immer wieder Menschen, die unter Verantwortung zerbrechen oder einfach anfangen, gegen die Interessen derjenigen zu handeln, die sie eigentlich kommandieren sollen. Es hat diese Menschen immer gegeben, und es wird sie immer wieder geben.«

— Aus einem Interview mit dem Adjutanten von
General Beauregard Waslewski, Ctibor Rybar,
im Tamarinder Telev am 16. Dezember 3015

Tamarind, Tamarind-City

6. April 2605

Karel saß an seinem Computer und rief Programme auf. Sein Blick fiel auf Listen mit Handynummern, elektronische Signaturen der Einzelteile, verwendbare Transporteinheiten und ähnliches mehr – diese Dinge brauchte er, damit die Teile des Mechs zielgerichtet und vor allem pünktlich auf der alten Industriebrache ankamen. Die alte Niederlassung musste noch vorbereitet, vor allem aber aufgeschlossen werden.

Als Erstes beorderte er einen Tieflader zu Ota Pavels Werkstatt, damit dort der Arm abgeholt werden konnte.

Zudem musste Pavel extra Maschinen zur Brache mitnehmen, um überhaupt arbeiten zu können. Karel warf einen Blick auf die Übersichtskarte des globalen Positionierungssystems. Das System lieferte, dank der Satelliten im Orbit um Tamarind, hervorragende Positionsbestimmungen der einzelnen Transportsysteme der Trans Universalis. Egal, ob es Kurierfahrzeuge, Transporter oder Lastenhubschrauber waren – alle erschienen perfekt dargestellt auf seinem Schirm.

Daher konnte Karel auch schnell einen Tieflader ausmachen, der eine Leerfahrt hatte und in relativer Nähe zu Pavels Werkstatt seinen Weg nahm. Diesen dirigierte er kurzerhand um. Er rief den Fahrer auf seinem Handy an und gab den neuen Auftrag durch. Den Auftrag, den er bereits hatte, wurde auf später verschoben, der Kunde entsprechend benachrichtigt. Das Gleiche geschah mit drei anderen Tiefladern, die er durch die dicht befahrenen Straßen der Millionenstadt Tamarind schickte.

Die Fahrer selbst kannten nur immer den Teil ihrer Ladung und nahmen wegen des Ziels ›alte Industriebrache‹ an, dass die entsprechenden Teile zur Verschrottung anstanden. Hätten sie gewusst, dass auf Grund der Befehle eines einzelnen Jungen dort ein Mech zusammengebaut werden sollte, hätten sie wohl erst Rücksprache mit der Geschäftsleitung gehalten. So klappte alles, bis auf das leidige Cockpit.

Selbiges war in dem MechMuseum von Nikodemus Brousek. Das Museum befand sich jedoch in Svatnovice. Der kleine Ort mit knapp 100.000 Einwohnern befand sich leider auf der anderen Seite des Meeres, gegenüber von Tamarind. Karel wählte die Nummer des Museumsleiters und gleichzeitigen Museumsbesitzers. Die ›Freunde der Mechs‹ waren bereits ein paar Mal in diesem Museum gewesen und hatten sich mit Herrn Brousek angefreundet. Die ersten Male ging niemand an den Apparat. Karel wurde langsam nervös. Ohne das Cockpit konnten sie nichts anfangen. In diesem Fall wäre der komplette Plan zum Scheitern verurteilt.

Die nächsten Telefonate gingen daher erst einmal dahin, eine Transportmöglichkeit für das Cockpit zu besorgen. Ein Lastenhubschrauber schied aus, weil die Maschinen nicht in erreichbarer Nähe wären. Der Landtransport fiel wegen der benötigten Transportzeit ebenfalls aus. Somit blieb nur der Wasserweg. Karel suchte eine Möglichkeit, fand aber auf Anhieb nichts.

Karel entschloss sich, zu seinem Vorgesetzten zu gehen, um ihn um Rat zu fragen. Gleichzeitig gab er den Zugriff auf seinen Rechner für ihn frei. Wenig später betrat er sein Büro und besprach das Problem. Nur zehn Minuten später saß er wieder an seinem Arbeitsplatz. Er fühlte sich sichtlich gestärkt durch das Lob. Sein Chef war schon ein ausgefuchster Geschäftsmann. Er hatte ihm gesagt, seine Planung würde nicht nur bestehende Aufträge optimal nutzen, sondern auch die Fahrten für die Miliz optimal umsetzen. Zumal er erwartete, nach dem Einsatz die Fahrten auch bezahlt zu bekommen – wenn alles nach Plan lief.

Karel Polacek rief erneut Nikodemus Brousek an. Diesmal meldete sich der Museumsleiter sofort. Als er Karel erkannte, wurde er eine Spur freundlicher. Die beiden hatten sich schon des Öfteren gesehen und hitzige Diskussionen über die Vorzüge und Nachteile einzelner BattleMechs geführt. Als er jedoch hörte, was Karel nun von ihm wollte, konnte er das gar nicht glauben.

»Habe ich dich richtig verstanden«, fragte er ungläubig, »ihr wollt das Cockpit des *Clint*?«

Karel bejahte. »Wir sind unbedingt darauf angewiesen, damit wir einen einsatzfähigen *Clint* erhalten. Wir haben bereits alle benötigten Teil zusammen. Der Mech wird bereits von der Hüfte aufwärts zusammengeschraubt. Aber nur mit einem Cockpit kann der BattleMech auch funktionieren.«

»Ich kann dir das Cockpit doch nicht einfach so geben. Erstens ist das sehr teuer und zweitens kann ich mir nicht vorstellen, was ihr mit einem kompletten Mech anfangen wollt. Das Ding ist eine Kampfmaschine und kein Spielzeug. Nein, nein, ich kann euch das Cockpit nicht überlassen.«

»Bitte, Herr Brousek, springen Sie über Ihren Schatten. Es ist schrecklich wichtig für uns, dass wir einen gefechtsbereiten *Clint* zur Verfügung haben.« Karel verlegte sich aufs Bitten, als er merkte, dass er anders nicht weiterkommen würde. Schließlich seufzte er und meinte kapitulierend: »Herr Brousek, Sie werden gleich einen Anruf von Captain Egon Hostovsky erhalten, der wird Ihnen die Situation genau erklären. Ich habe nur die Bitte, hören Sie ihm genau zu. Wir benötigen dringend Ihre Hilfe.«

»Captain Egon Hostovsky, sagtest du?"

»Ja, Herr Brousek, der Captain ist von der hiesigen Miliz und wird Ihnen alles erklären. Ich melde mich dann wieder bei Ihnen.«

Damit legte er auf und ließ einen verdutzten Museumsleiter zurück. Gleich darauf wählte Karel die Nummer von Hostovsky, um mit ihm über das Problem zu reden. Er gab ihm die Nummer von Brousek, mit der Bitte, ihn sofort anzurufen. Der Captain versprach ihm, dies sogleich zu tun.

Keine halbe Stunde später telefonierte Karel wieder mit Brousek, diesmal, um den Transport klar zu machen. Brousek war immer noch nicht ganz überzeugt, aber ein persönliches Gespräch mit Hostovsky sollte seine Zweifel ausräumen können.

Nichts einfacher als das. Mit einem Last-Hovercraft sollte das Cockpit über das Meer in den Hafen Tamarindias gebracht werden. Ein Tieflader würde dort auf das Hovercraft warten und das Cockpit sofort zum alten Lagerhallengelände bringen. Karel vergewisserte sich bei einem erneuten Telefongespräch, dass Hostovsky ein Hovercraft lenken konnte.

Also erklärte er ihm kurz, was von ihm erwartet wurde. Hostovsky war einverstanden, aber nicht begeistert.

Karel ergriff erneut den Telefonhörer, um eine Begleitung für Hostovsky zu organisieren – wenn ein Mitglied der ›Freunde der Mechs‹ mit dabei wäre, dann würde das Gespräch mit dem Museumsleiter sicherlich unproblematischer verlaufen.

* * *

Ota Pavel fluchte wie ein Bierkutscher, wenngleich niemand mehr wusste, was das sein sollte, aber das Sprichwort hatte sich über die Generationen gehalten. Der Tieflader blockierte gerade die ganze Straße, als er rückwärts in den Hof von Pavels Werkstatt einfuhr. Es war keine Hauptstraße, doch der allgemeine Durchgangsverkehr staute sich auf beiden Fahrspuren, ungeduldige Fußgänger meckerten laut über diese unverschämte Störung des Verkehrs, doch der Fahrer des Tiefladers war anscheinend ein Mann mit stoischer Ruhe. Nichts schien ihn in seiner Konzentration zu stören, den langen Tieflader fehlerfrei durch die Einfahrt in den Hof zu fahren.

Zehn Minuten, ein Hupkonzert und ein Dutzend aufgebrachter Bürger später stand der Wagen im Hof, fertig zum Beladen. Ein Gabelstapler lud zuerst ein paar Aggregate und Werkzeugmaschinen auf. Danach folgte der Arm des Mech. Sorgsam unter großen Planen verborgen, wurde er auf die Ladefläche gehoben. Die inzwischen zahlreiche Zuschauerschaft, die aus den Fenstern in den Hof blickte, entging in diesem Fall, was dort verladen wurde. Dadurch wurde die Neugier nicht gestillt, sondern gab Anlass dazu, darüber zu spekulieren, was Herr Pavel diesmal zu verladen hätte. Der Mann war ja schon immer suspekt. Seine geheimnisvollen Tätigkeiten wurden gleichgesetzt mit dem illegalen Umbau von Mafia-Fahrzeugen bis hin zu gefährlichen Waffen und anderem mehr. Einige der Hausbewohner würden zu gern einen Blick unter die Planen werfen, schickten sogar deswegen ihre Kinder hinunter. Pavel und die anwesenden ›Freunde der Mechs‹ konnten die Kinder jedoch verscheuchen. Somit blieben unbefriedigte Neugierige zurück, als Stunden später das letzte Fahrzeug den Hof verließ.

Bei der letzten Fahrt kam es zum gleichen Verkehrschaos wie zuvor. Doch die Menschen beruhigten sich schnell wieder, als sich der Tieflader mit seiner verplanten Fracht auf den Weg machte, die Stadt zu verlassen.

20. Die Ruhe im Auge des Sturms

»Die Liga freier Welten ist eine Sammlung von Menschen, die nur durch gemeinsame Interessen getrennt werden.«

— Grant Arbuthnot, Sprecher des Parlaments der Liga freier Welten, Atreus 2883

Tamarind, Tamarind-City

7. April 2605

Norbert Nikolaus Frijg war täglich mit der Rohrbahn zur Arbeit unterwegs. Sein Weg war ereignislos. So ging es einem, wenn man seit dreiundzwanzig Jahren jeden Tag denselben Weg zurücklegte, um zur Arbeit zu gelangen.

In den letzten Tagen hatte sich seine über Jahrzehnte eingeschliffene Routine ein wenig verändert. Die Ausgangssperre hatte dazu geführt, dass einige städtische Dienste wie die Müllabfuhr später ihren Dienst begannen, um nicht mit der nächtlichen Ausgangssperre zu kollidieren. Früher hatte es gelangt, wenn sein Wecker um 6.00 Uhr klingelte. Dann war er gegen zwanzig nach sechs geduscht und hatte alle Zeit der Welt, um in Ruhe zu frühstücken, bevor er gegen sieben Uhr das Haus verließ, um sich zur Rohrbahn zu begeben.

Jetzt war morgens um sieben Uhr deutlich mehr auf den Straßen los als früher. Die Müllabfuhr verstopfte immer irgendeine Zufahrt und der Verkehr stand, während Müllmänner in ihren orangefarbigen Westen die Mülleimer leerten. Von den Kontrollen, die immer wieder überraschend auftraten, gar nicht zu reden ... und welcher Arbeitgeber hatte für so etwas schon Verständnis?

Nikolaus musste zwar nicht mit dem Auto fahren, aber jede Straßenüberquerung wurde zum Abenteuer, wenn die Pendler versuchten, noch schnell vor Rot die Straße zu überqueren oder einen Zebrastreifen ignorierten, weil sie erhofften, so ein paar Minuten früher auf der Arbeit zu sein.

Nikolaus hatte es schon vor Jahren aufgegeben, mit dem eigenen Auto zur Arbeit zu fahren. Dazu war die Verkehrsanbindung mit der Rohrbahn zu gut. Er verlor nur wenige Minuten, wenn er statt mit dem eigenen Auto mit dem öffentlichen Nahverkehr fuhr. Dafür hatte er keine Schwierigkeiten mit der Parkplatzsuche, musste nicht in der Schlange an der Tankstelle anstehen und hatte keine zusätzlichen Kosten für Reparaturen und Steuer.

Außerdem las er gerne morgens in der Bahn. Am liebsten Zukunftsromane – Science Fiction über den Kontakt zwischen Menschen und Außerirdischen. Im ganzen Kosmos war die Menschheit keiner fremden Rasse begegnet. Sein Anspruch an die Texte war nicht hoch. Es mussten ja keine elbengleichen Wesen in silbernen Kampfanzügen oder aufrecht gehende Frösche sein, auch über Lichtzeichen kommunizierende Flechten hätten seinen Wunsch nach Abenteuer und dem Fremden schon befriedigt. Aber in der echten Welt konnte diese Sehnsucht nicht befriedigt werden, daher las er, was er zwischen die Finger bekommen konnte.

Die Ausgangssperre hatte seinen Weg zur Arbeit auf dem Stück verlängert, das seine Lesezeit nicht verlängerte. Er brauchte nur länger zur Fuß bis zur *Cameron.* Früher hieß die Station einfach *Podolska,* aber seit dem Amtsantritt des ersten Lords des Sternenbundes vor wenigen Jahren hatte man zu seinen Ehren die Station umbenannt.

Eigentlich waren ihm politische Veränderungen egal. Aber die feierliche Umbenennung samt einer großen Neueröffnung hatte dazu geführt, dass die Station von Grund auf saniert worden war. Nikolaus dachte voller Schrecken an das eine Mal vor vielen Jahren, als er morgens die Toilette der Rohrbahnstation aufsuchen musste. Er hatte danach den ganzen Tag auf der Arbeit das Gefühl gehabt, sich mit antiseptischen Flüssigkeiten heiß abduschen zu müssen, weil er gezwungen gewesen war, mit den sanitären Anlagen in Kontakt zu kommen.

Noch heute schüttelte es ihm beim Gedanken an dieses wirklich nicht sehr angenehme Erlebnis.

Sein Wecker klingelte heute gegen 5.30 Uhr. Schlaftrunken und gegen seinen lange antrainierten Rhythmus ankämpfend, wälzte er sich aus dem Bett. Er streckte sich und schwankte müde ins Bad.

Nach einer heißen Dusche ging es ihm langsam besser. Die Zeitschaltuhr hatte inzwischen die Kaffee-Maschine aktiviert, die ihren schwarzen Trunk duftend in die Kanne ergoss. Er zog sich an und ging in die Küche, eine Kleinigkeit essen. Dabei lief im Hintergrund das Radio.

»Guten Morgen, Tamarindia!«, erscholl es aus dem Gerät. »Das Wetter heute ist wieder nass und kalt – Wind weht vom Hafen und bringt kalte Luft und den Geruch der See mit. Wenn das nicht romantisch ist. Hahaha. Ansonsten ist ein Ende der Ausgangssperre abzusehen. Aus der Garnison verlautete, dass die Ausgangssperre in den nächsten Tagen aufgehoben werden kann. Für morgen Abend ist eine wichtige Pressekonferenz angekündigt worden, die in Trivid und Radio übertragen wird. Man darf also gespannt sein. Weiter geht es mit Musik ...«

Nikolaus schaltete mental ab, lauschte nur noch mit halbem Ohr der Musik, schlürfte seinen Kaffee und verzehrte zwei reich bedeckte Käsebrote. »Frühstücke wie ein König, iss mittags wie ein Bürger und abends wie ein Bettler«, hatte ihm seine Mutter immer gepredigt. Bis heute hatte er versucht, sich daran zu halten. Nach den Broten folgten noch ein Joghurt und eine Graffna, eine bananenähnliche Frucht, die leicht nach Pfirsich schmeckte.

Danach verschwand er kurz im Bad, spülte sich noch einmal den Mund aus und zog Mantel und Hut an. Dann ging er hinaus.

Die Stadt schlief nicht mehr. Eine Stadt von der Größe Tamarindias schlief eigentlich nie. Die ersten Läden waren schon offen, verkauften Brötchen und Kaffee an Frühaufsteher. Er kaufte sich eine Zeitung, um sie in der Mittagspause zu lesen. Die Schlagzeilen verhießen keine großen Neuigkeiten – ein Showstar hatte seinen Mann verlassen, eine Sportlerin hatte sich beim Spiel schwer verletzt, ein Künstler war verstorben. Kein Wort über den Ausnahmezustand.

Er ging den Weg zur Rohrbahn etwas wacher als sonst, doch heute hatte er Glück – keine irrsinnigen Autofahrer versuchten, auf seine Kosten noch einige Sekunden für den Arbeitsbeginn gut zu machen.

Die *Cameron* sah gut aus, offenbar war mal wieder gewischt worden. Die Rohrbahn hatte keinen festen Fahrplan – alle paar Minuten kam ein Zug, von daher war es sinnvoll, sich einfach auf den Bahnsteig zu stellen und auf die nächste Bahn in die richtige Richtung zu warten.

Er fuhr, doch warf er keinen Blick hinaus auf die Landschaft. Im Sommer schaute er manchmal die ganze Zeit aus dem Fenster und genoss die Streckenabschnitte, an denen die Rohrbahn überirdisch verlief und er einen beeindruckend schönen Blick auf die morgendliche Stadt erhielt. Doch heute war es noch zu dunkel dafür.

Am Ziel hatte er ein Kapitel seines Buches durch und machte sich auf den Fußmarsch zur Arbeit. Am Ausgang kam es noch zu einem kurzen Aufenthalt, weil bewaffnete Polizisten die Ausweise der Pendler kontrollierten.

In der Schlange vor ihm war etwas Unruhe, doch die legte sich bald, immerhin wusste jeder, dass diese Verordnung ihren Sinn haben würde. Was jagten sie dieses Mal? Kinderschänder? Bankräuber? Brandstifter? Nikolaus wusste es nicht, es war ihm auch egal.

Die Sonne kam heraus, als er den Raumhafen erreichte. Er musste auf dem Weg zum Tower noch die letzte, übliche Sicherheitskontrolle über sich ergehen lassen.

Millar von der Nachtschicht war wie immer mürrisch. Eine lange Übergabe stand nicht aus, auch heute waren kaum Schiffe zu erwarten. Es würde ein ruhiger Tag werden. Doch hier draußen war jeder Tag ein ruhiger Tag.

Tamarind, Tamarind-City

7. April 2605

Ota Pavel fing langsam an, eine für ihn untypische Abneigung gegen BattleMechs zu entwickeln. Karel hatte seine Arbeit wirklich ausgesprochen gut gemacht, und die ehemalige Industriebrache ließ sich auch in erstaunlich kurzer Zeit umrüsten. Aber genau das war es, was ihnen fehlte: Zeit.

Immer wieder waren es Kleinigkeiten, die ihn in seiner Planung zurückwarfen. Die Werkzeuge und Einzelteile waren – soweit schon vorhanden – angeliefert worden. Er hatte auch klare Instruktionen gegeben, was wohin zu liefern und wie zu verpacken sei. Aber er konnte nicht an beiden Enden der Operation gleichzeitig sein– entweder konnte er seine alte Werkstatt einpacken oder seine neue Werkstatt aufbauen.

Er entschloss sich, das zu tun, was in solchen Fällen immer die schlechteste Lösung ist: Er wollte überall gleichzeitig sein.

Er war froh, dass er Alfred bei sich hatte. Die ›Freunde der Mechs‹ hatten alle ein erstaunliches Detailwissen über BattleMechs angesammelt. Alfred war nach kurzer Einarbeitungszeit sicherlich völlig überglücklich, dass ihm der alte Mann Verantwortung übertragen hatte. Und so gab er sich redlich Mühe, sich des in ihn gesetzten Vertrauens würdig zu erweisen. Es schien so, als würde er sich bei dieser Arbeit endlich bewähren können.

Ota war mal wieder in seine Werkstatt zurückgekehrt, während Alfred auf der Industriebrache die Teile sortieren und den Zusammenbau weiter anleiten sollte. Auf einmal schlug das Visiophon an. Alfred hechtete fast zum Gerät und stellte sich vor das Empfangsteil – so, als würde er mit seinem Körper verhindern wollen, dass jemand einen allzu neugierigen Blick in die neue Werkstatt warf. Er war erfreut und auch ein wenig erleichtert, als sich Otas Gesicht auf dem Bildschirm abzeichnete.

»Na, wie läuft es bei dir?« Die Stimme des alten Manns klang müde.

»Sehr gut. Die avisierten Lieferungen sind alle eingetroffen, ich habe Leute abgestellt, die mit dem Umbau des Krans nach deinen Anweisungen beginnen. Einige Kleinigkeiten fehlen noch – aber das kriegen wir heute noch hin. Nebenbei: Ich müsste meine Eltern benachrichtigen, dass ich wohl heute Abend später heimkomme.«

»Später?«, fragte Ota spöttisch. »Ich gehe davon aus, dass wir zwei die ganze Nacht durcharbeiten müssen, wenn der Plan auch nur eine geringe Hoffnung auf Erfolg hat. Die Herren Offiziere haben ja deutlich genug darauf hingewiesen, dass der Zeitplan unbedingt eingehalten werden muss.«

»Ich weiß. Aber wir können schlecht das Sprungschiff bitten, später anzukommen. Ach – was willst du mit deinem Kommentar unauffällig andeuten?«

»Ich will nichts andeuten!« Das Zucken um Otas Auge war schlimmer geworden. Alfred hatte heute aufgehört mitzuzählen, wie viele große Tassen schwarzen Kaffee der BattleMech-Veteran schon in sich hineingekippt hatte. Vorhin hatte er mit Mühe verhindern können, dass Ota fahrig einen Krug mit Öl entleerte, weil er ihn für eine seiner stehen gelassenen Reserven mit lauwarmem Kaffee gehalten hatte. »Du wirst deinen Eltern irgendeine wunderschöne Entschuldigung auftischen müssen, warum du heute Nacht nicht heimkommst. Warte mal ...« Ota dachte einen Moment lang nach. »Sag ihnen doch einfach, die ›Freunde der Mechs‹ hätten ein Angebot bekommen, heute bei der Vorbereitung einer Ausstellung mitwirken zu dürfen. Ihr übernachtet bei mir und wenn Rückfragen kommen, können deine Eltern gerne bei mir anrufen – und so ganz falsch ist die Geschichte nicht, denn wir wollen ja etwas ausstellen ... etwas, das sich bewegt und schießt.«

»Naja.« Ob seine Eltern darauf hereinfallen würden ... Aber das war sicherlich noch eine bessere Idee, als heute Nacht einfach nicht heimzukommen, um dann vielleicht von Jugendamt oder Schlimmerem gesucht zu werden. Wäre ausgesprochen ärgerlich, wenn die ganze Operation auffliegen würde, weil ein Sozialarbeiter des Jugendamts ihn zwischen den Teilen eines fast fertig gestellten BattleMechs finden würde ...

»Sag mal, sind denn die Kisten mit den Akkuschraubern bei dir?«

»Ich habe sie noch nirgendwo gesehen.«

»Mist, hier sind sie auch nicht.«

»Vielleicht sind sie in einer der Lieferungen, die noch ausstehen?«

»Es steht keine Lieferung mehr aus.«

»Warte mal!« Alfred konsultierte hektisch ein paar Listen. »Laut Lieferung müssten sie vor einigen Stunden hier angekommen sein. »Ich geh schauen und rufe dich zurück, einverstanden?«

Ota war einverstanden und legte auf.

Alfred begann hektisch, die ganze unordentliche Werkstatt nach der gottverdammten Kisten mit den Akkuschraubern abzusuchen. Er fand sie endlich in einer großen Holzkiste mit Metallbeschlägen, die den wunderbaren

Aufdruck ›Tierheim Tamarind-City‹ trug. Er wollte gar nicht wissen, was da drin transportiert worden war. Oder woher Ota die Kiste hatte.

Sofort eilte er zurück zum Visiophon und gab Ota die erlösende Mitteilung, dass der Koffer gefunden worden war.

Es sollte nicht der einzige Anruf in den nächsten Stunden bleiben. Alfred fragte sich immer wieder, wo der alte Mann die Energie für seine hektische Aktivität hernahm. Aus dem Kaffee vielleicht? Oder waren in seinen bionischen Implantaten auch Geräte eingebaut, die seine Körperenergie über Tage hinweg steigern konnten? Er wusste es nicht.

Jetzt mussten noch Teile ausgepackt, den Zusammenbau koordiniert und seine Eltern informiert werden – wenn auch nicht unbedingt in dieser Reihenfolge.

* * *

Als Ota spätabends in der Industriebrache auftauchte, um die letzten Arbeiten zu überwachen, fand er Alfred schlafend in seinem Bürostuhl vor. Leise warf er ihm eine wollene Decke über, schloss die Tür hinter sich und machte sich daran, noch die restliche Nacht weiterzuarbeiten.

Er wusste, was von ihm abhing, von daher war Schlaf keine Option. Noch nicht.

21. Mein Luftkissenboot ist voller Aale!

»Alpha Centauri? Wird allgemein überschätzt. Immerhin heißt mein Buch jetzt nicht ›Alpha Centauri sehen und sterben‹. Auch was wert.«

— Raymond Bache ›Tau Ceti und zurück – Die Memoiren eines Raumfahrers‹, Erde, 2133

Tamarind, Tamarind-City

7. April 2605

»Wer kam eigentlich auf die bescheuerte Idee mit dem Hovercraft?« Egon Hostovsky betätigte zum sicherlich tausendsten Mal den Scheibenwischer, weil schon wieder salzige Gischt das Frontfenster zu verkleben drohte.

»Karel Polacek – mittelgroß, vielleicht 170 Zentimeter. Braune Augen, dunkle Haare, zurückweichender Haaransatz, sehr große Nase«, antwortete Pjotr Miksch ruhig. Die letzten Stunden in Gegenwart des Offiziers hatten seiner Selbstsicherheit gut getan. Immerhin hatte er feststellen dürfen, dass er nicht nur deutlich seefester war als Hostovsky, sondern auch mehr Ahnung von den örtlichen Gegebenheiten hatte als dieser. Hostovsky hatte die Kaserne offenbar nie verlassen, um sich auf Tamarind umzuschauen – dafür war er an Orten gewesen, von denen Pjotr nur träumen konnte.

Wieder traf eine hohe Welle das Hovercraft. Hostovsky hielt die Steuerung so fest umklammert, dass seine Fingerknöchel weiß aus der Hand hervortraten. Das Narbengeflecht schien wie eine weiße Spinne aus der roten Hand hervorzustechen, elfenbeinerne Gelenke grenzten die einzelnen Fingerglieder voneinander ab. »Was macht unsere Ladung?«

Hostovsky wollte sich nicht umwenden, deswegen durfte Pjotr zum ebenfalls tausendsten Mal durch das Beobachtungsfenster auf die Plattform hinter ihnen schauen. »Die Leinen sind noch festgezurrt, die Plane verdeckt noch immer das ganze Cockpit und das Teil ist immer noch nicht ins Schlingern geraten.« Auch diesen Satz hatte er in dieser oder ähnlicher Form schon mindestens hundert Mal gesagt.

»Mir wäre es lieber, wenn nur das Cockpit schlingern würde.«

Aber immerhin hatte Hostovsky vor einigen Stunden aufgehört, immer trocken zu würgen, wenn das Gespräch auf Begriffe wie ›schlingern‹, ›Wellen‹ oder ›Wasser‹ kam.

* * *

Die letzten Stunden. Die Nacht war ausgesprochen ereignisreich gewesen. Mit Hilfe von Schmitz-Nussdorfer waren sie in den Besitz eines Hovercrafts und der nötigen Bescheinigungen gekommen, um diese Fahrt überhaupt erst antreten zu können. Das Ausgangsverbot hatte dazu geführt, dass vor Sonnenaufgang nur noch Versorgungsfahrten zugelassen waren – also hatten sie die nötigen Papiere organisiert bekommen, die sie als Fischlieferanten für den Hafen auswiesen. Wie sie vom Hafen dann zur Industriebrache kommen sollten, war noch nicht ganz klar – aber Schmitz-Nussdorfer ging offensichtlich davon aus, dass sie den Hafen zu einer Zeit erreichen würden, wenn die Ausgangssperre noch nicht vorüber, so doch fast vorüber wäre. Dann bräuchten sie nur noch ein wenig warten und könnten das Cockpit in aller Ruhe ans Ziel bringen.

Ihre Planung hatte aber ein paar Probleme aufgeworfen. Erstens mussten sie sich mitten in der Nacht ›einschiffen‹, um mit dem Hovercraft über die Meerenge nach Svatonice überzusetzen. Schon nach wenigen Minuten auf See war klar geworden, dass Hostovsky zwar die nötigen Fähigkeiten zur Steuerung eines Hovercrafts auf See besaß, aber nicht die nötigen Fähigkeiten, um dabei seinen Mageninhalt bei sich zu behalten.

Realistisch hatte Pjotr überlegt, dass in einem ausgewachsenen Mann nicht genug Nahrung für mehr als zehn oder zwölf Mal Übergeben sein müsste. Er hatte Recht behalten – nach dem elften Gang zur Reling war Hostovsky nicht mehr gegangen, um dem Herrn der Fische sein unwilliges Opfer darzubringen. Die restliche Überfahrt war aber dann sehr angespannt verlaufen. Hostovsky hatte immer wieder mit trockenem Würgen zu kämpfen, kalter Schweiß stand ihm auf der Stirn und ihm war anzumerken, dass er lieber auf dem Rück- denn auf dem Hinweg wäre.

In Svatonvice stellte sich auch gleich das zweite Problem: Nikodemus Brousek. Hostovsky war bevollmächtigt, den Besitzer des Privatmuseums in ihren Plan einzuweihen, damit sie das Cockpit für ihren Mech erhalten würden. Im Vorfeld hatte alles so geklungen, als wäre die Sache in trockenen Tüchern. Doch der Museumsbesitzer hatte die Stunden wohl genutzt, um sich darüber klar zu werden, dass er das Cockpit nicht hergeben wollte – egal wie die Lage auf Tamarind auch sein mochte.

In kurzen Worten: Herr Brousek erwies sich als wenig kooperationswillig. Weder war er bereit, das Cockpit auch nur einen Schritt weit bewegen zu lassen – immerhin konnte »seinem Sammlerstück« etwas passieren –, noch war er willig, sich das Teil abhandeln, -kaufen oder stehlen zu lassen. Letztere Möglichkeit fiel sowieso aus, weil man nicht riskieren wollte, dass Brousek bei einem Diebstahl des *Clint*-Cockpits die Behörden informiert. Sie hatten nun wirklich kein Interesse daran, dass die Behörden auf eine Gruppe aufmerksam wurden, die offenkundig dabei war, irgendwie und irgendwo einen BattleMech zusammenzusetzen.

Nach einer Diskussion, die sich über fast neunzig Minuten erstreckt hatte, waren sie immer noch keinen Schritt weiter gewesen. Der Kopf des *Clint* stand immer noch im Privatmuseum, die Zeit drängte und Hostovskys sowieso schon schlechte Laune wurde von Minute zu Minute schlechter.

Am Ende hatte er eine Lösung gewählt, die Alexanders Vorgehen beim Problem des gordischen Knotens sehr nahe kam: Er hatte den Museumsbesitzer niedergeschlagen, sauber verschnürt, in das Cockpit gezerrt und dort in jener Kabine untergebracht, in der die Fahrer normalerweise ihre gesetzlich vorgeschriebenen Schlafpausen machten. Pjotr war schon sehr neugierig auf das Gesicht von Karel, wenn er die ganze Geschichte erfahren würde.

In der Kabine lag der immer noch bewusstlose Mann nun zwischen abgegriffenen Pornoheften, leeren Kekspackungen und zerdrückten Bierdosen. Ein wundervoller Ort, der sicherlich auch für ein Museum getaugt hätte – ein Museum des planetaren Fernhandels. Und das Cockpit des *Clint* befand sich wenig später sauber verstaut auf der Rampe des Hovercrafts.

* * *

Wieder schlug eine Welle gegen das Hovercraft. »Land! Ich kann Land sehen!« Pjotr hatte die Hand über die Augen gelegt. In der Dunkelheit des nur zögerlich beginnenden morgendlichen Zwielichts hatte er die Hafenbeleuchtungen von Tamarindia ausgemacht. Der Fischereihafen lag vor ihnen.

»Endlich!« Der Herr des verfluchten fliegenden Holländers hätte nicht glücklicher sein können, endlich Land vor sich zu haben, als der ehemalige Geheimdienstmann. »Lieber würge ich noch einmal einen Schleimspucker von Jessica III mit bloßen Händen, als erneut ein Hovercraft über Wasser zu lenken.«

Pjotr lachte laut auf. Der dumme Spruch des Offiziers sorgte dafür, dass die Anspannung der letzten Stunden schlagartig von ihm abfiel.

Jetzt konnte Hostovsky die Hafeneinfahrt auch erkennen. Gesäumt von zwei Landzungen lag wie eine vor Wellen schützende Muschel Tamarindias Hafeneinfahrt vor ihnen. Inzwischen konnte Hostovsky auch auf dem Funkgerät die ersten Anfragen von der Hafenaufsicht empfangen.

»Hafenaufsicht Tamarind-City an KK-36-P. Hafenaufsicht an KK-36-P. Hallo?«

KK-36-P war das offizielle Kürzel für das von der Spedition zur Verfügung gestellte Hovercraft. Noch heute Nacht hatte sich Hostovsky in einer Schnelleinweisung in einen Speditionsfahrer mit Anfängerwissen verwandelt. Ruhig aktivierte er das Mikro. »Hier KK-36-P. Hallo Hafenaufsicht. Wir bringen Fisch aus Svatonice. Buchung über Trans Universalis; Anmeldung und Ausnahmegenehmigung für Nachtfahrt liegen wegen verderblicher Fracht vor.«

»Bitte geben Sie uns Anmeldenummer und Genehmigungsnummer durch, KK-36-P.«

Hostovsky machte eine Miene, die seine abschätzige Meinung über Bürokraten nur zu sehr verriet. Mit einem Blick bat er Pjotr, ihm die benötigten Papiere hinzuhalten. Weiter die Hände um das Steuer geklammert, las er die Aufschrift ab. »Anmeldenummer 42-Trans-060405-q, Genehmigungsnummer T-338. Langt das?«

Seine etwas genervt klingende Anfrage wurde von der Hafenbehörde mit einem Lachen beantwortet. »Wohl ein wenig zu raue See heute Nacht, was? Naja, so ein Hovercraft ist auch nicht für einen handfesten Sturm gemacht – obwohl das da draußen kein Sturm ist, eher ein Stürmchen.« Wieder klang ein Lachen auf.

Hostovsky kommentierte die Einschätzung des Unwetters nicht. Pjotr hielt es auch für klüger, jetzt nicht einzugreifen. Sollte ihn jemand später auf Hostovskys Unwohlsein ansprechen, so wäre er bereit, Stein und Bein zu schwören, dass sie auf See von haushohen Brechern bedroht worden waren. Eine kleine menschliche Schwäche wie Seekrankheit durfte sich ein MechKrieger in seinen Augen erlauben – solange ihm nicht im Cockpit eines BattleMech schlecht wurde.

»Darf ich jetzt?«, fragte Hostovsky hoffnungsvoll.

»Sie dürfen«, kam die befreiende Antwort vom Hafen.

Mit einem Aufseufzen lenkte Hostovsky sein Hovercraft in die Hafeneinfahrt hinein. Schlagartig wurden die Wellen kleiner, und mit ein wenig Brandung glitt das Hovercraft an Land.

* * *

Hostovsky hatte seine Benommenheit gerade noch rechtzeitig überwunden, um den Hafenbehörden den coolen Fernfahrer hinlegen zu können. Souverän hatte er den Papierkrieg gemeistert, der in der Zeit der Ausgangssperre mit einer nächtlichen Fischfracht verbunden war.

Die Sonne war inzwischen schon mit einem Viertel ihres Runds zu sehen. Gelblich, mit einem kleinen Touch ins Orange – Spektralklasse K2 IV, wie Pjotr sein Schulwissen für sich rekapitulierte. Heller, aber kälter als die Sonne des menschlichen Zentralsystems.

Das Hovercraft näherte sich unaufhaltsam der Industriebrache, wo die Teile des Mechs zusammengebaut werden sollten. Das Cockpit des *Clint* war fast sicher am Ziel – als vor ihnen eine Straßensperre auftauchte.

»Scheiße!«, entfuhr es Hostovsky.

»Wir haben doch alle nötigen Papiere?«, meinte Pjotr.

»Ja. Und ein MechCockpit auf der Ladefläche und einen gefesselten Museumsdirektor im Schlafraum. Meinst du nicht, dass das mindestens unsere Verhaftung nach sich zieht, wenn wir durchsucht werden?«

»Oops.«

»Ja, oops. Mal sehen, was mir einfällt. Hoffentlich mehr als dir. Oops …«

Pjotr schwieg betreten. Sie näherten sich gemächlich der Straßensperre, wo Fahrzeug nach Fahrzeug von Soldaten der Miliz durchsucht wurde.

Hostovsky kurbelte fast gelangweilt die Scheibe herunter und lehnte sich auf den linken Unterarm, sodass er bequem zum Fenster hinausschauen konnte. »Was ist los?«, sprach er den ersten Soldaten barsch an. »Ich muss mit meiner Ladung zum Fischmarkt.«

»Routinekontrolle wegen der Unruhen in der Stadt. Bitte zeigen Sie mir Ihre Papiere.«

Pjotr war jetzt sehr froh, dass ihr Weg tatsächlich in Richtung Fischmarkt ging – sie hätten kaum angeben können, sich mit einer Fischfracht verirrt zu haben.

Hostovsky reichte dem Soldaten den Stapel bestempelter und beklebter Unterlagen hinaus. Der Soldat schaute sie in aller Ruhe durch.

»Und was haben Sie auf der Ladefläche? Die müssten wir nämlich auch noch durchsuchen.«

Hostovsky lehnte sich aus dem Fenster und raunte dem Soldaten etwas zu. Dieser sah ihn erst fragend an, schaute dann skeptisch auf die Plane und winkte sie dann mit lässiger Geste durch.

Hostovsky kurbelte die Scheibe wieder hoch und fuhr gemächlich weiter. Erst einige hundert Meter hinter der Sperre sah Pjotr, dass Hostovsky Tränen über die Wangen liefen.

»Was ist los?«

Ein lautes Lachen brach aus dem Geheimdienstmann heraus. »Kontrollen bleiben Kontrollen!« Mehr war aus ihm nicht herauszukriegen, bis sie die Einfahrt der Industriebrache und damit ihren Zielpunkt erreicht hatten.

»Was haben Sie dem Soldaten am Kontrollpunkt zugeraunt?« Pjotr konnte seine Neugier nicht länger unterdrücken.

Hostovsky verstellte seine Stimme, sodass er im übelsten Tamarinder Hinterwäldler-Dialekt sprach. »Mein Luftkissenboot ist voller Aale.« Dann fing er wieder an laut zu lachen und murmelte dabei immer nur »Mein Luftkissenboot ist voller Aale!«

Kein Wunder, dass die Soldaten die Plane nicht anheben wollten, dachte Pjotr.

22. Perfidia

»Die Bibel kennt drei Mal das Stichwort ›Rache‹, insgesamt zwölf Einträge mit Stichwörtern um ›Rache‹. Zwölf ist eine schöne Zahl … ›Mitleid‹ und ›mitleidig‹ kommen insgesamt nur vier Mal in der Bibel vor, ›Nachsicht‹ überhaupt nicht. Mir ist klar, was Gott uns damit sagen will.«

— Lieutnant-General Maurice Dekobra in seinem Tagebuch, 7. April 2605

Atreus, Umlaufbahn (an Bord der *Vlad Tepes*)

7. April 2605

Tanos Wlaczech war ein Mann wie ein Baum. Seine Wurzeln schienen tief in die Erde zu reichen, die Arme waren wie Äste: stark und knorrig. Er hatte auch die Ruhe eines Baums, der abwarten konnte, was Regen und Wind ihm brachten.

Sein Gesicht war für den Beobachter ein Rätsel. Es war schwer herauszubekommen, was sich hinter diesen Brauen abspielte. Dekobra dachte manchmal, dass es genauso schwer wäre, die Gedanken eines Baums zu erraten wie die Gedanken eines seiner engsten Vertrauten.

Bei anderen Menschen waren die Gedanken und Überlegungen wie mit leuchtenden Lettern auf die Stirn geschrieben. Tanos hatte nie versucht, seine Überlegungen geheim zu halten – er hatte sie einfach für sich behalten und immer wieder treu und ehrbar zu seinen Vorgesetzten gehalten.

Diese nicht zu hinterfragende Loyalität hatte ihn sowohl in der Armee der Liga freier Welten als auch in der Hierarchie der Skopzi langsam aber sicher aufsteigen lassen. Bis jetzt war das kein Problem für Dekobra gewesen. Bis jetzt.

Als der Türsummer ging, wandte sich Dekobra kurz um und betätigte den Öffner. Dann wandte er sich wieder dem Tisch zu und zeigte dem Hereinkommenden so seinen Rücken. Er hatte gelernt, dass Menschen eher Vertrauen schöpften, wenn man bereit war, ihnen vermeintlich wehrlos gegenüberzutreten. In diesem Fall war das überhaupt kein Problem, weil Dekobra wusste, dass der alte Mann keine Waffe am Körper trug. Und mit bloßen Händen würde er ihn nicht einfach von hinten töten können, selbst wenn er es gewollt hätte.

»Ihr habt nach mir rufen lassen?«, fragte Tanos höflich. Die Tür fuhr zischend hinter ihm in die Lamellen zurück. Jetzt war der militärische Ton nicht mehr nötig. Dekobra wandte sich um, beide nickten sich freundlich zu, umarmten sich und hauchten sich den Begrüßungskuss auf die Wange.

»Der Segen des Allmächtigen Euch!«, begrüßte er den alten Mann.

»Und auch Dir und den Deinen!«, beantwortete dieser die Begrüßung.

»Ich wollte mit dir über unser letztes Gespräch reden.« Dabei wies er auf den zweiten Stuhl in seiner Kabine. Der alte Mann nahm langsam Platz, entspannte sich aber im Sitzen nicht. Wer so viele Jahrzehnte wie er Soldat gewesen war, dem wich diese Erziehung nicht so einfach aus den Knochen.

»Über unser letztes Gespräch?«

»Ja. Ich habe darüber nachgedacht, was du gesagt hast. Über die Frage, ob der Zweck die Mittel heiligt. Über den Einsatz der Schläferagenten. Über alles.« Dabei machte er mit der rechten Hand eine vage Bewegung durch die Luft, die Raumschiff, Weltraum und Gott in einer großen Geste einzuschließen schien.

»Ah.«

»Leider muss ich zugeben, dass du in einigen Dingen Recht hattest.«

Aus der Mimik von Tanos war keine Überraschung zu ersehen. Dekobra hätte sich auch gewundert, wenn der alte Baum so schnell aus der Reserve zu locken gewesen wäre. Tanos nickte nur ein wenig, wobei sich nur sein Kinn, nicht aber der restliche Schädel zu bewegen schien.

»Viele Dinge haben wir schon in Bewegung gesetzt, die jetzt nicht mehr aufzuhalten sind. Der Erbe des Marik ist bedroht und wird unser werden, ohne dass wir den Plan jetzt noch stoppen können. Erstens würden wir mit einem Sprungschiff das andere Schiff nicht mehr rechtzeitig erreichen, zweitens würden wir jene Tarnung, die wir über viele Jahre mühsam aufgebaut haben, einfach fallen lassen.«

»Richtig.« Überraschenderweise ließ sich der alte Mann zu einer Antwort herab. Dekobra, der ihn vorher nur mit einem Gefühl bedacht hatte, dass sich irgendwo zwischen Argwohn und Abneigung bewegte, begann jetzt langsam aber sicher, den alten Mann zu hassen, dessen Einwände ihn ärgerten und störten.

»Der Plan kann nicht mehr aufgehalten werden.« Er machte eine fragende Miene in Tanos Richtung, dann wies er auf eine Flasche mit Fruchtsaft und zwei Gläser. Tanos nickte. Während Dekobra weitersprach, öffnete er die Flasche und schenkte zwei Gläser ein. »Aber wir können uns Gedanken darüber machen, ob es sinnvoll ist, danach etwas dafür zu tun, um aus unseren Fehlern zu lernen.« Er schaute den alten Mann neugierig an, doch auf dessen Gesicht war keine Überraschung zu lesen.

»Wir sollten aus unseren Fehlern lernen«, wiederholte Dekobra seinen Gedanken, »damit wir sie nicht erneut machen. Um aus diesen Fehlern zu lernen, brauche ich jemanden, der scharfsinnig und ohne sich vor Auseinandersetzungen zu scheuen seine Meinung vertritt und auch Autorität genug besitzt, um all das durchzusetzen, was seiner Meinung nach für eine Reform nötig ist.« Er hob sein Glas, stieß mit dem alten Mann an und trank.

Tanos trank langsam, fast bedächtig, schien dem Geschmack nachzuspüren, als der Saft langsam seine Kehle herunterfloss. »Weshalb habt ihr mich dann rufen lassen?«

Konnte der alte Mann so schwer von Begriff sein oder kokettierte er damit, für eine solche Aufgabe unwürdig zu sein? »Tanos, ich wollte dich dem Kreis für diese Aufgabe vorschlagen!«

Jetzt schaute der alte Mann doch ein wenig überrascht. »Mich?« Nach einer kurzen Pause folgte ein weiteres »Mich?« Anscheinend hatte es Dekobra doch geschafft, ihn ein wenig aus der Reserve zu locken.

»Ja, dich. Du warst der Einzige, der in der Versammlung einen anderen Standpunkt vertreten hat als ich. Vielleicht irre ich ja auch und wir sind auf einem Weg, der uns vom Heil wegbringt, weil er uns zu Mitteln zwingt, die dem Heil im Weg stehen. Du« – dabei deutete er mit der Hand, in der er jetzt wieder das Saftglas hielt, auf den alten Mann – »bist dafür am besten geeignet!«

Tanos Wlaczech sagte kein Wort, wartete offenbar auf weitere Ausführungen seines Anführers.

»Der Plan ist in den nächsten Tagen durch. Wir werden bekommen können, was wir wollen. Doch ich will, dass du dir Gedanken darüber machst, was wir fordern – damit die Forderungen, die wir stellen, uns wieder auf den Weg zurückbringen, den wir deiner Meinung nach verlassen haben. Du wirst mein Gewissen sein, das mich an das erinnert, was eigentlich wichtig ist.«

Der alte Mann war es gewohnt, Befehle zu empfangen. So reagierte er in diesem Moment auch in gewohnter Manier. »Was genau wollt Ihr von mir?«

»Ich will einen Vorschlag, was wir veröffentlichen, wenn der Erbe des Reiches in unserer Hand ist. Ich will einen Text, der die Menschen aufrührt, anstatt sie nur auf unsere Forderungen hinzuweisen. Ich will ein Traktat, das nicht nur etwas über unsere Forderungen aussagt, sondern auch über unsere Ziele.«

»Gut.«

Der alte Mann war erschreckend wortkarg, dachte Dekobra. »Ihr seid kein Mann vieler Worte – doch ich weiß, dass Ihr predigen könntet wie ein Jünger des Heilands, wenn der Geist über Euch kommt. Also bitte ich Euch, mir bis morgen einen Text vorzulegen, den wir für unser Communique verwenden können. Darf ich davon ausgehen, dass Sie das zu meiner vollsten Zufriedenheit erledigen werden?«

»Das werde ich.«

»Und wenn diese ganze Angelegenheit erledigt ist, alter Freund, dann reden wir in aller Ruhe in der großen Runde über weitere Schritte. Einverstanden?«

»Einverstanden.«

Dekobra hob sein Glas, stieß noch einmal mit seinem Glaubensgenossen an und stand dann auf, um den alten Mann zu verabschieden. Dieser umarmte ihn zum Abschied noch einmal herzlich und ging.

* * *

Sentimentaler Trottel, dachte Dekobra, als die Tür wieder fest verschlossen war. Das Gift in seinem Glas würde Tanos binnen vierundzwanzig Stunden töten. Sein Dahinscheiden würde wie der Tod durch eine Herzattacke aussehen. Bei dem alten Narren würde niemand Verdacht schöpfen, wenn er auf einmal sanft verschied. Und Dekobra würde dafür sorgen, dass bei einer internen Untersuchung des Nachlasses, die natürlich an Bord seines Schiffes von ihm selbst geleitet werden würde, der Entwurf des Schreibens auftauchte.

Sollte bei dem ganzen Plan irgendetwas schief gehen – egal was – dann würde er dem toten Tanos den schwarzen Peter zuschieben. Maurice Dekobra liebte es, wenn ein guter Plan aufging.

Er dachte nicht darüber nach, dass sein letzter Kuss auf die Wange von Tanos' nur bestätigt hatte, dass dieser zum Tode verurteilt war. Dekobra war zwar bibelfest, doch manche Analogien entzogen sich ihm.

23. Gestellungsbefehle

»Es mag unfair sein, darauf hinzuweisen, dass die Familie Marik eine Geschichte hat, die bis in das Mittelalter des irdischen Osteuropas zurückgeht – denn dasselbe kann man auch über die Familie von Vlad Dracul sagen.«

— Aus ›Du, Marik und die Revolution‹, ein umstürzlerisches Flugblatt, 2605

Tamarind, Tamarind-City

7. April 2605

Da saßen sie nun alle, jeder aus einem anderen Grund. Die noch freien Offiziere der Kaserne, etwas beschämt, weil man ihnen die Kaserne gestohlen hatte und sie unter allen Umständen wieder die Gewalt über die Kaserne und damit die militärische Hoheit über den Planeten zurückerobern wollten. Die Jugendlichen, die als Einzige in der Lage waren, einen Mech zu organisieren und damit den Trumpf in ihrer Hand hielten. Daneben Tamara Volakova, die blonde Kommandantin der Marine von Tamarind. Sie fühlte sich ein wenig unwohl neben dem letzen Mann in dieser Runde. Aber sie ließ sich nichts anmerken. Besagter Mann war Marcel Roth.

Nur Egon Hostovsky kannte diesen Mann, der, scheinbar aus dem Nichts kommend, an dieser Runde teilnahm. Captain Hostovsky musterte alle, die an der Besprechung teilnahmen. Sein Blick glitt von einer Person zur nächsten, verhielt einen Moment, um jedem das Gefühl zu geben, direkt angesprochen zu sein. Die einen erwiderten seinen Blick, andere produzierten ein schüchternes Lächeln oder blickten ein wenig verlegen zur Seite. Tamara Volakova erwiderte offen seinen prüfenden Blick, Marcel Roth hingegen sah nach kurzem Blickkontakt auf den Tisch, wo seine Hände mit einer Tasse Kaffee spielten.

Egon Hostovsky sprach zu den am Tisch sitzenden Personen, um die sich eine zweite Reihe jener gruppierte, die keinen Platz am Tisch gefunden hatten. Er fasste er die Gegebenheiten zusammen. Dann kam er zum eigentlichen Punkt. Er erläuterte seinen Plan und wie er die Hilfe der anderen dazu einforderte.

»Die Sache sieht in meinen Augen folgendermaßen aus: Wir benötigen zuerst die eingeschlossenen Soldaten und vor allem die MechPiloten. Ich stelle mir das so vor, dass eine Gruppe von Leuten die Kaserne unbemerkt betritt und die Turnhalle übernimmt. Die dortigen Wachposten müssen möglichst geräuschlos überwältigt werden.« Die Formulierung des Captains war extra so gewählt, weil er den Jugendlichen nicht gleich mit Mord und Totschlag kommen wollte. Überhaupt versuchte er, soweit möglich, die ›Freunde der Mechs‹ außen vor zu lassen.

»Das Waffen- und Munitionslager steht nur wenig abseits der Turnhalle«, fuhr er fort, »und sollte im nächsten Schritt erobert werden, damit sich die freigekommenen Soldaten bewaffnen und somit verteidigen können. Die MechPiloten müssen hingegen so schnell wie möglich zur Halle zwei kommen. Dort sollen sie alle einsatzfähigen BattleMechs besetzen und helfen, den Kampf möglichst schnell zu beenden. Hier kommt Kommandantin Volakova ins Spiel. Mit dem *Clint*, den wir hier zusammenschrauben, und den Transportern der Marine müssen wir die Kaserne von hinten aufrollen und möglichst schnell zur MechHalle Zwei vorstoßen. MechHalle Eins liegt wie bekannt in Schutt und Asche, aber ich hoffe, in der zweiten Halle noch gefechtsfähige Mechs vorzufinden. Die Marinesoldaten müssen daher möglichst schnell zur zweiten Halle vordringen und diese für die MechPiloten sichern. Gleichzeitig muss eine zweite Gruppe die Kaserne am Haupteingang angreifen. Das Ablenkungsmanöver muss gleichzeitig stattfinden, damit die Besatzer völlig überrumpelt werden.«

Die Kommandantin unterbrach ihn kurzerhand, indem sie die Hand hob und sagte: »Das ist bis jetzt schön und gut, aber das ist lediglich eine Aufzählung. Wo ist der Plan dahinter, die zeitliche Abfolge?«

Hostovsky hatte so etwas schon längst erwartet. »Ich wollte erst mal im Groben aufzählen, woran wir arbeiten müssen. Die Feinplanung und die Abstimmung untereinander sollte jetzt und hier erfolgen.«

»Und da ist noch die Funkstation der Kaserne und natürlich die planetare Funkstation«, wurde er von Orten unterbrochen. »Die müssen ebenfalls berücksichtigt werden«.

»Ja natürlich.« Hostovsky verlor nicht seine Konzentration; jetzt, wo es darauf ankam, war er die Ruhe selbst. »Mit eben dieser wollte ich anfangen. Ich stelle mir das so vor, dass du mit Esah Ts'gna und ein paar Männern in zwei unauffälligen Zivilfahrzeugen vorfährst. Die Station ist nicht so groß, dass sie nicht in einem Blitzüberfall genommen werden kann. Das beste Beispiel dafür bieten die jetzigen Besatzer.« Zustimmendes Gemurmel machte sich breit, das er mit einer Handbewegung zum Verstummen brachte. Hier waren weder Zeit und Ort, um Schuldzuweisungen vorzunehmen.

»Du wirst von Silva und Pjotr begleitet werden. Silva soll mitfahren, weil sie als unschuldiges Mädchen«, und da lächelte er zum ersten Mal an diesem Tag, »am Eingang nicht auffällt. Damit sollte es gelingen, schnell den Eingang zu besetzen und niemanden mehr hinein und hinaus zu lassen. Pjotr muss euch ebenfalls begleiten. Denn leider haben wir niemanden hier, der besser mit Computern und Zugangscodes umgehen kann als er. Zudem muss er zusätzlich die Überwachungsanlage ausschalten.« Er wandte sich an die beiden Jugendlichen.

»Seid ihr dabei?« Er sah sie nacheinander an.

Beide nickten, Pjotr eher erfreut, Silva mit zusammengepressten Lippen.

»Du, Jiri, wirst in jedem Fall dafür sorgen, dass den beiden nichts geschieht.«

Auch Orten nickte. Er machte sich gleich daran, seine Aufgabe auszuarbeiten.

»Und nun zu Ihnen, Herr Roth.« Hostovsky sah ihn an. »Wie Sie in die Kaserne kommen und die Kameraden aus der Turnhalle befreien, überlasse ich Ihnen. Wichtig ist, dass Sie innerhalb des Zeitrahmens die Turnhalle und das Waffenlager übernehmen. Sehen Sie da Möglichkeiten?«

Roth sah von seiner Kaffeetasse auf und blickte ihn an. »Es besteht für uns keinerlei Problem. Wir werden nicht nur pünktlich sein, sondern, nachdem wir unsere Aufgabe gelöst haben, ebenso schnell wieder verschwinden. Sie geben mir nur noch die Uhrzeit an, wann wir losschlagen müssen. Alles Weitere überlassen Sie mir.« Damit stand er auf und setzte sich in Bewegung, um den Raum zu verlassen. »Die Telefonnummer, unter der Sie mich erreichen können, ist bekannt. Ich warte.« Damit verschwand er in der Nacht, wie ein Schatten in der Dunkelheit.

»Was war denn das für einer?«, fragte die Kommandantin. Doch sie erhielt keine Antwort. Zum einen, weil die anderen genauso wenig oder viel wie sie wussten, zum anderen, weil Hostovsky eisern schwieg.

»Lippinsky, du wirst die beiden Jeeps nehmen und den Ablenkungsangriff auf das Haupttor unternehmen. Auf dem einen Jeep wirst du eine zweier SRM-Lafette mit entsprechender Munition haben. Aber bitte, zerlege uns nicht die ganze Kaserne. Setze die Lafette sinnvoll ein. Die Raketen kommen von der Marine. Wir haben sie schon hier.« Bei diesen Worten nickte Tamara Volakova. Sie sah kurz zu dem Lieutnant hinüber.

»Wir werden uns noch genau absprechen, wann wir die einzelnen Phasen des Angriffs durchführen. Zumindest eines ist sicher: Sobald wir aufbrechen, gibt es kein Zurück mehr. Wir treffen uns am vereinbarten Treffpunkt, bevor ihr dann die Kaserne umrundet und am Haupttor auftaucht. Gleichzeitig werden wir die Kaserne von hinten angreifen.« Er wandte sich an Martin Cummrow. »Martin hat als Einziger Erfahrung mit einem *Clint*. Er konnte in den Kampfsimulatoren die Bedienung eines *Clint* ausführlich ausprobieren. Dein erstes und einziges Ziel ist es, eine Bresche in die Mauer zu schlagen und dann so schnell wie möglich die MechHalle zu erreichen, um sie für unsere Leute zu sichern. Mit deiner Hilfe werden wir unter Leitung von Tamara Volakova die Kaserne übernehmen. Die Marineeinheiten werden mit ihren Transportern gleichzeitig eindringen und das gegnerische Feuer so schnell wie möglich unterbinden. Das sekundäre Ziel ist dabei die Sicherung der Funkzentrale.«

Er sah die Leute der Reihe nach an. »Gibt es dazu noch Fragen?«

»Ja, natürlich.« Arpan konnte sich nicht zurückhalten. »Was machen wir? Wir wollen auch dabei sein, nicht nur die Staffage und MechBeschaffer spielen.«

Entrüstet wandte er sich an Hostovsky. »Warum können Silva und Pjotr dabei sein und wir nicht?«

Im selben Moment erhob sich die Marinekommandantin. Ihr war der Disput unangenehm, und damit sollte sich Hostovsky selbst auseinander setzen. »Ich werde mich um meine Aufgaben kümmern und verabschiede mich daher jetzt.« Damit verschwand sie, wie vorher der seltsame Herr Roth.

Der Captain schien Blut und Wasser zu schwitzen. Das war eine Frage, das war die Frage, vor der er sich am meisten gefürchtet hatte. Was sollte er antworten? Auf der einen Seite war er dankbar, dass die jungen Leute da waren, aber auf der anderen Seite hatte er eine Verpflichtung übernommen. Die Jugendlichen sollten nicht in Gefahr gebracht werden. Daher konnte er sie nicht mit in den Kampf ziehen lassen. Da fiel ihm etwas ein.

»Wir werden einen weiteren Transporter der Marine in der Hinterhand behalten. Dort werdet ihr als schnelle Eingreifreserve sitzen und mittels Funk Kontakt zu allen Gruppen unterhalten. Sollte es irgendwo besonders brenzlig werden, müssen wir eingreifen können. Euch obliegt es, möglichst schnell die entsprechenden Informationen an mich weiterzugeben.«

Ihm fiel ein Stein vom Herzen. Mit dieser Offerte hatte er die restlichen Jugendlichen aus dem Weg und gleichzeitig unter Aufsicht von erfahrenen Soldaten. Arpan schien nicht ganz zufrieden zu sein, aber zu wissen, an einer wichtigen Station zu sitzen, ließ ihn doch ein wenig stolz sein. Zumindest hoffte Hostovsky das.

Kurz darauf ging es in die einzelnen Planungsphasen. Alle verbliebenen Beteiligten brachten ihre Ideen und Gedanken mit ein. Schritt für Schritt gingen sie den Plan gleich mehrmals hintereinander durch. Nach und nach schliefen die Jugendlichen auf ihren relativ unbequemen Sitzgelegenheiten ein. Orten und Lippinsky weckten sie kurz und schickten die ›Freunde der Mechs‹ in die Feldbetten. Keiner von ihnen hatte noch Lust, zu widersprechen.

Tamarind, Tamarind-City

8. April 2605

Vorgestern hatte Hostovsky das letzte Mal mit dem alten Mann gesprochen. Dazwischen hatte es keine Kommunikation zwischen ihnen gegeben. Warum auch?

In seiner Zeit als Mitglied der ›Dark Shadows‹ hatte er gelernt, wie man Menschen einzuschätzen hatte. Oft genug war er mit Selbstmordkommandos hinter feindlichen Linien abgesetzt worden – und zurückgekehrt.

Er wählte die bekannte Nummer noch einmal, aber der alte Mann war nicht da. Nur sein Adjutant Marcel Roth.

Ihm richtete er aus, dass heute Punkt 18.00 Uhr die Leute gebraucht würden. Sie sollten sich möglichst unauffällig in der Nähe der Kaserne einfinden. Roth bestätigte nur kurz und legte auf.

Damit begann der Countdown. Hostovsky sah auf seine Uhr. Es war gleich 16:00 Uhr. Noch zwei Stunden bis zum endgültigen Befreiungsschlag.

* * *

In der Kanalisation unter der Kaserne stellte Marcel Roth die Lichtempfindlichkeit seiner Restlichverstärker aufs Neue ein. Er hatte mit diesem Gerät ein wenig Probleme, da es sich ständig von allein auf weniger Empfindlichkeit zurückregulierte. Aber jetzt war es zu spät, ein Gerätetausch war nicht mehr möglich.

Die Geräte waren nur an die Untergrund-Gruppe ausgegeben worden. Die Restlichverstärker bündelten das wenige Licht, das durch kleinen Abflussgitter hereinfiel. Aus diesem Grund wirkten die schwachen Lichtstrahlen wie der Scheinwerferkegel eines Hovercrafts.

Marcel sah auf die Uhr. Seit sie hier im Gestank des Abwasserkanals hockten und sich Stück für Stück langsam vorarbeiteten, schien die Zeit still zu stehen. Dennoch wanderte der Sekundenzeiger unermüdlich weiter. Die Sekunden verdichteten sich zu Minuten, und die Zeit näherte sich unaufhaltsam dem vereinbarten Zeitpunkt des Angriffs. Roth lächelte. Er versuchte, die eigene Nervosität zu verdrängen. Letztlich lag er aber gut im Zeitplan, ja, er war sogar fünf Minuten zu früh. Das hinderte ihn jedoch nicht, vorbereitende Maßnahmen zu ergreifen.

Sein Team näherte sich weiter unterirdisch der Turnhalle, in der die restlichen Überlebenden des Kasernenüberfalls untergebracht waren. Der Stahlbetontunnel verlief exakt nach den Angaben im offiziellen Plan der Stadtverwaltung – es war doch schön, wenn wenigstens ein Teil der Verwaltung fehlerlos zu funktionieren schien. Der Tunnel führte tiefer in das Kasernengelände hinein und sollte zusätzlich zum Abwasser das Regenwasser von den Unwettern aufnehmen und dann weiter aus der Stadt hinaustragen.

Marcel sah, wie sich zwei seiner Teammitglieder an einem weiteren Schutzgitter zu schaffen machten. Mit zwei kleinen Schweißgeräten wurden die Gitterbefestigungen nahe dem Stahlbeton durchtrennt. Dies sollte es seinen zehn Leuten ermöglichen, schnell und sicher in das Gelände einzudringen.

Marcel versicherte sich, wie auch seine Leute um ihn herum, zum wiederholten Male der Einsatzfähigkeit seiner Waffen. Die schwere Bereiter 49S lag sicher in seiner Hand. Die Laserpistole würde lautlos arbeiten, für seine Leute aber die Gefahr des Erblindens mit sich bringen, sollten die Restlichverstärker nicht schnell genug reagieren.

In der anderen Hand trug er sein Gewehr gesichert und gegen eindringendes Wasser noch in einer Plastiktasche untergebracht. Im Gegensatz zu seinen Leuten trug er keine weitere Umhängetasche mit Material bei sich.

Seinen Patronengurt für das Gewehr hatte er mit Schrotpatronen gefüllt. Das Gewicht des Munitionsgurtes und die ausgebeulten Taschen seiner Kampfmontur mit den Reserveenergiepacks beruhigten ihn.

Als die letzten Sekunden über seine Armbanduhr klickerten, gab Marcel Roth über das Headset leise den Einsatzbefehl. Der Trupp flutete durch den restlichen Gang wie eine gegenläufige Welle. Noch dreißig Sekunden, dann würde der Angriff auf die Kaserne oberirdisch erfolgen. Seine Leute waren so weit.

Plötzlich erwachte die Oberwelt zu einem infernalischen Leben. Kurzstreckenraketen röhrten auf die Kaserne zu. Maschinengewehrfeuer ratterte auf die Mauern und Tore der Kaserne ein. Wer jetzt noch als Zivilist auf der Straße stand, der suchte schnellstens das Weite.

Das wilde Feuer und Gegenfeuer erreichte die Gänge unter der Kaserne. Explodierende Raketen, hochgehende Treibstofftanks reichten aus, um das Team in ihrem Loch fast taub zu machen. Er warf sich sein Gewehr auf den Rücken, packte den Schultergurt fester und zog sich aus dem Kanalschacht. Die drei Personen vor ihm hatten die Wachen an der Turnhalle bereits lautlos außer Gefecht gesetzt. Die Messer hatten deren Kehlen so schnell durchschnitten, dass ihre Geister wohl der Meinung waren, immer noch Wache zu halten. Der Rest seiner Truppe folgte ihm durch den Schacht nach oben, hin zum Eingang der Turnhalle.

Er riss sich den Restlichtverstärker vom Kopf herunter und verließ sich lieber auf seine eigenen Augen. Die Feuer mit ihrem flackernden Licht brennenden Treibstoffs reichten aus, um etwas zu erkennen. Er zählte seine kleine Gruppe durch und als er beim Letzten ankam, gab er weitere Befehle.

Sie waren jetzt mitten im Kasernengelände. Feind und Freund konnten sich gegenseitig unter das Feuer ihrer Waffen nehmen, immer in der Hoffnung, nur den Gegner zu treffen. Seine Leute mussten sich beeilen. Er gab kurze Handzeichen, und seine Begleiterinnen und Begleiter reagierten wie Maschinen. Nur noch ein Posten, dann die Türschlösser sprengen und alle Gefangenen waren frei.

Jetzt musste er sich nicht mehr um Geräuschlosigkeit sorgen. Rund um ihn herum tobte ein Krieg. Da kam es auf eine Explosion mehr oder weniger nicht mehr an.

Drei seiner Männer und zwei der Frauen stürmten auf einige kurze Anweisungen von ihm die Turnhalle. Im Handumdrehen waren die dort gefangenen Soldaten befreit. Aber noch mussten die waffenlosen Milizionäre warten. Marcel Roth lief über den freien Platz, weitere fünf Leute in seinem Rücken. Ziel war das Gebäude mit den Waffen und der Munition. Erst wenn er das Zeichen geben würde, könnten die eben noch in der Turnhalle gefangenen

Truppen folgen, sich bewaffnen und am Kampf um die Kaserne teilnehmen.

Die beiden Wachen vor dem Munitionslager feuerten sofort, und zwei seiner Begleiter blieben leblos hinter Marcel Roth auf dem nassen Boden liegen. Er nahm seine Laserpistole fester in die Hand und feuerte auf die Umrisse vor sich. Drei weitere Laserstrahlen vereinigten sich auf zwei Ziele, und kurz darauf sackten die gegnerischen Soldaten tot in sich zusammen.

Seine Leute stürmten die Tür. Einer filzte die beiden Toten und zog einen Schlüssel aus der Tasche der auf dem Boden liegenden Frau. Ein Blick in das Gesicht der Toten ließ Roth erschauern. Die war ja noch ein Kind. Vielleicht gerade achtzehn Jahre alt.

Zwei seiner drei Begleiter rannten durch die Tür, folgten einem geraden Gang bis zu einem Treppenhaus. Dort knieten sie und ließen die beiden anderen folgen. Einer der vorderen Männer warf eine Handgranate in die Wachkammer. Erst erfolgte die Explosion, dann blieb es in der Kammer still. Dort waren keine Soldaten mehr am Leben. Einer der Männer in der ersten Reihe stand auf und machte einen Schritt nach vorn. Das war einer zu viel und sein letzter Schritt, denn eine Gewehrkugel schlug vorn in seinen Schädel ein und hinten mit viel Gehirnmasse wieder aus. Der fremde Schütze konnte sich an seinem Abschuss nicht lange erfreuen. Drei glühend heiße Laserstrahlen bohrten sich in seinen Brustkorb. Der Mann wurde herumgewirbelt, gegen das Treppengeländer geschleudert, kippte vornüber und fiel hinab. Sein Leichnam landete mit einem widerlichen Aufklatschen auf dem kalten, harten Betonboden. Bisher lief alles schweigend ab. Jetzt meldete sich Marcel zum ersten Mal über Funk zu Wort.

»Emil, du sicherst das Treppenhaus und den Gang hinter uns. Georg wird bei dir bleiben. Munition besitzt ihr genug. Notfalls nehmt ihr die eurer toten Kameraden.« Er gab Wojtchek ein Zeichen. Gemeinsam stürmten sie die

Treppe nach unten, gerieten jedoch in keinen weiteren Hinterhalt. Der Junge, der hier die Waffenausgabe machen sollte, flüchtete sich verängstigt in die hinterste Ecke des Raums, wo er kurzerhand zu einem handlichen Paket verschnürt wurde. Sie waren Verbrecher, keine Mörder.

Marcel und Wojtchek eilten wieder die Treppe hinauf. Das unterste Stockwerk mit der Waffenkammer und dem Munitionsdepot bot keine Gegner mehr. Zurück im Treppenhaus vernahmen sie das Knattern automatischer Waffen. Dazwischen dröhnten die Explosionen von Handgranaten. Von seinen Männern war nichts zu sehen, die hatten sich wohl in den Gang zurückgezogen. Hier im Treppenhaus eilten jedoch noch einige Männer die Treppen hinab.

Die beiden nahmen Aufstellung und feuerten nun ihrerseits auf die Verteidiger. Innerhalb weniger Sekunden klatschten zwei weitere Körper auf den kalten Beton des Treppenhausbodens. Marcel kämpfte sich die Treppe hinauf, seine Begleiter immer dicht hinter sich.

Kurz darauf hatten sie alle Gegner ausgeschaltet. Inzwischen strömten die Soldaten aus der Turnhalle zum Depot. Marcel griff sich einen der erstbesten Männer und wies ihn ein. Hostovsky benötigte sofort alle verfügbaren MechPiloten, daher ließ er von den Männern weitergeben, dass sich die Piloten beim MechHangar 2 einzufinden hätten. Er kämpfte sich schließlich durch die Menge weiter ins Freie. Seine drei verbliebenen Männer folgten hinter ihm her.

Konzentriert und ruhig sammelte er seine restlichen Leute ein. Schon vorher hatten sie dafür Sorge getragen, dass keiner etwas bei sich trug, das ausgereicht hätte, um ihn zu identifizieren – sie waren schließlich Verbrecher, keine Soldaten.

Marcel und sein Trupp verschwanden so schnell, wie sie gekommen waren. Ihr Krieg war zu Ende.

24. Ein Mech ist ein Mech ist ein Mech

»Wenn wir die Natur oder die Menschengeschichte oder unsere geistige Tätigkeit der denkenden Betrachtung unterwerfen, so bietet sich uns zunächst dar das Bild einer unendlichen Verschlingung von Zusammenhängen und Wechselwirkungen, in der nichts bleibt, was, wo und wie es war, sondern alles sich bewegt, sich verändert, wird und vergeht.
Wir sehen zunächst also das Gesamtbild, in dem die Einzelheiten noch mehr oder weniger zurücktreten, wir achten mehr auf die Bewegung, die Übergänge, die Zusammenhänge, als auf das, was sich bewegt, übergeht und zusammenhängt. Diese ursprüngliche, naive, aber der Sache nach richtige Anschauung von der Welt ist die der alten griechischen Philosophie und ist zuerst klar ausgesprochen von Heraklit: Alles ist und ist auch nicht, denn alles fließt, ist in steter Veränderung, in stetem Werden und Vergehen begriffen.«

— Friedrich Engels »Von der Utopie zur Wissenschaft«, Berlin (Terra) 1891 (vierte, vervollständigte Ausgabe)

Tamarind, Tamarind-City

8. April 2605

Hostovsky war mit dem Stand der Vorbereitungen zufrieden. Er hatte lange gebraucht, um einen geeigneten Mech-Piloten für den *Clint* zu finden. Er hatte es geschafft, Cumrow dazu zu überreden, den *Clint* selbst zu lenken. Von den anderen war niemand mit dem Modell vertraut, und Cumrow hatte in seiner Ausbildungszeit einige Simulatoreinsätze auf einem *Clint* überstanden – damit war er im Moment der qualifizierteste MechPilot, auf den Hostovsky zurückgreifen konnte. Und Cumrow genoss sein volles Vertrauen!

Er ging in sich und überlegte, welche Militäreinheit auf die wilde Idee kam, einen MechPiloten auf einem *Clint* zu schulen – die verschiedenen *Clint*-Modelle waren in der Liga freier Welten fast nirgends im Einsatz.

Aber es gab ja auch MechPiloten, die für den Partisaneneinsatz im Kampf auf TraktorMechs geschult wurden. Er wartete nur noch auf Unterricht im Nahkampf mit Mechs – mit der Handkante eines BattleMech gegen ein Cockpit zu schlagen, das klang nach einem ausgesprochen cleveren Plan! Und während der Gegner dann in aller Ruhe die Werferbatterien auf einen entlud, konnte man versuchen, mit der Kraft der MechArme alleine das gegnerische Cockpit wie ein rohes Ei aufzubrechen. Lächerlich.

Doch er hatte jetzt Wichtigeres zu tun. Egon Hostovsky bellte Befehle, die anfangs im aufkommenden Tumult unterzugehen schienen. Gleichzeitig liefen Cumrow und er los, um den auf dem Rücken liegenden Kampfkoloss aufzurichten. Kurz darauf wurde Hostovsky dann doch Zeuge, wie seine Anweisungen umgesetzt wurden – der Kran wurde befestigt, Cumrow und er schauten begeistert zu, wie der Koloss langsam, ganz langsam in die Senkrechte wechselte.

Es wurde Zeit, den nächsten Schritt ihres Plans in die Tat umzusetzen. Egon Hostovsky blickte in die Runde. Was er sah, erfreute ihn sehr: Die Fabrikhalle war voll mit Leuten, die sich an der Rückeroberung ›ihrer Stadt‹ beteiligen wollten.

Alle schauten auf ihn. Die letzten Gespräche verstummten. Außer dem nervösen Scharren von Füßen und einem vereinzelten Räuspern war nichts zu hören. Hostovsky blickte noch einmal in die Runde. »Ich freue mich, dass so viele von euch gekommen sind. Es wird auch Zeit, das in Angriff zu nehmen.« Vereinzelt klangen »Ja! Ja!«-Äußerungen oder ein »Das wird auch Zeit!« aus der Menge.

Er wartete, bis alle wieder schweigend zu ihm herüberschauten. »Wir wissen eines mit Sicherheit: Die Leute, die Funkstation und Kaserne besetzt halten, sind Söldner. Es sind Männer und Frauen, die nur von persönlicher Habgier und der Hoffnung auf einen persönlichen Vorteil getrieben werden. Es sind Männer und Frauen, die in ihrer Engstirnigkeit nicht mehr zwischen Recht und Unrecht unterscheiden können. Es kommt mir darauf an, mit möglichst wenig Gewalt unser Ziel zu erreichen.«

Er machte einen Moment Pause, um diesen Punkt zu unterstreichen. Niemand widersprach – gut!

»Sollten wir es schaffen, einzelne Gegner zu isolieren, dann sollten wir versuchen, sie am Leben zu lassen. Wir sind schließlich Soldaten. Wir kämpfen nicht gegen unsere eigene Bevölkerung, wir dienen ihr. Aber wir dürfen unser Ziel nicht aus den Augen lassen, und wir dürfen unser Leben nicht gefährden. Wenn jemand stirbt, dann lieber die als wir. Alles andere wäre für uns nicht akzeptabel, ja eine Gefahr für den Gesamtplan und ein Verrat an den eigenen Kameraden.«

Die kurze Rede sollte noch einmal allen Beteiligten klar machen, was auf sie zukam, den Vorrang bestimmter Punkte hervorheben, Mut machen und Zuversicht zeigen. Für einen kurzen Augenblick schien ihm das gelungen zu sein. Alle Augen waren auf ihn gerichtet. Auf den Mann, den sie inzwischen unausgesprochen als Anführer anerkannten. Doch dass alle Augen auf ihn gerichtet waren, stellte sich plötzlich als Fehler heraus.

»Wir bekommen Besuch!« Der Schrei des Postens hallte durch die Fertigungshalle und übertönte alle anderen Geräusche. »Zwei Mannschaftstransporter nähern sich!«

Plötzlich brach Hektik aus. Einige eilten zu den bereitstehenden Fahrzeugen, andere eilten zu den Schränken, um sich zu bewaffnen, und dann weiter zu den Eingängen. Sie wollten kein Risiko eingehen und den anfahrenden Gegnern keine Chance geben.

Hostovsky gab hektisch Anweisungen, während sich Cumrow schnell auf den noch immer schräg liegenden BattleMech zubewegte. Ein handlungsfähiger Mech auf ihrer Seite wäre ein klarer Vorteil.

Doch Hostovsky wurde abgelenkt. Ein glühend heißer Laserstrahl zischte knapp an ihm vorbei. Einer seiner Männer hatte auf ihn geschossen. Hostovsky warf sich zu Seite und verlor Cumrow aus den Augen.

Ein Verräter. So etwas hatte er befürchtet, nicht erhofft. Während er seine Pistole zog und auf den Mann feuerte, wurde der eingeschleuste Verräter auch von zwei weiteren Seiten unter Feuer genommen. Der Mann versteckte sich hinter einer Werkbank, während er das Feuer erwiderte. Im gleichen Augenblick wurde die Fabrikhalle von außen unter Beschuss genommen. Immerhin war jetzt klar, woher die Angreifer wussten, was hier vor sich ging.

Hostovsky konnte sich nicht mehr um den Piloten und die Jugendlichen kümmern. Er wusste sie alle im Hintergrund der Halle in Sicherheit. Jetzt kam es nur darauf an, Cumrow die Chance zu geben, den *Clint* CLNT-1-2R in Bewegung zu versetzen.

Währenddessen kümmerten sich die Jungs um den verwundeten Piloten. Der Schuss, von dem Captain Hostovsky annahm, er habe ihm gegolten, war in Wirklichkeit für Cumrow bestimmt gewesen. Der Verräter hatte den Piloten des Mech ausschalten wollen. Zwar wurde dieser nicht lebensgefährlich verletzt, aber der Strahlschuss hatte ihn tatsächlich außer Gefecht gesetzt. Die Strahlbahn verlief quer über den Oberschenkel und bis hinauf in den Oberkörper, wo er in einer schwarz verbrannten Wunde verschwand. Cumrow war unglücklich mitten in der Bewegung getroffen worden, sodass eine seltsame Brandwunde entstanden war. Er blutete nicht, der heiße Lasertreffer versiegelte alle Blutgefäße, doch der Mann konnte die nächsten Wochen keinen Mech mehr bewegen.

An anderer Stelle lief die Planung, um das weitere Vorgehen vorzubereiten. Silva war schon unterwegs zu Jiri Orten, damit die beiden Mannschaftsfahrzeuge ausrücken konnten, ebenso Pjotr Miksch. Alfred, Vojtech, Arpan und Karel knieten um Cumrow herum. Alfred begann sofort, sich ein Erste Hilfe-Pack zu organisieren, um dem Piloten die Schmerzen zu nehmen.

Vojtech kümmerte sich um den Mann. Kurz sah er zu Arpan auf. »Arpan, das ist deine Chance«, meinte er, »übernimm den *Clint*. Nur du kannst das blöde Ding steuern. Wir haben keinen anderen fähigen Piloten zur Hand.«

»Aber ...« Arpan kam ins Stottern.

»Kein aber jetzt. Wir müssen etwas tun, und nur du kannst es. Wenn wir den Scheiß-Mech nicht auf die Beine bekommen, dann ist der ganze Plan dahin«, unterstützte Alfred Vojtech. »Los, komm schon.«

Er zerrte Arpan am Ärmel hinter sich her. Zuerst zögernd, dann immer sicherer werdend folgte ihm Arpan. Sein Nachteil war sein früherer Unfall. Daher humpelte er etwas, konnte das eine Bein nicht richtig bewegen. Er würde den BattleMech nicht hundertprozentig steuern können. Aber er wollte es versuchen.

Der *Clint* lag immer noch schräg auf dem Rücken. Arpan öffnete langsam das Cockpit. Zur gleichen Zeit entfernte Alfred die letzten Zuleitungen; Fremdstrom, Kühlmittelleitungen und was sonst noch dazu diente, den Mech im ruhenden Zustand einigermaßen von außen bedienen zu können.

Das Glasdach des Cockpits öffnete sich, und Arpan konnte relativ einfach einsteigen. Mit einem Blick vergewisserte er sich, dass alles vorhanden war. Er entledigte sich so schnell er konnte seiner Kleidung bis auf die Unterhose, zog die Kühlweste und die isolierte Hose über und nahm Platz. Er schnallte sich im Pilotensessel fest, stülpte sich den Neurohelm über und schloss den Kinngurt. Dann begann er fast routiniert, die Maschine in Gang zu setzen.

Die vielen Übungsstunden in den Simulatoren der Spielhalle waren ihm dabei sehr dienlich.

Arpan fühlte sich nicht sehr wohl, allein in diesem Kampfgefährt. Die Liege war nicht an ihn angepasst, der Helm etwas zu klein und alles erschien ihm irgendwie zu langsam. Endlich angeschnallt und nur mit der Kühlweste auf dem nackten Oberkörper, schnitten die Gurte etwas heftig ins Fleisch, weil der Gurt nicht richtig eingestellt war. Ein weiterer Griff, und die Weste wurde mit dem Lebenserhaltungssystem verbunden.

Dann konzentrierte er sich auf die holografische Darstellung des Mechs und der einsatzbereiten Systeme. Mit einem zweiten Handgriff schaltete er den Gefechtscomputer ein, der mit einem blassen Blinken und dem Aufbau der Umgebungskarte zum Leben erwachte. Seine Finger huschten über die Tastatur und fuhren den Reaktor hoch.

Dadurch, dass der Mech aus vielen Einzelteilen zusammengestückelt worden war, war keine Sicherheitsabfrage installiert. Daher konnte sich Arpan voll darauf konzentrieren, den Mech langsam hochzufahren. Über seinem Kopf schloss sich die Kanzel.

Rechts neben seinem Arm erwachten langsam die Gefechtscomputer, belebten sich die Monitore vor ihm. Leuchtdioden erwachten erst langsam, dann in immer größerer Zahl zum Leben. Der Reaktor im Inneren des *Clint* ließ sich immer lauter werdend hören. Dann erwachte der Kampfkoloss endgültig zum Leben. Erst der Kopf, dann der Oberkörper erhoben sich in der Halle. Das Schwierigste war, den Mech tatsächlich zum Stehen zu bekommen, denn die Hallendecke war etwas niedrig und Arpan zum ersten Mal damit konfrontiert, einen gekrümmten Mech zu steuern.

Doch der Neurohelm übertrug jede Bewegung, die Arpan ausführen wollte, sofort auf den Stahltitanen. Es gab einen kurzen Ruck. Gebeugt trat der *Clint* einen Schritt in die leere Hallenmitte und richtete sich dann zu seiner vollen Größe auf. Das Cockpit durchbrach das Blechdach, die

Schultern bohrten sich durch und da stand er nun in voller Pracht. Hinter dem *Clint* brach die Hallendecke vollends zusammen.

Die fremden Angreifer vor der Halle bekamen einen Schreck, denn darauf waren sie nicht gefasst gewesen. Sie sollten eingreifen, bevor der BattleMech in Bewegung kam. Ihr Informant hatte ihnen wohl nicht mitgeteilt, wie weit sie wirklich mit der Montage waren – oder die Lage falsch eingeschätzt.

Arpan nahm die Steuerung in die Hände, bewegte den Mech einen Schritt zur Seite, damit er die lästigen Dachreste beseitigen konnte, und zielte mit dem rechten Arm und dessen Laser auf die beiden Fahrzeuge der Angreifer. Doch Zufall oder Absicht, statt den Laser auszulösen drückte er den Knopf für die Sprungdüsen. Wummernd erwachte das Triebwerk, gab Schub auf die beiden Düsen, die in den Beinen untergebracht waren, und hob den *Clint* aus der Halle auf Flammenbahnen in den Himmel.

Der Sprung ging nicht weit, dafür aber erfolgreich zu Ende. Mit beiden Beinen landete der tonnenschwere Mech auf den beiden Transportern. Er kam kurz aus dem Gleichgewicht, doch der Kreiselstabilisator brachte ihn mit Arpans Hilfe schnell wieder unter Kontrolle. Die Angreifer sahen, dass sie jetzt keine Chance mehr hatten, den Kampf für sich zu entscheiden und flohen, so sie konnten, zu Fuß in die Industriebrache hinein. Deckung suchend verschwanden sie, die angegriffenen Soldaten nun als Angreifer dicht auf den Fersen. Einen Pulk von zehn Flüchtlingen stoppte Arpan, indem er mit einem Laser eine Hauswand hinter ihnen zum Einsturz brachte.

Die Kämpfe verebbten mit seinem Erscheinen sehr schnell, und Arpan blieb stehen. Er sah sich aus seiner luftigen Höhe um und sah Vojtech auf sich zustürmen. Er machte verzweifelte Zeichen aus und begriff dann.

Zum einen sollte er endlich das Funkgerät einschalten und zum anderen auf die Uhr sehen. Das Erste war schnell erledigt, und er meldete sich über die Komm-Anlage. Mit einem zweiten Fingertippen blendete er die Uhrzeit im Armaturenbrett ein. Mist! Es war schon später als geplant. Bei Höchstgeschwindigkeit würde er knappe anderthalb Stunden bis zur Kaserne benötigen.

Er setzte sich in Bewegung und konnte gerade noch zwei Mannschaftsfahrzeugen ausweichen, die sich schnell vom Gelände entfernten. In zwei Stunden würden sie bei der Funkstation ankommen.

Im selben Moment meldete sich Hostovsky über Funk.

»Verdammt noch mal, wer sitzt in dem Mech?« Seine Stimme donnerte fast aus dem Kopfhörer.

»Captain, ich bin es, Arpan Kodicek.« Seine Stimme war ganz ruhig, ganz anders, als er sich fühlte. Schweiß stand ihm auf der Stirn, und im Cockpit des *Clint* wurde es warm. »Ich stehe Ihnen ganz zur Verfügung.«

»Los, mach, dass du da rauskommst. Wer hat dir Himmelhund erlaubt, in das Ding einzusteigen? Der Mech ist kein Spielzeug!« Wütend kam Egon Hostovskys Stimme durch den Äther.

»Natürlich, Captain. Wenn Sie es wünschen, werde ich Ihrem Befehl sofort Folge leisten.« Arpan blieb äußerlich ganz ruhig. »Sie müssen mir nur noch sagen, wer an meiner Stelle den *Clint* bewegen soll. Der Pilot Cumrow ist nämlich ausgefallen.«

Plötzlich wurde es ruhig am anderen Ende. Die anderen Nebengeräusche, sonst von anderen Teammitgliedern auf dem Kanal hervorgerufen, blieben aus. Es dauerte zwei, drei Minuten, und nur ganz leise nahm Arpan eine hitzige Diskussion zwischen Hostovsky und einem zweiten Offizier wahr.

»In Ordnung«, meinte Hostovsky plötzlich. »Aber wir ändern den Plan etwas ab. Du machst dich jetzt auf den Weg, wir werden dir mit den restlichen Fahrzeugen folgen, sobald wir hier aufgeräumt haben. Du begibst dich aber nicht in Gefahr.« Als Hostovsky diese Worte sagte, wusste er, dass sie Schwachsinn waren. Der Mech würde in jedem Fall das erste Angriffsziel aller Gegner sein.

»Du bleibst hinten, wenn wir die Kaserne stürmen. Feuerst nur auf feindliche Stellungen und prescht nicht nach vorne. Die eigentliche Arbeit wirst du uns überlassen.«

Arpan bestätigte kurz und drehte sich um. Sicheren Schrittes machte er sich auf den Weg zum Sammelpunkt, zehn Kilometer vor der Kaserne gelegen.

* * *

Sie hatten wieder einmal viel Glück gehabt. Mit zwei unauffälligen Wagen waren sie vorgefahren und hatten gehofft, ohne großes Aufsehen den Haupteingang des Funkgebäudes zu ereichen. Es blieben aber immer noch fünfzig Meter über eine relativ freie Fläche zurückzulegen. Gerade in diesem Augenblick ereignete sich ein Unfall auf der Hauptstraße. Wie auf Kommando bewegten sich die Außenkameras auf den Schauplatz zu, sodass die Männer im Spurt die Fahrzeuge verlassen konnten und bis an die Hausmauer rannten, ohne gesehen zu werden.

Silva, die zwischen Orten und Ts'gna eingeklemmt war, rannte mit, so schnell sie konnte. Sie hatten Glück gehabt, überlegte Silva. Sie waren jetzt nur noch knapp zwei Meter vom erleuchteten Eingang entfernt. Sie ging schnell auf ihn zu, um hineinzugehen. Doch die Tür war verschlossen. Hier stand sie nun in ihrer Uniform und sah eher aus wie ein Pfadfinder, der Kekse verkaufen wollte, denn wie eine Angehörige der zweiten tamarindischen Heimatmiliz, als die das Abzeichen auf der linken Brustseite sie auswies.

Silva fühlte sich in der Uniform nicht wohl. Sie kam sich auf irgendeine, nicht näher zu beschreibende Art lächerlich darin vor. Fast widerwillig betätigte sie die Gegensprechanlage, während sie durch die Glasscheibe in die hell erleuchtete Lobby blickte.

Mit der rechten Hand gab sie Orten ein Zeichen, Zeigefinger und Mittelfinger ausgestreckt, was nichts anderes bedeutete, als dass hier zwei Mann Dienst schoben. Die beiden Männer waren nicht gerade einheitlich gekleidet. Irgendwie wirkten sie fehl am Platz und nicht sehr selbstsicher. Als der eine auf den Summer drückte, damit Silva die Tür öffnen konnte, geschah nichts. Sie drückte, aber die Tür ließ sich nicht öffnen. Silva deutete auf den Schlüssel, der innen im Schloss steckte, und einer der beiden Männer kam nach vorn.

Er schloss die Tür auf und trat einen Schritt heraus. Bevor er reagieren konnte, wurde er ganz herausgezogen und von Orten und einem der anderen Männer bewusstlos geschlagen und mit einem Tuch voll Chloroform vor der Nase weiterhin bewusstlos gehalten. Gleichzeitig trat Silva in die Lobby und näherte sich der Rezeption.

Sie bemerkte die drei Aufzüge an der linken Seite, von denen zwei mit geöffneten Türen ausgeschaltet waren. Auf der gegenüberliegenden Seite befand sich der Treppenaufgang, und hinter der Rezeption zweigten zwei Türen in das dahinter liegende Gebäude ab. Der Mann sah sie schweigend an, bis sie an den Tresen kam.

»Wo ist mein Kollege?«, fragte er, noch bevor sie etwas sagen konnte.

»Oh«, meinte Silva, »der steht da draußen und sieht nach dem Unfall auf der Straße.«

Jetzt hieß es für sie, Zeit zu schinden und den Mann abzulenken, damit die Männer das Gebäude stürmen konnten. Aus diesem Grund trat sie einen Schritt zur Seite, damit sie im Weg stand und der Mann hinter der Rezeption den Eingang nur noch im Blick hatte, wenn er den Kopf direkt dahin drehen würde.

»Was wollen Sie hier?«, fragte der Mann. Sein offenes Gesicht und die himmelblauen Augen mit den Lachfalten, sein spitzbübisches Grinsen und der Spitzbart vorn am Kinn machten ihn direkt sympathisch.

»Ja wissen Sie, ich ...« Den Rest ließ sie unausgesprochen. Sie sah ihm tief in die Augen und himmelte ihn an. Der Mann war genügend abgelenkt. Er konnte auch nicht mehr schnell reagieren, als drei Männer, allen voran Jiri Orten, die Lobby stürmten. Irgendetwas, was Silva nicht erkennen konnte, flog durch die Luft und traf den Mann an der Stirn. Um sein Gleichgewicht zu halten machte er einen Schritt nach hinten und war somit außerhalb der Reichweite für den Alarmknopf.

Silva ließ sich fallen und hoffte flehentlich, dass jetzt nicht geschossen wurde. Da sie den Kopf in der Armbeuge schützte, bekam sie nicht mit, wie zwei Männer über den Tresen sprangen und den Mann endgültig außer Gefecht setzten. Gleichzeitig kam Ts'gna mit dem zweiten gefesselten und geknebelten Mann rein.

Als sie keine Schüsse hörte, stand Silva auf und sah noch, wie zwei Männer den Dienst übernahmen und die beiden Gefangenen in einem der Hinterzimmer abgelegt wurden. Dabei war die Bezeichnung ›zwei Männer‹ eher übertrieben. Der eine war nämlich niemand anderes als Pjotr Miksch. Im Wagen hatte er Sprechverbot erhalten, weil er mal wieder mit seiner nervigen, nasalen Stimme eine Abhandlung vom Stapel ließ, in der er der versammelten Mannschaft erklären wollte, warum der Marik-Raumer ›Silver Mist‹ im deutschsprachigen Steiner-Gebiet zu Lachanfällen führte. Aber hier hinter einem der Computer war der Code-Experte der ›Freunde der Mechs‹ in seinem Element. Er übernahm sofort die Aufgabe, die Kameras der Anlage zu kontrollieren.

Natürlich ging das nicht sofort, aber er würde es bestimmt schaffen. Außerdem sollte er versuchen, die Verbindung zwischen der Funkstation und der Kaserne zu unterbrechen.

Captain Jiri Orten sah sich aufmerksam um, während er der jungen Frau die Treppe hinauf folgte. Das Haus wies keinerlei Kampfspuren im Untergeschoss auf. Erst als sie die Treppe hinaufgingen und den ersten Absatz hinter sich ließen, wiesen die Decke und die Wände deutliche Brandspuren auf. Dazu Hunderte von Einschusslöchern – unübersehbare Spuren eines Kampfes, der hier getobt haben musste. Trotzdem war alles überraschend sauber, und die schlimmsten Schäden waren sogar repariert worden.

Sie passierten die Tür zur ersten Etage und die zweite Etage. Silva gab mit ihren Gesten zu verstehen, dass die anderen in ihrer Begleitung zurück und aus dem Erfassungsbereich der Überwachungskamera bleiben sollten. Sie stand vor der Eingangstür, den Ausweis griffbereit und wollte auf denjenigen warten, der die Tür öffnen würde. Diesmal dauerte es lange, bis sich die Tür öffnete. Silva war sehr besorgt, was sich auf ihrem Gesicht deutlich bemerkbar machte.

»Was ist?«, fragte Orten.

Silva zögerte einen Moment »Ich weiß nicht, es dauert mir einfach zu lange.«

Jiri Orten griff unter seine Jacke und holte die M14, eine Maschinenpistole, hervor. Er wollte sichergehen, dass Silva nichts geschehen würde.

»Ich habe Stimmen gehört«, meinte sie plötzlich. »Drei, vielleicht vier, sie scheinen sich zu streiten.«

»Das kann uns nur recht sein«, meinte Jiri. »Warum streiten wir nicht ein wenig mit?« Mit diesen Worten entsicherte er seine Handfeuerwaffe und trat so nah an Silva heran, dass er gerade noch außerhalb des Erfassungsbereiches der Kamera blieb.

Silva entgegnete nichts darauf, und Jiri erwartete auch keine Antwort. Von jenseits der Tür erklangen Schritte.

Die Türe öffnete sich und schwang zur Seite auf. Jiri Orten reagierte sofort. Er überwand die kurze Entfernung zur Tür und schlug mit dem Kolben seiner Waffe den Mann kurzerhand auf den Kopf und damit fast bewusstlos. Der Mann stöhnte kurz auf, hatte aber keine wirkliche Chance, da sich bereits zwei weitere Männer seiner annahmen.

»Silva, du verschwindest jetzt von hier.« Der Ton des Captains duldete keinen Widerspruch. »Du gehst am besten hinunter und spielst bei Pjotr Sekretärin. Hier oben wird es jetzt zu gefährlich.«

Silva sah ihn kurz an und las in den kalten Augen des Offiziers, dass er absoluten Gehorsam verlangte. Sie setzte sich folgsam in Bewegung, stieg die Stufen hinunter, vorbei an dem inzwischen gefesselt und geknebelten Fremden, der ihr die Türe geöffnet hatte.

Der Captain gab leise weitere Befehle. Mit vorgehaltenen Waffen bewegten sich die Angreifer um den Captain fast lautlos voran. Im ersten Raum saßen ein paar Männer, doch bevor diese auch nur einen Ton sagen konnte, wurden sie überwältigt. Im zweiten Raum befand sich das leere Büro des Stationschefs. Seine Leute im Rücken, näherte sich Jiri Orten dem nächsten Raum. Er war der größte Raum der Anlage und mit sieben Männern und Frauen voll besetzt. Lediglich die Zentralstation war unbesetzt. Es gelang den Männern, die anwesenden Personen zu überrumpeln. Sie fühlten sich so sicher, dass sie noch nicht einmal Waffen griffbereit liegen hatten.

Orten wurde langsam nervös. Das Chefzimmer war leer, der zentrale Platz der Anlage war leer und der Chef noch nicht zu sehen. Er trat noch einmal auf den Flur, ging ein Stück weiter und fand zwei Türen mit den üblichen Piktogrammen für Frauen und Männer. Zuerst lauschte er an der Tür für Frauen, konnte jedoch nichts vernehmen, das auf eine Anwesenheit schließen ließ. An der daneben liegenden Tür war sein Lauschangriff erfolgreicher. Das Wasser des Handwaschbeckens lief, typische Geräusche des Händewaschens erklangen dazu. Dann folgte kurze Stille, und das Geräusch eines Heißlüfters wurde vernehmbar.

Orten wartete, bis sich die Tür öffnete, drang im gleichen Moment in den weiß gekachelten Raum ein und schlug den herauskommenden Offizier in den Magen. Der Mann klappte nach vorn, dann nach hinten, weil ein Tritt von Orten ausdrücklich nachhalf. Jiri Orten zerrte den Mann auf die Füße, drückte ihn gegen die Wand, ohne den Widerstand der Bereiter M14, die er ihm in den Bauch drückte, auch nur einen Sekundenbruchteil zu verringern.

»Sie werden reden«, versprach er dem Mann. »Sie werden reden und mir alles sagen, was ich wissen will. Ihr Redefluss wird sprudeln wie ein Wasserfall. Und falls Sie sich einbilden, Sie kämen jemals wieder ans Sonnenlicht, um jemand anderen als mich zu sehen, dann haben Sie sich gründlich getäuscht. Es wird sich kein Gesetz mit Ihnen beschäftigen, weil kein Gesetzeshüter weiß, dass es Sie gibt.« Er wirbelte den Mann herum und wenn Ortens Blicke töten könnten, dann wäre der Mann in seiner Hand schon tot.

»Ich bin der einzige Mensch, mit dem Sie je wieder reden werden.« Ortens Stimme war kalt wie Eis und ohne besondere Betonung. Das machte sie noch viel bedrohlicher als die Pistole, die sich immer noch in die Rippen des Mannes bohrte.

»Sie bringen mich nicht um«, knurrte der Mann. »Wer Sie auch sein mögen«, brachte er mühsam zwischen den blutenden Lippen hervor, »Sie wollen mich lebend. Tot kann ich Ihre Fragen nicht beantworten.«

Orten kochte vor Wut. Aber wo der Mann Recht hatte, hatte er Recht. Ohnmächtige Enttäuschung überkam ihn. Die Pistole drückte nicht mehr so fest in die Rippen, Ortens Griff wurde etwas weicher. Das nutzte der Mann zu Ortens Überraschung blitzschnell aus. Eine leichte Drehung, ein Wurf über die Hüfte, dann das leise Brechen eines Handgelenks. Ortens Pistole fiel klappernd auf die Erde. Er schrie mehr überrascht als vor Schmerzen auf, rappelte sich auf und trat dem Fremden mit seinem Soldatenstiefel in den Magen. Der Mann krümmte sich zusammen und fiel zu Boden. Dabei kam er auf der Bereiter zu liegen.

Noch in der gleichen Bewegung rollte er sich am Boden auf den Rücken und schoss auf Orten. Der Captain verspürte einen heftigen Schlag in der Magengegend und kippte wie vom Blitz gefällt hintenüber. Der Fremde jedoch ergriff die Möglichkeit zur Flucht und verschwand.

* * *

Der Fahrstuhl hielt in der Lobby. Die Türen öffneten sich. Sofort polterte ein Soldat los: »Pjotr Miksch, wir benötigen Sie. SOFORT.«

Pjotr reagierte gleich. Er nahm die Beine vom Tresen und den Blick von den Anzeigen. Die Monitore zeigten immer noch leere Standbilder, um eventuellen Beobachtern einen ruhigen Arbeitsplatz zu suggerieren.

»Aber vorher setzen Sie wieder die Beobachtungskameras in den aktiven Status. Vielleicht sind doch noch Fremde im Gebäudekomplex unterwegs.«

Pjotr drückte ein paar Knöpfe und erklärte Silva kurz, worauf sie zu achten hätte. Die beiden Soldaten würden den Rest erledigen. Wie immer der auch aussehen würde.

Mit ein paar schnellen Schritten war Pjotr am Fahrstuhl. Kurz darauf fuhren sie in die Höhe. Kaum aus der Kabine in den Flur getreten, wurde er von einem Offizier in Empfang genommen.

»Wir haben zwei Probleme.« Der Offizier griff nach Pjotr und führte ihn schnell in den großen Senderaum. »Erstens: Orten hat versucht, den Leiter der Funkanlage zu überwältigen. Dabei wurde er angeschossen. Er ist im Moment in Behandlung, aber kann die nächsten Stunden sicher nicht kämpfen. Außerdem ist er noch nicht bei Bewusstsein.«

»Wie geht es ihm?«

»Er kommt durch. Aber wir haben ein anderes Problem. Bevor wir es verhindern konnten, wurde die Sendeanlage gesperrt. Wir können die Codewörter nicht knacken. Du musst jetzt ran.«

Pjotr setzte sich vor die Anlage, sah sich die Systeme genau an und fing an zu arbeiten. Er konnte sich nicht auf Anhieb in die Systeme hacken, da bereits die Tastatur mit einer Sperre belegt war. Kurzerhand holte er eine andere Tastatur und schloss sie an den Hauptrechner an. Über einen zweiten Anschluss führte er ein Kabel vom Rechner zu seinem Taschencomputer, mit dem er sich in der Lage befand, einfache Verschlüsselungsprogramme zu knacken.

Er war sich dabei durchaus bewusst, dass während des eben geführten Einsatzes keine komplizierte Verschlüsselung vorgenommen werden konnte. Trotzdem benötigte ereine gute Viertelstunde, bis er die Kommunikation wieder herstellen konnte. Er wischte sich die schweißnassen Haare nach hinten, lehnte sich zurück und rief dem Offizier zu: »Das System steht wieder zur Verfügung. Die meisten Programme laufen wieder. Sie können jetzt senden.«

Der Offizier ließ sich das nicht zweimal sagen. Er nahm das Mikrofon zu sich heran und stellte die Frequenz des anfliegenden Raumschiffs ein.

Dann schob er das Mikrofon Pjotr rüber. »Du hast die Sache in Ordnung gebracht. Und Orten hat dir sicher mehr über den Hintergrund erzählt, als mir bekannt ist. Übernimm du das.«

»Aber ich bin kein Soldat.«

»Umso besser – dann darfst du dem Schiff auch gleich erklären, warum hier Soldaten gegen Soldaten kämpfen. Los!«

Pjotr griff nach dem Mikrofon. Jede Aufregung war auf einmal von ihm abgefallen. »Hier spricht Pjotr Miksch aus der Funkstation Tamarind-City. Ich rufe das anfliegende Raumschiff.« Er musste sich mehrfach wiederholen, bis er endlich Kontakt erhielt und aufgefordert wurde, die Frequenz zu wechseln. Sofort verbesserte sich der Empfang, und die Überwachungsgeräte zeigten einen höheren Empfangspegel an.

»Vergessen Sie alle Funksprüche der letzten Zeit. Die Funkstation war von feindlichen Söldnern übernommen. Wenn Sie die Möglichkeit haben, bleiben Sie im Orbit, bis wir die Lage unter Kontrolle haben. Die Funkstation ist wieder unter Kontrolle, doch um die Kaserne wird noch heftig gekämpft.«

»Warum sollten wir Ihnen vertrauen? Wer sind Sie überhaupt?«, erklang die Stimme aus dem Lautsprecher. Die Frau, die sich auf der anderen Seite der Funkanlage befand, hatte sich immer noch nicht vorgestellt.

»Eine berechtigte Frage«, sagte Miksch. »Wir senden Ihnen eine verschlüsselte Datei, in der wir Ihnen den Grund nennen, warum Sie niemanden vertrauen sollten. Einen kleinen Moment.«

Er wandte sich an den Offizier. »Ich sende an das Schiff über die bestehende Kommunikationsstrecke eine Datei mit dem Namen Thomas Marik, mehr muss es nicht sein. Wer immer dort oben ist, wird hoffentlich verstehen, worum es hier geht.«

Der Offizier nickte nur. Er schien mit der Art und Weise, wie der Jugendliche die Situation meisterte, sehr zufrieden zu sein.

Pjotr begab sich wieder zu seinem Platz, setzte sich schwerfällig in den Stuhl und meldete sich erneut. Dann sandte er die Datei ab. »Haben Sie die Datei erhalten?«, fragte er wenig später.

Die Frauenstimme am anderen Ende meldete sich wieder. Die Stimme klang jetzt ein wenig belegt. »Woher haben Sie diese Information?«

Pjotr antwortete sogleich: »Wir haben die Information zufällig erhalten, als wir uns damit beschäftigten, warum die Kaserne und die Funkstation von fremden Söldnern übernommen wurden. Es hat nur etwas gedauert, bis wir entsprechend reagieren konnten. Und nun möchten wir Sie bitten, im Orbit zu bleiben, bis wir wieder alles unter Kontrolle gebracht haben. Denn zusätzlich herrscht etwas Chaos in der Stadt. Einige Demonstrationswellen beschäftigen gerade die örtliche Polizei.«

»Wir können nicht im Orbit bleiben, da wir nicht mehr im Orbit sind und uns bereits im Anflug auf den Raumhafen FOC befinden. Wir werden in höchstens einer Stunde landen.«

Pjotr war sich etwas unschlüssig. Was sollte er tun? Ihm blieb nichts anderes übrig, als die Raumschiffsbesatzung aufzufordern, so lange an Bord zu bleiben, bis sich die Situation geklärt hätte. Er versprach, sich regelmäßig zu melden. Damit unterbrach er die Verbindung.

»Ein MechKrieger muss mehr sein als ein Mensch. Ausdauernder, mutiger, schneller, tödlicher.
Nach außen hin muss er Tugenden zeigen, die im normalen Menschen nicht auftauchen. Doch tief drinnen ist er ein Mensch wie jeder andere auch.
Wäre der MechKrieger wirklich mehr als ein normaler Mensch, dann würden wir in einer Diktatur der MechKrieger leben.«

— Aus der Einführung zu ›Legis MechGladiatorum‹, Terra, 2544 (16. Auflage der VIII. Ausgabe)

Tamarind, Tamarind-City

8. April 2605

Karel Polacek klopfte Arpan auf die Schulter und beugte sich, so weit es ging, zu ihm nach vorn. Kurz bevor sich Arpan auf den Weg gemacht hatte, hatte er sich bemerkbar gemacht und war außen am Mech zum Cockpit hinaufgeklettert. Er trug schon eine Kühlweste und die dazugehörige Hose.

Nach einem kurzen Wortwechsel hatte Karel seinen Freund davon überzeugen können, ihn mitzunehmen. Also hatte er sich auf den Notsitz im Cockpit gequetscht und half ihm so weit möglich, den Kampfkoloss zu steuern. Jetzt machte er ihn auf eine Anzeige aufmerksam, und Arpan starrte gebannt auf die kleine Fahrzeugkolonne, die sich dem Platz näherte.

Unter Führung von Lippinsky erreichten zwei Jeeps den Treffpunkt. Auf dem ersten Jeep war ein doppelläufiges Maschinengewehr befestigt und auf dem zweiten eine

Zweier-SRM-Lafette mit etwas Munition. Leider hatte die Marine keine passende Munition für den *Clint*, sodass der BattleMech nur mit seinen Lasern arbeiten konnte.

Hinter den beiden Jeeps kamen ein paar Mannschaftstransporter der Marine, die ebenfalls nur mit Maschinengewehren bestückt waren. Die kleine Marine war nicht schwer bewaffnet, denn das einzige Meer auf Tamarind war nicht so groß, dass man dort schwere Waffen stationieren musste. Außerdem – wer sollte über Wasser angreifen, wenn er doch direkt auf dem Kontinent landen und die Hauptstadt attackieren konnte?

Die beiden gingen noch einmal schnell den Plan durch, der eigentlich simpel war. Lippinsky würde mit den beiden Jeeps die Kaserne vom Haupttor aus angreifen, während der *Clint* von der entgegengesetzten Seite eine Bresche in die Mauer schlagen würde. Ziel war Halle zwei, in der noch weitere Mechs stehen sollten – und zwar einsatzbereit. Der *Clint* sollte die Halle sichern, bis die gefangenen MechPiloten aus der Turnhalle befreit wären und ihre eigenen Maschinen besteigen konnten. Dann sollte der *Clint* zur Kasernensicherung zurückbleiben. Gegebenenfalls müssten die anderen Mechs einen Angriff auf die Funkstation unterstützen, falls Orten, Ts'gna und ihre Leute das nicht alleine schaffen würden. Dies war jedoch nur eine Option, die sehr vage formuliert war, da man nichts Genaues über die Mechs und die Piloten wusste. Außerdem war der Zeitablauf sehr knapp ... eine nötige Unterstützung wäre vielleicht zu spät, um rechtzeitig einen Funkspruch zu senden.

Die beiden Jeeps machten sich als Erstes auf den Weg, da sie noch komplett um die Kaserne herumfahren mussten. Der Angriff sollte zeitgleich stattfinden, um den Überraschungseffekt voll auszunutzen. Dann folgten der Mech in seiner imposanten Größe und die Transporter der Marine.

Die beiden Jungs hatten auf dem Weg hierher ein wenig die Möglichkeit gehabt, den Mech besser kontrollieren zu lernen. Das bezog sich aber vor allem auf den Bewegungsapparat. Alles andere würde sich vor Ort zeigen müssen. Arpan würde weiterhin die Maschine lenken, und Karel würde sich um die Laser kümmern.

Eine halbe Stunde später war es so weit. Der Mech und die Begleitfahrzeuge standen bereit. In wenigen Minuten müsste das Feuerwerk losgehen.

* * *

Am Haupteingang der Kaserne trafen inzwischen die beiden Fahrzeuge ein. Lippinsky saß im ersten Wagen, um die Wachmannschaft so gut wie möglich zu täuschen. Der erste Soldat erschien in schlecht sitzender Uniform und rief noch etwas nach hinten über die Schulter. Darauf löste sich ein zweiter Soldat unwillig aus der Wachbaracke. Mit vorgehaltenem Gewehr sicherte er den ersten Mann, der sich nun den Fahrzeugen näherte.

Lippinsky wollte gerade etwas sagen, als ein Soldat aus dem zweiten Wagen auf den Mann feuerte. Die Wache starb auf der Stelle. Den zweiten Mann an der Baracke erwischte der Schütze jedoch nicht. »Mist!«, entfuhr es Lippinsky. Das waren halt doch keine geschulten MechKrieger, sondern nervöse Soldaten der Marine. Und einem war gerade der juckende Finger an den Abzug geraten.

Dann eröffneten die Zwillingsmaschinengewehre auf dem angreifenden Fahrzeug das Feuer, und Leuchtspurkugeln tanzten um sie herum. Soldaten warfen sich flach auf den Boden, rissen eigene Waffen heraus und erwiderten den Angriff. Gewehrkugeln jaulten gegen die Wände des Wachhauses, prallten ab und pfiffen nutzlos auf das Kasernengelände hinaus.

In dem Moment, als Arpan und Karel das Gewehrfeuer hörten und zusätzlich die Leuchtspurgeschosse erkannten, stürmten sie auf die Kasernenmauer zu. Die Begleitfahrzeuge fuhren im Schlepp hinterher, kurz darauf saßen die ersten Marinesoldaten ab. Sie bekämpften den schwachen Widerstand, der ihnen entgegengebracht wurde. Die nächsten Fahrzeuge folgten dem *Clint* in die Tiefen der Kaserne und gaben ihm Feuerschutz, sofern nötig. Niemand wollte wirklich die beiden Jungen im Cockpit in Gefahr bringen. Der *Clint* sollte nur zur Abschreckung dienen.

Aber das war wohl nicht genug. Die Überraschung stand den beiden Jungs ins Gesicht geschrieben, als sie in der Kasernenmitte plötzlich auf zwei schwere Panzer trafen, die Fahrt aufnahmen und sich auf den *Clint* einschossen. Der Feuersturm, der sie begrüßte, war vernichtend. Die beiden hatten geglaubt, mit den Stunden, die sie in den Simulatoren der Spielhalle verbrachten, zu wissen, was da auf sie zukam. Aber damit hatten beide nicht gerechnet.

* * *

»Scheiße!«, schrie Irina Matiskowa mit vor Angst schriller Stimme. Doch sie wendete ihre Augen von dem Kampf um die Kaserne nicht ab. »Tomatschek, läuft die Kamera? Halte drauf, was das Zeug hält.«

Tomatschek antwortete nicht. Er war vollauf damit beschäftigt, den Ansturm auf die Kaserne zu filmen. Nur weil sie gerade von einem Dreh im Hafen zurückkamen, konnten sie die Aktion zufällig aufnehmen. Ihm stand der Schweiß auf der Stirn und seine Hände wurden feucht, machten den Griff seiner Kamera rutschig. Vor ihm regierte der reinste Wahnsinn. Soldaten starben im Kugelhagel, ein Mech weit hinten feuerte mit seinen Lasern, schob sich vor eine Halle mit weiteren Mechs und blieb urplötzlich stehen.

Ein Soldat auf dem anrückenden Jeep feuerte und verschwand vorübergehend in der Rückstoßwolke der Zweier-SRM-Lafette, ausgelöst durch zwei startende Raketen. Eine der beiden Raketen traf das Wachhaus und zerlegte es in einer feurigen Explosion in Tausende von Einzelteilen. Die zweite Rakete riss ein Loch in einen abgestellten Panzer, der anscheinend nur zur Dekoration auf dem Platz stand.

»Sehen Sie dort, Tomatschek.« Irene Matiskowa richtete ihren Blick weiter nach links. Von dort näherten sich Truppentransporter der Marine. Tomatschek richtete die Kamera auf die ankommenden Soldaten. Fand hier ein Krieg zwischen der Marine und der Miliz statt? Warum kämpfte, wenn auch nur kurz, nur ein Mech, und dann auch noch auf Seite der Angreifer?

Die Kämpfe auf dem Kasernengelände erschienen dem Zwei-Personen-Fernsehteam besonders hart. Das Feuer der Raketenexplosion wetterleuchtete hinter dem Rauch, der über dem Jeep hing. Das glühende Rot der Laser des *Clint*, abgelöst von den blauen Lasern tragbarer Waffen, füllte den Dunst mit Farben.

»Übertrage das Zeug sofort an den Sender! Das müssen unsere Zuschauer sehen – wer weiß, wie lange wir noch filmen können!«

Und Tomatschek filmte und sendete simultan an den Sender, wo die Bilder nach wenigen Sekunden das reguläre Programm unterbrachen und live auf Sendung gingen.

* * *

Die unbezähmbare Wucht des Angriffs war überwältigend. Ein gnadenloses Trommeln auf den Rumpf und die Arme seines Mechs, so stark, dass Arpan unwillkürlich einen Schritt zurück und zur Seite ging und ihn damit außerhalb einer weiteren Salve brachte. Bodentruppen mit Raketenwerfern stürmten aus den Gassen zwischen verschiedenen Hallen und Gebäuden hervor und feuerten ihre Geschosse ab. Die Raketen wanden sich auf hellen Kondensstreifen zu ihm empor und wollten ihm ein schnelles Ende bereiten.

Während Karel den Laser gezielt gegen die Panzer einsetzte, feuerten die Begleitfahrzeuge mit ihren schweren Maschinengewehren auf die Fußtruppen des Gegners. Künstliches gleißendes Licht entlud sich aus den Zwillingslasern. Fußsoldaten rannten in wilder Panik vor den Angreifern nach allen Seiten davon, so weit sie nicht im Feuer der verschiedensten Waffen fielen.

Als Arpan weiter vorwärts marschierte, konnte er schnell den zweiten MechHangar ausmachen und hielt mit unverminderter Geschwindigkeit darauf zu. Einem zweiten Raketenhagel konnte er ausweichen, einen Zufallstreffer am rechten Arm wie eine lästige Fliege abschütteln. Einen Augenblick später tobte der Kampf um ihn herum erneut. Die beiden Jungs hatten alle Hände voll zu tun, um die Feinde abzuwehren und den Mech in Bewegung zu halten.

Durch den Einsatz der Laser stieg die Hitze im Cockpit enorm an. Den beiden lief der Schweiß in Bächen an Gesicht und Körper herunter. Die Maschine stand kurz davor, sich wegen Überhitzung abzuschalten. Karel feuerte wiederholt auf den zweiten Panzer, der sich ihnen in den Weg gestellt hatte. Den ersten ignorierte er geflissentlich, da sich Arpan anschickte, den Mehrtonner in Grund und Boden zu treten.

Schließlich erreichten sie den MechHangar, Freund und Feind im Schlepptau. Die einen, um den Mech, die anderen, um die Feinde aufzuhalten. Kaum am Hangar angekommen, dessen geöffneten Tore einen langen Blick hinein erleichterten, erkannte Arpan, dass die Mechs nicht einsatzbereit waren. In der Kaserne wurde dieser Hangar dazu genutzt, alte und beschädigte BattleMechs aufzubewahren – als Ersatzteillager für diejenigen, die noch in einen Einsatz geschickt werden konnten.

Genau in diesem Augenblick schlug etwas Großes und Schweres gegen den Rumpf des *Clint*. Weitere Geschosse entluden sich in einem wilden Rausch der Gewalt in den

Koloss. Das Metallskelett lag wegen fehlender Panzerung offen. Schläuche der Kühlmittel und elektrische Leitungen lagen blank. Rauch wallte durch die offenen Gedärme des Kampfkolosses und fand seinen Weg über die Lüftung des Cockpits zu den beiden Jungen.

Aber ihnen war das egal. Die Anstrengungen der letzten Minuten hatten beiden das Letzte abgefordert. Es war einfach zu viel gewesen. Schwärze und Übelkeit breiteten sich in dem MechPiloten aus. Der Schmerz verblasste jetzt gnädigerweise, aber Arpans Schwindelgefühl wirbelte ihn an den Kontrollen herum, und mit ihm den BattleMech, der jetzt einen unkontrollierten Eiertanz aufführte. Er fragte sich, ob er den Hangar mit den Mechs noch für seine Kameraden sichern könnte und ob sie die Funkanlage der Kaserne außer Gefecht gesetzt hatten. Er griff nach den Kontrollen, um sich von seinen Erfolgen zu überzeugen.

Irgendwie reichte diese winzige Bewegung, um ihm den Rest zu geben. Er konnte seine Hände noch vage durch einen Nebel von Schweiß und Blut ausmachen, aber sie gehorchten ihm nicht mehr. Danach war auch das ohne Bedeutung, er verlor das Bewusstsein. Karel konnte nicht schnell genug reagieren. Mit einem letzten Schuss aus den schweren Lasern konnte er den verbliebenen Angreifer noch außer Gefecht setzen, doch dann schaltete sich der BattleMech selbst ab.

Hilflos saß Karel auf dem Notsitz. Er konnte nicht einmal das Cockpit öffnen, da der zusammengesunkene Körper seines Freundes die Kontrollen blockierte. Für die beiden war der Kampf zu Ende.

* * *

Umlaufbahn um Tamarind, an Bord der *Gustav Meyrink*

8. April 2605

Katharina Wlaschek schaute auf die Schirme in der Zentrale des Landungsschiffes. Was auf dem Planeten geschah, erschloss sich ihr nicht.

Sie sollte nicht eingreifen, warten, bis der Kampf um die Kaserne entschieden war – aber es sah nicht so aus, als würden die Angreifer die Kaserne erobern können. Ein Sender hatte die aktuelle Sendung unterbrochen und zeigte einen Bericht vom Kampfplatz.

Ein einziger Mech schien auf dem Gelände der Garnison zu kämpfen. Sie hatte inzwischen die Aufzeichnung des Gesprächs mit der Funkstation mehrere Male abgehört. Der Name des jungen Mannes, mit dem sie gesprochen hatte, tauchte in keiner der Personallisten der Garnison auf.

Es blieb nur ein Schluss: Es waren zumindest zum Teil Zivilisten, die dort versuchten, die Kaserne von Tamarind-City wieder zu erobern. Zivilisten, die mit zu wenig Material und zu wenig Leuten gemeinsam mit einigen loyalen Teilen der Armee versuchten, eine Söldnereinheit zu besiegen.

Und sie sollte im Orbit warten? Niemals! Sie war Revisorin und damit ein Bürohengst. Aber sie war auch Soldatin. Und wenn Zivilisten starben, weil sie den Job von Soldaten machten, dann war es höchste Zeit, dass das Militär eingriff.

Tamarind, Tamarind-City

8. April 2605

Langsam schob Karel seine rechte Hand unter den bewusstlosen Körper seines Freundes. Er wusste nicht, ob

Arpan schwer verletzt war. Er sah nur Blut und hörte das unruhige Atmen. Im Cockpit war es unerträglich heiß.

Der Mech stand still, ein weiterer Kampfeinsatz war nicht möglich. Sie mussten den Mech so schnell wie möglich verlassen – und sie brauchten Kühlung!Seine Hand schob sich weiter unter Arpan. Endlich ertastete er den Knopf zur Notentrieglung des Cockpits. Er drückte ihn, das Cockpit hob sich ächzend auf heißen Gelenken. Kühle, milde Luft brach sich Bahn durch die heiße Luft im Cockpit.

Karel atmete einige Male befreit durch. Das Feuer auf ihren Mech hatte aufgehört. Was war geschehen? Er überlegte, was er tun sollte. Wäre es richtig, seinen bewusstlosen Freund zu transportieren? Oder sollte er Hilfe holen? Oder abwarten, was als Nächstes geschah?

Er wurde dieser Entscheidung enthoben. Die Luft wurde kühler, eine Brise kam auf. Ein Schatten fiel auf die Konsole. Karel blickte nach oben.

Über dem Kasernengelände hing majestätisch ein riesiger Schatten vor der Sonne. Ein Landungsschiff mit den gut sichtbaren Markierungen des Hauses Marik auf der Außenseite stand still über dem Gelände der Kaserne.

Offenbar hatte es einige Landungsboote ausgeschleust, denn von einigen Seiten tönte auf einmal eine vielfach verstärkte Stimme über das Gelände:

»Ich wiederhole: Hier spricht die reguläre Armee der Liga freier Welten. Beenden Sie sofort alle Kampfhandlungen! Jeder, der sich nicht sofort entwaffnet und unseren Truppen ergibt, wird als Feind behandelt.« Diese Miteilung wurde immer wieder monoton wiederholt.

Karel schaute sich um. Überall warfen Soldaten die Waffen weg und falteten die Hände über dem Kopf. Die Landungsboote begannen nun, einige Soldaten auszuschleusen, die ohne Ansicht der einzelnen Abteilungen Soldaten verhafteten und zusammentrieben.

Alle Streitereien zwischen den Angehörigen der verschiedenen kriegsführenden Parteien wurden durch die überlegene Waffengewalt der eingreifenden Truppen im Keim erstickt.

Karel blickte sich erleichtert um. Ein Marinesoldat erklärte gerade mit wilden Gesten einem dem Landungsboot entstiegenen Offizier irgendetwas. Dabei deutete er immer wieder auf den *Clint*. Hilfe war also in Sicht!

Karel stand auf und begann wild in Richtung des Offiziers zu winken. »Hier, ich brauche sofort einen Sanitäter! Bitte, schicken Sie einen Sanitäter. Mein Freund ist verwundet!«

Karel wusste nicht, ob es die Dringlichkeit seines Anliegens war. Wahrscheinlich war es eher die Silhouette samt der Stimme eines Jugendlichen, der blutbeschmiert und völlig verschwitzt auf dem Notsitz eines Mechs stand, während vor ihm eine vornüber gekrümmte, jugendliche Gestalt im Fahrersitz saß. Ein Sanitäter näherte sich eilig laufend den beiden.

Karel sank in seinen Sitz zurück. Als der Sanitäter den Mech erklettert hatte, saß Karel weinend und am ganzen Körper zitternd auf dem Notsitz.

26. Nachspiel I

»Die Liga freier Welten ist ein politischer Verbund von Welten, die es jedem seiner Bürger ermöglichen soll, das zu tun, was für ihn richtig ist, und dafür alles Lebensnotwendige zu erhalten. Jeder arbeite nach seinen Fähigkeiten, jeder erhalte nach seinen Bedürfnissen.
Für dieses Ideal sollen wir zu leben – aber auch zu sterben bereit sein!«

— Rhean Marik auf ihrer Neujahrsgrußkarte an die Offiziere der Armee, Atreus 3618

Tamarind, Tamarind-City

10. April 2605

Vorgestern war schon fast vergessen. Die ›Freunde der Mechs‹ standen auf dem Kasernenhof und sahen einer Ehrung entgegen.

Da standen sie nun alle. Ganz rechts stand die Miliz von Tamarind – Zug um Zug, Panzerfahrer, MechPiloten, Infanteristen, alle standen in Reih und Glied einträchtig nebeneinander. Daneben standen die Marinesoldaten in Ausgehuniformen samt der fünf Offiziere, allen voran der große und schlanke Captain Egon Hostovsky. Er trug trotz allem noch dunkle Ringe unter den Augen, die sein kantiges Gesicht noch unheimlicher wirken ließen.

Jiri Orten stand in einer weniger gut sitzenden Ausgehuniform neben ihm. Sein breites Gesicht wirkte irgendwie eingefallen, die hervorstehenden Wangenknochen noch spitzer. Seine Verletzung war bei weitem noch nicht ausgeheilt, doch er hatte darauf bestanden, heute teilzunehmen.

Hinter den beiden Captains standen die drei Leutnants Lippinsky, Martin Cumrow und Esah Ts'gna. Cumrow war bandagiert und stand unter starken Schmerzmitteln. Aber auch er hatte darauf bestanden, hier teilzunehmen und nicht das Krankenbett zu hüten.

Ihre Haltung war perfekt, die Uniform blitzsauber und keiner sprach ein Wort. Ganz anders dagegen die ›Freunde der Mechs‹. Silva Jovanova in ihrem modischen Top und dem kurzen Rock, der trotzdem etwas militärisch Schlichtes an sich hatte. Kein Wunder, trug sie doch die gleichen Farben wie die Ausgehuniformen der Offiziere. Ihre langen braunen Haare flatterten im Wind, und ihrem gleichaltrigen Cousin Alfred Weilguny, der direkt hinter ihr stand, ins Gesicht. Seine blauen Augen blickten stolz nach vorn. Beim Versuch, eine militärisch stramme Haltung anzunehmen, wagte er es natürlich nicht, sich Silvas Haare aus dem Gesicht zu wischen.

Neben Silva in der ersten Reihe stand Pjotr Miksch. Nach mehreren harten Kopfnüssen vom hinter ihm stehenden Arpan Kodicek hielt auch er endlich mal den Mund. Neben dem Code-Genie stand Karel Polacek, der extra von seinem Chef frei bekommen hatte und den verlorenen Arbeitstag nicht nacharbeiten musste. Frantisek Gellner und Vojtech Rakous standen ebenfalls in der zweiten Reihe. Lediglich Arpan, dem seine Behinderung etwas peinlich und das ganze Tamtam um ihn als MechPiloten zu viel war, stand in der hintersten Reihe.

Er hatte sich seinen Traum bereits erfüllt: einmal Pilot eines Mechs zu sein, dazu noch in einem gefährlichen Einsatz, zusammen mit seinem besten Freund. Davon könnte er seinen Kindern noch erzählen, wenn es einmal so weit kommen würde.

Direkt neben ihm stand Ota Pavel, der Veteran und Mechaniker. Der Mann, der bis zum Schluss am Kampfkoloss geschraubt und auch während des Angriffs auf die Fabrikhalle nicht den Kopf verloren hatte.

Silvas Blick wanderte über den Platz. Am anderen Ende sah sie die zerstörten Fahrzeuge, die hastig aus dem Weg geräumt worden waren, die Turnhalle, in der die Soldaten gefangen gehalten worden waren, aber vor all dem stand sie: Katharina Wlaschek, Militär-Innenrevisorin des Hauses Marik. Selbstbewusst stand sie vor den angetretenen Frauen und Männern, die es geschafft hatten, sich eine Kaserne abnehmen zu lassen und die sie mit Hilfe der Marine und ein paar Jugendlichen wieder zurückerobern konnten.

Hinter ihr stand der Stab der Inspektorin und ein sichtlich zerknirschter Kasernenkommandant – ohne seine Stabsoffiziere, denn die standen eingereiht bei ihren Soldatinnen und Soldaten.

Katharina Wlaschek stand vor den angetretenen Kriegern. Stolz und unnahbar. Eine Frau mit Fronterfahrung, die wusste, was die Soldaten brauchten; eine Frau, die die Langeweile eines Kasernendienstes kannte. Sie konnte jedoch diese Schlamperei, die sich hier in den letzten Tagen gezeigt hatte, nicht durchgehen lassen. Ihre Gesichtszüge blickten streng auf die Frauen und Männer, die den Blick auf sie richteten. Nur als sie zu den Jugendlichen schaute, wurde für einen kurzen Moment die Strenge weicher, schob sich ein Lächeln in ihre Mundwinkel.

»Frauen und Männer von Tamarind.« Ihre Stimme hallte über den Platz, vom Mikrofon aufgenommen, durch einen Verstärker geschleust und über mannshohe Lautsprecherboxen auf den Kasernenhof entlassen. »Soldatinnen und Soldaten! Wir stehen hier, weil ich eigentlich gekommen bin, um eine Inspektion durchzuführen. Wir stehen hier, um Schlamperei, Korruption und Diebstahl aufzudecken, um die Loyalität zum Captain General zu prüfen und um Ehre und Moral der Truppe zu testen.«

Sie machte eine kurze Pause. Nicht ein Haar krümmte sich, als sie geradeaus starrte, die Menschen nicht beachtend.

»Ich kann wieder abfliegen.« Stille. Die berühmte Stecknadel hätte einen Donnerhall hervorgerufen, wäre sie hier gefallen. »Sie haben mir gezeigt, was Sie leisten können. Und ich bin zu dem Schluss gelangt, eine Einheit frischer Rekruten hätte sich nicht so dumm angestellt wie Sie, die versammelte Elite von Tamarind.« Bei den letzten Worten konnte man so etwas wie Zynismus heraushören. »Um eine effektivere Garnison auf diesem Planeten aufzubauen, wird uns der Kommandant begleiten. Er wird Brion Marik persönlich berichten, was hier geschah. Ein Kurierschiff ist vorab unterwegs, um Brion Marik über die Geschehnisse zu unterrichten.«

Unruhe machte sich zwischen den Menschen bereit. Nicht sehr laut, aber in der Summe störend.

»Stillgestanden!« Der Befehl hallte durch die Luft wie ein Peitschenknall. »Aber es gab nicht nur Versager. Ein paar wenige unter Ihnen haben es geschafft, mit Eigeninitiative und viel Mut den Fehler der Garnison wieder auszubügeln. Allen voran Captain Egon Hostovsky, der vorübergehend die Kommandantur der Garnison übernehmen wird. Captain Jiri Orten und die Lieutnants Lippinsky, Cumrow und Ts'gna werden ebenso ausgezeichnet wie die ›Freunde der Mechs‹. Und nicht zu vergessen die Männer und Frauen der Marine auf Tamarind. Mit ihrer nicht zu unterschätzenden Unterstützung war es möglich, die kriminellen Elemente dingfest zu machen und den Status Quo wieder herzustellen. Und an diesem Status werden wir arbeiten. Diese Garnison wird eine der besten im Herzland der Liga freier Welten werden. Dazu wird sich hier einiges ändern müssen.«

Sie machte eine kurze Pause. Doch die anwesenden Zuhörer waren zu verdattert, um sich auch nur leise zu unterhalten.

»Doch neben all dem Negativen, das ich Ihnen hier und heute vorwerfen musste, gibt es auch erfreuliche Dinge. An dieser Stelle danke ich ausdrücklichen allen, die geholfen haben. Die Kampfgeist und Mut aufbrachten, den Feinden der Liga freier Welten die Stirn zu bieten und ihnen zu zeigen, was ihnen bevorsteht, sollte sich ein zweiter Vorfall dieser Art ereignen. Alle Einheiten der Garnison, die rechts neben der Marine stehen, dürfen wegtreten und ihren Dienst aufnehmen.«

Die angesprochenen Offiziere ließen ihre Kompanien wegtreten. In Reih und Glied und fehlerfreiem Gleichschritt verließen sie den Exerzierplatz. Währendessen schritt Katharina Wlaschek die Stufen des Podiums herunter. Ihr Weg führte sie zuallererst zur Marineeinheit.

Vor der Kommandantin nahm die Marine Haltung an und salutierte in bester Manier. Den Frauen und Männern stand der Stolz ins Gesicht geschrieben. Wann kam schon eine hohe Persönlichkeit und gratulierte der am wenigsten angesehenen Kampfeinheit eines fast wasserlosen Planeten?

Die Militär-Innenrevisorin schritt die Formation ab und schüttelte jedem in der ersten Reihe die Hand. Am Ende der Reihe salutierte sie nochmals. Was sie zu sagen hatte, wurde von den ›Freunden der Mechs‹ nicht gehört, da sie zu weit weg waren. Doch dann trat die Marine ab, sichtlich stolz.

Katharina Wlaschek näherte sich den Freunden und den verbliebenen Offizieren. Sie salutierte kurz vor den Offizieren und schüttelte ihnen die Hände.

»Captain Hostovsky, ich übergebe Ihnen hiermit die Befehlsgewalt über die Garnison sowie die militärische Befehlsgewalt über Tamarind. Herzlichen Glückwunsch!«

Hostovsky wusste nicht, was er sagen sollte. Endlich entschloss er sich zu einem »Danke! Ich werde mein Bestes geben.« Dabei reichte er ihr die Hand und erhielt einen kräftigen Händedruck zurück, den er ihr gar nicht zugetraut hätte. Sein ehemaliger Vorgesetzter, der demnächst die Militär-Innenrevisorin begleiten würde, stand etwas abseits und drückte sich verlegen herum. Nach kurzem Ringen mit sich schüttelte auch er Captain Hostovsky die Hand und wünschte ihm alles Gute.

»Captain Orten und auch Sie, meinen Herren Lieutnants, ich danke Ihnen für Ihren Einsatz, Ihre Umsicht und Entschlossenheit. Ohne Sie wäre es sicherlich anders verlaufen. Auch im Namen von Brion Marik meinen herzlichsten Dank.« Wieder schüttelte sie einige Hände. Bei den Verletzten gab sie sich offensichtlich Mühe, vorsichtig die Arme zu schützen, doch Orten biss offensichtlich die Zähne zusammen, als er seinen Arm bewegen musste.

Dann wandte sie sich den jungen Leuten zu, während ihr Stab, wie auch vorher schon bei der Marine-Einheit, Ehrenmedaillen verteilte.

»Und ihr, meine jungen ›Freunde der Mechs‹«, und ein Grinsen ging über ihr Gesicht, als sie Ota Pavel ansah, »euch danke ich besonders herzlich. Wenn es euch nicht gegeben hätte, würden wir heute sehr große Probleme haben. Eurem Mut und eurer Tapferkeit ist es zu verdanken, dass der Enkel von Brion Marik, Thomas Marik, nicht entführt wurde und heute bei seinen Urgroßeltern eine friedliche Zeit verbringen kann. Ich denke, es wird möglich sein, euch einige Wünsche zu erfüllen.«

Sie machte eine bedeutungsvolle Pause. »Dabei denke ich vor allem an Arpan. Mit einer Operation auf Atreus werden wir sein Bein hoffentlich wieder hinkriegen und dann kann er, nach erfolgreichem Schulabschluss, eine Ausbildung zum MechPiloten durchaus in Betracht ziehen.«

Arpan stand wie vom Blitz getroffen da, zu jeder Regung unfähig.

»Das Gleiche gilt natürlich für euch ebenfalls. Wir werden euch in eurer Berufswahl so gut wie möglich unterstützen und euren Familien hilfreich zur Seite stehen. Der Generalhauptmann steht in eurer Schuld.«

Der Reihe nach schüttelte sie den jungen Leuten die Hände. Dann klopften sich die Freunde gegenseitig ausgelassen auf die Schultern, freuten sich und riefen ihr »Danke!« der Inspektorin freudig entgegen. Auch sie erhielten ihre Auszeichnungen.

»Und nun zu Ihnen, Herr Pavel.« Die Inspektorin wandte sich an Ota. Die Jugendlichen wurden still. Sie wollten natürlich wissen, was ihrem väterlichen Freund zugedacht wurde.

»Wir wissen, wie es gesundheitlich um Sie steht. Wir wissen auch, dass wir Ihnen trotz unserer modernen Medizin nicht helfen können. Aber Ihren Lebensabend wollen wir ein wenig verschönern. Damit Sie nicht länger an alten Maschinen basteln müssen, wird die Armee Ihnen die Rente monatlich so weit erhöhen, dass Sie in Ruhe und ohne arbeiten zu müssen leben können. Außerdem übernehmen wir natürlich jede medizinische Unterstützung, die Sie wünschen.« Mit diesen Worten ergriff sie seine Hand.

Ota Pavel wusste nicht, was er antworten sollte. Mit Mühe konnte er seine Tränen der Rührung zurückhalten. Seiner Vokoder-Stimme hörte man indessen nichts von seiner inneren Anspannung an. »Ich danke Ihnen, Frau Wlaschek. Aber am meisten freut mich die militärische Auszeichnung, die ich als Zivilist erhalten habe. Vielen herzlichen Dank.«

* * *

»Und hier endet die Aufzeichnung von ›Citi23‹, Ihrem Fernsehsender.« Der Nachrichtenmoderator rückte seine altmodische Brille zurück, die ihn seriöser aussehen lassen sollte. »Leider durften wir nicht jedes Wort mitschneiden, sodass Sie nur auf unsere Bilder angewiesen waren. Ich denke, dass dieser historische Moment lange in unserem Gedächtnis verbleiben wird. Einige junge Leute, eine Hand voll Offiziere und unsere heroische Marine konnten einen Zustand bereinigen, den wir gar nicht mitbekamen. Auch wir danken den Helden Tamarinds für ihre Taten und hoffen, sie in den nächsten Tagen bei uns im Studio begrüßen zu dürfen.«

Urgroßvater Fjodor schaltete das Gerät aus. Mehr als die Nachrichten wollte er gar nicht sehen. Er bemühte sich, die Fassung zu wahren, als er auf seinen Urenkel hinabblickte.

Thomas tollte mit den beiden Hunden herum und wusste nicht, in welcher Gefahr er geschwebt hatte. Auch die Urgroßeltern des jungen Marik waren dankbar, dass ihm nichts zugestoßen war. Sie sahen ihren Urenkel selten, sein Urgroßvater sah ihn wohl jetzt zum letzten Mal. Denn er konnte nicht mehr reisen, und bis Thomas wiederkommen konnte, würde einige Zeit verstreichen – die er nicht überleben würde, wenn er seinen Ärzten Glauben schenkte.

Fjodor schloss seinen Urenkel in die Arme, als dieser auf ihn zugelaufen kam, und freute sich mit ihm über eine kurze, unbeschwerte Zeit auf Tamarind.

Umlaufbahn um Tamarind, an Bord der *Gustav Meyrink*

11. April 2605

Es war schwierig für sie, die Gefühle der letzten Tage in Worte zu fassen.

Da war die Ablieferung des jungen Marik bei seinen Urgroßeltern. Da war eine Gruppe Jugendlicher, die den Erben des Reiches vor fremden Soldaten schützte. Da war Ludmilla, die sich nicht nur mit dem jungen Marik angefreundet hatte, sondern auch die Monate an der Seite ihrer Großmutter offensichtlich genossen hatte.

Sie hatte es sich nicht einfach gemacht, zu einer Entscheidung zu kommen. Aber ausschlaggebend war am Ende die erneute Erkenntnis, dass unser Leben zu kurz war, um uns gewaltsam von denen zu trennen, die wir lieben. Das Gesicht von Fjodor Nuhdeal stand ihr vor Augen, der mit Tränen auf den Wangen seinen Urenkel in den Arm geschlossen hatte.

War sie auch eine gute Großmutter, so wie der Marik und seine Frau gute Großeltern und der alte Fjodor und seine

Frau gute Urgroßeltern waren? Sie wusste es nicht, aber sie würde es versuchen.

Katharina Wlaschek hatte beschlossen, ihre Enkelin Ludmilla bei sich zu behalten. Wenn es deshalb Schwierigkeiten mit der Armee geben würde, dann hatte sie begründete Hoffnung, dass der Marik ihr zur Seite stehen würde. Und wenn nicht, dann würde sie den Armeedienst quittieren, um ihre Enkelin weiter bei sich haben zu können. Es gab Dinge, die waren ihr wichtig. Aber es gab auch Dinge, die waren wichtiger als andere. Jetzt hatte sie eine Verabredung mit einer jungen Dame, um in Tamarind-City einkaufen zu gehen. Diesen Landurlaub hatte sich ihre Enkelin redlich verdient – und sie auch, wenn sie darüber nachdachte.

»Bereiter Waffen – nur das Beste! Denn Ihr Leben könnte davon abhängen.
Fragen Sie Ihren Waffenhändler oder lizenzierten Hersteller nach einem kostenlosen Katalog all unserer Produkte.«

— Anzeige von ›Bereiter-Waffen‹ in diversen Magazinen der Inneren Sphäre, 3014

Umlaufbahn um Atreus, an Bord der *Vlad Tepes*

28. April 2605

Maurice Dekobra wartete stündlich auf das Eintreffen der Nachricht, dass der Angriff auf Tamarind und die Entführung des jungen Marik geglückt waren. Die Mitteilung per Sprungschiff hätte schon vor Tagen hier sein sollen.

Einige Botenschiffe waren auch in den letzten Tagen in das System gesprungen, aber sie alle hatten eine ultrahohe Geheimhaltungsstufe, sodass selbst er nicht in Erfahrung bringen konnte, was sie dem Marik mitzuteilen hatten.

Langsam aber sicher machte sich in ihm die Überzeugung breit, dass die Vorsehung ihn im Stich gelassen hatte. Wenn sein Plan gelungen wäre, dann wäre er jetzt schon mit einem Auftrag des Marik unterwegs, um die Verbrecher zu überwältigen und Thomas Marik zu befreien.

Und während er weit fort vom Atreus-System weilen würde, würde ein Bombenanschlag den Marik töten. Dann, und nur dann, könnte er mit dem geretteten Erben des Reiches auftauchen und die Rolle als Verweser des Reiches übernehmen, die ihm zustand.

Aber Angel- und Ausgangspunkt dieser Ereignisse war der erfolgreiche Ablauf des Plans auf Tamarind. Und er hatte berechtigte Zweifel, dass dieser Teil seines Plans gelungen war.

Was sollte er tun? Er konnte nur hoffen, dass die Spur der Söldner nicht zu ihm zurückzuverfolgen war. Notfalls hatte er immer noch das wirre religiöse Vermächtnis des alten Mannes, das er jederzeit einsetzen konnte, um ihn statt seiner den Wölfen zum Fraß vorzuwerfen.

»Den Wölfen zum Fraß vorwerfen« – er lachte leise, als er sich klar wurde, wie weit der amtierende Marik von jenem Wolf entfernt war, mit dem viele seiner Vorgänger verglichen worden waren.

Ein junger Lieutnant in der Uniform der andurianischen Streitkräfte erschien in der Leitkanzel des Schiffes. Die *Vlad Tepes* war für Besprechungen eingerichtet, daher hatte er keine Schwierigkeiten, mit dem jungen Mann in einen gesicherten Besprechungsraum zu verschwinden, als dieser mitgeteilt hatte, dass er mit Dekobra »allein und vertraulich« sprechen wollte.

Kaum im Besprechungsraum angekommen, versicherte sich der junge Mann, dass sie nicht überwacht wurden. Dekobra bejahte diese Frage. Dann sank der junge Mann auf die Knie.

»Wanderer! Unsägliches ist geschehen. Attentäter haben versucht, den Erben des Reiches zu entführen. Nur der entschlossene Widerstand der Truppen Tamarinds und einiger jugendlicher Tamarinder konnte verhindern, dass Schlimmeres geschah.«

Dekobra blieb äußerlich ruhig. »Woher weißt du davon?«

»Ich war Ordonnanz bei einer Besprechung in den Räumlichkeiten des Marik, als heute Morgen eine Besprechung mit ihm, seiner Frau und einer Hand voll Getreuen stattfand.«

Zu der ich nicht eingeladen war!, dachte Dekobra. »Und weiter?«

»Weitere Informationen konnte ich nicht erlangen.«

Dekobra dachte einen Moment lang nach. Er war wütend, enttäuscht und traurig. Aber es hatte keinen Sinn, den Boten wegen der Botschaft zu bestrafen. »Danke! Ihr habt hervorragend gehandelt.«

Der junge Bote lächelte glücklich. »Und bitte, nennt mich nicht ›Wanderer‹. Ich glaube, ich bin dieses Titels noch nicht würdig.«

Der junge Mann nahm den Verweis zur Kenntnis. Auf eine Geste Dekobras hin stand er wieder auf. »Noch einmal: Ihr habt Eure Sache hervorragend gemacht. Geht zurück an Eure Position und berichtet mir, wenn Ihr neue Informationen erhalten solltet.«

»Ich gehe und gehorche!«

Der junge Mann ließ ihn im Besprechungszimmer allein. Dekobras Hände schlossen und öffneten sich im schnellen Takt seines Herzens. Der Plan war gescheitert, aber offenbar stand er nicht unter Verdacht, sonst wäre er längst unter Arrest gestellt worden.

Eine Weile stand er einfach nur da und schaute aus dem Panoramafenster, hinaus in die endlose Weite des Raums.

Sein Plan, die Herrschaft über die Liga freier Welten zu übernehmen, war noch nicht gescheitert. Der Marik saß lange nicht so fest auf seinem Thron, wie er das selbst wünschte. Und was war schon das Reich der Liga gegen das Himmelreich, das ihm verheißen war?

Noch hatte er seinen Kreis aus Getreuen, seine Gläubigen, Macht, Einfluss und Geld. Diese Auseinandersetzung war erst zu Ende, wenn entweder der Marik oder er tot waren. Und im Gegensatz zum Marik war er bereit, sein Leben sofort in die Waagschale zu werfen, wenn dafür seine Schwestern und Brüder jenen Platz unter den Sternen erhielten, der ihnen vorbestimmt war.

28. Der Adler ist gelandet

»Der Titel des Captain-Generals ist in der Liga freier Welten seit dem späten 24. Jahrhundert erblich. Ein erblicher Titel hat dieselben Vor- und Nachteile wie eine Monarchie: Es kommen große Menschen an die Macht, die durch Erziehung und Abstammung auf ihren Titel vorbereitet worden sind. Es können aber auch totale Trottel das Reich erben, debile Wahnsinnige, deren einzige Qualifikation ihre Herkunft ist.«

— Randbemerkung eines Geschichtslehrers aus dem Jahre 3605 in ›Die Geschichte der Mariks für den Schulunterricht‹, diverse Autoren, Atreus 2937

Atreus, Atreus-City

28. April 2605

Es gibt Aufgaben eines Captain-General, die sind Brion Marik angenehm. Diese Verpflichtungen nahm der Marik gerne wahr, schwelgte lange in den Erinnerungen an sie.

Das, was ihm bevorstand, gehörte nicht zu dieser Art von Verpflichtungen.

Auf seinem Schreibtisch lagen die Akten der Offiziere, die geholfen hatten, Tamarind wieder zu befreien. Auch die Akte des glücklosen Kommandanten der Garnison lag dort. Aber dieses Gespräch legte er sich für später zurück, der Mann sollte ruhig ein wenig darauf warten, dass der Zorn des Marik ihn traf.

Die Handhabung der Lage war im Fall der Offiziere einfach. Die von Katharina Wlaschek vor Ort vorgenommenen Beförderungen und Belobigungen fanden seine volle

Unterstützung. Er zeichnete die entsprechenden Befehle noch gegen, aber mehr gab es für ihn hier nicht zu tun.

Dann ging es um die anderen freudigen Mitteilungen, die er zu bearbeiten hatte. Die Zukunft der Jugendlichen, die sich so heldenhaft verhalten hatten, lag nicht nur Katharina am Herzen. Auch er hatte ein Interesse daran, dass sie mit allen Möglichkeiten des Reiches gefördert wurden. Wer sich in so jungen Jahren schon so fähig zeigte, der würde als Erwachsener hoffentlich in verantwortlicher Position der Liga dienen können. Auch hier waren seine Unterschriften nicht mehr als Schrift gewordene Zustimmungen zu Katharinas Entscheidungen. Wieder einmal fiel ihm auf, wie sehr er mit der Frau übereinstimmte. Ihre Einschätzungen, die den Akten beilagen, waren kurz und knapp gehalten, trafen aber in allen Fällen den Kern der Sache.

Kleinigkeiten waren es nur, die er anders gemacht hätte. Aber er war nicht vor Ort gewesen, er hatte nicht in die Gesichter der Überlebenden geschaut und die Lage auf Tamarind selbst beurteilen können. Also verließ er sich auf Katharinas Urteil und zeichnete gegen, was gegenzuzeichnen war.

Dann war da Ota Pavel. Das Schicksal des alten Mannes rührte ihn. Hatte die Liga keinen anderen Platz für verdiente Männer als einen verdreckten Schuppen, in dem sie bis an ihr Lebensende schweißen und montieren mussten? Er wischte diesen Gedanken beiseite. Schon vor vielen Jahren hatte er gelernt, dass er sich nicht mit Einzelschicksalen beschäftigen durfte, wenn er nicht das gesamte Schicksal der Liga freier Welten aus den Augen verlieren wollte.

Der letzte Stapel war der schlimmste. Listen mit Gefallenen, Berge von Beileidsbriefen, die unterschrieben werden mussten. Normalerweise war es nicht die Aufgabe des Captain-General, diese Briefe selbst zu unterschreiben. Aber in diesem Fall war es sein Fleisch und Blut gewesen, das von dem Plan der Angreifer bedroht worden war. Also war es auch an ihm, jenen den letzten Tribut zu zollen, die alles gegeben hatten – ihr Leben.

Er versuchte, in seinen Briefen eine persönliche Note zu bewahren. Er kannte keinen der Toten und war dankbar dafür. Trotzdem war jedes einzelne Schreiben, jeder einzelne Brief eine Belastung für ihn, die er jetzt der Reihe nach Unterschrift für Unterschrift abzuarbeiten suchte. Den Überlebenden wurden großzügige Renten für jene ausgestellt, die ›im Kampf gefallen‹ waren. Obwohl kein Krieg erklärt worden war, behandelte er die Ereignisse als kriegerischen Akt, was es ihm einfacher machte, die formalen Bedingungen einer Rentenzahlung zu erfüllen.

Irgendwann war auch diese Arbeit erledigt. Er seufzte leise und schüttelte seine rechte Hand, die langsam zu schmerzen begonnen hatte. *Wir können zwar riesige Kampfmaschinen bauen,* dachte er, *aber wir haben immer noch kein Schreibgerät entwickelt, das diese Schmerzen im Handgelenk unterbindet.*

Er schob die Stapel an den Rand seines Schreibtischs und blickte auf. Eine bereitstehende Ordonnanz reagierte sofort. Bis jetzt hatte sie sich dezent, unmerkbar im Hintergrund gehalten, jetzt war sie sofort bereit, jede Anweisung des Marik umzusetzen.

Der junge Mann in der Uniform der andurianischen Armee schaute den Marik erwartungsvoll an.

»Holen Sie Katharina Wlaschek herein!«

Die Ordonnanz nickte nur und führte die Revisorin herein.

»Ihr könnt jetzt gehen!«

Der junge Mann verließ leise den Raum.

Brion Marik erhob sich und ging seiner Freundin entgegen. Erst wusste er nicht recht, was er tun sollte. Dann ging er doch auf sie zu und umarmte sie. Anfangs stand sie nur da wie eine Ölgötze, dann erwiderte sie seine Umarmung.

Brion löste sich wieder, ließ aber die Hände auf ihren Schultern liegen. »Danke für alles, was du für meine Familie getan hast. Gibt es irgendetwas, das ich für dich tun kann?«

»Ja.«

Wie immer war es ihre direkte, fast schroffe Art, die ihm gefiel. Er löste sich von ihr, trat einen Schritt nach hinten. Ihr Blick war entschlossen.

»Ich möchte gerne die Erlaubnis erhalten, meine Enkelin Ludmilla bei mir zu behalten.«

»Dafür brauchst du meine Erlaubnis?«

»Ja. Weil ich meinen Dienst ausüben will, ohne dass ich von meiner Enkelin zu lange getrennt bin.«

»Es sei dir gewährt. Wie willst du das bewerkstelligen?«

»Du wirst jemanden brauchen, der die Ereignisse auf Tamarind aufklärt. Jemand, der die überlebenden Angreifer befragt und den Aufbauprozess auf Tamarind überwacht. Ich denke, dass diese Aufgabe einige Monate in Anspruch nehmen wird. Diese Aufgabe würde ich gerne übernehmen – und mich für die Zeit des Auftrags auf Tamarind niederlassen!«

»Dein Wunsch sei dir nur zu gerne gewährt. Ich hatte gehofft, dass ich dich mit der Aufgabe betrauen kann, zu klären, was dort wirklich geschehen ist. Und wenn du deine Enkelin mitnehmen willst ... warum nicht.«

»Danke!«

»Danke? Ich habe dir zu danken. Und ich könnte mir niemanden vorstellen, der geeigneter wäre, den Hintergrund dieser Affäre aufzuklären, als du!«

Sie schwieg. Dies nahm Brion Marik als Anreiz, zum Schrank mit den Getränken zu schlendern. Wenn man andere Arbeit hatte, die man aufschieben konnte, dann war ein Glas trockener Sherry immer eine gute Idee. Er hoffte, dass Katharina nicht abgeneigt war, mit ihm anzustoßen und ein oder zwei Gläser zu leeren.

Tamarind, Tamarind-City

1. Mai 2605

Die ›Freunde der Mechs‹ waren in den letzten Tagen zu einer Art lokaler Berühmtheit geworden. Immer wieder hatten sie im Telev sprechen oder aber den Zeitungen Interviews geben dürfen.

Auch wurden sie alle – ob verletzt oder nicht – länger medizinisch durchgecheckt, um zu klären, dass sie von den Anstrengungen oder Verletzungen keine bleibende Folgen haben würden.

Jetzt hatten sie endlich Zeit gefunden, sich in der Milchbar ihres Vertrauens zu treffen.

»Wann geht dein Flug?«, fragte Frantisek Arpan.

»In zwei Wochen.«

»Nach Atreus?«

»Ja. Dort sind die besten Kliniken der Liga.«

Silva blickte ihn neidisch, aber auch ein wenig traurig an. »Du wirst eine Weile weg sein, oder?«

»Einige Monate werde ich wohl Tamarind missen müssen.«

»Und du hast keine Angst?« Vojtech blickte seinen Freund mitleidig an.

»Nein.«

»Wirklich nicht?«, hakte Vojtech nach.

»Nein, wirklich nicht. Ich habe nämlich zwei kleine Geschenke bekommen, die meinen Aufenthalt versüßen sollen.«

»Erzähl!«, forderte Silva ihn neugierig auf.

Die anderen hatten ihre Milchshakes beiseite gestellt und lauschten neugierig.

»Erstens: Eine Privataudienz beim Marik!«

Die anderen waren still, sodass man eine Stecknadel hätte fallen hören können.

»Zweitens: Ich darf jemanden mitnehmen, der mir dort die Zeit versüßen soll.«

»Die Zwillinge etwa?« Silva schaute ihn skeptisch an.

»Ooooch ...«, meinte Arpan. »Ich dachte eher an einen euch namentlich bekannten Verein von Mech-Freunden ...«

»Yeeeeaaaaaah!«

29. Schlussakkord

»Wahrer Mut oder wahre Liebe findet man selten. Oft ist es schmerzhaft, sie in sich zu entdecken. Doch wenn man sie gefunden hat, dann gibt man sie nie mehr her.«

— Andurianisches Sprichwort, erstmals aufgezeichnet 2515

Tamarind, Tamarind-City

9. April 2605

Er hatte die ganze Nacht nicht geschlafen. Da war die Sorge um seinen Sohn gewesen, die Freude wegen der tapferen Tat, die er vollbracht hatte. Aber da war auch die Angst gewesen, die schreckliche Angst, die wie ein Mühlstein auf seinem Herzen gelegen hatte.

Wenn er nur ... Was wäre, wenn ... Hätte nicht vielleicht ... Natürlich, sein Sohn könnte jetzt tot sein. Tot, weil er in einem irrsinnigen Anfall von Mut geholfen hatte, die Garnison zu befreien. Tot, weil er etwas riskiert – und gewonnen hatte.

Doch was wäre passiert, wenn er gefangen genommen worden wäre? Wäre nicht seine ganze Familie auch in Gefahr geraten – seine Eltern, seine Geschwister?

Aber hätte er an seiner Stelle nicht genauso gehandelt? Wenn man von etwas überzeugt war, dann sollte man es tun – egal, was dabei auf dem Spiel stand. Er hatte seinen Sohn immer so erzogen, dass er lernte, für das einzustehen, woran er glaubte. Und jetzt hatte er das getan, was er immer versucht hatte, ihm beizubringen – und er hatte dabei einen Vater sehr stolz gemacht.

Siebzehn Jahre war der Junge jetzt schon alt. Also fast ein Erwachsener. Und gestern hatte er gezeigt, dass er sich auch so verhalten konnte. Seit seinem Unfall vor fünf Jahren schien es so, als wären seine Hoffnungen, MechPilot zu werden, zerschlagen. Aber man muss nicht Herr über diesen stählernen Koloss sein, um sich als Mann zu erweisen.

Sein Sohn machte sie alle stolz. Seine Frau, sein Ein und Alles, glühte fast vor Freude.

Stanislaus Kodicek kam sich ein wenig schäbig vor, dass er jetzt zu ihr gehen wollte, um ihr seine Geschichte zu erzählen. Ach Quatsch, das hatte Zeit. Heute Nacht war Arpans Nacht – und es würde sicherlich noch einige Tage dauern, bis er das Gespräch führen konnte, das dringend notwendig war.

Er hatte lange genug geschwiegen.

Aber nicht nur Arpan war mutig ... *und man findet Mut an den seltsamsten Stellen.* Mit dieser Überlegung öffnete er die Schublade seines Schreibtischs erneut und verstaute den schmucklosen Umschlag mit jenem schrecklichen Brief, der ihn an all das erinnerte, was er in seinem Leben falsch gemacht hatte, wieder in der Schublade.

Er würde seiner Frau sagen, was er getan hatte. Aber er hatte berechtigte Hoffnung, dass sie ihm verzeihen würde. Das alles war über zwanzig Jahre her ... und er hatte genug dafür gesühnt.

Er liebte seine Frau und die drei Kinder. Und diese liebten ihn. Und alles verstehen heißt alles verzeihen.

AUTOKANONE: Autokanonen sind Schnellfeuergeschütze, die ganze Salven von panzerbrechenden Granaten abfeuern. Das Kaliber leichter Autokanonen reicht von 30 bis 90 mm, schwere Autokanonen können ein Kaliber von 80 bis 120 mm oder noch größer besitzen. Die vier Gewichtsklassen (leicht, mittelschwer, schwer und überschwer) werden auch als AK/2, AK/5, AK/10 und AK/20 gekennzeichnet. Jeder ›Schuss‹ einer Autokanone besteht aus einer Granatensalve, die ein komplettes Magazin leert.

***BURKE*:** Der seit 2580 produzierte *Burke* ist ein schwer bewaffneter Panzer mit 75 Tonnen, ein ernst zu nehmender Gegner, selbst für Mechs gleicher Tonnage. Zwar ist er mit 32 km/h ziemlich langsam, aber die Bestückung mit drei Chalker-Partikelkanonen und einer Holly-10 LSR 10er-Lafette ringt selbst kühnsten Mechkommandeuren den nötigen Respekt ab.

BURKE

CASE (ZELLULARES MUNITIONSLAGER): Das zellulare CASE-Munitionslager ist eine Schadenskontrollvorrichtung, mit deren Hilfe die Auswirkungen interner Munitionsexplosionen begrenzt werden. Kommt es in einem mit CASE geschützten Teil eines BattleMechs oder Fahrzeugs zu einer Munitionsexplosion, wird die Hauptkraft der Explosion von den lebenswichtigen Bauteilen wie Reaktor und Cockpit abgeführt und durch spezielle Sollbruchstellen des Lagergehäuses nach außen geleitet.

CLINT: Mit 40 Tonnen ein mittelschwerer humanoider Mech, sprungfähig und bewaffnet mit einer Armstrong-Autokanone im rechten Arm und zwei mittelschweren Lasern im Torso. Der *Clint* ist ein knapp 100 km/h schneller und 180 m weit springender Mech, der allerdings wegen einem Munitionsdefizit für seine Autokanone nicht optimal ausgestattet ist.

ER-LASER (EXTREMREICHWEITEN-LASER): Bei diesen Waffen handelt es sich um verbesserte Versionen des normalen

CLINT

Lasers, mit überlegenen Fokussier- und Zielerfassungsmechanismen.

Ferrofibrit-Panzerung: Ferrofibrit-Panzerung ist eine verbesserte Version der gewöhnlichen BattleMech- und Fahrzeugpanzerung, bei der gewebte Fasern aus Stahl und Titanstahl benutzt werden, um die spätere gesamte Verwindungssteifheit des Materials drastisch zu erhöhen. Genau wie ein Endostahlskelett ist Ferrofibrit-Panzerung sperriger als normale Panzerplatten von gleichem Gewicht. Einheiten, die Ferrofibrit-Panzerung benutzen, tragen mehr Panzerplatten beim selben für Panzerung aufgewendeten Gewicht. Das Verhältnis liegt für Einheiten der Inneren Sphäre bei 1.0 : 1.12.

Generalhauptmann: Ursprünglich der in Kriegszeiten vom Ligaparlament der Freien Welten ernannte militärische Oberbefehlshaber der Liga Freier Welten. Inzwischen der Militärdiktator der Liga. Derzeitiger Generalhauptmann ist Brion Marik.

HIGHLANDER

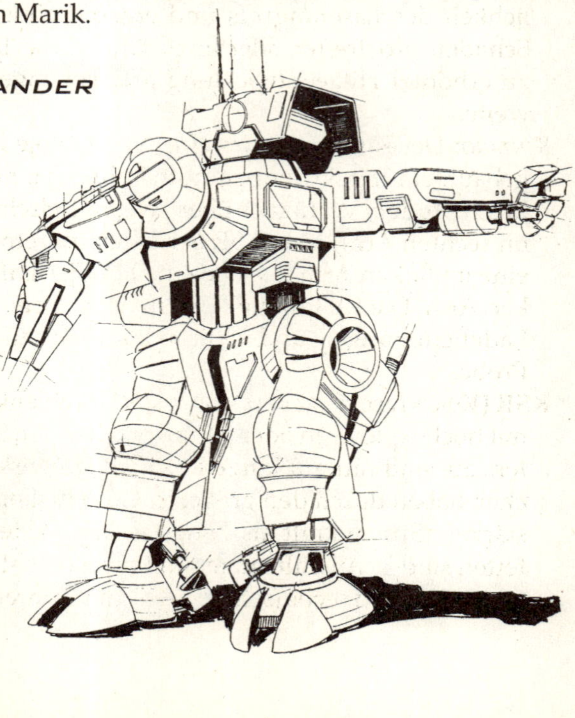

HIGHLANDER: Ein überschwerer humanoider BattleMech von 90 Tonnen Masse, davon 15,5 Tonnen Ferrofibritpanzerung, mit einer Höchstgeschwindigkeit von 54 km/h und einer Sprungreichweite von 90 Metern. Er ist bestückt mit einem Gaussgeschütz als rechtem Arm, einer schweren KSR-Lafette im linken Arm, zwei mittelschweren Lasern im rechten Torso und einer überschweren LSR-Lafette im linken Torso. Die Munitionsvorräte sind durch CASE geschützt.

INNERE SPHÄRE: Mit dem Begriff Innere Sphäre werden die Sternenreiche bezeichnet, die sich im 26. Jahrhundert zum Sternenbund zusammenschlossen.

IMPULSLASER: Ein Impulslaser verwendet einen Hochfrequenz-Energieimpuls zur Erzeugung gepulster Laserstrahlen. Der Effekt ist etwa vergleichbar mit MG-Feuer, nur werden an Stelle von Projektilen Lichtimpulse abgefeuert. Dieses Prinzip erhöht die Trefferwahrscheinlichkeit des Laserangriffs und erzeugt einen größeren Schaden pro Treffer, allerdings führt diese Technologie zu erhöhter Hitzeentwicklung und verringerter Reichweite.

KINTARO: Der Kintaro ist um eine NARC-Boje herum aufgebaut, ein mit 55 Tonnen mittelschwerer, humanoider Mech. Zudem verfügt er über zwei mittelschwere Laser im rechten Arm, zwei KSR 6er Lafetten - eine im Torso, eine im linken Arm -, sowie eine LSR 5er-Lafette im linken Arm. Die KSR im linken Arm ist extrem anfällig für Ladehemmungen und stellt jeden Tech auf eine harte Probe.

KSR (KURZSTRECKENRAKETE): KSR sind ungelenkte Raketen mit hochexplosiven oder panzerbrechenden Sprengköpfen. Sie sind nur auf kurze Reichweiten wirklich treffsicher, haben durch den größeren Gefechtskopf aber eine stärkere Sprengkraft als Langstreckenraketen. KSR-Lafetten sind in Ausführungen mit zwei (leicht), vier (mittelschwer) und sechs (schwer) Abschussrohren verfügbar und feuern beim Einsatz eine Salve aus allen Rohren ab. Durch ihre gegenüber LSR größere Streuwirkung sind sie vor allem bei Angriffen gegen Ziele wirkungsvoll, die bereits an mehreren Stellen ihren Panzerschutz eingebüßt haben. Fahrzeuge sind für Angriffe durch KSR besonders empfindlich, da die Chance, dass eine einzige Rakete ausreicht, um das Fahrzeug auszuschalten, vergleichsweise groß ist.

Landungsschiffe: Ohne ihre atmosphärentauglichen Gegenstücke, die Landungsschiffe, wären Sprungschiffe nahezu nutzlos, obwohl diese Schiffe die fast am schwersten herzustellenden Raumschiffe überhaupt sind und deswegen den kritischsten Teil der interstellaren Raumfahrt ausmachen. Oftmals als ›Arbeitspferde der Inneren Sphäre‹ bezeichnet, erreichen Landungsschiffe eine Tonnage zwischen 2000 und 100.000 Tonnen. Nahezu alle Landungsschiffe werden von einem riesigen Fusionsreaktor angetrieben.

Laser: Ein Akronym für ›Light Amplification through Stimulated Emission of Radiation‹ Lichtverstärkung durch stimulierte Strahlungsemission. Als Waffe funktioniert ein Laser, indem er Lichtenergie bündelt und als extreme Hitze auf einen minimalen Bereich konzentriert. BattleMechlaser existieren in drei Größenklassen: leicht, mittelschwer und schwer.

Liga Freier Welten: Die Liga Freier Welten entstand 2271 mit Unterzeichnung des ›Vertrags von Marik‹, der das Großherzogtum Oriente, das Fürstentum Regulus und das Marik-Commonwealth vereinigte. Alle drei waren locker organisierte Wirtschaftsvereinigungen, deren Regierungen im Chaos nach der Entscheidung der Terranischen Allianz, die Kolonien in die Unabhängigkeit zu entlassen, schnell erkannten, dass es klüger (und profitträchtiger) war, sich zu verbünden, als gegeneinander zu kämpfen.

In den ersten 20 Jahren ihrer Existenz breitete sich die

Liga weiter aus, indem sie benachbarte Weltenverbände aufnahm, die Schutz vor Piraten und feindlichen Nachbarn suchten. Bei der militärischen Annexion der Stewart-Kommunalität im Jahr 2293 ernannte das Parlament der Liga zum ersten Mal einen Generalhauptmann, ein Posten, der nur für die Dauer der militärischen Krise vorgesehen war. Mit Ausnahme eines Mitglieds der regulanischen Herrscherfamilie Selaj im Jahre 2306 war der Posten des Generalhauptmanns Mitte des 24. Jahrhunderts beinahe zum Hausrecht der Mariks geworden, was sich in der gesetzlichen Verpflichtung ausdrückte, den Posten zunächst einem Mitglied dieses Hauses anzubieten. Die damit verbundene Macht blieb jedoch auf Krisenzeiten beschränkt. In Friedenszeiten war Haus Marik für Unterhalt und Ausrüstung des Militärs verantwortlich.

LSR (LANGSTRECKENRAKETE): Langstreckenraketen sind zum indirekten Beschuss entwickelte Raketen mit hochexplosiven Gefechtsköpfen. LSR-Lafetten sind in Ausführungen mit fünf (leicht), zehn (mittelschwer), fünfzehn (schwer) und zwanzig (überschwer) Abschussrohren verfügbar und feuern beim Einsatz eine Salve aus allen Rohren ab.

LYNX: Seit 2585 baut Blue Shot Weapons, ein auf Solaris VII ansässiger großer Rüstungskonzern, den schwer bewaffneten 55-Tonner *Lynx*. Der sprungfähige, 86 km/h schnelle Mech ist bewaffnet mit einer Defiance ER-Partikelkanone und vier mittelschwe-

ren Lasern sowie einem schweren Laser. Zudem ist er mit seinen 12 t Panzerung für seine Gewichtsklasse auch extrem gut geschützt.

Marik, Brion II: Geboren 2549 als Sohn von Ian Marik, in Amt und Würden als Generalhauptmann, als ›der Marik‹, seit 2598. Sein Sohn Quentin wird hier nur am Rande erwähnt, sein Enkel Tomas zählt mit zu den Hauptpersonen.

Marik, Haus: Hat seinen Sitz in der Liga Freier Welten und verfügt über die längste Familiengeschichte aller Hausfürsten der Inneren Sphäre. Seine Mitglieder lassen sich bis ins Mähren des 13. Jahrhunderts auf Terra zurückverfolgen. Über mehrere Jahrhunderte gehörten die Mariks (gelegentlich auch Maryk oder Marek geschrieben) zur Aristokratie des habsburgischen Reiches, eine Zeit, in der sie erhebliches diplomatisches Geschick entwickelten. Nach dem Untergang der Monarchie verliert sich ihre Spur im Dunkel der Geschichte, bis zum 21. Jahrhundert. Zu dieser Zeit wurde die Familie zu einer beträchtlichen Wirtschaftsmacht, so dass ihr in der ersten Exodus-Periode ein Planet zur mineralogischen Ausbeutung zugesprochen wurde. Das Bergbauunternehmen der Familie war ein wichtiger Faktor im interstellaren Handel, und Charles Marik war Allianz-Senator des Planeten Marik, bis dieser sich 2238 unabhängig erklärte.

Marik, Tomas: Geboren 2598, spielt der kleine Tomas in diesem Roman eine wichtige Rolle, wenn er auch nicht selbst in Erscheinung tritt. Allerdings ist sie nicht zu vergleichen mit der Rolle, die die Zukunft der LFW für ihn bereithält.

MechKrieger: Die menschlichen Soldatinnen und Soldaten, die im 31. Jahrhundert in den Cockpits der BattleMechs sitzen, werden MechKrieger genannt. Ihre Fertigkeiten spielen eine wichtige Rolle, damit sich ein BattleMech im Kampf effektiv bewegen und kämpfen kann. Ein BattleMech wird außer Gefecht gesetzt, wenn sein MechKrieger getötet oder ernsthaft verletzt wird, selbst wenn der BattleMech nur minimalen Schaden erlitten hat.

NARC-Boje: Das NARC-Raketenbojensystem, kurz auch einfach als NARC-Boje bezeichnet, ist eine weitgehend umgebaute Raketenlafette, die NARC-Module abfeuert. Diese verfügen über einen leistungsstarken Funksender, angebracht hinter einem Magnetkopf. Trifft die Rakete ihr Ziel, beginnt dieser Sender ein Peilsignal für Raketen auszustrahlen, die auf das NARC-Signal eingepegelt sind. Wie das Artemis-IV-Raketenartilleriesystem erhöht auch die NARC-Boje die Zahl von Raketentreffern. Das NARC-System ist dem Artemis IV insofern überlegen, als eine einmal erfasste Zielpeilung nicht mehr verloren gehen kann.

***Night Hawk*:** Ein nicht sprungfähiger, leichter humanoider BattleMech von 35 Tonnen Masse, davon 7 Tonnen Panzerung, mit einer Höchstgeschwindigkeit von 97 km/h. Der *Night Hawk* ist bestückt mit einem schweren Extremreichweiten-Laser im rechten Arm, einem mittelschweren Impulslaser im linken Arm und einem schweren Laser in der Torsomitte.

PPK (Partikelprojektorkanone): Die Partikelprojektorkanone ist ein magnetischer Teilchenbeschleuniger in Waffenform, der hoch energiegeladene Protonen- oder Ionenblitze verschießt, die durch Aufschlagskraft und hohe Temperatur Schaden anrichten. Als ›künstlichen Version eines Blitzschlags‹ gehört die PPK zu den effektivsten Energiewaffen, die eine BattleMech tragen kann.

Sprungschiff: Zusätzlich zu den elektronischen und Lebenserhaltungssystemen besteht ein Sprungschiff aus

zwei Hauptkomponenten: dem Antriebskern und dem Sprung- oder Solarsegel. Das Solarsegel sammelt Sonnenergie und gibt sie an den Kern weiter, während der Antriebskern die elektromagnetische Energie in ein Hyperraumfeld umwandelt.
Im zweiten Jahrhundert der interstellaren Ausbreitung wurde eine alternative Energiequelle entwickelt, deren Technologie noch heute, Jahrhunderte später, als Standard gilt. Fortschritte in der metallurgischen und Polymertechnologie des frühen 23. Jahrhunderts führten zur Entwicklung des Sprungsegels, einer riesigen, flexiblen Fläche Leichtmetalls mit großer Spannungsstärke und einem photovoltaischen Überzug, der große Mengen an Strahlung absorbieren kann. Gekoppelt mit hoch leitenden Energietransfernetzen können diese Segel die Solar-

THORN

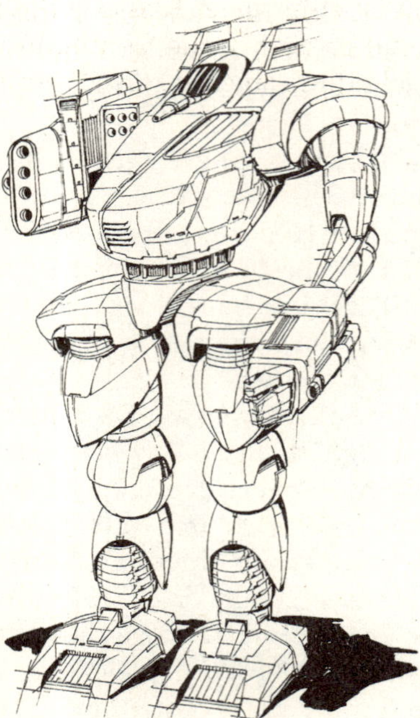

energie eines Zentralgestirns umwandeln. Das Sonnensegel nahm den Platz des riesigen Bordfusionsreaktors ein und gestattete dem Sprungschiff von da an, ›aufzutanken‹ und weiter zu springen.

Für die Überbrückung interplanetarer Entfernungen führen Sprungschiffe Hilfsraumer, so genannte Landungsschiffe, mit.

STERNENBUND: Im Jahre 2571 wurde der erste Sternenbund gegründet, um die nach dem Aufbruch ins All von Menschen besiedelten Systeme zu vereinen. Der Sternenbund existierte annähernd 200 Jahre, bis 2751 ein Bürgerkrieg ausbrach.

***THORN*:** Ein 20 t leichter Mech älterer Bauart. Im rechten Arm sitzt eine LSR 5er-Lafette, der linke Arm trägt einen von zwei mittelschweren Laser, der andere ist unter dem Cockpit moniert. Trotz seiner Geschwindigkeit von 97 km/h ist er in seiner Klasse verhältnismäßig unbeweglich, hat er doch keine Sprungdüsen. Der *Thorn* überzeugt allerdings auch durch Wartungsfreundlichkeit.

Bei Fanpro erschienen bzw. erscheinen folgende Titel:

ISBN 3-89064-

Classic BattleTech

Schrapnell	Hrsg. M. Immig	Anth.	551-8
Wahnsinn & Methode	Michael Diel	1. Roman	592-5
Clangründer: Abkehr	Randall N. Bills	2. Roman	596-8
Das Schwert und der Dolch	Ardath Mayhar	3. Roman	425-2
Über dem Gesetz	Michael Diel	4. Roman	517-8
Clangründer: Traum	Randall N. Bills	5. Roman	597-6
Die Albatros-Akte	Reinhold H. Mai	6. Roman	526-7
Warrior: En Garde	Michael A. Stackpole	7. Roman	545-3
Warrior: Riposte	Michael A. Stackpole	8. Roman	546-1
Warrior: Coupé	Michael A. Stackpole	9. Roman	547-x
Früchte voll Bitterkeit	H. Ritter &E. Schreiber	10. Roman	458-9

Shadowrun

Shadowrun - die 6. Welt	Hrsg. T. Hamelmann	Reader	540-2
Die Anfänger	Ivan Nedic	54. Roman	572-0
ASH	Lara Möller	57. Roman	574-7
Pesadillas	Maike Hallmann	58. Roman	575-5
Vertigo	Maike Hallmann	59. Roman	581-x
Hand am Hort	Sebastian Schaefer	60. Roman	583-6
Flynns Weg	Lara Möller	61. Roman	585-2
Shelley	André Wiesler	62. Roman	580-1
Matrixfeuer	Hrsg. Beck / Hallmann	63. Anth.	587-9
Born to Run	Stephen Kenson	64. Roman	564-x
Im Namen des Herrn	André Wiesler	65. Roman	594-1
Quickshot	Lara Möller	66. Roman	595-x
Giftmischer	Stephen Kenson	67. Roman	565-8
Wiedergänger	Maike Hallmann	68. Roman	593-3
Feuerzauber	André Wiesler	69. Roman	519-4
Im Fadenkreuz	Petra Prinz	70. Roman	543-7
Kettenhund	Alexander Wichert	71. Roman	548-8
Fallen Angels	Stephen Kenson	72. Roman	549-6
GmbH	Christian Riesslegger	73. Roman	i. V.

Das Schwarze Auge

Magische Zeiten	Hrsg. Momo Evers	Anth.	516-x
Das Greifenopfer	Thomas Finn	62. Roman	544-5
Das Dämonenschiff	Harald Evers	74. Roman	568-2
Kompanie der Verdammten	Manuel Krainer	75. Roman	562-3
Der Tag des Zorns	Daniela Knor	76. Roman	573-9

Der Schandfleck	Andre Helfers	77. Roman	582-8
Den Göttern versprochen	Charlotte Engmann	78. Roman	579-8
Unsterblicher Traum	Patricia Renau	79. Roman	588-7
Blaues Licht	Daniela Knor	80. Roman	589-5
Spielsteine der Götter	Heike Wolf	81. Roman	591-7
Rabengeflüster	Wichert/Jäcke/Wolf	82. Roman	515-1
Thronräuber	Alexander Lohmann	83. Roman	512-7
Todeswanderer	Yvonne Gees	84. Roman	518-6
Roter Fluss	Daniela Knor	85. Roman	514-3
Todgeweiht	Markus Tillmanns	86. Roman	523-3
Dunkle Tiefen	Daniela Knor	87. Roman	538-0
Maraskengift	Markus Tillmanns	88. Roman	457-0
Unter Aves' Schwingen	Hrsg. Momo Evers	89. Band	460-0
Goldener Wolf	Linda Budinger	90. Roman	542-9
Sieben Winde	Matthias A.W. Ott	91. Roman	461-5

Hardcover

Sturm über Windhaven	Martin & Tuttle	Roman	531-3
Die Flamme erlischt	George R. R. Martin	Roman	530-5
Dead Man River	George R. R. Martin	Roman	529-1
Die »Eis und Feuer«-Saga:			
Eisenthron	George R. R. Martin	1. Roman	532-1
Königsfehde	George R. R. Martin	2. Roman	533-x
Schwertgewitter	George R. R. Martin	3. Roman	534-8

Weitere Titel

Cugels Irrfahrten	Jack Vance	Roman	i. V.
Das Voynich-Rätsel	Florian F. Marzin	Roman	541-0
Vor Adam	Jack London	Roman	524-0
Am Anfang war das Feuer	J. H. Rosny	Roman	525-9
Der große Heliumkrieg	M.A. Stackpole u.A.	Anth.	563-1
Lexikon der Fantasy-Literatur	Hrsg. Alpers u. A.		566-6

Dies ist eine Bibliographie und kein Verzeichnis lieferbarer Titel. Es ist leider nicht möglich, alle Titel vorrätig zu halten.
Sollten Sie Fragen haben, kontaktieren Sie uns bitte unter

Fantasy Productions GmbH
Postfach 1517
40675 Erkrath
www.fanpro.com

CLASSIC

BATTLETECH

Randall Bills

Clangründer: Traum

Der Traum vom Sternenbund im Exil ist ausgeträumt. Nicholas Kerensky ist nicht in der Lage, den Krieg zu verhindern, der von den Pentagon-Welten herüberschwappt. Er entschließt sich, seine Gefolgsleute auf den zweiten Exodus zu führen, wie einst sein Vaters, der mit seiner Flotte die Innere Sphäre verließ. Aber Nicholas wählt einen anderen Weg: Er will all das vernichten, was einmal war, und träumt davon, eine völlig neue Gesellschaftsordnung zu schaffen.

Die Fesseln Jahrtausende alter Gesellschaften kann man nicht so einfach abstreifen. Widerstände müssen überwunden werden und Blut muss fließen, bevor Nicholas' Traum wahr werden kann. Ohne die Hilfe seines Bruders Andrej ist das ganze Vorhaben jedoch zum Scheitern verurteilt. Aber Brüder haben nicht immer die gleichen Ziele. Andrej muss erkennen, dass mit den letzten Überresten der Zivilisation auch die Menschlichkeit in der neuen Gesellschaft schwindet. Kann er die Entwicklung aufhalten?

Clangründer: Traum

Classic BattleTech-Roman, ISBN 3-89064-597-6

FANPRO

Fantasy Productions GmbH, Postfach 1517, 40675 Erkrath, weitere Infos: www.fanpro.com

IM HANDEL ERHÄLTLICH!